HEYNE <

AF636586

DAS BUCH

Zuhause hat sich Ellen eigentlich nie irgendwo gefühlt. Außer einmal, mit sechzehn, als sie kurz auf einer Hallig wohnen durfte. In diese windgepeitschte Landschaft hat sie sich verliebt, in die Salzwiesen und Warften, in Ebbe und Flut. Als Ellen ihre Seelenheimat kurz darauf wieder verlassen musste, schwor sie sich: Eines Tages würde sie zurückkehren auf diese unwirklichen Inseln, die vom Untergang bedroht sind.

Zwanzig Jahre später, als ihr Leben in Scherben liegt, kommt sie tatsächlich wieder. Als Lehrerin in der Halligschule möchte sie nun ihren Platz in der Welt finden. Doch so einfach ist das nicht. Die Einheimischen sind von Neuankömmlingen gar nicht begeistert. Ellen lässt sich nicht beirren, zieht Mut und Zuversicht aus dem sich immer im Wandel befindlichen Meer und dem regen Austausch mit den ihren neuen Schülerinnen und Schülern. Und dann ist da noch Jakob, der Vater ihrer begabtesten Schülerin. Der Witwer lebt seit dem Tod seiner Frau zurückgezogen in einem alten Friesenhaus. Vorsichtig nähern sich die beiden einander an. Und merken, dass Zuhause nicht nur ein Ort ist. Es sind die Menschen, es ist ein Gefühl.

DIE AUTORIN

Klara Jahn ist das Pseudonym einer bekannten Bestsellerautorin. Die Historikerin liebt es, große Geschichten zu erzählen und dabei tief in die Vergangenheit der Orte und Menschen einzutauchen. Dabei lässt sie sich von ihrer Liebe zur Natur und ihrer Faszination für raue Landschaften leiten. Die gebürtige Österreicherin lebt seit 2001 mit ihrer Tochter in Frankfurt am Main. Ebenfalls bei Heyne ist *Das Lied des Waldes* erschienen.

KLARA JAHN

Die Farbe des Nordwinds

ROMAN

WILHELM HEYNE VERLAG
MÜNCHEN

Der Verlag behält sich die Verwertung der urheberrechtlich geschützten Inhalte dieses Werkes für Zwecke des Text- und Data-Minings nach § 44 b UrhG ausdrücklich vor. Jegliche unbefugte Nutzung ist hiermit ausgeschlossen.

MIX
Papier | Fördert gute Waldnutzung
FSC® C014496

Penguin Random House Verlagsgruppe FSC® N001967

2. Auflage
Vollständige Taschenbuchausgabe 03/2022
Copyright © 2021 by Klara Jahn
Copyright © by Wilhelm Heyne Verlag, München,
in der Penguin Random House Verlagsgruppe GmbH,
Neumarkter Str. 28, 81673 München
Redaktion: Susann Rehlein
Printed in Germany
Umschlaggestaltung: FAVORITBÜRO, München,
unter Verwendung von Bridgeman Images/Ohara Koson;
Shutterstock.com/Elina Li
Satz: Leingärtner, Nabburg
Druck und Bindung: GGP Media GmbH, Pößneck
ISBN: 978-3-453-42625-2

www.heyne.de

Die nächste Flut verwischt den Weg im Watt,
und alles wird auf allen Seiten gleich;
die kleine Insel draußen aber hat
die Augen zu; verwirrend kreist der Deich
um ihre Wohner, die in einen Schlaf
geboren werden, drin sie viele Welten
verwechseln, schweigend; denn sie reden selten,
und jeder Satz ist wie ein Epitaph
für etwas Angeschwemmtes, Unbekanntes,
das unerklärt zu ihnen kommt und bleibt.
Und so ist alles was ihr Blick beschreibt
von Kindheit an: nicht auf sie Angewandtes,
zu Großes, Rücksichtsloses, Hergesandtes,
das ihre Einsamkeit noch übertreibt.

Aus Rilkes »Die Insel«

Damals

Die alten Friesen glaubten, dass die Kinder aus der Tiefe des Meeres kommen und die Eltern sie aus den Fluten ziehen. Meine Eltern Marten und Kaatje Nilson glaubten das nicht. Sie dachten, dass Gott ihnen am 4. November 1798 einen Sohn geschenkt hatte, so stand es in der Familienchronik.

Sie ließen mich auf den Namen meines Großvaters taufen, am dritten Tag nach der Geburt, nicht in der Kirche, dort war es zu kalt und feucht, sondern in der Dönse, der Wohnstube. Ich trug eine rote Windel, die mit einem ebenfalls roten Band kreuzweise zugebunden wurde, wie es ein alter Brauch will, und die Nachbarn kamen zur Kindskiek, zur Schau des Kindes. Sie brachten warmes Essen mit und vier Eier. Die vier Eier wurden nicht in den Graupenbrei gerührt, sondern einer unserer Hennen ins Nest gelegt, auf dass sie sie ausbrütete.

Würden alle Küken schlüpfen, wäre es ein gutes Zeichen gewesen, schlüpfte keines, ein schlechtes. Bei mir waren es zwei von vier Eiern, deren Schalen am Ende aufsprangen und ein feuchtes, klumpiges, fedriges Bündel preisgaben. Meine Eltern waren damit zufrieden. Zwei und zwei, das passt in eine Welt, die aus Himmel und Erde, Ebbe und Flut, Tag und Nacht besteht. Ein Leben, in dem Freude und Leid einander aufwiegen, war für sie ein rechtes.

Das nächste Kind, mit dem Gott sie erfreute, starb; das übernächste, mein kleiner Bruder Hendrik, lebte. Mit ihm kam ein Mädchen aus dem Mutterleib, das nur ein einziges Mal schrie. Wenn ich mich an diesen Schrei erinnere, glaube ich stets das Gackern jener Henne zu hören, die die Eier für meinen Bruder ausbrütete. Das Mädchen bekam keine, es wurde keine drei Tage alt.

Zwei Kinder, die lebten, und zwei, die starben. Das war ein rechtes Leben.

Ein rechtes Leben bestand aus den immer gleichen Pflichten, zur festgelegten Zeit ausgeführt.

Am Morgen mussten die Tiere gefüttert und der Stall gereinigt werden, der sich im nördlichen Teil des Hauses an die Wohnräume anschloss. Streu gab es keines, Heu war immer knapp. Danach wurden aus Dünengras Stricke gedreht, später die Kühe daran auf die Weide geführt, auf der Hallig heißt die Weide Fenne. Manche Pflichten packte man erst nach dem Mittagsmahl an. Von klein auf sammelte ich Muschelschalen, die an die Kalkbrennereien von Tondern verkauft wurden, oder um die weichen Marschwege in mühsamer Kleinarbeit zu bestreuen. Manchmal sammelten wir auch Strandgut, das aus den Tiefen des Meeres kam wie die neugeborenen Kinder. Dauben von Fässern, Deckel von Seemannstruhen, zerfledderte Stiefel, rissige Taue. Die schweren Sachen schleppten die Männer, die leichteren die Frauen und Kinder. Bei vielem, was die See ausspuckte, wusste ich nicht, wozu man es gebrauchen könnte. Ich wusste ja auch nicht, wozu man meinen kleinen Bruder Hendrik gebrauchen könnte, der unentwegt mit rotem Kopf schrie. Doch mein Vater war geschickt. Er verstand es, aus einem mächtigen Rundholz, das einst Teil eines Schiffsrumpfs gewesen war, einen Deckenbalken zu zimmern.

Es gab Pflichten, die nicht jeden Tag zu erfüllen waren, sondern zu einer bestimmten Jahreszeit. Im Mai wurden die Schafe geschoren, ihr Vlies im Meerwasser gewaschen. Die Lämmer, die jene Schafe geboren und gesäugt hatten, wurden im Juni verkauft, die Milch sodann zu einem würzigen Käse verarbeitet, der umso besser schmeckte, je gelber und salziger er war.

Bis zum Ende des gleichen Monats sammelten wir die Eier von Seeschwalben und Austernfischern. Fanden wir mehr, als wir tragen konnten, ritzten wir mit einem Stock ein Kreuz in die Erde vor dem Nest. Jeder wusste dann: Dieses Ei gehört einem anderen.

Erst viel später, in den langen Regennächten, mit denen sich der Herbst ankündigte, zogen wir aus, um Ringelgänse zu erschlagen. Mit viel Glück trafen wir die Gänse an, solange sie noch schliefen. Einmal erwachte eine, als ich mit meinem dicken Stock in der Faust auf sie zutrat, fuhr schnatternd hoch und biss mich in die Wade. Es war recht von ihr, um ihr Leben zu kämpfen, erklärte mein Vater, der keine Tränen sehen wollte. So wie es recht von uns war, sie zu erschlagen.

Noch später im Jahr wurde Seetorf gestochen, um daraus Salz zu gewinnen. Das weiße Gold nannte man es, was ich lange nicht verstand, weil ich nicht wusste, welche Farbe das echte Gold hat. Die Salzsieder begannen am Jakobitag im Februar mit dem Salzkochen, und wenn der Frühling nahte, brachten Salzschuten es ans Festland. Nur ein Teil davon blieb hier, um damit Fische einzureiben. Das weiße Gold machte die Hände meiner Mutter rot. Sie sang beim Einsalzen, der Vater wollte auch bei ihr keine Tränen sehen.

Einmal im Jahr weinte meine Mutter doch, und mein Vater konnte es nicht mit strengem Blick verhindern. Wenn sie in Tränen ausbrach, war er nicht mehr hier, sondern auf seinem Schiff. Auf einem Boot fing man nur Fische. Auf einem Schiff jedoch fing man Wale und Robben. Die Halligmänner reisten weit in den Norden, in eine Welt, die aus Eis bestand. Eis, das auf dem Wasser trieb, Eis, aus dem man Häuser baute, Eis, mit dem man Gruben füllte, um Fleisch frisch zu halten. Am Vorabend des Petrifests brachen die Männer auf, die jüngsten unter ihnen gerade vierzehn Jahre alt.

Sei stark, sagte Vater stets, bevor er ging. Doch für kurze Zeit war meine Mutter nicht stark, Tränen der Verzagtheit perlten über ihre Wangen. Dann wischte sie sich die Wangen ab, wurde wieder die Alte, tat, was getan werden musste, Tag für Tag, Monat für Monat, ob mit den Männern oder ohne. Sie molk die Rinder, suchte bei Ebbe auf dem schlickigen Grund des Meeres nach Muscheln, trieb die Schafe in den Stall, wenn das Wasser höher stieg, sie wuchtete Steine dorthin, wo das Wasser das Ufer zu zerreißen drohte.

Meine Mutter beugte sich der Ordnung.

Lange Zeit dachte ich, das Meer täte es auch. Lange Zeit stellte ich mir das Meer wie einen Halligmann vor, stolz und maulfaul, stur und zäh – aber demütig. Gewiss, das Meer veränderte sich oft. Manchmal war sein Atem rau und kalt, manchmal fischig-faulig. Es hatte viele Farben: ein funkelndes Grün, ein abgründiges Schwarz, ein verwaschenes Grau, ein eisiges Blau.

Was gleich blieb, war, dass es sich den Gesetzen von Ebbe und Flut beugte, so wie mein Vater wusste, wann er in den Norden aufbrechen musste, meine Mutter wusste, wann sie sich die Tränen abzuwischen hatte, unsere Hühner, wann sie Eier zu legen hatten.

Doch das Meer konnte so frech sein wie mein kleiner Bruder. Hendrik schluckte manchmal beim Krabbenpulen das rohe Fleisch, und wenn Mutter warnte, er werde Bauchschmerzen kriegen, aß er noch mehr davon. Manchmal legte er die leeren Schalen auf einen Stuhl, und wenn sich jemand daraufsetzte, knackte es. Das Meer, willensstark, trotzig, unbeugsam, tat nur so, als würde es sich an eine Ordnung halten, indem es verlässlich anstieg und sich wieder zurückzog. Im vierzehnten Jahr meines Lebens erlaubte es sich einen Spaß.

Das Meer neckte meinen Vater. Das Schlimmste ist geschafft, neckte es ihn, du bist heil vom Norden zurück. Du bist dort nicht von Eis eingeschlossen worden und verhungert, du bist nicht gefangen genommen und als Sklave in Algier verkauft worden, du bist schon westlich von Amrum, unweit vom Kniepsand, du kannst sie schon fast sehen, die Frau im weißen Kleid, die am Ufer steht und dir zuwinkt. Doch es ist keine Frau, es ist eine Wolke, und die Wolke ist nicht weiß, sondern schwarz.

Der Wind trieb das Schiff meines Vaters nicht näher an den heimatlichen Hafen, er trieb es zurück ins offene Meer, und das Meer riss das Maul auf und verschluckte das Schiff mitsamt den Menschen darauf. Das Holz spuckte es wieder aus, spülte die Trümmer ans Land. Auch die Menschen spuckte es wieder aus, da waren es jedoch schon keine Menschen mehr, sondern Leichname. Die Farbe des Todes war von jenem Blau, wie es schimmelige Brotecken haben. Man fand nicht alle Leichname, der meines Vaters blieb verschwunden.

Meine Mutter träumte von diesem Leichnam. Bevor wir die Nachricht von dem Unglück erhielten, erschien er nachts an ihrem Bett, legte sich auf sie und presste alle Freude aus ihr heraus. Hinterher hatte sich eine Pfütze unter dem Bett gebildet. War das die Freude?, fragte ich mich. Oder hatte es vom nassen Leib des Leichnams getropft?

Ich wischte die Pfütze auf, meine Mutter konnte es nicht tun. Wir müssen ihn begraben, sagte sie.

Es gibt nichts zu begraben.

Warum sonst haben wir einen Sarg?

In jedem Haushalt gab es einen Sarg. Holz war auf der Hallig ein kostbares Gut, wenn man einmal welches hatte, machte man sogleich einen Sarg daraus. Man konnte jederzeit einen brauchen, weil Kinder in den Prielen ersoffen oder Frauen im Kindsbett verbluteten und die Alten nie lange siechten. Ich habe noch vage Erinnerungen an meinen Großvater, der über Wochen Blut spuckte, sich in dieser Zeit jeden Mittag in den Sarg bettete und ein Nickerchen machte – um sich daran zu gewöhnen und weil es der trockenste und wärmste Ort im Haus war.

Nachdem wir ihn begraben hatten, hatte mein Vater einen neuen Sarg gezimmert. Den hievten die Mutter und wir Kinder nun vom Dachboden herunter und hin zur Kirche, an einem Dienstag, denn die Ordnung verlangte, dass die Toten an Dienstagen oder an Freitagen begraben wurden. Ob das auch für leere Särge galt, bezweifelte ich, Mutter aber bestand darauf. Alle Nachbarn, die herbeikamen, neigten ihre Köpfe. Der leere Sarg wurde in der Erde versenkt, und in unserem Haus wurde Warmbier aus Gerste und viel Zucker gereicht. Auf das Grab kam ein Grabstein, darauf stand der Name meines Vaters und bereits der meiner Mutter, außerdem ein Spruch:

Die Schifffahrt dieser Welt bringt Angst, Gefahr und Not,
Des Himmels Hafen Ruh' nach einem sel'gen Tod.

So wollte es die Ordnung.

Nach dem Tod meines Vaters legte sich meine Mutter in den Alkoven und stand nicht wieder auf. Das war gegen die Ordnung.

Hendrik pulte Krabben, aß sie aber nicht mehr, und er legte niemandem mehr die Schale unter den Hintern. Während er still und brav wurde, tat ich alles, was man nicht tun durfte.

Ich briet Fleisch von Tieren, die nicht geschlachtet worden, sondern ersoffen waren, ich molk erst am Abend und brachte den Rindern nach Mitternacht ihr Heu. Ich schlug dem Hahn, der bei Sonnenaufgang krähte, den Kopf ab und ließ einen leben, der zerrupft und mit blutigem Kamm erst zu Mittag krächzte, ich sammelte Muscheln in der Früh und legte Mosaike daraus, anstatt Wege zu pflastern, und ich schor die Schafe erst, wenn sie nichts mehr sahen, und selbst dann auf eine Weise, die das Vlies nicht ganz ließ.

Ich war wütend. Ich verstand nicht, warum ich mich an die althergebrachte Ordnung halten sollte, wenn das Meer nicht dasselbe tat.

1

Eine Durchsage weckte Ellen. Sie war auf der Strecke von Hamburg nach Husum kurz eingedöst. Sie lehnte die Stirn gegen die Fensterscheibe des Intercity, starrte hinaus. Die Landschaft zog an ihr vorbei. Oder sie wurde an der Landschaft vorbeigezogen.

Was sie sah, glich dem Werbefilm eines Reisebüros im Zeitraffer. Die Farben waren durchdringend: das Gelb der Rapsfelder, die jetzt Ende April zu blühen begonnen hatten, das Grün der Wiesen, das Weiß schlanker Birken. Was störte, waren vereinzelte Windräder, so riesig, dass man sie nicht aus der Landschaft retuschieren konnte. Dafür hatten die Wolken genau die richtige Größe: kompakt, flauschig, wie Schäfchen. Auch echte Schafe zogen vorbei, helle Punkte auf der Heide.

»Fahren Sie auch auf eine der Halligen?«, fragte jemand.

Es war die Frau auf dem Platz schräg gegenüber. Aus ihrer Tupperdose stieg der Geruch nach Apfel und Käse.

Ellen löste ihre Stirn von der Fensterscheibe. »Wie kommen Sie darauf?«

»Na, wegen Ihrem Buch.«

Die Frau hatte Ellens Buch über die Geschichte der Halligen an sich genommen, in dem Ellen vorhin noch gelesen hatte. Rasch und dennoch vorsichtig nahm Ellen es ihr wieder ab, ehe diese darin blättern konnte. Sie schlug es selbst auf, betrachtete das Foto einer Hallig aus dem 19. Jahrhundert. Es war schwarz-weiß, hatte nichts gemein mit der Landschaft, die sie eben betrachtet hatte, wirkte kühler, herber, echter.

»Interessieren Sie sich für Geschichte?«

Ellen zögerte ihre Antwort so lange hinaus, bis der Blick der Frau eine Zumutung wurde.

»Ich interessiere mich für Menschen, über die niemand mehr spricht«, murmelte sie. »Die samt ihren Geschichten ausgestorben sind.«

Tod und Vergänglichkeit waren für gewöhnlich Stoppschilder, die Frau fuhr weiter gegen die Einbahnstraße. »Alte Chroniken sind immer toll.«

Chroniken sind nicht alt, dachte Ellen. Das, was die Menschen einst aufgeschrieben haben, war damals für sie neu.

Sie blätterte eine Seite weiter. Das nächste Schwarz-Weiß-Bild zeigte Menschen, die mithilfe von ins Watt gesteckten Pfählen Rochen aufs Trockene lockten. Im Porrennetz eines anderen hatte sich ein Aal verheddert, eine Frau trug einen Weidenkorb voller Muscheln.

»Was machen Sie auf der Hallig? Urlaub?«

»Ich werde dort arbeiten.«

»Ja?«

Ellen fühlte den Blick, der sie maß, sich an etwas festhalten wollte, nichts fand. Ihr Haar, in einem Aschblond, das man bei hellem Licht für Grau hielt, war glatt. Jeans und verwaschener Pulli verrieten weder Modevorlieben noch Protestgebaren oder spezielle Erfordernisse des Alltags. Bei Ellen hätte es keinen großen Unterschied gemacht, ob man sie in Farbe oder Schwarz-Weiß fotografierte.

»Als was? Als Historikerin?«

»So etwas in der Art.« Ellen schlug das Buch zu. »Ich bin schon so früh aufgebrochen, ich komme aus Österreich, besser, ich schlafe noch ein wenig.«

Sie lehnte sich wieder ans Fenster, schloss die Augen, und fand trotzdem keinen Schlaf. Jetzt zogen Bilder aus der eigenen Erinnerung an ihr vorbei. An die Hallig vor zwei Jahrzehnten, an sich selbst im Alter von sechzehn Jahren.

Die meisten Bilder waren schwarz-weiß, doch die Lippenstifte damals waren korallenrot, pink, violett, bordeauxfarben gewesen. Fast aufgebrauchte Lippenstifte, die man mit dem Pinsel des Malkastens hatte herauskratzen müssen ...

Liske hatte sich sehr über die Lippenstifte gefreut, bis dahin hatte sie keine Schminke besessen. Manchmal, so vertraute sie Ellen an, behalf sie sich mit Farben aus dem Malkasten, benutzte eine Mischung aus Bleiweiß und Rot für die Lippen und die Wangen. Das Deckweiß wurde leider schnell hart und bröckelig.

»Früher haben sich die Frauen mit Essig, Lilienwurzeln und Blei geschminkt«, erklärte Ellen dem gleichaltrigen Mädchen, mit dem sie seit Kurzem unter einem Dach lebte. »Blei ist allerdings giftig – den Frauen sind davon Zähne und Haare ausgefallen.«

»Woher weißt du nur solche Sachen?«, fragte Liske erstaunt.

Ellen zuckte die Schultern. Sie wusste es aus ihren Büchern, aber sie konnte Liske nicht erklären, warum alles, was sie las, in ihrem Kopf blieb.

»Du kannst meine alten Schminksachen haben, ich

brauche sie nicht mehr«, schaltete sich Sunny ein, Ellens Mutter, neuerdings Liskes Stiefmutter, die eigentlich Susanne hieß, aber einen Namen gewollt hatte, der sonniger klang.

Bevor sie vor einigen Tagen mit Ellen zu Liske und deren Vater auf die Hallig gezogen war, hatte sie sich die Haare schneiden lassen, die schicken Kleider waren der praktischen Bauernkluft gewichen, sie schminkte sich nicht länger.

Liske schien bis jetzt nicht sicher zu sein, was sie von der neuen Frau halten sollte, die wie aus dem Nichts im Leben ihres Vaters aufgetaucht war. Sie schien auch nicht zu wissen, was sie von Ellen halten sollte, dem dürren Mädchen mit dem unförmigen Pulli.

»Warum liest du ständig?«, fragte Liske, während sie Sunnys Lippenstifte einsammelte.

Ellen zuckte die Schultern. »Bücher sind für mich das, was die Warften für eine Hallig sind. Der einzige Ort, der bei Landunter aus dem Wasser ragt. Der einzige Ort, wo man sicher ist.«

Liske trat vor den Spiegel und schminkte sich die Lippen bordeauxrot. Der Anblick gefiel ihr wohl, sie lächelte. Bevor sie das Zimmer verließ, wischte sie den Lippenstift wieder ab.

»Vater mag es nicht, wenn man sich schminkt.«

Sunny hatte Liskes Vater erst vor wenigen Wochen kennengelernt. Sie war nur mit einem Rucksack auf die Hallig gekommen, um sich von zwei gescheiterten Beziehungen zu erholen. Weder mit Yogalehrer Dirk in der Eifel noch mit Bergbauer Toni in Tirol hatte es geklappt. Schlussmachen war anstrengend.

Als sie am Tag nach der Ankunft mit dem Rad die Hallig umrundete, riss die von der Salzluft zerfressene Kette. Sunny fluchte. Nach einer Weile hörte sie hinter sich eine Kutsche heranfahren.

Bauer Thijman war mit der Pferdekutsche unterwegs, bot ihr an, das Fahrrad auf die Ladefläche zu wuchten und sie mitzunehmen. Er war wortkarg und sah ihr nicht direkt ins Gesicht, wirkte geheimnisvoll, wie aus einer anderen Welt, einer anderen Zeit. Sunny hatte noch nie einen Lover mit Pferdekutsche gehabt.

Sie saß nicht lange neben ihm auf dem Kutschbock, da lag schon ihre Linke auf seinem Knie und ihr Kopf an seiner Schulter. Wenn Sunny nach einem neuen Leben angelte, hatte sie immer dicke Würmer am Haken, sie wusste, wie man es anging: ein strahlendes Lächeln. »Wie nett von dir, mir zu helfen.« Ehrliches Interesse. »Du lebst auf der Hallig? Oh, wie spannend!« Neugierige Fragen. »Wie bringt man sich auf so einem windigen Fleckchen Land inmitten des Meeres durch?« Dieser schmachtende Blick. Du bist ein Held, du könntest mein Held werden. Sie schmiegte sich noch fester an ihn.

Bauer Thijman war keiner, der viel redete, und er ertrug die Welt auch, wenn er sie für sich alleine hatte. Aber er war so gutmütig, dass er niemanden hinauswarf, der es sich mit ihm in seiner Welt gemütlich machen wollte.

Sunny lernte in den zwei Wochen, die sie Urlaub auf der Hallig machte, viel über die Zucht von Galloways. Danach blieb sie zwei Wochen fort, um alles in die Wege zu leiten, und als sie zurückkam, trat sie keinen neuen Urlaub, sondern ein neues Leben an. Sie hatte wieder nur einen Rucksack dabei, zuzüglich ihrer sechzehnjährigen

Tochter Ellen. Die war zwar größer als das Handgepäck, genauso aber stumm.

Sie nickte nur, als Sunny erklärte, Galloways seien für die ganzjährige Freilufthaltung geeignet, sie stammten aus dem Südwesten von Schottland, und die Bio-Salami, die man aus ihnen mache, sei sehr würzig. Für die Milchgewinnung spielten sie keine Rolle, aber neben der Qualitätsfleischerzeugung seien sie unverzichtbar für die Landschaftspflege.

»Ihre Schultern sind stark bemuskelt, die Keulen weniger. Die Behosung soll möglichst gering sein«, dozierte Sunny und lächelte gönnerhaft, als Ellen sie verständnislos anstarrte. »Du verstehst aber auch gar nichts von der Rinderzucht.«

Die Besitzerin der Nachbarwarft, die seit Jahren Galloways züchtete, schien auch nichts zu verstehen.

Als Sunny ihr erklärte, dass Galloways auch mindere Weiden verwerten würden, weil sie so genügsam seien, problemlos ganzjährig im Freien gehalten werden könnten und leicht kalbten, sah sie Sunny sprachlos an. Sie war ähnlich wortkarg wie Bauer Thijman, hatte zu lange nicht ausgesprochen, dass sie und Thijman es gut miteinander aushalten könnten, wo er doch nach dem Tod seiner Frau allein mit der Tochter war und sie noch nie einen Mann gehabt hatte. Jetzt war Sunny da und hielt ihn nicht nur aus, sondern fest, und das mit einer Energie, die die Halligfrauen darauf verwendeten, bei Landunter Werkzeuge zu vertäuen, nicht jedoch einen Mann.

Ein Mann blieb von allein, und wenn er nicht blieb, weil es ihn aufs Festland zog, ließ man ihn gehen.

Als Ellen zum ersten Mal Bauer Thijmans Warft betrat, hielt sie den Kopf gesenkt. Das lange, dünne Haar fiel ihr ins Gesicht.

»Binde dir die Haare zusammen«, sagte Sunny. »Oder noch besser: Lass sie dir endlich schneiden. Diese langen Zotteln sind unpraktisch.«

Ellen hatte wortlos hingenommen, dass Sunny ihre komplette Garderobe ausgetauscht hatte. Die neuen Gummistiefel trug sie so bereitwillig, wie sie auf der Alm ein Dirndl getragen hatte. Aber jetzt schüttelte sie den Kopf. Es gab sie nicht ohne ihre langen Haare. Sie waren der Vorhang, hinter dem sie sich versteckte. Nur wenn sie Bücher las, lugte mehr als die Nasenspitze heraus.

Sunny seufzte, wollte ihr die Haare hinter die Ohren schieben. Ellen wich zurück. Fast trat sie dem Mädchen auf die Zehen, das sich lautlos genähert hatte, etwas kleiner, stämmiger als sie. Ellen blickte nun doch auf, musterte Bauer Thijmans Tochter Liske.

Sunny gab Ellen ein Zeichen, Liske zu begrüßen. Thijman gab Liske ein Zeichen, Ellen zu begrüßen. Sie starrten sich schweigend an.

»Warum soll sie ihre Haare denn nicht lang tragen?«, fragte Liske. »Viele Halligbäuerinnen haben lange Haare.«

»Aber die flechten sie zu Zöpfen.«

»Das kann sie ja auch machen.«

Ellen lächelte Liske unter ihrem Haarschleier hervor an und bückte sich nach ihrem schweren Koffer, der randvoll mit Büchern war.

Wenn Ellen nicht las, beobachtete sie, was auf dem Boden wuchs oder krabbelte. Die Blumen pflückte sie und ließ sie in Büchern trocknen, ehe sie im Lexikon nachschlug, wie sie hießen. Die Käfer ließ sie krabbeln, aber wie sie hießen, wollte sie dennoch wissen.

Als sie knapp zwei Wochen nach ihrer Ankunft auf der Salzwiese saß und auf den Boden starrte, kam Liske lautlos näher. In den letzten Tagen hatten sie kaum ein Wort miteinander gewechselt. Sunny hatte Liske auch noch eine alte Wimperntusche geschenkt, außerdem einen Augen-Make-up-Entferner, damit dem Vater die Schminke nicht auffiel. Liske hatte Sunny gezeigt, wie man die alte Kaffeemühle befüllte und wie der Gasherd funktionierte. Ellen hatte danebengesessen und sich in ihr Buch vertieft.

»Du sollst mir mit den Pferden helfen«, sagte Liske und stupste Ellen an der Schulter an. Sie trug eine alte Bluse mit Carmen-Ausschnitt von Sunny.

Die Pferde zogen Kutschen mit Touristen durch die Gegend.

Ellen löste ihren Blick nicht von dem Käfer vor ihr auf dem Boden. »Ich hab keine Ahnung von Pferden. Der Käfer hier steht auf der Liste der bedrohten Arten. Früher fand man ihn auch in Algerien oder Marokko, heute ist er nur noch auf den Halligen zu Hause. Er sieht aus wie eine Spitzmaus, ist aber kleiner, und er hat einen Rüssel. Er heißt Halligflieder-Spitzmaus-Rüsselkäfer.«

»Wie merkt man sich so was nur?«

Ellen zuckte die Schultern, sah dem Käfer nach, wie er in der Wiese verschwand. Sie wusste auch, dass ein anderer Käfer, der einen Rüssel hatte und darum nur Rüsselkäfer hieß, 1875 zum letzten Mal auf der Insel St. Helena gesichtet worden war. »Er ist danach ausgestorben.«

Ausgestorbene Tiere hatten sie immer schon mehr interessiert als lebende.

»Wieso kennst du den Namen von einem Käfer, der schon tot ist?«, wunderte sich Liske.

»Jemand muss sich doch an ihn erinnern.«

Ellen zeigte Liske ihr Buch. Darin lag eine getrocknete Blume, die sie in ihrem letzten Leben auf der Alm gepflückt hatte, an einem Ort, wo das Land nicht flach war, sondern Falten warf.

»Eine Alpen-Aster«, sagte sie. »Sie sieht aus, als wäre sie gerade erst gepflückt worden, dabei ist sie schon fast ein halbes Jahr tot.«

Blumen waren nichts, was in Liskes Augen leben oder sterben konnte, höchstens blühen und verblühen.

»Sie riecht ja gar nicht mehr.«

Ellen zuckte die Schultern. »Gedanken riechen auch nicht und bleiben trotzdem. Und eure Warft, die es seit Jahrhunderten gibt, lebt, obwohl sie nichts Lebendiges ist.«

Das verstand Liske besser. Sie strich über die getrocknete Blume. »Deine Mutter hat mir von den Tiroler Bergen erzählt. Ich würde so gerne die Berge sehen. Mal was ganz anderes als das hier. Sie hat gesagt, wir könnten irgendwann zusammen verreisen.« Sie richtete sich auf. »Komm, ich zeig dir, wie man die Pferde einspannt. Das Geschirr ist aus Kunststoff, damit es nicht scheuert, wenn es nass wird.«

»Und wenn mich die Pferde nicht mögen?«

»Du musst sie behandeln wie die Galloways. Nähere dich ihnen ganz langsam, immer von vorne, sprich sie leise an. Je ruhiger du bist, desto ruhiger sind die Tiere. Und wenn du ihnen dann und wann einen Leckerbissen gibst, werden sie dich mögen.«

Am Ende dieses Tages hatte Ellen nicht das Gefühl, dass die Pferde sie mochten. Immer wenn sie ihnen eine Karotte reichen wollte, bleckten sie die Zähne, statt sie mit weichen Lippen entgegenzunehmen. Aber Liske mochte sie vielleicht. Als Ellen eines der Rinder striegelte, weil man damit ihr Vertrauen gewann, lächelte sie sie wieder hinter dem Haarschleier hervor an, und diesmal lächelte Liske zurück.

Mit den Pferden wurde sie weiterhin nicht warm. Doch in den nächsten Tagen lernte Ellen noch mehr über die Rinder. Sie half Liske, ein Galloway am Fangstand zu fixieren, als es auf Parasiten kontrolliert wurde. Sie schaute sich ab, wie man Futterstelle und Tränke sauber hielt und auffüllte. Sie beobachtete die Tiere stundenlang. Es gab welche, die auf das Jungvieh achteten, andere, die sich auf Futtersuche begaben, die stärksten schützten die Herde.

»Wie eine große Familie, in der jeder seinen festen Platz hat«, sagte Ellen.

Liske hatte nie eine richtige Familie gehabt, Ellen auch nicht. In Liskes Leben hatte die Mutter gefehlt, in Ellens der Vater.

Liske erzählte, dass ihre Mutter gestorben war. »Mein Vater tut so, als hätte es sie nie gegeben, aber ich denke oft an sie. Ich vermisse sie.«

Ellens Vater war nicht gestorben, aber auch Sunny tat so, als hätte es ihn nie gegeben. »Ich kenne nicht einmal seinen Namen«, sagte Ellen. »Trotzdem fehlt er irgendwie.«

Liskes Mutter war gestorben, als Liske drei Jahre alt gewesen war. Ellens Vater war verschwunden, als Sunny drei Monate lang mit ihr schwanger gewesen war. Zu diesem Zeitpunkt, erklärte Ellen, sei der Fötus noch nicht in der Lage, Geräusche wahrzunehmen, die Strukturen des Gehörgangs entwickelten sich erst in der sechzehnten Woche.

»Ich ... ich habe nie seine Stimme gehört. Kannst du dich an die Stimme deiner Mutter erinnern?«

Liske dachte lange nach. »Nein. Aber ich erinnere mich an ein wunderschönes rotes Kleid. Es gibt kein einziges Foto von ihr damit, aber ich schwöre, sie hat es getragen.«

Ellen glaubte ihr. »Wir sind jetzt so was wie Schwestern, oder?«, fragte sie leise.

Liske schwieg.

»Ich bin jetzt so was wie deine Mutter«, sagte Sunny nach dem ersten Monat, da sie mit auf dem Hof lebten. Wieder schwieg Liske. Sunny zeigte ihr Fotos von früher, von den vielen Reisen, die sie gemacht hatte, mit unterschiedlichen Männern, Erinnerungstropfen, die nicht zusammenflossen. Mit dem VW-Bus durch Afghanistan. Zelten in den schottischen Highlands. Animateurin im Club auf Fuerteventura.

»Da möchte ich auch mal hin«, sagte Liske.

»Hier ist es doch wunderschön. Können wir nicht endlich mal ins Watt?«

Sie machten die erste Wattwanderung am nächsten Nachmittag, Ellen und Liske fanden Schneckengehäuse, Krebse, Quallen, Würmer. Über ihnen glitten Vögel durch die Lüfte, stießen hinab ins seichte Wasser, zankten um Beute.

Nicht weit hinter ihnen gingen Sunny und Bauer Thijman. Sunny hatte sich bei ihm eingehängt, Bauer Thijman versteifte sich. Er verstand nicht, was er im Watt machte, einfach so, am helllichten Tag. Man kam hierher, wenn man Touristen zu führen hatte, das war lästig genug, oder in der Nacht, um Bernstein zu suchen.

»Hier gibt's Bernstein?«, rief Sunny begeistert. »Das Gold des Meeres?«

»Am meisten an der Halligkante, im Spülsaum. Man findet ihn aber nur mit der Infrarot-Taschenlampe.«

»Das stelle ich mir so romantisch vor! Eine Mitternachtswanderung im Mondschein.«

Bauer Thijman hatte dafür keine Zeit, also gingen sie zu dritt. Sunny hängte sich rechts und links bei den beiden Mädchen ein, eine verschworene Gemeinschaft.

»Wir werden jede Menge Beute machen.«

Ellen hatte so ein Wir bis jetzt nicht gekannt. Eigentlich gefiel ihr dieses Wir, es war nur etwas zu klein für sie alle drei. Bei erster Gelegenheit schnappte sie sich die Infrarotlampe, sprintete davon. Liske konnte aufschließen, Sunny war zu langsam.

»Wartet auf mich, ich sehe ja gar nichts mehr.«

Liske hielt Ellen fest. »Im Finstern ist es im Watt gefährlich.«

Ellen blieb stehen. »Aber morgen gehen wir beide allein, ja?«

In der nächsten Nacht knisterte das Watt, die Nordsee war blutrot, auch dort, wo sie in Pfützen stand. Seevögel kreischten in der Ferne, der Himmel war fadenscheinig, das Silber der Sterne floss durch die Löcher im schwarzen Tuch.

Erst fanden sie nur Müll, Reste von Netzen, einen Widerhaken, eine Plastikverpackung von japanischen Nudeln, dann winzige Krumen Bernstein, zuletzt sogar ein ovales Stück von glänzendem Braun, in dem sich ein dunkler Punkt verbarg. Es musste ein Insekt aus Urzeiten sein, ein Caputoraptor elegans oder ein Springschwanz, beide schon längst ausgestorben. Der Grönlandwal war nur beinahe ausgestorben. Erst hatten die Walfänger ihn rund um Spitzbergen dezimiert, später auch im Gewässer um Grönland. Wäre er nicht 1931 als erstes Wildtier überhaupt vom Völkerbund unter Artenschutz gestellt worden, gäbe es auch ihn nicht mehr.

»Wie kommst du von einem Insekt auf den Grönlandwal?«, rief Liske. »Der eine ist riesig, das andere winzig. Den einen gibt es noch, das andere nicht mehr.«

»Eben. Die Dinge, die es jetzt noch gibt, könnte es irgendwann nicht mehr geben.«

Liske lachte ungläubig.

»Wenn du es dir aussuchen könntest, welches Tier wärst du dann?«, fragte Ellen.

Liske legte den Kopf schief und dachte nach. »Eine Küstenseeschwalbe«, sagte sie schließlich. »Wusstest du, dass sie von allen Vögeln die längste Wanderung unternimmt? Sie fliegt jedes Jahr vierzigtausend Kilometer, stell dir das mal vor.«

»Und woher weiß man das?«

Liske zuckte die Schultern. »Es gab Versuche, man hat sie in einer Glockenreuse gefangen und ihnen Peilsender umgehängt.« Ihr Blick richtete sich auf den bleichen Nachthimmel. »Ich wäre auch so gerne … unterwegs«, presste sie hervor.

Später zeigte Liske Ellen eine Küstenseeschwalbe. Sie hatte einen roten Schnabel, einen schwarzen Kopf und deutlich über die Flügelenden hinausragende Schwanzspitzen. Erst beim Anblick des Gefieders fiel Ellen ein, dass ihr der Vogel nicht fremd war.

»Ende des 19. Jahrhunderts wurde die Küstenseeschwalbe beinahe ausgerottet. Man hat sie gejagt, weil es modern war, Hüte mit den Schwanzfedern zu schmücken.«

»Wie schrecklich«, sagte Liske bebend.

Sie waren mittlerweile so lange unterwegs, dass sie froren, beeilten sich trotzdem nicht heimzukommen, sondern setzten sich dicht nebeneinander auf ein Stück Halligkante.

»Und welches Tier willst du sein?«, fragte Liske.

»Eine Schnecke.«

»Eine Wattschnecke?«

»Egal welche, nur nackt darf sie nicht sein. Ich will mein Haus mit mir herumtragen.«

»Aber eine Schnecke kommt doch kaum voran.«

»Na und?«

Ums Vorankommen war es ihr nie gegangen. Innehalten wollte sie. Bleiben. Hier, an der Grenze zwischen Land und Meer, hätte sie es ewig aushalten können.

Liske nicht. »Ich wäre so gerne ... unterwegs«, wiederholte sie. »Ich würde so gerne Reisen machen wie früher deine Mutter. Und ich will auf dem Festland leben. Shoppen gehen, wann immer ich Lust habe, mich schminken und ausgehen, Kino, Theater, Disco, das volle Programm. Vater erlaubt ja nichts. Und was kann man hier schon erleben. Wenn es mal 'ne Party gibt, dann nur in der Halle, wo die Strandkörbe aufbewahrt werden. Mit Musik vom CD-Player.«

Ellen fand, dass das Gluckern und Knistern im Watt die schönste Melodie war.

»Ich will den Lärm von Autos hören und noch mehr Lärm von Menschen.«

Ellen fand, dass es keinen Grund gab, sich von der Hallig fortzusehnen.

»Was ist mit dir?«, fragte Liske. »Was wünschst du dir denn?«

Ellen zuckte die Schultern. Keinen Lärm. Keinen Lippenstift.

»Wo immer ich lebe, ich würde gerne mit dir zusammen sein«, sagte sie. Als sich der Himmel morgenrot färbte, fragte sie erneut: »Wir sind jetzt so was wie Schwestern, oder?«

Diesmal nickte Liske. »Ja, das sind wir.«

DAMALS

Nach dem Tod des Vaters wurde die Mutter nicht mehr. So sagten es die Leute. Sie war kein echtes Halligweib mehr, stark, selbstbewusst, robust. Halligweiber liefen im Winter barfuß durchs Gras, um ein verlorenes Schaf zu suchen. Sie verwalteten und verkauften Ländereien. Wurde ein neuer Küster oder Predikant ausgewählt, wurden sie von den Männern gefragt, denn die Weiber verstanden mehr von Gott. Fuhren die Männer zur See, taten die Frauen alles, was sonst die Männer taten, und das nicht schlechter, wiewohl das keiner zugegeben oder ihnen dafür Anerkennung gezollt hätte.

Ich war nicht traurig, weil meine Mutter nicht mehr stark wurde. Ich war traurig, weil sie nicht lustig wurde, weil sie nicht mehr tanzte und lachte, wie sie es früher oft getan hatte, weil sie nicht länger über die Salzwiesen lief und Halligflieder pflückte. Vielleicht hatte sie es nur verlernt, vielleicht konnte man es sie wieder lehren. Ich versuchte es, ich sang und lachte und tanzte selbst. Ich pflückte Blumen und schmückte die Dönse damit. Mutter blieb schweigsam, ernst und traurig. Ich schaffte es nicht einmal, unserer Kuh beizubringen, dass statt eines Pfiffs nun der Klang meiner Flöte das Zeichen war, von der Weide zum Stall zu traben.

Eines Tages erklärte Mutter, sie spüre ihre Beine nicht mehr. Sie blieb im Alkoven, wo wir seit Vaters Tod sitzend zu dritt schliefen. In dieser Haltung verharrte sie nun. Anfangs zog Hendrik immer wieder an ihren Zehen, und manchmal stieß sie dabei ein Glucksen aus. Anfangs kamen die Nachbarn, drückten ihre Nasen an die Fensterscheiben, lugten über die obere Hälfte der Haustür, die immer offen stand, und betraten ungefragt die Dönse.

Kaatje ist zu jung, um dahinzusiechen, sagten sie. Woran leidet sie überhaupt, da sind doch keine Wunden zu sehen. Sie müsse nur tüchtig Buttermilch trinken, die helfe gegen alles. Wogegen sie nicht half, daran starb man.

Mutter trank Buttermilch, ihr Zustand besserte sich nicht. Sollen wir vielleicht die Beine hineintauchen?, fragte Hendrik eines Tages.

Ich füllte einen Waschtrog mit Buttermilch, verdünnte sie mit Wasser, hievte mit Hendriks Hilfe Mutter in den Trog. Nur die Schultern und ihr Gesicht schauten noch heraus – blass, aber nicht ganz so weiß wie die Milch, das machte mir Hoffnung.

Später brachte ich ihr eine Feuerkieke, in der noch Torf glühte, ins Bett. Wenn sie sich lange genug daran presst, bekommt ihr Gesicht vielleicht wieder Farbe, dachte ich.

Aber Mutter blieb blass. Als ich sie musterte, ging mir auf, dass das Meer zwar viele Farben hatte, niemals aber derart fahl wurde. Das Meer konnte nicht erbleichen. Das Meer konnte nicht siechen.

Ratlos sah ich zu, wie sie immer durchscheinender wurde. Was, wenn die Haut irgendwann so dünn war, dass die blauen Adern sie sprengten, dass Blut hervortropfte? Dann fiel mir ein, was ebenso stark war wie das Meer: die Sonne.

Ich hievte Mutter auf meinen Rücken, schleppte sie zu einem Plätzchen unweit der Warft, wo die Salzwiesen nicht feucht waren. Behutsam setzte ich sie auf den Boden. Falls die harten Halme sie stachen, zeigte sie es nicht. Halligflieder blühte, Silbermöwen schwebten zwischen Himmel und Erde, die Strandnelken bebten im lauen Wind, der Wermut duftete herb. Mutter beobachtete, wie die Schmetterlinge durch die Luft flatterten, dann flatterten auch ihre Lider, und die Müdigkeit überkam sie.

Es ist falsch, im Freien zu sein und nichts zu tun, sagte sie.

Du musst dich nur ordentlich erholen, dann wird es dir besser gehen, sagte ich.

Du solltest deine Zeit nicht verschwenden.

Ich schufte doch genug.

Ums Schuften geht's nicht. Lernen sollst du, mehr als nur, wie man Arbeiten verrichtet, Kirchenlieder singt und dass das Schweigen besser Vergessen schenkt als der Wein. Dein Vater wollte nicht, dass du zur Schule gehst, ich musste darum kämpfen, dass er's dir wenigstens an ein paar Tagen erlaubte. Trotzdem bist du der beste von allen Schülern! Und du wärst gerne noch besser, nicht wahr? Schade, dass wir nur ein Gesangbuch besitzen und eine holländische Navigationsschrift. Und dass es auf der Hallig keinen richtigen Lehrer gibt, nur den Predikanten. Wenigstens kann Vater dir nicht mehr verbieten, zu ihm zu gehen.

Kurz glaubte ich, die Stimme des Vaters zu hören. Das Rauschen des Meeres lehrt dich mehr als des Menschen Geplapper. Doch sie blieb ein dünnes Echo an den Wänden eines Jetzt, das für ihn nie zur Gegenwart geworden war.

Plötzlich robbte Mutter ein kurzes Stück, pflückte einen Halligflieder, pustete gegen die violetten Blüten, die wie das Meer rochen, nicht wie Blumen.

Die da können leben, obwohl der Boden so salzig ist, vielleicht gerade weil er so salzig ist, murmelte sie. Du wirst aufblühen, obwohl der Vater tot ist, vielleicht gerade weil er tot ist. Ich nicht. Ich verwelke.

Ich habe keine Zeit, in die Schule gehen, murmelte ich, ich muss mich um dich, um Hendrik, um den Hof kümmern.

Mutter suchte meinen Blick, ihre blauen Augen schimmerten so violett wie der Halligflieder. Ich bin dir nur eine Last, so sollte es nicht sein. Du solltest keine Rücksicht nehmen müssen – weder auf mich noch auf Hendrik.

Er ist mein Bruder! Wir sind eine Familie!

Und doch ist es besser, wenn du hinaus in die Welt gehst, das Leben auskostest in seiner ganzen Fülle.

Ich schüttelte den Kopf. Unsinn. Das hier ist mein Leben.

Sie schwieg lange, nickte schließlich. Du bist stark genug, dich notfalls gegen die Ordnung zu stellen, sagte sie. Ich verspreche dir, ich werde stark genug sein, um zumindest Ordnung zu schaffen.

Meine Hoffnung, dass alles gut würde, erstarkte bei diesen Worten. Die Sonne hat geholfen, dachte ich und wusste nicht, dass sie die Mutter nicht gewärmt, nur geblendet hatte.

Als Hendrik und ich schliefen, erhob sich die Mutter. Mühelos stand sie auf den eben noch gelähmten Beinen. Sie tat, was über Wochen im Haus nicht getan worden war. Sie nahm den Staubwedel und putzte die Fensterbänke, den Tisch, die Truhen, die Türen mit den Malereien, die Wand mit den holländischen Fliesen. Sie fegte den Boden aus Backsteinen, gefugt mit Muschelkalk. Sie zog eine mit blankem Messing verzierte Lade aus dem Hochzeitsschrank, in der sich ihr Schatz befand: das feine Sonntagskleid, das seidene Halstüchlein, goldene Ringe und Ketten. Sie kleidete sich um, legte sämtlichen Schmuck an. Zuletzt zog sie ein kleines Glasfläschchen hervor. In der Sonne hätte es in allen Farben des Regenbogens geleuchtet. Jetzt war es zu finster, außerdem war das Fläschchen leer. Mutter hatte immer davon geträumt, etwas zu tragen, das man Parfüm nannte und aus Spermaceti herstellte, jener fettigen Masse, die man aus den Stirnhöhlen des Pottwals gewann und die aus einem flüchtigen Duft einen ewigen machte. Vater hatte diese Masse regelmäßig an einen Parfümeur verkauft, doch von dem Geld, das er damit verdiente, nie etwas in einen Duft für Mutter gesteckt. Warum auch, hatte er gesagt, hier pfeift der Wind, da bleibt kein Duft hängen. Nur dieses leere Fläschchen hatte er ihr geschenkt.

Meine Mutter öffnete es, tat so, als tröpfele sie den Inhalt auf ihren Handrücken. Sie roch daran, sog tief einen Duft ein, den es nicht gab. Vielleicht kann ein Mensch, der beinahe nicht mehr da ist, etwas wahrnehmen, das noch nie da war. Danach putzte sie weiter die Dönse.

Die Ordnung besagte, dass eine Frau, die zu nichts taugte, auf Erden nichts verloren hatte. Also stieg sie auf den Dachboden, steckte Kopf und Hände durch die Fensterluke, zwängte ihren Oberkörper hindurch. Kurz schien die Hüfte zu breit für die Fensterluke. Doch sie ächzte und quälte sich, stieß sich ab. Mutter fiel. Als ihr Rückgrat brach, klang es, als würde trockenes Holz zerbrechen – ein

Geräusch, das es auf der Hallig sonst nicht gab, denn hier war sämtliches Holz feucht.

Die Mutter übergab sich, sie schrie vor Schmerzen, ganze zwei Tage. Hendrik und ich hievten sie in den Alkoven. Hendrik zog nicht mehr an ihren Zehen, er schluchzte erbärmlich.

Geh, sagte ich zu ihm. Geh!

Ich blieb. Ich widerstand dem Drang, mir die Ohren zuzuhalten. Es war schlimm genug für sie, derart zu leiden. Sie sollte nicht auch noch sehen müssen, wie groß mein Entsetzen darüber war. Bis zu ihrem letzten Atemzug harrte ich aus und hielt ihre Hand.

Nachdem sie gestorben war, ging ich Hendrik suchen. Alles hatten wir Brüder bislang gemeinsam erlebt – nur nicht Mutters Tod.

2

Für viele Halliglüd blieben Ellen und ihre Mutter Fremde. Ellen fühlte sich trotzdem zu Hause. Sie verglich sich mit der Pazifischen Auster. Diese war in Europa anfangs auch fremd gewesen, aber dann war sie heimisch geworden, hatte die Europäische Auster sogar verdrängt. Sie folgte Sunny nicht länger auf Schritt und Tritt, wie sie es früher getan hatte. Allein oder gemeinsam mit Liske lief sie mit den Galloways über die Fennen, befüllte den Wassertank, reinigte die Heuraufe, pflückte auf den Salzwiesen den Queller, den die Halliglüd gerne unter den Salat mischten. Dabei knabberte sie immer mal wieder an einem Stückchen. Es schmeckte salzig, erfrischend, echt. Auch das Leben hier war echt. Es war ihres.

Sie waren inzwischen seit drei Monaten auf der Hallig. Sunny zeigte Liske keine Fotos mehr von fernen Ländern, versprach nicht mehr, dass sie irgendwann gemeinsam verreisen würden, sie betrachtete Bauer Thijman nun oft missmutig. Als sie ihm beim Schafescheren zusah, kam er ihr brutal und herzlos vor.

»Wie er sie packt, so grob, wie Dinge.«

»Er muss sie doch festhalten«, erklärte Ellen. »Wie sonst soll er mit der Schurmaschine die Wolle am Stück abscheren? Den Tieren tut das nicht weh. Die erfahrenen halten still.«

»Und wenn sie sich was eingetreten haben, reißt er ihnen fast die Füße raus.«

»Er muss doch genau hinschauen. Wenn ein Schaf hinkt, kann das auch an der Moderhinke liegen, das ist eine sehr schlimme Krankheit.«

»Und er schlachtet sie und macht Wurst aus ihnen, aus den Lämmchen macht er Lammgulasch. Die süßen Lämmchen, ihr Schreien klingt wie Weinen.«

»Du hast doch auch davon gegessen.«

Sunny zog die Schultern hoch. »Tu ich nicht wieder.«

Fortan lebte sie vegetarisch.

Auf ihr erstes Landunter wartete Sunny schon lange, ein Höhepunkt in ihrem Leben als Halligbäuerin sollte es werden.

Eines Tages zog dann ein Sturm auf, der anders klang als der Wind, der sonst übers flache Land peitschte. Kein Ostwind, der schönes Wetter brachte und die Fähre von der Hallig fernhielt, weil dann zu wenig Wasser in der Fahrrinne war. Sondern scharfer Nordwestwind, der unberechenbar war, gefährlich.

»Ich fühl's«, sagte Bauer Thijman, »ich hör's.«

»Was genau?«, wollte Ellen wissen.

»Wenn der Wind so hohl heult und der Himmel dunkler ist als das Meer, dann kommt Landunter.«

Ellen steckte ihren Kopf aus dem Fenster, und der Wind zerrte an ihren Haaren, als wollte er sie büschelweise ausreißen, klatschte sie ihr ins Gesicht, sodass es danach glühend rot war. Dem Land dagegen raubte er alle Farben, die Fennen standen nicht in kräftigem Grün, sondern wirkten fahl. Welche Farbe der Wind selbst wohl hat?, überlegte Ellen. Grau war zu alt für diesen frischen Sturm, Gelb zu giftig für das dumpfe Dröhnen, Blau zu banal. Rot war zu warm, Braun ließ an Rost denken, der Sturm aber verweilte nirgendwo, um welchen anzusetzen. Als weißes Nichts erschien er ihr auch nicht. Vielleicht war er silbrig wie der Klang einer Panflöte.

Bauer Thijman sprach nicht in Farben, sondern in Zahlen. Regelmäßig gab er vom Küchentisch aus, wo er mit dem Ohr am Kofferradio hing, die aktuellen Pegelstände durch. Schon 6,34 Meter, und die Nordsee würde noch vier Stunden steigen, ab 7,85 wäre Landunter.

»Wir packen«, erklärte er.

Noch würden sie die Sachen nicht hoch in den Schutzraum tragen. Bei einem normalen Landunter war das nicht nötig. Gegen Abend kam der Bauer von der Nachbarwarft. »Macht euch nicht in die Hose«, sagte der sonst immer. Heute verkündete er: »Diesmal wird es schlimm. Diesmal gibt's eine feuchte Wohnstube. Haltet den Suppenlöffel bereit zum Wasserschöpfen.«

»Den Suppenlöffel?«, fragte Ellen.

Liske zuckte die Schulter, sie kannte die Redensart.

Der Wind hielt sich nicht mit Reden auf. Er schlug aufs Dach, er trommelte gegen die Wände, er zerrte am Gatter.

Schon am Vortag hatte die Fähre nicht mehr angelegt, aber es waren genügend Lebensmittel da.

Bauer Thijmans Stimme klang nun rau und gepresst. »Koch was Anständiges«, sagte er zu Sunny. »Kann sein, dass bald der Strom ausfällt.«

Unter anständig verstand er Lammgulasch. Sie strich Butter auf Toastbrotscheiben. Die armen Lämmchen.

Auch als die Galloways in den Notstall auf die Warft

getrieben wurden, war sie keine große Hilfe. Eines kam ihr fast aus, sie zog doch nicht am Strick, strangulierte nicht das arme Kälbchen.

»Willst du es lieber ersaufen lassen?«, herrschte Bauer Thijman sie an. Er hatte sie noch nie angeschrien. »Die haben so dickes Fell, das zieht sie sofort ins Wasser, wenn die Flut kommt.«

Später wuchtete er Strohballen in den Stall. Sunnys Aufgabe war es, die Tür offen zu halten. Die fiel laut ins Schloss. Sunny hatte sie wütend zuschlagen wollen, doch der Wind war stärker gewesen und hatte sie ihr aus der Hand gerissen. Also zeigte Sunny ihren Zorn anders. Sie vollführte eine Yogaübung, die sie von ihrem Ex-Lover, dem Yogalehrer, gelernt hatte, es war der Herabschauende Hund.

Bauer Thijman dachte, sie hätte sich beim Heben eines Sandsacks verrenkt. Er füllte drei weitere, stellte sie vor der Tür ab, während Sunny erst den Baum, dann den Krieger machte.

»Halt mir den Sack auf!«, brüllte er.

Sie griff lustlos mit einer Hand zu.

»Denkst du, wir backen hier Sandkuchen?«, schrie er erbost.

Als alle Säcke gefüllt waren, befestigte er ein Gerüst am Wassertank, damit dieser geschlossen blieb. Er deutete auf herumliegendes Arbeitsgerät. »Sammel das ein.«

Sunny bückte sich, aber nur, um den Sonnengruß zu machen, ein Ooooom auf den Lippen, das in ein lautes Juchzen überging, als der Wind ihr einen leeren Jutesack ins Gesicht schleuderte. Sie war jetzt eins mit den Naturgewalten. Bauer Thijman tippte sich an die Schläfe.

Ellen stand am Fenster, beobachtete, wie die eben noch gegen die Uferbefestigung klatschenden Wellen vom Sturm hochgerissen wurden, über den Ringdeich peitschten, das flache Land überspülten. Die Brecher leckten immer höher an der Böschung empor, die Gischtfinger griffen gierig zu. Hier und da war das Wasser bis an die Warftkrone gestiegen – ein paar Zentimeter höher, dann würde es auf die Häuser schwappen.

Sunny machte den Halbmond, stand nur mehr auf einem Bein.

»Alles rauf«, schrie Bauer Thijman. »Alles rauf!«

Es war Zeit, die Sachen in den Schutzraum zu bringen.

Die Fundamente des Schutzraums, dessen Wände aus Beton bestanden, reichten tief in den Warftboden hinein. Der Raum würde selbst dann stehen bleiben, wenn das Haus darunter von der Flut mitgerissen würde. Auf dem Linoleumboden lag ein Flickenteppich, die weißen Regale hoben sich kaum von den weißen Holzwänden ab.

»Bleib du da stehen«, sagte Bauer Thijman zu Sunny, »ich und die Mädchen reichen dir die Sachen hoch.«

Sunny verzichtete auf weitere Yogaübungen, nahm die Kisten entgegen, in denen sich Dokumente, Geld und technische Geräte befanden, am Ende den Fernseher, außerdem das Tablett mit dem Toastbrot.

Als Letztes schleppten Ellen und Liske den Karton hoch, der unter Liskes Bett gelegen hatte. Sie trugen ihn zusammen, obwohl die Treppe schmal war. Bauer Thijman stand ganz oben, riss ihnen den Karton aus den Händen. »Was ist denn da drin?«

»Nur Wäsche!«, log Liske.

Doch es rumpelte verdächtig. Das Erste, was Bauer

Thijman entdeckte, als er den Karton öffnete, war die Schminke. Darunter lagen Ellens Bücher.

Er starrte seine Tochter an, dann Sunny und Ellen. In Liskes Gesicht schimmerten Spuren von Schminke.

»Wie kannst du dir nur Farbe ins Gesicht schmieren?«

Sunny schlüpfte um Thijman herum und baute sich auf der Treppenstufe zwischen ihm und Liske auf. »Die hat sie von mir. In dem Alter schminken sich Mädchen nun mal. Aber so was verstehst du natürlich nicht.«

Unschlüssig wiegte Thijman die Kiste in den Händen. »Dieses Zeug braucht es nicht, es nimmt nur unnötig Platz weg.«

Als er Anstalten machte, den Karton wieder nach unten zu bringen, machte Sunny einen Schritt auf ihn zu. »Das braucht es nicht? Eine Frau darf deiner Meinung nach also nicht schön sein? Eine Frau darf nicht klug sein? Was genau soll sie dann sein? Eine Kuh, die man im Stall anbindet?«

Thijman wollte keinen Streit. Was wiederum diese Frau plötzlich wollte, begriff er nicht. Von einem Lippenstift war die Kappe abgegangen. »Ist der nicht eh schon leer?«

Während Sunny Thijman verächtlich anstarrte, der verunsichert dastand, wollte Ellen ihm den Karton wegnehmen. Sie zog daran, er hielt ihn fest, sie zerrte, Thijmans Griff lockerte sich etwas. Doch ehe er nachgeben konnte, riss der Karton auf. Lippenstifte und Mascara rollten über den Boden, Bücher purzelten hinab, von denen eins aufgeschlagen auf der Treppe liegen blieb. Thijman bückte sich danach.

»Fass das bloß nicht an!«, rief Sunny. »Das gehört meiner Tochter!«

Er musste das Buch nicht aufheben, um zu erkennen, dass es auch Ellen nicht gehörte. Auf der ersten Seite war der Stempel der Gemeindebibliothek Schwarzach in Tirol zu sehen. Die Ausleihfrist lag um viele Monate zurück.

»Du hast das gestohlen, das geht gar nicht!«

»Dass du so ein ignoranter Esel bist, das geht gar nicht!« Sunny schrie nun.

»Es fehlt ja niemandem«, murmelte Ellen kleinlaut.

Liske bückte sich hastig nach Lippenstift und Wimperntusche.

»Und für wen schminkst du dich?«, fragte Thijman seine Tochter. »Für die Kühe im Stall?«

»Wer sagt, dass ich immer nur im Stall bleiben will? Wer sagt, dass ich nichts Besseres zu tun habe, als hier zu versauern? Ich will weg. Ich will andere Länder sehen. Ich will auf dem Festland leben.«

Liske erschrak über die eigene Heftigkeit, warf Sunny einen Hilfe suchenden Blick zu. Aber Sunny sprang ihr nicht bei, sie legte ihre Hände beschützend um Ellens Schultern.

»Weg?« Etwas kratzte an Thijmans Stimme. »Deine Mutter wollte auch immer nur weg.« Das Kratzen hinterließ einen nadeldünnen Riss – in seiner Miene, seinem Blick. Etwas schwappte durch den Riss. »Hat sich immer beschwert. War ihr alles zu eng hier, das Leben nicht gut genug für die feine Dame, immer der gleiche Trott. Sie hält's nicht mehr aus, hat sie gesagt. Sie wollte weg.« Er brach ab. »Weg«, wiederholte er, rang nach mehr Worten, fand keine, presste erneut hervor: »Weg.«

Liskes Faust schloss sich um die Lippenstifte. »Du hast gesagt, Mutter ist tot.«

»Sie ist ja auch gestorben. Später. Nachdem sie abgehauen ist. Weg wollte sie, weg, weg.« Seine Stimme verhallte.

»Sie hat dich verlassen?« Liskes Stimme brach. »Und mich auch?«

Sie suchte den Blick des Vaters, er wich ihr aus. Sie suchte wieder Sunnys Blick, Sunny wich ihr auch aus, legte ihre Hände nur noch fester um Ellens Schultern. Ellen machte sich steif.

»Aber das ist doch ... das ist doch ...«, stammelte Liske. Ihrer Stimme fehlte mit einem Mal die Kraft. Dem Körper fehlte die Kraft. Sie sank zu Boden, kauerte auf der Treppe, an die Wand gelehnt. In ihren Augen glänzten Tränen.

Dem Sturm fehlte die Kraft nicht. Vom Stall her ertönte ein durchdringender Knall.

»Die Stalltür! Ich muss nachschauen.« Thijman schob sich an ihnen vorbei und stapfte nach unten.

Ellen suchte nach Worten, fand keine. Sunny hob das Buch aus der Gemeindebibliothek Schwarzach in Tirol auf und las laut vor: »Die Flügel des Haastadlers erreichten eine Spannweite von bis zu drei Metern. Schade, dass er ausgestorben ist, was wäre das für ein majestätischer Anblick.« Sie wandte sich an Liske: »Schade, dass dein Vater so ein bornierter Hornochse ist.«

Liske presste die Lippen aufeinander, kämpfte mit den Tränen. Nach einer Weile gelang es ihr, sie zu schlucken. Energisch sammelte sie die Bücher auf, stapelte sie auf dem Treppenabsatz und packte hektisch die Schminksachen in den aufgerissenen Karton. Als sie Anstalten machte, ihn nach unten zu tragen, stellte Ellen sich ihr in den Weg.

»Das ... das kann doch hierbleiben.«

»Wozu denn?«

Liske war bleich, ihr Blick stumpf. Als Ellen ihr die

Hand auf die Schulter legen wollte, wich sie so abrupt zurück, dass sie fast die Treppe hinuntergestolpert wäre. Ihre Hände schlossen sich noch fester um die Kiste, ehe sie den Weg nach unten antrat.

Ellen blickte ihr hilflos nach, Sunny blätterte weiter in dem Buch. »Das hast du alles gelesen? Hier ..., dass der Chinesische Flussdelfin ein Süßwasserdelfin war? Er lebte ausschließlich im Jangtsekiang und im Dongting-See.«

Die komplizierten Namen sprach sie mühelos aus. Ellen fühlte, was sie eigentlich sagen wollte.

Weg, weg, weg.

Sunny fand das Landunter insgesamt enttäuschend. Der Sturm legte sich noch vor Mitternacht, das Wasser stieg lautlos höher, aber drang nicht ins Haus ein. Sie zog eine der Matratzen in jene Ecke, wo sie am weitesten von Thijman entfernt war, und ringelte sich dort ein. Thijman sah ihr schweigend dabei zu. Alle zehn Minuten ging er nach unten, unter dem Vorwand, irgendetwas gehört zu haben. Ellen und Liske saßen steif auf Stühlen. Ellen blätterte in einem Buch, ohne es zu lesen. Liske schabte sich Reste von Nagellack von den Nägeln. Ellen wusste nicht, wann Sunny ihn ihr geschenkt und wann sie sich die Nägel lackiert hatte.

Es war zwei Uhr morgens, als Thijman verkündete: »Wir können wieder in unsere Betten.«

Nur Liske folgte ihm nach unten. Sunny schlief wieder oder immer noch, Ellen blieb auf dem Stuhl hocken, obwohl ihr Rücken schmerzte.

Am nächsten Tag stapfte Bauer Thijman um die Warft und betrachtete die Schäden. Ein paar Ziegel waren vom Dach geweht worden, aus dem Zaun hatten sich ein paar

Sprossen gelöst; nichts, was sich nicht schnell wieder reparieren ließ.

Bis zum Nachmittag waren die Nachbarwarften nur noch durch eine große Pfütze von ihnen getrennt, die ihnen bis zu den Knien reichte. Bauer Thijman watete mit seinen hohen Gummistiefeln hindurch. Er kam mit dem Nachbarbauern zurück und der Nachricht, dass es am nächsten Tag wieder eine Schiffsverbindung geben würde. Er und der Nachbar wollten die Küste begehen und die Steine am Sommerdeich wieder richtig setzen.

»Wir kommen mit und helfen euch«, sagte Sunny.

Die Steine, die Sunny Bauer Thijman reichte, hinterließen Lücken. Die, die Ellen Liske gab, fügten sich besser zusammen. Liskes Lippen waren aufeinandergepresst, sie bedankte sich nicht.

Anfangs gab Sunny Bauer Thijman würfelförmige dunkelgraue Steine, die sie nur mit beiden Händen heben konnte, am Ende reichte sie ihm mit einer Hand kleine runde.

»Was soll ich damit anstellen? Murmeln spielen?«

Er warf einen der Steine ins Meer, der hüpfte zweimal über die Oberfläche, dann versank er.

Sunny wartete, bis sich das gekräuselte Wasser wieder geglättet hatte. »Ellen ist so klug, so begabt«, sagte sie. »Das Mädchen hat doch keine Zukunft hier.« Sie seufzte. »Hier gibt´s zu wenig Bücher. Ich darf nicht nur an mich denken.«

»Du könntest mit ihnen gehen«, sagte Bauer Thijman am Tag vor ihrer Abreise zu Liske.

Eine knappe Woche war seit dem Landunter vergangen, sein Schweigen war erdrückend gewesen. Jetzt humpelten, eins nach dem anderen, die Worte aus seinem Mund, gepresst, heiser. »Du bist ja nicht meine Gefangene. Auch deine Mutter ist nicht meine Gefangene gewesen. Wenn du denkst, dass das Leben anderswo besser ist für dich ...«

Liskes Blick war nicht länger stumpf. Etwas glomm auf. Die alte Sehnsucht? Die neue Hoffnung?

Ellen überlegte fieberhaft, wie sie ihr Nahrung geben konnte.

»Ja!«, rief sie. »Komm doch mit uns. Dann könnten wir zusammen zur Schule gehen. Wir könnten Schwestern bleiben.«

Liskes Mundwinkel zuckten.

»Wie stellt ihr euch denn das vor?«, mischte sich Sunny ein. »Ich bin nicht Liskes Mutter! Ich kann doch nicht für zwei Kinder die Verantwortung übernehmen!«

Ellen fuhr zu ihr herum. »Du hast selbst vorgeschlagen, dass wir mal zusammen verreisen können.«

»Das war doch nur so dahingesagt.«

»Warum hast du ihr dann die Fotos gezeigt, wenn du nicht ...«

»Himmel, ich bürde mir doch so was nicht auf!«

Ellen machte den Mund auf, brachte jedoch kein Wort hervor.

Liske schon. »Ich würde sowieso nicht mitkommen, was glaubt ihr denn?« Wütend funkelte sie erst Sunny, dann ihren Vater an. »Wie kommst du bloß darauf, dass ich mich hier gefangen fühle? Wie kommst du bloß darauf, dass ich anderswo leben will?«

Bauer Thijman zog den Kopf ein.

»Eben«, sagte Sunny befriedigt. »Eben.«

Als sie sich am nächsten Morgen verabschiedeten, trug Liske keine von Sunnys alten Blusen mehr, sondern einen Pullover aus Schafwolle. Ellen drückte ihr das Buch über die ausgestorbenen Tiere in die Hand.

»Ich lass es hier«, sagte sie leise. »Vielleicht willst du es lesen. Vielleicht komme ich eines Tages zurück.«

Liske nahm das Buch, ihr »Danke« klang hohl wie der Nordwestwind, ein dumpfes Echo aus der Tiefe.

Liske weigerte sich, Sunny und ihr die Hand zu geben, versteckte die Hände in den Hosentaschen.

»Wir könnten uns schreiben«, sagte Ellen leise.

»Ist nicht nötig«, brummte Liske.

»Aber ich will wirklich ...«

Ein Ruck ging durch Liske. Sie zog etwas aus der Tasche und hielt es Ellen vors Gesicht. »Nimm du's. Ich brauch es nicht mehr.«

Ellen blieb nichts anderes übrig, als es einzustecken. Es war der Bernstein mit dem eingeschlossenen Insekt.

Ellen trat ans Heck der Fähre, als diese ablegte. Sie umklammerte die weißen Stangen der Reling, der Wind zerzauste das Schluchzen der Mutter. Sunny weinte die ganze Zeit – während sie sahen, wie die Hallig immer kleiner wurde, und auch noch, als sie hineingingen, um Kaffee zu trinken.

Eine Truppe Radfahrerinnen, die gelbe Leuchtwesten mit dem Aufdruck »Kreisverband Bottrop e.V.« trugen, starrte sie an.

Drei von ihnen reichten Papiertaschentücher.

»Ich habe keine Ahnung, wie es jetzt weitergehen soll«, schluchzte Sunny. »Ich habe alles für meine Tochter aufgegeben.«

Ellen starrte sie wütend an. Zu oft hatten sie nur Urlaub im Leben anderer Menschen gemacht, zu oft waren sie gegangen, als es schwierig wurde, zu oft hatte sich Ellen wie ein Kugelschreiber aus einem Hotelzimmer gefühlt, den man irrtümlich einsteckt.

»Ich will aufs Internat«, sagte sie.

Die Radfahrerinnen blickten sie halb befremdet, halb neugierig an.

Sunny hörte kurz zu schluchzen auf. »Richtig, Bildung ist so wichtig, dein Geist lechzt nach Wissen.«

Ellens Herz lechzte nach Heimat.

»Ich will aufs Internat«, wiederholte sie.

»Lass uns später darüber reden.«

Die Bahnfahrt zum Internat in Niederösterreich trat sie ohne ihre Mutter an, ihr Koffer war nicht randvoll mit Büchern wie sonst. Die Bücher, die sie bis jetzt gelesen hatte, nützten ihr nichts, es ging darin nicht um die Halligen. Aber mit den Halligen würde sie sich künftig beschäftigen, immerzu.

Sie wollte alles darüber lesen, was ihr in die Hände kam, wollte in Büchern suchen, was sie dort verloren hatte, wollte sich so viel wie möglich merken, zur lebenden Halligen-Enzyklopädie werden und sich so die Hoffnung bewahren, dorthin zurückzukehren, irgendwann.

DAMALS

Niemand sprach Gebete für meine Mutter, keiner läutete die Kirchenglocke, weder in der Stunde des Todes noch am Mittag des folgenden Tages. Anders als Frauen, die kurz vor der Niederkunft starben, bekam sie nicht ein Knäuel Zwirn, eine Nadel und eine Schere in die tote Hand gelegt. Es gab kein Kind, dem sie auf dem Weg ins Jenseits das Totenhemdchen nähen musste.

Mutter hätte sich gewünscht, unter dem gleichen Grabstein zu liegen wie der leere Sarg meines Vaters. Doch der Bauer von der Nachbarwarft erklärte uns, eine Selbstmörderin dürfe nicht in geweihter Erde liegen.

Die Ordnung sah vor, dass man den Leichnam mit einem Strick an einem Pferd befestigte und dieses so lange rund um die Kirche trieb, bis der Strick riss. An dieser Stelle würde man ein Loch graben.

Das Pferd wehrte sich, es roch den Tod. Der Bauer drosch mit einer Staude auf sein Hinterteil, endlich setzte es sich in Bewegung, allerdings so lustlos, dass der Strick nie reißen würde. Die Mutter wurde mit dem Gesicht über die Salzwiesen geschleift, von der Hüfte abwärts war der Körper verdreht.

Tut das nicht!, schrie ich. Meine Mutter ist keine Selbstmörderin.

Vielleicht hatte sie sich nur zu weit aus der Dachluke gebeugt, um den Mond zu betrachten. Und sie war nicht am Sprung gestorben, sondern an den Schmerzen.

Was der Knabe wolle, fragte der Nachbar. Er sah mich nicht an, er sagte nicht Du zu mir, auch nicht, als er erklärte, dass über solche Dinge die Erwachsenen entschieden. Niemand auf der Hallig sagte zu den Kindern Du. Sie waren noch keine Menschen. Meine Mutter wiederum war nicht länger ein Mensch.

Ihr bindet sie los und begrabt sie neben meinem Vater!, beharrte ich.

Dort liegt nur ein leerer Sarg.

Ich schluchzte auf. Ihr Name stand doch schon auf dem Grabstein. Kaatje Nilson.

Warum sollen wir uns an die Ordnung halten?, schrie ich. Das Meer tut es nicht, ich tue es nicht. Ich melke das Vieh am Abend, unser Hahn kräht zu Mittag.

Ich weiß nicht, wie oft ich es wiederholte. Schließlich packte jemand das Pferd am Halfter, ein anderer band den Leichnam los.

Es waren nicht meine Worte, die die Menschen dazu brachten. Es war auch nicht Hendriks Weinen. Es war der Pastor: Tut, was der Knabe sagt.

Er lebte auf der Hallig, seit der letzte Predikant am Fieber gestorben war. Der Pastor trat auf den Leichnam meiner Mutter zu, machte sich an den Gliedern zu schaffen, auf dass sie gerade läge.

Es gelang ihm nicht. Mutter blieb verdreht, die Totenstarre hatte bereits eingesetzt. Aber an mir wurde plötzlich alles weich, als der Blick des Pastors auf mich fiel und ich darin Wärme las, Mitleid, Trost. Noch hatte er nicht zu mir gesprochen. Doch würde er es tun, würde er Du zu mir sagen. Er sah einen Menschen in mir, und der Mensch kam für ihn vor der Ordnung.

Am nächsten Morgen besuchte der Pastor unsere Warft. Er hieß Danjel und kam aus Husum. Dahin, so dachte ich, wird er bald zurückkehren.

Er war nur hier, bis ein neuer Predikant gefunden sein würde, wie sollte es auch anders sein, ein Mann wie er passte nicht auf die Hallig.

Habt ihr genug Hilfe?, fragte er mich.

Wir brauchen keine Hilfe, erklärte ich.

Pastor Danjel war ein kluger Mann. Er bedrängte mich nicht, kam am Abend mit der gleichen Frage, ging fort mit der gleichen Antwort. Er hatte Erfahrung damit, wie man den Butt fängt, jenen Fisch, der flink hinwegschießt, wenn man zu schnell zugreift. Steht man aber eine Weile bis zu den Knien im Wasser und hält die Hände seelenruhig hinein, als wolle man sie an einem warmen Sommertag abkühlen, schwimmt der Butt neugierig näher, und man muss nur blitzschnell die Finger um ihn schließen. Bis er bemerkt, wie ihm geschieht, liegt er schon zappelnd auf der Wiese.

Am nächsten Tag kam Pastor Danjel nicht mit einer Frage, sondern mit einem Geschenk, ein halbes Pfund Tee, wie ihn alle Halliglüd gerne trinken, stark und bitter und heiß. Es gibt niemanden, der sich daran noch nicht die Zunge verbrannt hat. Noch schmerzhafter als das heiße Gesöff durch die Kehle brennt, beißt die feuchte Kälte im Winter zu.

Der Winter war noch weit, ich brühte den Tee dennoch auf.

Weißt du, dass es fast hundert Jahre her ist, dass das erste Teeschiff nach Amrum kam?, fragte Pastor Danjel. Die Menschen wussten damals nicht, was sie mit diesem getrockneten Kraut anfangen sollten. Sie haben es gebraten und gegessen wie Kohl.

Ein Ton entfuhr mir, den man für ein Lachen halten konnte. Pastor Danjel erwiderte es nicht, er wollte den Butt nicht erschrecken.

Lange bevor der Tee nach Amrum kam, kam er nach Amsterdam, murmelte ich. Es war die erste Stadt, in der damit gehandelt wurde.

Pastor Danjel hob eine Braue. Woher weißt du das?

Aus der Schule. Vielleicht stand es in der nordfriesischen Chronik.

Diese Chronik kenne ich. Darin ist nicht von Tee die Rede. Du hast mehr Bücher als dieses eine gelesen, oder?

Ich zuckte die Schultern.

Ich habe gehört, dass du ein guter Schüler bist, der beste.

Ich legte die Hände um die heiße Tasse. Vater wollte nicht, dass ich zur Schule gehe.

Mein Mund sprach vom Vater, mein Blick von der Mutter. Dass die es sehr wohl gewollt hatte. Dass es ihr lieber war, ich klammerte mich an Bücher, statt mich an ihrem versehrten Leib abzuschleppen. Dass sie sich auch deswegen aus dem Fenster gestürzt hatte.

Es gibt leider nicht genügend Bücher auf der Hallig, sagte der Pastor und trank seinen Tee, nicht in den Häusern, nicht in der Kirche. Noch nicht einmal einen Schulgehilfen kann man einstellen, der Zeit und Muße hat, sich um die begabten Kinder zu kümmern.

Nun, entgegnete ich, die Kirchwarft ist in den letzten

hundert Jahren viermal zerstört worden. Da ist es gut, dass es nicht so viele Bücher gibt. Man kann bei Landunter nicht alle in den Kirchturm schleppen. Und einen Schulgehilfen braucht's nicht, hat mein Vater immer gesagt, die Kuh muss nicht lesen können, um ihre Pflicht zu tun, der Mensch auch nicht.

Pastor Danjel lächelte. In meiner Bibliothek in Husum habe ich Hunderte von Büchern, sagte er. Die Wissenschaft, mit der ich mich am liebsten beschäftige, ist die Physiktheologie. Die Natur ist neben der Bibel das zweite Buch göttlicher Offenbarung. Wer die Wunder der Natur erforscht, erweist damit Gottes Allmacht, Weisheit und Güte die Ehre.

Physiktheologie. Ein Wort, so monströs wie ein Wal.

Ich konnte der Sehnsucht, der Hoffnung nicht nachgeben. Ich glotzte, als hätte ich ihn nicht verstanden. Ich erklärte, dass ich wieder arbeiten müsse.

Pastor Danjel erhob sich und ging zur Tür. Der Tag, um den Butt zu fangen, war noch nicht gekommen.

Du hättest den Tee nicht wie Kohl zubereitet und gegessen, sagte er zum Abschied.

Er hatte recht. Doch ich schwieg.

Was du noch dringender brauchst als Tee ist ein guter Lehrer, der dich fördert und schult, der dir Wissen vermittelt und dir dein Nichtwissen bewusst macht, der aus einem Halligmann einen Menschen macht.

Wieder hatte er recht. Wieder sagte ich nichts.

Mein Bruder Hendrik, sagte ich plötzlich, er braucht auch einen Lehrer.

Kann er lesen?

Dafür ist er noch zu klein.

Konntest du lesen, als du so alt warst wie er?

Ja, aber das hat nichts zu bedeuten. Ich habe es mir selbst beigebracht. Ich war nun mal wissbegierig.

Eben, sagte der Pastor. Nicht jedem schenkt Gott so viel Talent. Du hast es bekommen, dein Bruder nicht.

Aber Hendrik und ich haben die gleiche Heimat, dachte ich. Wir haben die gleichen Eltern und die gleiche Zukunft: Wir würden beide Bauern auf der Hallig sein.

Danke für den Tee, sagte ich.

3

Als Ellen mit sechzehn die Hallig verlassen hatte, hatte sie am Heck der Fähre gestanden. Als sie mit sechsunddreißig zurückkehrte, stand sie am Bug.

Schon von den Deichen des Festlands aus hatte sie einen ersten Blick auf die Halligen werfen können, im flimmernden Licht der Aprilsonne über dem Wasser schwebend. Erst eine halbe Stunde, nachdem sie den Fährhafen verlassen hatten, wurde aus dem Trugbild ein Fleckchen Erde. Wie ein Fremdkörper schob es sich in die dünne Naht von Horizont und Meer, wurde breiter, aber nicht höher. Buhnen und Buschlahnungen ragten wie kräftige Beine ins Meer, und kurz sah es aus, als ob nicht nur Ellen sich auf das Land zubewegte, sondern dieses auch auf sie. Sie fühlte, dass sie auf dem richtigen Weg war.

Als sie damals das erste Mal die Hallig gesehen hatte, hatte sie das Fleckchen Land »Insel« genannt.

»Das sind doch keine Inseln«, hatte Sunny sie belehrt, »Inseln bestehen aus Geestboden. Die Halligen aber sind Teile des untergegangenen Marschlandes.«

Ellen waren noch mehr Fehler unterlaufen. »Bäche« hatte sie zu dem wässrigen Spinnennetz gesagt, das die Hallig überzog. »Das sind Priele und Baljen, und dazwischen stehen Gräben und Gezeitentümpel.«

Als sie über ein Holzbrett stiegen, hatte Ellen es »Brücke«

genannt. »Man sagt dazu Stock«, hatte ihre Mutter sie berichtigt.

Die Wiesen waren keine gewöhnlichen Wiesen, sondern Salzwiesen, die Weiden waren Fennen, die Siedlungen Warften.

Wie immer es hieß, es war schön. Damals. Heute.

Ellen genoss den warmen Wind, die reine Luft, den Blick aufs Watt – dieses Zwittergebilde zwischen Land und Meer. Jetzt bei Ebbe lag es nackt, trocken, aber nicht tot vor ihr, in so vielen Rinnsalen gluckerte, blubberte, krabbelte das Leben und scherte sich nicht darum, dass bald die Flut ihre nasse Decke ausbreiten würde.

»Brauchen Sie ein Fahrrad oder eine Kutsche?«, fragte der Mann, der die Reisenden am Fährhafen erwartete, ein klickendes Gerät in der Hand, mit dem er die Gäste zählte.

Ellen hatte nur einen Rucksack dabei, zwei Kisten mit Büchern würden später ankommen.

»Ein Fahrrad«, sagte sie, füllte ein Formular aus und bekam einen alten Drahtesel, dessen Kette verrostet war.

Sie schwitzte bald, aber es machte Spaß. Sie blieb nur stehen, weil der Wind ihr die Haare ins Gesicht peitschte, sie musste mit ihm um jede Strähne kämpfen. Während sie die Haare festhielt, betrachtete sie die Landschaft, die zu Meer und Himmel und Hallig geronnene Gleichung, in der auf beiden Seiten die Unendlichkeit steht. Das Land war unzählige Male von Stürmen und Fluten zerklüftet worden; die Weite, die es umgab, war wie eine Primzahl: nicht teilbar. Spektakulär war das, was man fühlte, nicht das, was man sah.

Ellen verschlang ihre Haare zu einem Knoten und steckte ihn mit einem Bleistift fest. Es war das erste Mal seit Jahren, dass sie sie nicht offen trug. Als sie weiterfuhr, musste sie heftig in die Pedale treten. Manchmal schoben Böen sie an, manchmal kamen sie von vorne und ließen sie gegen eine unsichtbare Wand fahren. Sie näherte sich einem mit Erde aufgeschütteten Hügel – einer Warft –, auf dem ein Gehöft thronte, das ihr vertraut war: Das Haus aus rötlichem Backstein und mit dem Reetdach war umgeben von Stallungen für die Rinder und die Schafe und dem Gehege für die Hühner. Nur der kleine Junge, etwa fünf Jahre alt, der vor der Warft stand, war ihr fremd.

Er trug eine unförmige Gummilatzhose, an den Beinen mehrfach aufgerollt, die Träger waren an den Schultern verknotet. Sie war von einem undefinierbaren Graublau, wie der Himmel an einem stürmischen Tag. Oberhalb der Hose war fast alles rötlich: das stachelige Haar, die Gartenzwergbäckchen, die Sommersprossen wie gemalt. Rot waren auch die zum Lachen geöffneten Lippen, nur die Augen, neugierig aufgerissen, hatten die Farbe der See. Sie richteten sich auf Ellen.

»Was ist das?«, fragte der Junge und schwenkte einen Becher vor ihrem Gesicht.

Er war randvoll mit längeren Stäbchen, die sie an einem anderen Ort für Lakritzstangen gehalten hätte.

Kinderstimmen hatten die gleiche Wirkung auf Ellens Seele wie der Nordseewind: Sie belebten sie, wehten fort, was man für Ellens Panzer halten konnte, aber in Wahrheit nur eine dünne Schicht war, pudrig und mit einem Atemzug fortzupusten, um den nächsten zum Lachen zu nutzen.

»Na, was ist das?«, beharrte der Junge.

»Lass mich überlegen.« Ellen beugte sich darüber. »Ah, ich hab's! Das sind Zahnstocher.«

»Dafür sind sie doch viel zu dick.«

»Ich meinte ja auch Zahnstocher für Riesen.«

Der Junge beugte sich vertraulich vor. »Riesen gibt's doch gar nicht.«

»Dann sind das Stäbchen, mit denen man sich die Nase kitzelt, wenn man niesen will.«

»Wer will denn freiwillig niesen?«

»Die Riesen niesen sogar sehr gerne, und jedes Mal, wenn sie es tun, gibt es ein kleines Erdbeben.«

»Oder eine Flut?«, fragte er fasziniert und vergaß, die Existenz von Riesen zu leugnen.

»Ich würde sie ja eher benutzen, um in der Nase zu bohren«, sagte Ellen, als sie sah, wie der Junge eines der Stäbchen herausnahm. »Oder mir das Ohrenschmalz aus den Ohren zu kratzen.«

Er kicherte wieder. »Mach mal vor!«

Ellen trat näher. Sie ahnte, was sich in dem Becher befand. »Kann es sein, dass die Riesen die hier schon benutzt haben und das ihre Popel sind?«

Der Junge kreischte vor Lachen. »Das sind Regenwürmer, von den Salzwiesen, die in der Flut ertrunken sind. Die Vögel picken sie auf.«

»Offenbar hast du sie ihnen heute weggenommen. Willst du daraus Kompott machen?«

»Was ist denn Kompott?«

Sie kam nicht dazu zu antworten.

»Jasper!«

Ellen erkannte nicht gleich, wer gerufen hatte. In der Ferne sah sie nur ein paar Rinder glotzen, mit dickem Fell, gewelltem Deckhaar, ein paar mit weißer Rückenschecke.

»Jasper!«, ertönte es wieder.

Der Junge zuckte bedauernd die Schultern. »Meine Mama.«

Ellens Erinnerungen an Liske waren unscharf, als wäre ihr Gesicht von Bernstein umgeben, der die Konturen verschwimmen ließ. In der Frau, die auf sie zuschritt, erkannte sie sie nicht wieder.

Damals waren sie gleich groß gewesen, danach hatte nur Ellen einen Schub gemacht. Sie war dürr geblieben, Liske rundlicher geworden, vor allem im Gesicht, ein Eindruck, der durch die breiten Wangenknochen und das kurz geschnittene Haar verstärkt wurde. Die Falten um Mund und Augen waren tief. Unter der halb offenen Jacke trug sie ein verwaschenes, zerknittertes T-Shirt, die Hose war rissig und fleckig. Sie ging entschlossen auf Ellen zu.

»Hilf mir mal. In der Ferienwohnung kannst du dich später einrichten.«

Ihre Miene war hart und unergründlich. Als sie Ellen erreichte, blieb sie gerade lange genug stehen, um etwas vor ihr abzulegen.

»Kannst du das wegwerfen? Ich bin spät dran mit dem Hühnerfüttern.«

Ellen musterte das Ding vor ihren Füßen, während Liske bereits weitergestapft war.

»Iiih«, machte Jasper, der es bereits erkannt hatte.

Es war eine Windel, eine übervolle Windel, notdürftig zusammengeklebt. Aus den Rändern quoll etwas Braunes.

»Iiih«, machte Jasper noch einmal.

Ellen unterdrückte ihren Ekel. »Wohin werft ihr denn den Müll?«, fragte sie vermeintlich gleichmütig.

Jasper zuckte die Schultern.

»Und weißt du, wo ich Gummihandschuhe finde?« Sie konnte das Ding unmöglich mit bloßen Händen anfassen.

Wieder nur ein Schulterzucken.

Ellen blickte sich um. Sie waren dreißig Schritte von der

Warft entfernt, neben dem Haupthaus und dem Stall gab es einen Schuppen, der wahrscheinlich als Müllhütte diente, weil Mülltonnen im Freien weggeweht würden.

Wieder blickte Ellen auf die Windel.

»Ist die von deinem Opa?«

Wieder keine Antwort. Ellen stellte den Rucksack ab und kramte in ihrem Kulturbeutel nach der Plastiktüte, in die sie auf Reisen ihre Zahnbürste steckte.

»Da kriegst du die Windel nicht rein«, erklärte Jasper.

»Ich weiß.«

Sie zog die Zahnbürste aus der Plastiktüte und dann diese über die rechte Hand. Sie konnte ihre Finger gerade mal so weit spreizen, dass sie mit Daumen und kleinem Finger die Windel anfassen konnte. Mehr schleichend als gehend, rechnete sie bei jedem Schritt damit, dass ihr die Windel aus der Hand rutschen und die Scheiße auf den Weg spritzen würde. Wenigstens war es schlammig. Da würde es nicht so auffallen.

Jasper trabte ihr nach.

Die Tür der Müllhütte war nur angelehnt, Ellen stieß mit dem Fuß dagegen. Gestank stieg ihr in die Nase, eine Fliege surrte um ihren Kopf, schwarz und dick.

»Ich bringe dir ein Festessen!«, sagte Ellen zu ihr.

Jasper kicherte. »Festessen?«

»Fliegen mögen nichts lieber als Scheiße, erst recht die von Menschen, die ist schön weich.«

»Wie lecker!«

Sie machte einen Schritt in den dunklen Raum, konnte zuerst nichts erkennen. Erst nach vier Schritten nahm sie eine schwarze Tonne mit gelbem Deckel wahr, steuerte darauf zu und versuchte, den Deckel zu öffnen.

»Bist du verrückt?«

Die Fliege brummte immer noch laut um Ellens Kopf. Liskes Stimme war lauter.

»Du willst das doch nicht ernsthaft da reinwerfen?«

»Soll ich die Windel etwa vergraben?«

»Die Windel ist nicht das Problem, das ist eine Ökowindel aus Bio-Kunststoff, aber das, was du da an der Hand trägst …« Liske starrte mit dem gleichen Ekel auf die Plastiktüte wie Ellen auf die Windel. »Plastik, also wirklich! Weißt du nicht, was das anrichtet? Pro Jahr geraten acht Millionen Tonnen Plastik in die Weltmeere, von den Seevögeln hier haben neunzig Prozent Plastik in den Eingeweiden.«

»Die Tüte wollte ich ja nicht wegwerfen. Ich wollte nur nicht …«

»Du wolltest nur nicht in Scheiße greifen. Das tut eine wie du nicht. Du greifst nur Bücher an, das war damals auch schon so.«

»Das stimmt doch gar nicht«, entfuhr es Ellen. »Ich habe immer mit angepackt. Weißt du nicht mehr, wie wir uns gemeinsam um die Galloways gekümmert haben?«

Liske sah sie so verständnislos an, als hörte sie zum ersten Mal davon.

»Und die Disteln«, beeilte Ellen sich hinzuzufügen, »wir haben gemeinsam Disteln gepflückt, weil die eine Kuh die so mochte. Ich hab sie Kleopatra genannt, du fandest, dass Herta besser zu ihr passt …«

»Ist ja schon gut«, unterbrach Liske sie schroff.

»Und als dein Vater einmal den Zaun von der Pferdekoppel austauschen musste, da hab ich mit dir zusammen die Latten …«

»Ist ja schon gut.« Diesmal klang Liske kleinlaut.

Ellen ließ die Windel in die Mülltonne plumpsen. Bis sie

die Plastiktüte von der Hand gezogen und notgedrungen in ihrer Hosentasche verstaut hatte, hatte sich Liske bereits abgewandt.

»Der Schlüssel für die Ferienwohnung steckt«, rief sie ihr über die Schulter hinweg zu. »Das Bett musst du selbst beziehen. Neunzehn Uhr kannst du mit uns essen, wenn du willst. Komm jetzt, Jasper.«

»Ich esse sehr gern mit euch!«, rief Ellen ihr nach.

Sie hatte keine Ahnung, ob Liske das noch gehört hatte.

Vor drei Wochen hatte Ellen Liske per Mail gefragt, ob sie für eine Weile die kleine Ferienwohnung beziehen könne, die diese online anbot. Liske hatte zugestimmt, ohne zu fragen, was Ellen auf der Hallig wollte.

Als Ellen die Treppe hochstieg, stellte sie fest, dass es der Schutzraum von einst war. Dazu gab es einen kleinen Vorraum und ein Badezimmer. Fast alles weiß, gespickt mit ein paar blauen Farbklecksen in Form von Kissen, Bilderrahmen und einem Holzschiffchen, das auf dem Schreibtisch stand.

Ellen hängte ihre wenigen Klamotten in den Schrank und räumte ihre vielen Bücher ins Regal. Ihre liebsten hatte sie bereits im Rucksack mitgeschleppt. Alle handelten von den Halligen: von ihrer Geschichte, der Flora und Fauna, vom Küstenschutz und der großen Halligflut im Jahr 1825, basierend auf der Chronik von Arjen Martenson.

Mit den Büchern wirkte der Raum nicht länger steril. Gedankenverloren strich Ellen über die Buchrücken. All die Jahre waren diese Bücher ihr Zuhause gewesen. Vielleicht fand sie nun gemeinsam mit ihnen ein neues.

Zum Abendessen gab es Lammgulasch mit Bohnen. Liske stellte den Teller mit einem lauten Knall vor Ellen ab, auftun musste sie sich selbst. Das Fleisch war zäh und faserig, aber das störte Ellen nicht. Es schmeckte zwar nicht gut, aber es schmeckte … vertraut.

»Ich kann halt nicht gut kochen«, brummte Liske trotzig.

»Mir schmeckt's«, sagte Ellen schnell. »Ich mag die typischen Halliggerichte. Mehlbüddel oder Porenpann oder …«

Sie brach ab, weil ein beschwerliches Schlurfen zu hören war. Das musste Bauer Thijman sein. Offenbar war er doch nicht bettlägerig, wie Ellen wegen der Windel vermutet hatte, aber der Rhythmus der zähen Schritte verriet, dass er nur noch wenig mit dem Mann von einst gemein hatte.

Ellen rang um ein fadendünnes Lächeln. Als sie sicher war, dass es reißfest war, hob sie beklommen ihren Blick.

Bauer Thijman beachtete sie nicht, er brauchte die Kraft, um voranzuschlurfen.

»Guten Abend«, sagte sie leise.

Er erwiderte den Gruß nicht.

Weitere drei Schritte, Thijman war noch einen Meter von seinem Stuhl entfernt, streckte die zittrige Hand danach aus. Um ihn nicht aufdringlich anzustarren, musterte Ellen die Küche. Ein Puzzle, dessen fehlende Teile durch die eines anderen ersetzt worden waren: der Schrank ein Billigmodell von Ikea, der Gasherd aus den Fünfzigern, dazwischen eine Bank, mit Stauraum unter der Sitzfläche. Sie musste uralt sein, mindestens so alt wie der Stuhl mit den Armlehnen, auf den sich einst nur das Familienoberhaupt hatte setzen dürfen. Die karierten Topflappen waren Billigware, die Messinghaken, auf denen sie hingen, Antiquitäten. Und neben dem Kühlschrank hing ein alter Kreuzstich mit den Worten »Lever dood as Slaav«, der Wahlspruch der Friesen.

»Oha«, ertönte es plötzlich – die Silben gedehnt wie ein Gummiband. Sie begleiteten mehrere Bewegungen. Bauer Thijman kippte leicht nach vorne, stützte sich mit einer Hand auf der Tischplatte ab, zog mit der anderen den Stuhl hervor, ließ sich vorsichtig darauf gleiten.

»Oha!«, kam es wieder, als er saß, Liske ihm den leeren Teller hinstellte, ganz behutsam diesmal, ihm vom Eintopf gab. Er nahm einen Bissen Lammfleisch in den Mund, kaute eine Weile darauf herum, spuckte es wieder aus, schob es an den Tellerrand, nahm sich das nächste Stück.

Nachdem er das nächste Stück Lammfleisch ausgespuckt hatte, hob er den Blick, betrachtete Ellen. Sie schaute zurück, diesmal richtig. Thijman wirkte wie ein knorriger Baum. Keine Früchte, keine Blätter, ein morscher Stamm, aber tiefe Wurzeln.

»Oha, da ist ja wer.«

Eine Faser klemmte zwischen Ellens Backenzähnen, sie fischte mit der Zunge danach. Als die Faser endlich weg war und sie erklären wollte, warum sie hier war, ließ Thijman den Löffel fallen. Er legte seine Hand auf die ihre, gegerbt wie der Rest, aber warm. »Die Ellen. Schön war's, als ihr da wart. Deine Mutter fehlt.« Auf seinem Gesicht erschien ein wehmütiger Ausdruck.

Liske schnaubte. »Die Galloways haben sie nicht vermisst, die Schafe auch nicht, die Enten noch weniger, die Seeschwalben ...« Sie brach ab, aß mit gesenktem Kopf, fügte kaum hörbar hinzu: »Parasiten haben wir schon genug.«

Der Bauer verschob ein paar ausgespuckte Brocken auf

seinem Teller zu einer Formation, deren Sinn sich nur ihm selbst erschloss.

Ellen nahm noch einen Bissen, kämpfte mit den Fasern, kämpfte mit dem Anblick der ausgespuckten Brocken. Ihr Teller war noch halb voll, als die Mahlzeit für den Alten vorbei war.

Bauer Thijman erhob sich. Sein Körper schien vergessen zu haben, dass er einmal nicht steif gewesen war, nicht geschmerzt hatte.

»Morgen gibt's Aal«, sagte Liske, als er an ihrem Stuhl vorbeischlurfte.

Keine Antwort.

»Stell dir vor, der Neue will die Aale einfach auf den Grill legen und braten. Legen! Aale hängt man doch auf und räuchert sie!«

Wieder keine Antwort.

»Schlimm genug, dass er in den Prielen Reusen stellen darf. Aale unter fünfundvierzig Zentimeter müssen zurück ins Wasser, aber er hält sich nicht daran.«

Bauer Thijman hatte die Tür erreicht und hielt sich kurz am Rahmen fest. »Gut«, sagte er, sonst nichts mehr.

»Ich freue mich, dass er noch aufstehen kann«, murmelte Ellen, als die schlurfenden Schritte nicht mehr zu hören waren.

»Hm«, machte Liske. Sie stach ins Lammfleisch, als müsste sie das Tier ein zweites Mal töten.

Ellen versuchte es noch mal. »Und ... Jasper schläft schon?«

»Mhm.«

»Das ist aber früh.«

»Mhm.«

»Aber wahrscheinlich steht ihr auch früh auf.«

»Mhm.«

»Wer ist sein Vater?«

Liske blickte auf. Sie kaute so, wie sie die Gabel ins Fleisch gestochen hatte. Als wäre das Essen ein Kampf, bei dem es Sieger und Verlierer gibt.

»Hat sich auf dem Festland verirrt.« Liske erhob sich, nahm den Teller des Vaters mit den ausgespuckten Fleischstücken auf dem Rand und den eigenen, der auch noch ziemlich voll war. Sie schob das Fleisch in einen kleinen dünnen Biosack, der unten feucht war.

Gleich wird er reißen, dachte Ellen. Sie holte Luft. »Ich habe mich auf eine Stelle beworben. Hier auf der Hallig.«

Liske kratzte mit dem Löffel über den Teller, obwohl er längst leer war.

»Hast du gehört? Ich werde hier auf der Hallig arbeiten.«

Der Teller landete im Abwasch, Wasser lief darüber, der Zitronenduft eines Ökospülmittels erfüllte die Küche.

Keine Nachfragen.

»Ich wollte schon so lange zurückkehren. Es bot sich nur nie eine Gelegenheit. Dieser Ort ...«, flüsterte Ellen. »Bei Menschen nennt man es Seelenverwandtschaft. Ich glaube, dass es das auch zwischen einer Landschaft und Menschen gibt. Die Halligen und ich ...«

Jetzt hielt Liske inne. »Die Halligen sind mit die einsamsten Flecken auf dieser Erde.«

»Genau darum müssen die Menschen zusammenhalten«, entgegnete Ellen. »Hier lebt man auf Inseln, in den Städten ist jeder eine Insel.«

»Die Halligen sind keine Inseln. Sie sind ...«

»Teile vom untergegangenen Marschland, ich weiß.«

»Auf dich hat hier keiner gewartet.«

Liske drehte sich zu ihr um. Erst jetzt erkannte Ellen das Mädchen von damals in ihr wieder, erst fremdelnd, später zutraulich, am Ende verletzt. Weil sie gegangen war, weil sie Liskes Träume mitgenommen hatte, weil sie sie nicht rechtzeitig vor Sunny gewarnt hatte.

Es tut mir leid, wollte sie sagen, sagte es aber nicht. Sie hatte auf ein Willkommen gehofft, nicht einen Freispruch.

»Dein Vater hat sich gefreut, mich zu sehen«, sagte Ellen, »ich dachte, du würdest dich auch freuen. Ich könnte dir helfen – wie früher. Mit den Tieren, vielleicht mit Jasper. Wenn du das nicht willst, auch gut – auf mich wartet hier eine Aufgabe.« Sie atmete tief durch. »Die Halligschule sucht seit einem halben Jahr eine Lehrerin. Sie haben mich sofort genommen. Am ersten Schultag nach den Osterferien fange ich an.«

Der Wind rüttelte am Fenster. Zu seinem Heulen kam ein Geräusch, wie es nur das Meer machen konnte – eine zu einem klagenden Ton zerflossene Graunuance, hell und dunkel zugleich.

Als Ellen die Küche verlassen wollte, bot Liske ihr plötzlich Tee an.

»Gerne«, sagte Ellen und setzte sich wieder.

Liske machte keinen Tee.

Sie rieb mechanisch mit dem Putzlappen über ein Regal, nahm sich dann die Arbeitsfläche neben der Spüle vor. Sie rieb und rieb, fragte Ellen schließlich: »Warum bist du wirklich hier? Man wird doch nicht einfach so … Halliglehrerin.«

Ellen schwieg. Nicht einfach so. Sondern weil sie sich viel zu lang wie Treibgut gefühlt hatte, vom Zufall angespült und von dem, der es dort fand, als das verwendet, was er gerade am meisten brauchte.

»Ich bin der Vierzig mittlerweile näher als der Dreißig«, sagte sie schließlich. »Es war Zeit für einen Neuanfang.«

Liske hörte zu putzen auf, der Lappen landete in der Spüle.

»Wo hast du überhaupt gelebt seit damals?«, fragte Liske.

»Die letzten achtzehn Jahre war ich in Wien.«

»Und was hast du da gemacht?« Liske setzte nun endlich Teewasser auf.

Ellen war nicht sicher, ob sie in Wien überhaupt gelebt hatte. Gearbeitet hatte sie dort – in einem winzigen Büro an der Uni. Und gewohnt hatte sie dort, in ihrem Apartment, das wie ein Hotelzimmer ausgesehen hatte.

»Ich bin dort nie wirklich angekommen. Nicht so wie hier.«

Das Teewasser begann zu kochen, das Gurgeln und Brodeln wirkte beruhigend.

Erst jetzt merkte Ellen, wie kalt ihr war. Als Liske den Tee zum Tisch brachte, legte sie die Hände um ihre Tasse.

»Trotzdem«, sagte Liske, »man wird nicht einfach so Lehrerin auf der Hallig.«

»Ich hab mich grad von meinem Freund getrennt. Oder er sich von mir. Und ich habe meinen Job an der Uni verloren. Eigentlich habe ich auf Lehramt studiert, aber noch nie als Lehrerin gearbeitet.«

»Aha«, sagte Liske, »du hast also keinen Job und keinen Mann mehr und wusstest nicht, wohin.«

»Doch. Ich wusste, dass ich zurück auf die Hallig wollte.«

»Wenn du die Halligen wirklich kennst, müsstest du wissen, dass das hier kein Sanatorium für Lebensmüde ist.

Hier kommst du nicht wieder zu Kräften. Hier musst du viel Kraft haben, um durchzuhalten.«

Ellen betrachtete die goldgelbe Oberfläche des Friesentees. »Ich bin nicht lebensmüde. Ich bin lebenswach.«

Liske sah sie verständnislos an.

»Ich kann gut mit Kindern«, fügte Ellen hinzu.

Liske legte den Kopf schief. »Und das genügt, um eine gute Lehrerin zu sein?«

Ellen dachte an die Stellenanzeige in einer überregionalen Tageszeitung, auf die sie zufällig gestoßen war. Sie hatte nicht gezögert, sofort beim Schulamt in Schleswig-Holstein anzurufen, hatte erfahren, wie schwierig es war, die Stelle einer Halliglehrerin zu besetzen. Ein einziges Vorstellungsgespräch hatte gereicht.

»Sie haben dringend eine gesucht.«

»Eben. Man hätte jede genommen. Das heißt noch nicht, dass du dafür geeignet bist.«

»Das heißt aber auch nicht, dass ich nicht geeignet bin.«

Ellen hielt Liskes Blick stand. Da war keine Feindseligkeit mehr, keine Verachtung, da war ein Anflug von Respekt, so glaubte sie. Aber vielleicht irrte sie sich auch – Liske führte soeben ihre Tasse zum Mund.

Ellen nahm ebenfalls einen Schluck Tee. Er war stark und herb. Er machte sie noch lebenswacher.

DAMALS

Die Worte des Pastors gärten in mir. Die Worte der Mutter gärten in mir. Was, wenn mir das Leben eines Halligbauern nicht genügte? Was, wenn die Hallig zu klein für einen wie mich war?

Der Tod des Vaters war gleichsam der erste Schritt auf dem Weg in ein anderes Leben, mit dem Tod der Mutter kam ein zweiter hinzu, und am Ende dieses Weges stand Pastor Danjel. Ein Mann, der mein Lehrer sein wollte, mein Wissen mehren, einen Menschen aus mir machen. Ich wäre gerne auf ihn zugelaufen. Doch da war noch Hendrik.

Kurz nach Mutters Beerdigung weigerte sich Hendrik, im Alkoven zu schlafen. Dort hatte die Mutter gesessen, ehe sie starb, ihr Geist würde dorthin zurückkehren. Außerdem hatte er gehört, dass die Sturmflut manchmal die Kraft hätte, Särge mitsamt den Leichnamen aus den Gräbern zu reißen und durch die Tür in die Dönse zu treiben.

Ich vernagelte die Tür, ließ Hendrik Lammfelle auf den Dachboden bringen, und wir schliefen dort fest aneinandergedrängt.

In der nächsten Nacht genügte es Hendrik nicht, auf dem Schaffell zu schlafen. Er hatte nicht nur Angst vor der Sturmflut, die den Leichnam der Mutter und den leeren

Sarg des Vaters in die Stube schwemmen könnte. Er hatte Angst vor der Dunkelheit, in der ihr weißes Gesicht leuchten würde, wenn sie zurückkäme.

Ich konnte ihm keine Sonnenstrahlen bieten, aber die Petroleumlampe. Als das Petroleum verbraucht war, entzündete ich die Baumwolldochte der Kerzen. Und als die Kerzen verbraucht waren, machte ich das Tranlämpchen an. Als das Tranlämpchen leer war, hatte er immer noch Angst vor dem weißen Gesicht der Mutter, das in seiner Erinnerung zu Buttermilch zerfloss.

Ich suchte Pastor Danjel in der Kirche auf, wo er gerade Bienenwachskerzen am Altar austauschte. Ich verharrte am Taufbecken, das von geschnitzten Figuren getragen wurde. Zwischen uns standen die Reihen aus blauen Bänken.

Ich brauche Licht für meinen Bruder, rief ich.

Mit einer Kerze in der Hand trat er näher. Weißt du, was das grellste Licht ist, das schier unauslöschlich ist, das sich aus sich selbst nährt? Nicht Kerzen, nicht Fackeln, nicht Tranlämpchen, nicht Petroleumlampen. Es ist ... die Vernunft.

Einen Augenblick lang vergaß ich die Ängste meines Bruders. Was genau ist die Vernunft?

Dasjenige im Menschen, das aus der Jauchegrube des Lebens herausragt, erwiderte der Pastor. Die Warft, die selbst bei Sturmflut nicht in den Wassermassen versinkt.

Er winkte mich zu sich, und wir setzten uns in eine der morschen Kirchenbänke, sie knirschte unter unserem Gewicht. Er sprach sehr lange. Von Vernunft und Bildung, von der Unmündigkeit des Menschen und dass man sich daraus befreien müsste, vom Mut zu lernen und von Dingen, die praktischer Natur waren und theoretischer. Nicht jedem sei es gegeben, für den anderen zur Kerze zu werden, zur Fackel, zur Sonne, aber wer es vermöge, sei der mächtigste Mensch überhaupt.

Die Vernunft kann selbst das Meer bezähmen, rief er, denn sie lehrt uns, wie man die richtigen Dämme und Deiche baut.

Ich war so fassungslos über seine Worte, dass ich den Zeitpunkt verpasste, mich dumm zu stellen. Die Vernunft ist stärker als das Meer?, fragte ich.

Stärker als der Wind und stärker als das Feuer, erklärte der Pastor, stärker als die Erde und, ja, stärker als das Meer. Wer weiß, welchen Gesetzen die Gezeiten folgen, kann sich diese Gesetze zu eigen machen. Vielleicht kann er diese Gesetze sogar ändern.

Ich versuchte, mir ein Bild von der Vernunft zu machen. Es gelang mir nicht.

Ich sah dagegen deutlich das Meer vor mir, so unantastbar. Wären die Halligen Menschen, sie wären voller Beulen und Kratzer, voller Wunden und Narben, geschrumpft, angebissen. Das Meer konnte man dagegen nicht verletzen, nicht entzweischlagen, nicht verdreschen. Dem Meer konnte man nicht wehtun.

Wenn die Vernunft aber noch mächtiger war als das Meer, konnte man auch ihr nichts anhaben. Und wenn man der Vernunft diente, tat einem womöglich selbst nichts mehr weh, nicht das Salz, die Kanten von Muscheln, der Tod des Vaters, das Echo vom Schreien der Mutter, Hendriks Angst vor der Finsternis, die Hilflosigkeit.

Ich brauche Licht für meinen Bruder, entfuhr es mir.

Pastor Danjel gab mir keine der kostbaren Bienenwachskerzen. Er sagte: Wenn du willst, kannst du mit mir nach Husum gehen. Du kannst von mir lernen, was ich weiß.

Was ist mit Hendrik?

Auf eurer Nachbarwarft haben sie zwei Söhne verloren. Mit Hendrik könnte der Bauer was anfangen, er ist noch klein. Klein genug, um eure Mutter und euren Vater zu vergessen. Du wirst deine Eltern nicht vergessen, aber ich will ja auch nicht dein Vater sein. Ich will dein Lehrer sein.

Nun hielt er den Butt in Händen, auch wenn der etwas glitschig war. Ich wand mich noch eine Weile, aus Liebe zum Bruder, aus Angst vor der Ferne.

Jeder weiß, wie lange ein Fisch an Land japst, aber tot sind sie am Ende doch.

Ich verließ mit Pastor Danjel die Hallig.

Bis heute sucht es mich heim, wie Hendrik sich an mich klammerte, wie die Frau, die seine Mutter sein würde, die Finger einzeln aufbiegen musste, wie ich mich losriss, seinen neuen Eltern einen letzten Rat zurief: Gebt ihm Brei zu essen, keine Buttermilchsuppe. Lasst in der Nacht das Licht an, und verriegelt stets die Tür!

Dann lief ich fort, um Hendrik nicht mehr brüllen zu hören.

Ich hörte ihn noch Tage später. Wenn ich wach war und vor allem, wenn ich schlief.

Auf der Schaluppe, die uns nach Husum brachte, dachte ich an den Brauch, den Seeschwalben zwei mit Ruß angeschwärzte Hühnereier unterzulegen, auf dass diese sie ausbrüten. Die Hähne, die aus solchen Eiern schlüpfen, gelten als besonders bösartig. Unterm Arm tragen die

Halliglüd sie von einer Warft zur nächsten und lassen sie in der Stube gegen einen hohen Wetteinsatz miteinander kämpfen.

Würde Hendrik ein solch bösartiger Hahn werden? Oder ein verängstigtes Küken bleiben?

Und wie stand es um mich? Nun, man hatte Pastor Danjel kein falsches Ei untergelegt. Er war gleichsam der, der ein gefundenes Ei mit einem Kreuz in der Erde als seines markierte. Er wurde nicht müde, die Vernunft zu preisen, es war erst kurz vor unserer Ankunft in Husum, als er erstmals über seine Familie sprach.

Bald wirst du meine Frau kennenlernen, sagte er, und Gretjen.

Mir war neu, dass er verheiratet war. Mir war neu, dass es da ein Mädchen gab. Wer ist Gretjen?

An diesem Tag erfuhr ich nur, dass sie seine Tochter war.

Viel später erfuhr ich, dass die Vernunft zwar stärker ist als das Meer, aber dass es jemanden gab, der stärker war als die Vernunft: dieses Mädchen, diese Frau, dieser eine Mensch, der mein Mensch wurde.

4

Ellen radelte Richtung Schulwarft. Es war ihr erster Tag als Halliglehrerin. Sie blickte auf die Uhr, stellte fest, dass sie spät dran war, die Kinder würden schon auf sie warten.

Bis jetzt hatte sie ihr Leben mit der Lupe absuchen müssen, um Kinder zu finden.

Sie hatte immer welche gewollt, Tobias nicht.

Noch in Internatszeiten hatten sie sich gefunden und danach beide nicht mehr weitergesucht.

Ellens große Liebe galt den Büchern, und sie war froh, dass jemand da war, wenn sie hinter einem Stapel hervorlugte.

Tobias hatte keine große Liebe. Dafür hasste er leidenschaftlich seinen Vater, einen misanthropischen Katholiken, was in seinen Augen kein Widerspruch, sondern Synonym war. Er war ständig damit beschäftigt, seine Kindheit aufzuarbeiten, vorzugsweise mit diversen Therapeuten, Coaches oder Gurus, hin und wieder auch mit Ellen. Sie nickte an den richtigen Stellen, bohrte nie dort nach, wo es wehtat. Sie hatte eine Mutter, die Tobias für noch schlimmer befand als seinen Vater. Ellen vermutete, dass er ihr das neidete, mit so einer Mutter hätte er noch radikaler seine frühkindliche Phase dekonstruieren können.

Ellen hielt sie beide für genügsam. Vor zwei Monaten hatte sich herausgestellt, dass sie vor allem bequem gewesen waren.

Eines Abends lud Tobias sie zu sich in seine Wohnung ein.

»Setz dich«, sagte er. Das war nicht leicht. In Tobias' loftartiger Dachgeschosswohnung im vierten Wiener Bezirk gab es keine Türen, keine Jalousien oder Vorhänge, keine Zimmerpflanzen – und keine Sitzgelegenheiten. Die drei Hochstühle um den weiß gelackten Küchenblock hatte er als Erstes rausgeworfen, den Esstisch nutzte er als Bücherregal. Sofas gab es, aber nur Liegesofas, außerdem waren da eine Chaiselongue und auf dem Boden verstreute Kissen. Die Wände waren weiß, ansonsten dominierte die Farbe Grau. Graubeige, Mausgrau, Taupe, Zinn, warmes Grau, Asche. Ein Farbton hieß »Wet Sand«. Vielleicht war das der Grund, warum er seit vielen Jahren mit ihr zusammen war. Weil sie eine graue Maus war und sich in die Kulisse einfügte.

Ellen wusste nicht, woher Tobias' Aversion gegen das Sitzen kam. Vielleicht sollte die Wohnung eine überdimensionale Psychiatriecouch sein.

»Setz dich«, wiederholte er.

Sie blieb stehen.

»Ich muss dir etwas sagen.«

Tobias fläzte sich auf eines der taubengrauen Liegesofas, stützte seinen Arm auf einem Kissen ab, nahm ein weiteres, um es sich wie einen Schild zwischen Knie und Brust zu klemmen.

»Ich werde Vater«, erklärte er.

Das war neu.

»Du hast eine andere«, stellte Ellen fest. Sie spähte

zwischen ihren Haaren hervor, sah, wie er die Hände ums Kissen legte. »Du hast mich betrogen.«

»Noch nicht«, sagte er, »aber ich würde es tun, wenn wir zusammenblieben ... in mittelfristiger Zukunft. Da ist es besser, wir trennen uns gleich.«

»Wirst du nun Vater?«

»Ich habe es vor. Ich bin jetzt so weit. Ich habe alle Altlasten aufgearbeitet. Und mit dir kann ich kein Kind kriegen. Du hast ja nie eins gewollt.«

»Das stimmt doch gar nicht. Wir haben nur nie darüber geredet.«

»Jetzt komm schon, das steht doch außer Frage. Du und Kinder. Mit deiner gestörten Mutter.«

»Was ist mit deinem gestörten Vater?«

»Deswegen brauche ich ja eine normale Frau, die den Ballast von meinem Alten wieder aufwiegt.«

Ellen sagte nichts. Das war lächerlich. Alles hier war lächerlich. Ihr entfuhr ein Prusten, das er wohl für hysterisch hielt. Sein Blick wurde mitleidig, ihrer wurde ausdruckslos. Sie verbarg die Augen wieder hinter den Haaren, griff nach ihrer Tasche, zog die Geldbörse hervor. Sie legte einen Hunderteuroschein auf den weiß lackierten Küchenblock, an dem sie niemals Wein getrunken oder zu Abend gegessen hatten.

Tobias hob den Kopf, das Kissen verrutschte. »Wofür ist das? Du schuldest mir nichts.«

»Deine nächste Therapiesession geht auf mich«, beschied sie ihn kühl. »Du musst eine Trennung bewältigen.«

Wie gut, dass ich keine Kinder mit ihm bekommen habe, dachte sie oft. Wie schade, dass ich keine Kinder mit jemand anderem bekommen habe, dachte sie noch öfter.

Einmal war Tobias' Nichte zu Besuch gewesen. Ein anderes Mal hatte die kleine Tochter seiner Putzfrau sie in die graue Wohnung begleitet. Beide hatte Ellen mit den Pfauenfedern – nicht bunt, sondern mit einem matten Silberspray bearbeitet – gekitzelt, die anstelle von Blumenschmuck in den länglichen grauen Vasen gestanden hatten. Sie hatten sich nicht an den fehlenden Sitzmöglichkeiten gestört, waren fröhlich auf dem Boden herumgekrochen. Ellen hatte so getan, als wäre es Treibsand. Hilfe, Hilfe, gleich gehe ich unter. Hilfe, Hilfe, gib mir deine Hand.

»Du machst ihnen ja Angst«, hatte Tobias sie gerügt. »So was fällt nur jemandem ein, der keine Ahnung von Kindern hat.«

Die Kinder hatten gelacht. Ellen hatte auch gelacht.

Wenn sie mit Erwachsenen zusammen war, sagte sie nicht, was sie dachte. Wenn sie mit Kindern zusammen war, dachte sie nicht darüber nach, was sie sagte. Erwachsene hielten sie für seltsam, Kinder auch, aber Kinder mochten das Seltsame, das Sonderbare. Bei ihnen fiel es Ellen leicht, das Kinn zu recken, ihr Gesicht zu zeigen, verrückte Witze zu machen, groteske Geschichten zu erzählen. Sie wog Kindern gegenüber die Worte nicht ab, schüttete frei nach Gefühl die Zutaten in die Schüssel, und das, was herauskam, war schmackhaft.

Die Schule war ein längliches Gebäude aus roten Backsteinen mit einem roten Dach.

Als Ellen den Klassenraum betrat, blickten nicht nur fünf Augenpaare sie an, sondern zwei Dutzend.

Sie waren auf den Leggings eines kleinen Mädchens abgebildet, das in der ersten der drei Tischreihen saß: große Augen inmitten fahler Gesichter und noch fahlerer Haarfluten. Auf der Schwelle des Klassenzimmers hatte Ellen noch gedacht, es seien Wasserrosen. Beim Näherkommen wurden Köpfe daraus. »Moin!«, sagte Ellen laut, dann berichtigte sie sich, weil es aufgesetzt klang: »Guten Morgen.«

Das Mädchen starrte sie an.

Ellen wusste aus dem Schreiben der Schulleitung, dass die jüngste ihrer fünf Schüler sieben Jahre alt war und Josseline hieß. Sie war aber nicht sicher, ob man ihren Namen englisch aussprach, französisch oder einfach so, wie man ihn schrieb.

»Wie heißt du denn?«, fragte sie.

»Schosseleine.«

Ellen lächelte. »Dich meine ich gar nicht«, sagte sie und deutete auf die Leggings, »ich habe mit dieser Elfe hier geredet.«

»Das ist doch keine Elfe, das ist eine Königstochter. Sie heißt Elsa.«

»Willst du mir mehr über sie erzählen?«

»Wie lautet das Passwort?«, tönte es barsch aus der dritten Reihe.

Das war nicht die Stimme ihrer jüngsten Schülerin, sondern ihrer ältesten, Laura, genannt Lorelei. Mit fünfzehn sollte sie eigentlich schon die Oberstufe am Festland besuchen, hatte aber laut dem Schreiben der Schulleitung die dritte Klasse wiederholen müssen.

Ellen sah sie ruhig an.

»Kriege ich nun das Passwort?«, wiederholte Lorelei ungeduldig.

»Gleich«, sagte Ellen und wandte sich wieder an Josseline. »Elsa heißt ja fast so wie ich. Ich bin Ellen.«

»Müssen wir nicht Frau Lehrerin sagen?«, kam es von einem der achtjährigen Zwillinge, die ebenfalls in der ersten Reihe saßen, jedoch einen Tisch zwischen sich und Josseline freigelassen hatten.

»Hm«, machte Ellen, »das weiß ich auch nicht so genau. Wenn mein Freund in die Wohnung kam, hat er nie Ellen oder Frau Lehrerin gerufen, nur ›Bist du da?‹ Wie gefällt euch denn dieser Name?«

Ein Kichern ertönte. »Das Passwort!«

Ellen wandte ihren Blick wieder Lorelei zu. Das Mädchen erinnerte sie an sich selbst als Jugendliche. Das lange Haar trug sie zwar nicht offen, sondern zu einem Pferdeschwanz gebunden, und durchlöcherte Jeans hatte Ellen nie getragen, aber in den Pulli hätte Lorelei dreimal hineingepasst, so wie Ellen einst in ihren. Der Stoff sah kratzig aus, wahrscheinlich Schafwolle.

»Du meinst das Passwort für die Lernplattform Moodle, oder?«

Nur ein Schnauben, dann: »Der Englischunterricht in Flensburg hat schon angefangen, ich muss mich einloggen. Das Passwort steht in den Unterlagen da.«

Sie deutete mit dem Kinn auf die Mappe, die auf dem Lehrertisch lag. Darin befanden sich auch die Tagespläne für die Aufgaben, die die Kinder eigenverantwortlich machten. Hinterher mussten sie ankreuzen, ob sie leicht, mittel oder schwer gewesen waren.

Lorelei stand auf und öffnete die Tür am Ende des Klassenraums, hinter der sich ein kleines Zimmer mit Dachschrägen und drei Computern befand.

»Die sehen ja aus, als hätten sie den letzten Krieg erlebt«, spottete Ellen, nachdem sie ihr dorthin gefolgt war.

Bei Lorelei zog das nicht. »Damals gab es noch keine Computer.«

Ellen ließ sich nicht so schnell entmutigen. »Aber Vormodelle. Und es gab schon den Begriff Computer. Der Vorstandsvorsitzende eines amerikanischen Unternehmens, das die ersten Computer herstellte, sagte einmal, dass er einen weltweiten Bedarf von vielleicht fünf Computern sehe.«

Wieder schnaubte Lorelei genervt. »Das Passwort!«

Ellen gab das Passwort ein, während das Mädchen sich das Headset aufsetzte. Die Glasfaserleitung des Computers war modern, von den Kopfhörern bröselte Schaumgummi.

»Danke«, brummte Lorelei unwirsch.

»Zementmischer – *cement mixer*«, hörte Ellen eine Stimme aus dem Computer. »Mörtel – *mortar*. Lastkran – *crane*.«

Auf dem Weg zurück zum Lehrerschreibtisch umschiffte sie einen Trockenwagen, an dem Bilder aus Wasserfarben hingen. In den Unterlagen war diese Neuanschaffung erwähnt worden. Die Bilder mussten nun nicht mehr zwischen den Blumentöpfen auf der Fensterbank trocknen. Aus den Töpfen ragte undefinierbares Gestrüpp, die Blumen auf den Bildern sahen ähnlich aus. Vielleicht sollten es keine Blumen, sondern Lastkräne und Zementmischer sein.

Als Ellen den Lehrertisch erreichte, beschossen die Zwillinge gerade die Tafel mit Papierraketen. Geschickt fing Ellen eine auf.

»Geht die zum Mars oder zum Jupiter?«, fragte sie.

Keine Antwort.

»Und wer von euch ist Jals, und wer ist Nin?«

Verdutzte Gesichter. »Bitte?«

»Na, wer ist Jals, und wer ist Nin?«

»Wir heißen doch Nils und Jan!«

»Echt?« Ellen tat so, als würde sie sich gründlich in ihre Unterlagen vertiefen. »Stimmt«, sagte sie nach einer Weile, »da steht tatsächlich Nils und Jan. Außerdem steht da, dass wir in der ersten Stunde mit Mathematik beginnen sollen. Wollen wir nicht lieber Sport machen, solange die Sonne scheint?«

»Das geht nicht«, platzte einer der Jungen heraus. »Unsere Sprunggrube muss noch erneuert werden, beim letzten Landunter ist der Sand fortgespült worden.«

»Es ist ganz viel Müll zurückgeblieben«, sekundierte sein Bruder.

»Da war auch eine Strumpfhose dabei.«

Ellen seufzte. »Schade«, sagte sie, »eine Strumpfhose habe ich bereits. Ich bräuchte eine neue Unterhose.«

Ein vorsichtiges Lachen ertönte – nicht nur aus den Mündern der Jungs, auch aus Josselines. Als Ellen sich zu ihr umwandte, fiel ihr auf, dass eine Schülerin fehlte, laut Unterlagen ein neunjähriges Mädchen.

»Wo ist denn Metha Heinemann?«, fragte sie.

Josseline zuckte die Schultern, einer der Jungs nuschelte etwas, das sich anhörte wie: »Nicht da.«

»Ist sie krank?«

»Sie war nur ein Mal in der Schule.«

»Und danach?«

»Danach ist sie nicht wiedergekommen. Ihr Vater lässt sie nicht gehen.«

In den Unterlagen hatte nur gestanden, dass Metha Heinemann erst seit einigen Monaten auf der Hallig lebte. Ellen beschloss, sich später darum zu kümmern.

»Machen wir nun Sport oder ein Arbeitsblatt für AWV?«, fragte Jan.

AWV war die Abkürzung für Arbeit, Wirtschaft und Verbrauch.

»Ah«, sagte Ellen laut, »zu diesem Fach gehört auch die Pflege unseres Schulgartens. Wollt ihr mir den mal zeigen?«

»Meine Oma hat einen Zaubergarten«, rief Josseline.

Jan – oder war es Nils? – verdrehte die Augen. »Sie behauptet, da wachsen Blumen, die man essen kann. So ein Blödsinn!«

»Das glaubt ihr nicht?«, gab Ellen zurück. »Ich esse immer Blumen zum Frühstück, am liebsten Löwenzahn, deswegen brülle ich manchmal wie eine Löwin. Und wegen der vielen Rosen, die ich immer zum Abendessen zu mir nehme, wachsen hier schon Dornen raus.«

Sie gestattete den Jungs einen Blick hinter ihr Ohrläppchen.

Prompt lachten sie, und wieder lachte sie mit.

Leider kam auch aus dem Computerraum Gelächter, und das hatte nichts mit Löwenzahn und Dornen zu tun.

Entschlossen ging Ellen auf den Raum zu. Lorelei hatte immer noch das Headset auf. Doch obwohl sie seit knapp zwanzig Minuten am Englischunterricht teilnehmen sollte, sprach sie nicht Englisch. Sie skypte mit einer Freundin.

»Die ist so doof, die Alte, das kannst du dir nicht vorstellen. Ich konnte zuschauen, wie sie das Passwort eingegeben hat. Das hätte die Wichmann nie gemacht. Das Passwort!«

Ellen unterdrückte ein Seufzen. Ein echter Anfängerfehler. Sie gab sich nicht geschlagen.

»Das neue Passwort, das ich mir ausdenken werde, errätst du nie!«, sagte sie energisch.

Lorelei zuckte zusammen, griff sich unwillkürlich ans Headset, noch mehr Schaumstoffkrümel regneten herunter. Sie starrte Ellen an, schob die Unterlippe vor.

»Ich wollte nicht …«, setzte sie trotzig an.

»Ist schon gut.« Ellen bedeutete ihr aufzustehen, öffnete die Startseite von Moodle. »Das neue Passwort ist der Name einer der Halligen«, erklärte sie.

»Na, dann kann's nicht so schwer sein, es zu erraten. Es gibt ja nur zehn Halligen.«

»Bist du dir sicher?«, fragte Ellen. Sie beugte sich tief über die Tastatur, sodass Lorelei nicht erkennen konnte, welche Zeichen sie eingab.

»Dass es zehn Halligen gibt? Aber klar doch! Hooge, Langeness, Südfall, Habig …«

»Ich habe an eine der anderen gedacht. Zum Beispiel Dagebüll, Galmsbüll, Ockholm, Pohnshallig, Alt-Nordstrand …«

Lorelei kniff die Augen zusammen. »Das sind doch keine Halligen.«

»Doch«, beharrte Ellen, »aber es sind untergegangene. Oder solche, die durch Landgewinnung zu Kögen wurden. Es gab früher Hunderte von Halligen. Manche sind bei den großen Mandränken – den Fluten – entstanden, andere für immer verschwunden.«

Während sie sprach, gab sie das Passwort ein: ModerhalligHarmelfshallig1825 – die Namen von zwei untergangenen Halligen und das Jahr, in dem sich die große Halligflut ereignet hatte. Ein Sonderzeichen wäre auch nicht schlecht. Gab es eines, das das Meer oder zumindest das Wasser symbolisierte?

Am Ende machte sie ein Sternchen und überließ Lorelei wieder den Computer. Die setzte sich das Headset nur widerwillig auf, aber nach einer Weile waren wieder Vokabeln zu hören. Motorsäge – *chainsaw*. Arbeitsbühne – *working platform*.

Als Ellen zurück in den Klassenraum trat, herrschte dort Aufruhr.

»Hört auf damit!«, rief Josseline unter Tränen. »Hört endlich auf damit!«

»Ertrinken ist ein grausamer Tod«, erklärte Jan unerbittlich. »Man spürt ganz genau, wie das Wasser in die Lungen fließt, die schwellen an, und dann werden die Gesichter grün …«

»Das stimmt nicht!«, klagte Josseline.

»Und ob!«, sagte Nils grinsend. »Die Eltern von Elsa, Agnarr und Iduna sind auch grausam ertrunken, weil das Schiff von einer riiiiiesigen Welle verschluckt wurde.«

»Die Leichname sind alle verschwunden«, sekundierte Nils.

Ellen setzte sich auf den Katheder. »Wenn sie verschwunden blieben – wie wollt ihr dann wissen, dass die Gesichter grün waren?«

Jan und Nils schwiegen kleinlaut, für Josseline war das kein Trost. Tränen perlten über ihre Wangen.

»Das ist nur eine Geschichte«, sagte Ellen schnell. »Das ist nicht wirklich passiert.«

»Aber ein paar Halligen sind wirklich untergegangen!«, sagte Nils. »Und die Bewohner sind alle ersoffen, weil sie nicht rechtzeitig fliehen konnten.«

»Es ist trotzdem so, dass …«, setzte Ellen an.

»Als das Wasser kam, haben sich ein paar Ehepaare aneinandergebunden, um zusammenzubleiben«, fiel Jan ihr ins Wort.

»Und die Leichen hat man in Astgabeln gefunden.«

»Man musste sie runterpflücken wie reife Äpfel.«

»Es gab auch Tote, die haben im Schlamm gesteckt. Und ein paar sind auf einer Nachbarhallig aufgetaucht. Das Meer hat sie da hingespült.«

»Man hat sie nicht sofort wieder begraben. Man musste erst herausfinden, wer sie waren. Nach der Flut wurde Finderlohn für die Toten bezahlt.«

»Und Häuser gab's nach der großen Halligflut auch nicht mehr, die sind alle eingekracht.«

Die Jungs klangen immer begeisterter. Von Josseline war nichts mehr zu hören. Sie hatte die Füße auf den Stuhl gezogen, die Arme um die Beine geschlungen, den Kopf zwischen den Knien versteckt.

»Das ist doch nur ...«, begann Ellen.

Nein, es war nicht nur eine Geschichte. Es war auch keine Übertreibung. Es war das, was in den Chroniken stand, auch in Arjen Martensons. Wo die Kinder das wohl aufgeschnappt hatten?

Sie erhob sich vom Katheder, trat zu Josseline, ging neben ihrem Stuhl in die Hocke. »Es stimmt, dass etliche Halligen untergegangen sind, einige in der großen Halligflut im Jahr 1825. Und es stimmt, dass damals Menschen ertrunken sind. Aber das war ... früher. Vor ganz, ganz langer Zeit. So was passiert heute nicht mehr.«

Sie war nicht sicher, ob sie das Mädchen erreicht hatte. Josseline blickte zwar hoch und hörte zu schniefen auf, aber sie löste ihre Hände nicht von den Beinen.

»Sind Elsas Eltern wirklich ertrunken?«, fragte sie leise.

»Vielleicht wurden sie auch enthauptet«, warf Nils kichernd ein.

»Oder erdrosselt.«

»*Brick* – Ziegelstein, *pipe* – Rohr«, sagte Lorelei betont laut.

Ellen brach der Schweiß aus, aber sie ignorierte es, atmete tief durch. »Vorhin habt ihr gesagt, dass der Sand in der Weitsprungbahn erneuert werden muss«, lenkte sie vom Thema ab. »Nun, frischen Sand kann ich nicht besorgen. Aber es gibt doch auch eine Laufrunde, deren Markierungen regelmäßig neu gezogen werden müssen. Wie wär's, wenn wir uns das mal vornehmen?«

Nils und Jan nickten ausnahmsweise mal widerspruchslos. Josseline ließ ihre Füße vom Stuhl gleiten und deutete auf einen Schrank. »Die Farbe ist da drin.«

Ellen lächelte.

»*Blueprint* – Bauplan, *power cable* – Stromkabel«, sagte Lorelei noch lauter.

DAMALS

Ich war Pastor Danjel ein braver Schüler, wissensdurstig, begierig, zu lernen und mich anzupassen. Ich schaute mir ab, wie er Messer und Gabel hielt, und aß beim nächsten Mal wie er. Ich wusch meine Hände, bevor ich mich an den Tisch setzte, ich breitete eine Serviette aus weißem Damast auf meinem Schoß aus, ich trank den Tee, ohne zu schlürfen. Die Kirche betrat ich nicht mit eingezogenem Schädel, sondern mit gerecktem Kinn, schließlich hatte er mir erklärt, dass Gott die aufrechten Menschen liebte, nicht jene mit gekrümmtem Rückgrat.

Auch seiner Frau Hinrike machte ich weder Arbeit noch Sorgen. Am Tag der Ankunft war ich mit dreckigen Schuhen über den frisch gebohnerten Dielenboden gegangen. Sie hatte mich nur dieses eine Mal rügen müssen, fortan schlüpfte ich rechtzeitig aus den Schuhen. Und die Haushälterin, die Pastor Danjel einstellte, als Hinrike zwei Jahre nach meiner Ankunft verstarb, erfreute ich mit meinem Lächeln und meinem Moin, Moin. Mehr Worte erwartete sie sich nicht.

Ja, ich war Pastor Danjel ein braver Schüler. Gleichwohl ruhte der Blick des Pastors nicht nur wohlwollend auf mir. Manchmal war er mitleidig, manchmal ratlos.

Die ersten Monate hatte er mich selbst unterrichtet. Als alle Lehrbücher durchgearbeitet waren, die er zu Hause aufbewahrte, brachte er mir ein paar Brocken Französisch bei, deutlich mehr Holländisch und Englisch und flüssiges Reden auf Hochdänisch. Die Halliglüd beugten sich nur einem Herrscher, dem Meer, aber in einer Stadt wie Husum, wo so viele Menschen auf einem Fleck zusammenlebten und es einer ordnenden Hand bedurfte, gehorchten die Menschen einem König. Seit einigen Jahrzehnten war das der dänische, mit dessen Reich das Herzogtum Schleswig verbunden war.

Etwa ein halbes Jahr nach meiner Ankunft in Husum beherrschte ich Hochdänisch ohne störenden Akzent, machte wie alle Husumer den Mund weit auf und artikulierte deutlich, statt wie vordem auf der Hallig zu nuscheln und zu brummen, und der Pastor befand, dass nun die Zeit gekommen war, das Gymnasium zu besuchen. Das Husumer Gymnasium war die einzige Lateinschule an der nordfriesischen Küste. Anders als ihr Name bekundete, wurde hier nicht nur Latein unterrichtet, auch Geografie und Philosophie, die Geschichte vom Menschen und die Geschichte von der Natur. Dies waren Fächer, in denen ich gerne mein Wissen vertiefte. Doch vor allem im Letzteren konnte ich nicht darauf zählen, dass der Lehrer mein Wissen mehrte und dem Unwissen die Lebensadern – Aberglaube, Ängste, Weltfremdheit – abgrub. Während in der Bibliothek von Pastor Danjel Bücher von Kant, Fichte, Schleiermacher, von Klopstock, Lessing und Schiller standen, waren die bevorzugte Lektüre meines Lehrers die Bibel und der Katechismus.

Gleich in der ersten Woche machte ich ihn mir zum Feinde. Er lehrte uns alles über die zweite Grote Mandränke im Oktober 1634, die man auch Burchardiflut nannte und die in einer einzigen Nacht die Nordseeküste zwischen Ribe und Brunsbüttel verwüstet hatte, begnügte sich aber nicht damit zu berichten, wann sie sich ereignet hatte, wie viele Menschen ersoffen, Halligen versunken, Häuser zerstört worden waren, nein, er hob zu einer Predigt an.

Vermessen sei es, sich auf Erden sicher zu fühlen. Eine Sturmflut lehre den Menschen Demut, bringe ihn dazu, der Prunksucht abzuschwören, der Maßlosigkeit. Ein nötiges, heilsames, nimmer zu vergessendes Denkmal sei sie, ein sonder- und wunderbares Werk Gottes, das mehr Eindruck mache als alle Ermahnungen.

Ich hob nicht nur die Hand, ich erhob mich selbst. Noch bevor er mich aufforderte zu sprechen, sagte ich: Fluten werden von Wind und Meer verursacht.

Der Lehrer starrte mich verdattert an, fand aber bald seine Fassung wieder. Drohend baute er sich vor mir auf. Und wer befiehlt diesen, wenn nicht Gott der Allmächtige?, gab er zurück. Die Flut beweist, wie gefährlich es ist, die Langmut des liebreichen Gottes durch sündiges Leben auf die Probe zu stellen, bis sich dieselbe in Zorn verwandelt und Gott sein Strafgericht auf uns niedergehen lässt. Nur freche Menschen schieben die Wasserflut der Natur zu und scheiden Gott von dieser. Es gibt kein Übel in der Stadt und keine Plage im Land, die nicht von Gott gesandt sind.

Es gibt durchaus natürliche Erklärungen, hielt ich dagegen. Besonders gefährlich ist es, wenn der Sturm lang aus Südwesten weht und dann auf Nordwest dreht. Von unten her schwillt das Wasser an, aufgrund von Winden, die am Grund der See austreten. Diese Winde oder Ausdünstungen kommen aus den hohlen Gängen der Erde, in denen sich Schwefel, Salpeter und andere entzündliche Stoffe befinden – und beides zusammen, der Wind von oben und von unten, führt zu großen Sturmfluten.

Was redest du da?, brüllte der Lehrer. Wäre Schwefel im Spiel, wäre eine Flut das Werk des Teufels. Dabei weiß man doch: Der Teufel kann keine Flut bewirken, denn er hat keine Gewalt über Wasser und Winde. Nein, es ist Gott, der das Meer über die von ihm selbst gesetzten Grenzen treten lässt, es als seine Strafrute gebraucht wie einst in Noahs Zeiten. Gewiss, danach schloss er einen Bund mit dem Menschen, versprach, dass keine große Sündenflut die Menschheit als Ganzes verschlingen würde. Gleichwohl schickt er dann und wann eine Particularflut, um den Menschen an seine Gebote zu gemahnen.

Ich schüttelte den Kopf. Das Meer beugt sich keinen Geboten. Ihm ist es egal, ob die Menschen fromm oder böse sind. Wenn jemand die Macht hat, das Meer zu lenken, ist es der Mensch, indem er Dämme baut, Stackdeiche, Entwässerungsgräben, Erdlahnungen.

Der Lehrer, dessen Hände bis jetzt fuchtelnd und drohend durch die Luft gefahren waren, bekreuzigte sich und trat einen Schritt zurück. Wo die Vernunft nicht mit der Frömmigkeit einen Bund eingeht, verhält es sich wie mit einer Frau, der ein Mann fehlt, die kein braves Weib, sondern eine lästerliche Hure wird. Wir lernen nicht, um so klug zu sein wie möglich. Wir lernen, um so gut zu sein wie möglich.

Er seufzte tief, und da ihm nichts anderes übrig blieb, versuchte er nun, mir die Frömmigkeit einzuklatschen, einzuprügeln, einzudreschen, einzupeitschen. Als ihm die

Hände schmerzten, erlaubte er den anderen Jungen, mir eine Lektion zu erteilen. Er redete sich wohl ein, dass sie ein frommes Werk verrichteten, nicht einfach nur grausam waren.

Warum hast du deinen Mund nicht halten können?, tadelte Pastor Danjel, während Blut aus meiner geschwollenen Nase auf den Dielenboden tropfte.

Der Mund ist zum Reden da, das habt Ihr mir beigebracht. Ich würde immer noch auf der Hallig schuften, hätte ich meinen Mund nicht im entscheidenden Moment aufgemacht.

Er wich vor mir zurück, als wären meine Blessuren ansteckend. Vielleicht hielt er auch den Trotz für ansteckend, der in meinen Augen aufblitzte und verriet, dass ich einer war, der inmitten des Meeres aufgewachsen war, weder zimperlich noch zu mäßigen.

Was deinen Mund verlässt, sollte vorher vernünftig abgewogen werden.

Das, was ich sage, ist immer vernünftig. Das, was der Lehrer sagt, ist es nicht.

Er ist ein Pietist, sagte Pastor Danjel seufzend. Den Geist allein zu erziehen, bleibt in seinen Augen nutzlos, wenn es nicht einhergeht mit tätiger Frömmigkeit. Er sorgt für Waisen, er gibt den Armen Almosen, er …

Das kann er alles tun. Aber er soll kein dummes Zeug schnacken.

Es ist ebenfalls dumm, das Richtige zur falschen Zeit zu sagen. Denke dir deine Widerrede lieber, als dass du sie aussprichst, das Gehirn sitzt schließlich über dem Mund.

Er wusste nicht, dass mir nicht mein Gehirn zu schaffen machte, sondern mein Herz. Ich hatte Hendrik zurückgelassen, um zu lernen. Dass Gott die Fluten schickte, das hatte man auch auf der Hallig geglaubt. Für diesen Unsinn lohnte sich mein Opfer nicht.

Ich dachte an meinen Bruder, und Tränen mischten sich mit meinem Blut. Pastor Danjel konnte nichts mit Blut anfangen und nichts mit Tränen. Er verließ den Raum.

Meine Striemen brannten. Sie nässten noch, sodass man sie nicht mit Salbe behandeln konnte. Es galt, sie mit Wein auszuwaschen, doch die Wunden auf dem Rücken konnte ich alleine nicht erreichen.

Ich ließ die Stirn auf einen Bücherstapel sinken, noch mehr Blut tropfte aus meiner Nase, mehr Tränen rannen aus meinen Augen. Plötzlich fühlte ich ein Stück in Wein getränktes Leinen, das auf meine Wunden gelegt wurde. Es brannte wie befürchtet. Es tat so gut wie erhofft. Über die noch heile Haut fuhren Fingerkuppen, belebten eine Sehnsucht – nicht nach Bildung, sondern nach Ankommen, nach Geborgenheit.

Danke, sagte ich.

Es war Gretjen, die meine Wunden pflegte, des Pastors Tochter, der ich am Tag meiner Ankunft in Husum zum ersten Mal begegnet war und die meine Freundin sein würde, meine Gefährtin, mein Licht.

Gretjens Haar war von einem hellen Blond, das im Sonnenlicht fast weiß aussah. Als ich es zum ersten Mal erblickte, starrte ich fasziniert darauf, weil es im Luftzug tanzte. Alles an Gretjen schien zu tanzen, sie konnte kaum je stillstehen, selbst wenn sie kurz verharrte, wogte der Oberkörper hin und her. Sie lächelte mich an bei unserer ersten Begegnung, so fröhlich und strahlend, wie ich auf der Hallig nie jemanden hatte lächeln sehen. Als ich dieses

Lächeln erwiderte – nicht ganz so fröhlich, nicht ganz so strahlend, aber voller Faszination –, durchlief Hitze mich.

Das ist meine Tochter, sagte Pastor Danjel damals.

Das ist meine Liebste, hörte ich.

Gretjen trat zu mir, umfasste meine Hände, auf denen noch die Male von Hendriks Fingernägeln brannten.

Hast du wirklich im Meer gelebt?, fragte sie.

Kein Mensch lebt im Meer.

Aber hinter dem Meer? Oh, ich liebe das Meer.

Das Meer ist gefährlich, erwiderte ich.

Es macht mir keine Angst.

Mir schon.

Mir machte auch Gretjen Angst. Die Gefühle, die sie in mir erweckte, waren gewaltig und unberechenbar wie eine Sturmflut. Doch zugleich machte es mich glücklich, dass in Husum mehr auf mich wartete als bloß Bücher, dass da ein Mensch war, zu dem ich fortan gehörte.

Bisher hatten wir nicht viel Zeit miteinander verbracht, zunächst hatten wir uns nur beim Essen gesehen. Das Lächeln, das sie mir stets schenkte, wenn wir die Suppe löffelten, war immer sanft und warm, und sobald ich regelmäßig verprügelt wurde, stellte sich heraus, dass auch ihre Hände sanft und warm waren. Sie pflegte meine Wunden, streichelte mich, vertrieb den Schmerz.

Du verstehst mich, sagte ich leise.

Nein, tu ich nicht, erwiderte sie. Ich begreife nicht, warum du ständig Widerworte gibst, warum du dich mit deinem Lehrer überwirfst, warum du dich immer wieder aufs Neue verprügeln lässt. Deine Wunden salben will ich trotzdem, fügte sie hinzu und ließ ihre Hände federleicht über meinen Rücken tanzen.

Kaum ein Tag verging, ohne dass mein Rücken voller Striemen und meine Hände gerötet waren, mir Blut aus der Nase lief und meine Lippen aufgeplatzt waren. Und kaum ein Tag verging, ohne dass Gretjen mich umsorgte.

5

Der Unterricht endete um 13 Uhr. Die letzten Minuten nutzte Ellen, um Loreleis Vokabeln abzufragen. Sie konnte nur jede zweite. »Bis morgen schreibst du einen Aufsatz zum Thema Hausbau.«

»Sie brummen mir eine Strafarbeit auf?«

»Ich will dich nicht bestrafen, ich will, dass du die Vokabeln lernst. Und das tust du, wenn du beschreibst, wie ein Haus gebaut wird.«

»Kann es auch eine Hundehütte sein?« Während Ellen überlegte, was Hundehütte auf Englisch hieß, legte Lorelei flehentlich den Kopf schief. »Eigentlich schaffe ich es gar nicht, einen Aufsatz zu schreiben. Ich ... ich muss doch meinem Vater helfen. Ihm gehört der Lebensmittelladen auf der Hallig, es gibt viel zu tun, seit Ostern kommen wieder die Touristen, die neue Ware muss einsortiert werden, wissen Sie, wie schwer das ist?«

»Dosenmais von Dosenerbsen zu unterscheiden?«

»Die Dosen ins Lager zu schleppen.«

»Meine Mutter sagt, Dosenmais ist ungesund«, rief Nils dazwischen.

Ellen zögerte. Wenn sie jetzt nachgab, würde sie vielleicht Loreleis Respekt verlieren. Wenn sie auf der Arbeit beharrte, war sie auf ewig die verhasste Lehrerin.

»Du gibst den Aufsatz in einer Woche ab.«

Lorelei rauschte davon. Jan und Nils rangelten, wer mit dem großen Schulranzen zuerst durch die schmale Klassentür kam. Sie blieben beide stecken.

»Einer nach dem anderen!«, mahnte Ellen.

Am Ende bückte sich Jan – oder war es Nils? – und schoss am Bruder vorbei. Der folgte ihm mit erhobenen Fäusten und wütendem Aufschrei.

Josseline war sitzen geblieben und ordnete ihre Buntstifte. Sie hatte sich den ganzen Tag über kein einziges Mal gemeldet. Ellen beugte sich über das Heft des Mädchens. Etliche der vorgesehenen Aufgaben waren falsch gelöst oder fehlten ganz. Sie verzichtete darauf, den Rest als Hausaufgabe zu geben. »Bei meiner Oma gibt es heute Lammfrikadellen«, sagte Josseline.

»Die sind sicher lecker.«

»Sie können sie bestimmt auch mal probieren.«

»Ich kann doch nicht einfach mitkommen.«

»Na klar! Meiner Oma gehört das Gasthaus hier. Es heißt Hinrichs Buernhus.«

Ellen hatte es schon gesehen, es lag gegenüber vom Fähranleger. »Ein anderes Mal sehr gerne.«

Bevor Josseline den Klassenraum verließ, blieb sie stehen.

»Sie wissen, dass Sie selbst kehren müssen, oder? Wir haben keine Putzfrau.«

»Willst du mir vielleicht helfen?«

Josseline verharrte unschlüssig, deutete auf einen kleinen Schrank. »Da drin sind die Putzsachen.«

Ellen nahm den Besen. Als sie unter dem Sitz von Nils einen Kaugummi fand, ihn mit dem Besen bearbeitete und prompt etwas an den Borsten kleben blieb, trat Josseline mit dem Kehrblech hinzu und stieß damit so lange gegen den Kaugummi, bis er sich löste. Sie lächelten sich an, aber Josseline wurde rasch wieder ernst.

»Du musst wirklich keine Angst vor einer Flut haben«, sagte Ellen sanft.

Josseline zuckte die Schultern, ehe sie ihr das Kehrblech in die Hand drückte und ging.

Ellen sah ihr nach, verstaute dann Besen und Kehrblech. Eigentlich ist es ganz gut gelaufen, dachte sie. Das Kräftemessen mit Lorelei hatte mit einem Unentschieden geendet, aber komplett unterbuttern hatte sie sich nicht lassen. Die Jungs waren ungestüm, aber fantasievoll, daraus ließ sich was machen. Und sie war sicher, Josselines Vertrauen gewonnen zu haben. Blieb nur noch Metha Heinemann, die gar nicht erst zum Unterricht erschienen war. Aber darum würde sie sich später kümmern.

Schweiß rann ihren Rücken hinunter. Sie öffnete die Fenster weit, blickte auf die Landschaft. Die Schafe waren weiße Tupfer auf dem Grasland, die Schaumkronen weiße Tupfer auf dem Meer.

Ein Glücksgefühl durchströmte sie, das dieser Landschaft glich: nicht spektakulär, aber beständig. Eigentlich ist es ganz gut gelaufen, dachte sie wieder.

Ellen stieg nach der Hälfte des Weges vom Rad. Die Aprilsonne brannte sich den Weg durch zauselige Wolken, brachte Ellen zum Schwitzen. Jasper stand in einem der Priele, jene Flussarme, die die Hallig wie ein Spinnennetz überzogen. Einer seiner Gummistiefel steckte tief im schlammigen Hang, der andere knöcheltief im bräunlichen Wasser. Es stand heute nicht sehr hoch, hatte nichts gemein mit den reißenden Fluten, in die es sich bei Sturm verwandelte. Es schien nicht einmal zu fließen wie ein

Bächlein, sondern stand, als würde es nicht vom Meer hineingedrückt werden, sondern befände sich in einem abgeschlossenen Becken. Mit einem Handspaten, der an dem kleinen Jungen mächtig wirkte, grub Jasper in der feuchten Erde, der Haufen auf der Salzwiese neben dem Priel wurde immer größer. Er sank daneben nieder und begann, ihn eingehend zu studieren.

Ellen ging langsam näher, über den federnden Boden, der immer sumpfiger wurde, und sah, wie Jasper eingehend das Gewimmel untersuchte: kleine Würmer, Schnecken und Schlickkrebse, Muschelschalen, leer und tot, aber vom Meer in Bewegung gehalten, sodass sie keine ewige Ruhe fanden, sondern Teil eines ewigen Kreislaufs blieben.

»Aha«, stellte sie fest, »du hast heute Lust auf gebratene Würmer.«

Jasper blickte hoch, grinste sie an.

»Willst du sie braten oder kochen? Und sie dafür auf eine Stricknadel aufspießen?«

»Stricknadel?« Jasper sah sie ratlos an.

Ellens Socken hatten sich mittlerweile bis über die Knöchel mit Wasser vollgesogen.

»Kannst du die Würmer auseinanderhalten?«, fragte sie Jasper.

»Weiß nicht.«

Sie beugte sich mit ihm über den Haufen, versank prompt bis zu den Waden im sumpfigen Boden. »Das ist ein Pierwurm und das ein Borstenwurm, die beiden hier sind ein Blattwurm und ein Seeringelwurm. Und hast du schon einmal von einem Opalwurm gehört?«

Jasper lachte. »Opawurm?«

»So kann man ihn natürlich auch nennen. Er lebt vor

allem auf sandigen Böden, und er hat ganz viele borstige Stummelfüße.«

»Woher weißt du das?«

»Hab ich gelesen.« Mehr noch, dachte sie. Ich habe es in meine Seele eingeschrieben.

Jasper zog ein sich ringelndes Etwas aus dem Haufen. »Den lass ich in der Sonne trocknen.«

»Aber dann stirbt er doch!«

»Das ist ja das Gute«, meinte er unbekümmert. »Dann kann er nicht mehr davonlaufen.«

Wieder ein Lächeln. Kein Unbehagen dem Tod gegenüber stand in seiner Miene, kein Mitleid.

»Davonkriechen«, murmelte Ellen.

»Was?«

»Würmer laufen nicht, sie haben ja keine Beine.« Genauso wenig wie Schnecken.

»Ich dachte, der Opawurm hätte Stummelfüße.«

Sie freute sich, dass er sich das gemerkt hatte. »Stimmt auch wieder.«

Es dauerte, bis Ellen es von der sumpfigen Wiese zurück zum Weg geschafft hatte, ihre Waden waren voller Schlamm. Als sie sich aufs Rad schwang, gab sich Jasper mit seiner Ausbeute zufrieden und folgte ihr. In seiner Hand ringelten sich mindestens ein halbes Dutzend Würmer.

»Weiß deine Mutter, dass du allein in den Prielen spielst?«

»Ich spiele überall allein. Manchmal auch im Watt, da ist es noch gefährlicher. Am allergefährlichsten sind die Siele. Früher sind da viele Kinder ertrunken.« Er sprach im gleichen Tonfall wie über die getrockneten Würmer. Der Tod war für ihn wohl etwas wie ein Rauswurf bei Mensch-ärgere-dich-nicht. Würfelte man hinterher eine Sechs, ging man wieder an den Start.

Rasch lief er nun voran, trotz seiner unförmigen Matschhose erstaunlich schnell.

Ellen schloss auf. »Deine Mutter wartet sicher schon mit dem Mittagessen.«

»Mittags gibt's nur Brote. Mama ist dann bei den Schafen.« Wieder erschien ein Lächeln auf seinem Gesicht. »Zwei Schafe haben eine Euterentzündung. Die Lämmer waren so wild auf die Milch, dass sie sich in den Zitzen verbissen haben. Jetzt sind die kaputt.«

»Das muss aber wehtun.«

»Vielleicht kriegen die Lämmchen jetzt die Flasche. Dann sind sie nicht so scheu, und man kann sie später leichter schlachten.«

Ellen unterdrückte die Erinnerung an Sunny – die armen Lämmchen, der grausame Bauer. Sie blickte Jasper nach, wie er die Warft hochlief, wilde Sprünge machte, mühelos Tod und Leid davonhopsend, beides hatte kein Gewicht.

Als sie die Wohnküche betrat, erwachten noch mehr Erinnerungen an Sunny. Es gab Toastbrot, die Butter war noch hart gewesen, als Liske sie draufgeschmiert hatte. Das Toastbrot war eingerissen, die Butter mittlerweile in der Wärme geschmolzen.

»Wäschst du dir nicht die Hände?«, fragte Ellen, als Jasper sich vom Brotteller nahm.

Er antwortete nicht.

»Wo sind denn die Würmer?«, fragte sie, als ihr auffiel, dass er sie nicht mehr festhielt.

»Auf dem Haufen«, sagte er nur.

Ehe sie fragen konnte, ob er einen Haufen Sand meinte, wo sie vertrocknen würden, oder einen Haufen Erde, in den sie sich verkriechen konnten, hatte er zwei Toastbrotscheiben in seinem Hosenlatz verstaut und war wieder nach draußen gestürmt.

»Willst du nicht am Tisch essen?«, rief Ellen ihm nach.

Jasper drehte sich nicht um.

Während Ellen verharrte, weder wusste, ob sie Lust auf ein Toastbrot hatte, noch, ob überhaupt eins für sie vorgesehen war, ertönte eine Stimme. »Setzt du dich zu mir?«

Bauer Thijman saß in einem Lehnstuhl in der gegenüberliegenden Ecke, seinen Teller auf dem Schoß. Während Ellen überlegte, ob er wollte, dass sie sich zu ihm auf den Boden oder an den zwei Meter entfernt stehenden Tisch setzte, arbeitete er sich an seiner zweiten Toastscheibe ab. Er löste das Innere von der Rinde und stopfte es sich in den Mund, was ihm Hamsterbacken verlieh. Die Rinde zerkrümelte er über dem Teller.

»Und?«, presste Thijman an seinem Toastknödel vorbei, als sie auf ihn zutrat.

Ellen holte Luft, um von ihrem Schultag zu erzählen.

Doch Thijman kam ihr zuvor: »Und Sunny?«

Ellen ließ die Luft entweichen.

Mit über fünfzig hatte Sunny einen Urologen kennengelernt, zwanzig Jahre jünger, Migrationsbackground, ein Urologe allein hätte es nicht getan, aber da war ein Großvater aus Marrakesch, eine Prise Tausendundeine Nacht, würzig wie die Minze im Couscous. Oder im Lammfleisch. Als Ellen Sunny einmal besuchte, hatte die zur Feier des Tages Tfaia gekocht, ein marokkanisches Gericht. Sie hatte nicht über die armen Lämmer geklagt, sondern die Hand auf ihren Bauch gelegt. »Ich bekomme ein Kind.«

»Jetzt noch?«

Sunny hatte sich einer intensiven Hormontherapie unterzogen, die die Hölle gewesen war, wie sie sagte. Haarausfall auf dem Kopf, dafür Haarwuchs rund um den Nabel. Akne wie eine Vierzehnjährige, Hitzewallungen, sie sei in dieser Zeit nur im Bikini herumgelaufen.

Noch so ein armes Kind, hatte Ellen gedacht.

»Junge oder Mädchen?«, riss Thijman sie aus ihren Gedanken.

Ellen senkte den Blick. Es waren Zwillinge, Junge und Mädchen. Sie hatte die Halbgeschwister nur dreimal gesehen.

Sunny war nun angekommen, ganz und gar. Die rastlos Irrende und Wirrende war sesshaft geworden und kochte Babybrei aus Biomöhren. Abdel war ein ganz toller Vater, sie war eine ganz tolle Mutter. Bei jedem ihrer Besuche war Ellen erleichtert gewesen. Und neidisch. Irgendwann war sie gar nicht mehr hingefahren.

Während Ellen erzählte, ließ Thijman den Rest Rinde auf den Teller in seinem Schoß fallen. Er legte die fettigen Finger auf seine Oberschenkel und nuschelte gepresst etwas, von dem Ellen nur Bruchstücke verstand: »... nicht gut ... geblieben ... besser ... auch gegangen.«

Ellen trat näher, hockte sich hin, sah ihn an. Er kaute jetzt endlich, der ganze Kopf wackelte mit, es war schwer, ihm in die Augen zu schauen.

Wen meinte er? Sich selbst?

Sunny hätte ihn doch nie mitgenommen. Sie hatte sich nicht in ihn verliebt, sondern in ihre Vorstellung vom Leben mit einem Halligbauern.

Aber sie nahm an, dass Thijman das wusste.

»Du redest von Liske, oder?«

Er tätschelte ihre Hand, beschmierte sie dabei mit Butter. »Liske hat es nie verwunden, dass ihr gegangen seid und sie bleiben musste«, sagte er leise.

»Hast du nach dem Landunter je wieder mit ihr darüber gesprochen, dass sie eigentlich von der Hallig fortwollte?«

Bauer Thijman gab keine Antwort, er deutete mit dem Kinn Richtung Fenster. Liske stapfte über den Hof, trat auf den trichterförmigen Wasserbehälter zu, in dem Süßwasser für die Tiere gesammelt wurde. Ellen wusste, dass er Fething hieß und sich an seinem Boden eine Vorrichtung befand, um das Wasser auszulassen, falls es salzig oder schmutzig geworden war.

»Besser, du redest mit ihr darüber, nicht über sie.«

Ellen hatte bis jetzt nicht den Eindruck gehabt, dass Liske mit ihr darüber reden wollte. Sie legte ihre Hand auf seine. Sie fühlte sich an wie am Tag der Ankunft, rau und warm.

»Ich glaube, es war richtig, dass sie geblieben ist. Ich hätte auch bleiben sollen, ich hätte darauf bestehen, mich meiner Mutter widersetzen müssen. Ich habe mich hier zum ersten Mal in meinem Leben zu Hause gefühlt, das hätte sie mir nicht nehmen dürfen …« Sie wollte noch mehr sagen, brach aber ab und wandte sich um, als im Flur Schritte ertönten. Die Küchentür wurde aufgestoßen, jemand stürmte in den Raum.

»Was fällt Ihnen ein, den Kindern solche Angst zu machen?«

Vor Ellen stand ein Model aus dem Schönes-Landleben-Katalog. Die dunkelbraunen, kniehohen Lederstiefel glänzten, an den Sohlen klebte kein Halm. Ein paar geringelte Strähnen hatten sich aus dem Haarknoten gelöst, Anorak, Pullover und Hose waren in verschiedenen Braunnuancen aufeinander abgestimmt, die Wangen vom Wind gerötet.

Ohne sich vorzustellen, polterte die Frau weiter: »Wir

leben hier inmitten der Naturgewalten, das ist schon eine Herausforderung für Großstadtkinder, warum erzählen Sie den Kindern dann auch noch von Fluten und Ertrunkenen und Leichnamen, die man in Astgabeln findet?«

Das musste Josselines Mutter sein. Von den roten Wangen abgesehen, war das Gesicht ähnlich blass.

»Es tut mir leid, dass das Thema aufgekommen ist«, sagte Ellen schnell. »Aber ich hatte den Eindruck, dass Josseline sich bald wieder beruhigt hat, nachdem …«

»Sie halten mich für Josselines Mutter?«, unterbrach die Fremde sie.

Ellen sah sie verwirrt an. »Sind Sie das denn nicht?« Sie hatte den Kopf gehoben, um die Frau zu mustern, senkte ihn nun, um sich in alter Gewohnheit hinter ihren Haarsträhnen zu verstecken. Ihre Stimme klang erbärmlich dünn im Gegensatz zur nachdrücklichen der empörten Mutter.

»Ich bitte Sie. Würde ich einem Kind so einen Namen geben? Damit ist es ja gestraft, vor allem hier, der passt doch nicht auf eine Hallig.« Die Fremde atmete tief durch. »Warum erzählen Sie den Kindern ausgerechnet von untergegangenen Halligen, die Eingewöhnung war anspruchsvoll genug, Jan neigt zu Albträumen, und Nils …«

»Aber ich habe ihnen das nicht erzählt«, hielt Ellen schwach dagegen. »Sie kannten die Geschichten bereits.«

»Von mir ganz sicher nicht.«

»Von mir ebenfalls nicht. Ich weiß nicht, wie …«

»Wollen Sie ein Stück Brot essen?«

Ellen lugte zur Seite.

Bauer Thijman grinste verschmitzt. »Das ist ein Brauch auf den Halligen. Wer das Haus eines Nachbarn betritt, kriegt dort Brot angeboten.«

Ellen entfuhr ein Kichern angesichts der zerfledderten Brotscheibe auf Thijmans Teller.

Die empörte Mutter verharrte unschlüssig.

Bevor sie sich wieder fangen konnte, ertönte eine weitere Stimme. »Almut.«

Liske stand auf der Türschwelle. Ihre Stiefel glänzten nicht, die Kleidung war zusammengestückelt wie die Küche, verdreckt von der Stallarbeit.

»Liske«, gab Almut zurück und schien etwas zu schrumpfen.

Liske ging mit jenem festen Schritt auf sie zu, der auch auf Wattboden und Salzwiesen trägt und den Kinder leichter lernen als Erwachsene.

Almut wich zurück.

»Almut ist neu auf der Hallig«, sagte Liske in Ellens Richtung. Es klang nicht wie eine Erklärung, eher wie eine Anschuldigung. »Wer Angst hat, auf der Hallig zu ersaufen, sollte hier nicht leben!«, fügte sie an Almut gewandt hinzu.

Obwohl die den Rückwärtsgang eingelegt hatte, war ihre Stimme immer noch spitz. »Meine Söhne werden nicht im Meer ertrinken. Ich überlasse sie nicht den ganzen Tag sich selbst. Sie sind nie unbeaufsichtigt.«

Rote Flecken erschienen auf Liskes Wangen, ihr Blick wurde starr. »Das merkt man«, erwiderte sie eisig.

Almuts Widerstand sank in sich zusammen. Sie machte kehrt und verließ grußlos die Küche.

»Sie hat gar kein Brot gegessen«, sagte Thijman und kicherte vor sich hin.

Liske achtete nicht auf ihn. Sie winkte Ellen, ihr zu folgen, stieß mit dem Fuß gegen eine schmale Tür gleich neben der Küche. Ellen hatte dahinter eine Speisekammer erwartet, doch es war ein winziges Büro. Auf dem zum Schreibtisch umfunktionierten Tischchen fand gerade mal der Computer Platz.

»Hast du ihre Jacke gesehen?«, fragte Liske.

Ellen nickte verdattert.

»Wolfskin. Damit kommt sie nicht mal durch einen Regenguss. Aber Hauptsache, schick.«

»Ich ... ich wollte den Jungs keine Angst machen. Und sie hatten ja auch keine. Josseline hatte Angst und ...«

»Almut hat sie nicht mehr alle. Ein halbes Jahr hier und glaubt, sie kann mitreden.«

Liske schaltete den Computer an, setzte sich davor und lud Ellen ein, neben ihr Platz zu nehmen. Es dauerte ein paar ratternde, piepsende Sekunden, bis der Bildschirm aufflackerte.

»Sie ist also eine Zugereiste«, murmelte Ellen.

»Hat bei irgend so einem Musikkanal in München gearbeitet. In der Werbung. Macht jetzt auf *simplify your life*.«

»Gibt's auch einen Mann?«

»Jo ist in Ordnung, der isst wenigstens Fisch und Fleisch. Der braucht das, der ist Sportler, trainiert irgendwas, Marathon, Triathlon, keine Ahnung, ständig rennt er um die Hallig. Manchmal treff ich ihn beim Nachtangeln auf der Kirchwarft, da gibt's jede Menge Aale, nur dass er die auf den Baumarktgrill wirft. Dabei weiß doch jeder, dass die zum Räuchern aufgehängt werden müssen.«

Liske beugte sich über den Computer und rief eine Seite auf. Bis diese erschien, erzählte sie, dass Jo nicht nur seine Runden rannte, sondern auch das Klootschießen, das früher jährlich stattgefunden hatte, wieder ins Leben rufen wollte. »Die Alten, die jetzt noch zum Verein gehören, würden sich doch alle Knochen brechen, wenn sie die Kugel schleudern.«

»Jetzt übertreib mal nicht«, brummte Thijman hinter ihnen. Er hatte sich aus seinem Lehnstuhl hochgekämpft, war ihnen gefolgt, lehnte nun im Türrahmen. »Das letzte Mal habe ich die friesische Fahne geschwungen. Ist die etwa in den Dreck gefallen?«

»Das letzte Mal war noch vor 2000.«

»Na und?« Er hob den Arm, als wollte er seinen Bizeps zeigen.

Ellen wusste, dass beim Klootschießen früher harte Klumpen aus Kleiboden verwendet worden waren, heute gab es dafür bleigefüllte Gummikugeln. Nach kurzem Anlauf auf einer Rampe musste man sie so weit wie möglich werfen – was Kraft und Schnelligkeit erforderte, aber auch Konzentration.

»Wenn er gern joggt, kann er vielleicht die Laufrunde der Schule markieren«, dachte Ellen laut. »Wir haben heute in der Schule damit begonnen, sind aber nicht sehr weit gekommen.«

Im Webbrowser erschien die Startseite von YouTube.

»Almut will einen Halligladen eröffnen«, murmelte Liske, während sie ein paar Stichwörter in die Suchmaske eintrug.

»Ich dachte, es gibt schon einen Laden«, erwiderte Ellen.

»Ein normales Lebensmittelgeschäft, ja. Aber Almut will vegane Gerichte anbieten.« Liske tippte sich an die Schläfe. »Tee aus Strandwermut oder Eintöpfe aus Meerstrand-Wegerich und Queller. Wie soll denn das schmecken? Früher hat man ein Möwenei drübergeschlagen, aber sie verzichtet sogar auf Sahne und Butter.«

»Na, wenigstens nimmt sie nicht den Saft der Strandbinse«, sagte Thijman. Er schaukelte vor Lachen. »Damit haben sie den Störtebeker doch damals schachmatt gesetzt.«

Liske achtete nicht auf ihn, sie gab noch ein Wort ein. »Schau dir das mal an.«

Ein Film zeigte die Hallig bei Nacht, wie mit fahl schimmernder Milch übergossen, die Gräben schwarze Schlangen, die Lichter des Festlandes so weit weg wie Sterne. Es folgte die Hallig nach einem Landunter, die Sonne glitzerte auf dem feuchten Gras, am Steilhang des ausgetrockneten Prielbetts lagen Sand, Tang, Muscheln und Krebsgebein.

Der nächste Film zeigte nicht die Hallig, sondern Almut beim Backen und Kochen. Sie beugte sich über ein altes zerfleddertes Rezeptbuch, erklärte, wie man die Gerichte ohne tierische Produkte nachkochen könne. Klümp mit Sirup, aber ohne Speck, Kinkentüch, Klutjes und Knerken mit Zucker und Mehl, aber ohne Ei. Der Film war zu Ende, bevor es ans Ausstechen ging. Es folgten Weißkohlpudding ohne Lamm, Weinsuppe mit Graupen, Zimt und Backpflaumen, aber ohne Schinken.

»Na?«, fragte Liske. »Hast du's gesehen?« Sie gluckste schadenfroh.

Ellen war nicht sicher, was lustig daran war, dass Almut Filme über ihre neue Heimat gedreht und auf YouTube hochgeladen hatte. Doch da tippte Liske auf den Bildschirm, und Ellen sah, dass die Filme nur an die zehnmal aufgerufen worden waren, einer dreizehnmal, der Rekord lag bei siebzehn.

»Kein Schwein interessiert sich für das, was sie macht«, sagte Liske. »Da kann sie ihre homöopathische Hausapotheke und ihr veganes Hundefutter noch so begeistert anpreisen. Nimm Almut bloß nicht ernst.« Wieder tippte sie sich gegen die Schläfe, senkte die Hand wieder – und legte sie plötzlich auf Ellens Schulter. »Und lass dich erst recht nicht von ihr einschüchtern.«

»Tu ich nicht. Aber sie war so …« Penetrant. Eingebildet. Aufdringlich, dachte Ellen.

»Führt sich auf, als wäre sie die Halligenschönheitskönigin.«

Ellen prustete los. »Gibt's so was überhaupt?«

»Nein, aber wenn du es Almut vorschlägst, schreibt sie glatt einen Wettbewerb aus und filmt die Kandidatinnen.«

»Und die Halligkante ist der Laufsteg?«

Sie lachte, Liske stimmte mit ein. Es fühlte sich schön an, Liskes Hand auf der Schulter, das gemeinsame Lachen, das Gefühl von Vertrautheit.

Jeden Schritt auf Liske zu machte Ellen auf Glatteis, aber diesmal rutschte sie weder aus, noch brach sie ein.

Bauer Thijman übertönte ihr Lachen. »Wusstest du, dass Sunny mit über fünfzig noch Zwillinge bekommen hat?«

Liske zog abrupt die Hand zurück. Das Glatteis bekam Risse. Auch so eine Zugereiste, die ihr Leben auf der Hallig neu hatte erfinden wollen.

»Almut erinnert mich an deine Mutter«, sagte Liske.

Thijman kicherte vor sich hin.

Liske stand auf, ging zur Tür, wollte sich an ihm vorbeidrängen.

»Danke«, rief Ellen ihr nach. »Wegen Almut. Und …« Ellen suchte nach etwas, womit sie Liske zurückhalten konnte. »Mich würde noch was interessieren. Kennst du Metha Heinemann? Sie war heute nicht in der Schule, es hieß, ihr Vater erlaube es nicht …«

»Haben am Anfang hier gewohnt, bevor Jakob das alte Bauernhaus renoviert hat«, unterbrach Liske sie knapp. Die wesentliche Information – warum Metha nicht zur Schule ging – fehlte. Ehe Ellen noch etwas sagen konnte, hatte Liske bereits das Haus verlassen.

Ellen stieg hoch in ihr Zimmer, ohne etwas gegessen zu haben. Sie entschied, später einkaufen zu gehen. Liebevoll strich sie über die vielen Bände in ihrem Bücherregal, ein Ritual, das sie beruhigte. Sie verharrte kurz bei dem Buch über die Geschichte der Halligflut, basierend auf Arjen Martensons Chronik, verschob die Frage auf später, warum die Zwillinge so viele Details daraus kannten, verschob auch die Frage auf später, wie sie Liske dazu bringen könnte, noch einmal mit ihr zu lachen. Seufzend ließ sie sich aufs Bett fallen, fühlte einen vagen Schmerz über ihren Rücken wandern, ignorierte ihn.

Ein Anfang, dachte sie. Ein Anfang ist gemacht.

DAMALS

Komm, sagte Gretjen, sobald sie meine Wunden verarztet hatte, sobald meine Hausaufgaben gemacht waren und ich lange genug in meinen Büchern gelesen hatte.

Komm, ich will raus.

Ich stieß mich an der Leere, wenn ich ein Buch zu Ende gelesen hatte, sie sich an den Wänden, wenn sie sich in geschlossenen Räumen aufhielt. Um mich für ihre Fürsorge zu bedanken, schenkte ich ihr ein wenig Freiheit, denn wenn ich mit ihr ging, erlaubte ihr der Vater, das Haus zu verlassen und durch Husum zu streunen.

Das Leben in Husum war anders als das Leben auf der Hallig.

Auf der Hallig war das Meer die Grenze, mal kam es näher, mal zog es sich zurück. Hier waren es die Stadtmauern, deren Tore sich mal öffneten, mal schlossen. Die Farbe, die mir in den Sinn kam, wenn ich an die Hallig dachte, war Blau – wie der Himmel und das Meer. Husums Farbe war dagegen das dunkle Rot der Backsteinhäuser und Kirchtürme. Auf der Hallig konnte sich der Wind austoben. Hätte man auch ihm eine Farbe zugesprochen, wäre es eine kräftige gewesen. Die vielen Häuser von Husum zähmten ihn, das laue Lüftchen hatte, wenn überhaupt, die verblichene Farbe von altem Pergament.

Nicht nur der Wind war in Husum leiser, auch das Meer, die Menschen dagegen waren lauter. Ob das schöner klang, wusste ich nicht recht. Ob Husum schön war, auch nicht, ich kannte keine andere Stadt, nur Tondern, aber gemessen an Husum war das eher ein Dorf. Einst hatte sich hier, wo sich die Mühlenau mit dem Heverstrom traf, einer der wichtigsten Häfen der Nordsee befunden, von dem Korn nach England und Malz nach Flandern verschifft worden waren. Das Geld aus diesen Ländern war in die Taschen von Kunsthandwerkern, Bildschnitzern, Glockengießern und Silberschmieden gewandert, die die Stadt verschönerten.

Doch dann kam 1634 die zweite Grote Mandränke. Das Meer verschlang Alt-Nordstrand, und die Bauern dort, deren Felder im Sommer noch golden geglänzt hatten, brachten kein frisches Getreide mehr zum Husumer Markt.

Außerdem kamen die Kriege. Den einen nannte man den Dreißigjährigen, den anderen den Nordischen. Ich verstehe nicht, warum Kriege Namen haben, verschlingen sie doch Menschen und deren Namen, ebenso wie Glück, Wohlstand, Zukunft, Hoffnung. Immerhin spuckten die Kriege Husum wieder aus, und die Stadt genas. Die Blütezeit war freilich vorbei, und dass die Menschen auch weiterhin aufs Auffallendste ausstaffiert und koloriert waren – kaum einer verließ ohne Nationaltracht und Kopfbedeckung das Haus –, wirkte wie die Schminke im Gesicht alter Weiber: Wischt man sie ab, sind diese hässlich, wenn auch stolz und zäh.

Ich kannte die Geschichte Husums aus den Büchern. Gretjen erzählte sie mir, wenn wir durch die Straßen liefen, zum Hafen oder zum roten Tor im Süden. Alles, wovon in den Büchern berichtet wurde, war groß – die Kriege und die Flut, Hungersnöte und Seuchen. Gretjen zeigte mir das Kleine: hier ein Bürgerhaus mit breiter Treppe und Dachgiebel, da der Sockel des Marktbrunnens, auf dem die Fischerfrau Tine der einlaufenden Fischerflotte entgegenblickt, hier die Holzpumpen der Brunnen, mit denen Gärten befeuchtet werden, da das unverwüstliche Kopfsteinpflaster. Einmal sahen wir, wie ein Ei darauffiel, der Dotter zerrann. Ein Huhn hatte es gelegt, das aus dem wohlhabenden Hinterland Jütlands stammte, nun war wieder regelmäßig Markt.

Nie kamen so viele Menschen nach Husum wie zur Zeit des Viehmarkts, der einmal jährlich im Frühling stattfand. Zwischen den Viehhändlern befanden sich kleine Stände von Krämern, die Wolle, Kräuter oder Seife feilboten. Es war laut und dreckig.

Der Markt lebt, sagte Gretjen glücklich.

Wenn sich über ihr der Himmel erstreckte statt eines Daches, war sie entzückt. Lärm und Dreck störten sie nicht. Husum gleiche einer großen Brücke, erklärte sie, die Stadt verbinde die Menschen und bringe Fremde zusammen.

Wie kommst du darauf?, wollte ich wissen.

Nun, unser Städtchen liegt doch zwischen dem deutschen Süden und dem dänischen Norden.

Wieso weißt du das?

Sie schlug Bücher stets rasch zu, konnte zwar lesen, tat es jedoch nicht gerne.

Ich weiß es, weil ich die ganze Welt kennenlernen will, sagte sie und reckte forsch das Kinn. Zu Lande und auf dem Meer.

Dänemark ist ein riesiges Land, dozierte ich, es reicht

von Nordfriesland bis Island, von der Elbe bis zum Nordkap.

Es ist mir einerlei, wie ein Land heißt und wer es beherrscht, ich will so viel wie möglich von ihm sehen.

Dänemark ist ein riesiges Land, wiederholte ich wie zu einer uneinsichtigen Schülerin, riesig, doch bitterarm. Es hat übel unter den Schlachten gelitten, die Napoleon über Europa brachte.

Gretjen interessierte sich nicht für Schlachten. Als ich ein kleines Mädchen war, wollte ich wissen, wohin man kommt, wenn man das Haus verlässt, unterbrach sie meine Lektion. Später wollte ich wissen, wohin man kommt, wenn man die Stadt verlässt. Nun möchte ich wissen, wohin man kommt, wenn man übers Meer fährt. Erzähl mir von den Halligen!

Von den Halligen gibt es nichts zu erzählen, außer dass das Leben dort hart ist. Dänemark hingegen ...

Dann erzähl mir von dir.

Zwei Bilder erstanden vor meinem inneren Auge. Die verbogenen Glieder einer Mutter, als ihr Leichnam hinter dem Pferd hergeschleift wurde. Hendriks verbogene Finger, als er sich an mich klammerte.

Von mir gibt es nichts zu erzählen.

Wer bist du, wie willst du sein?

Klug will ich sein.

Und ich, sagte sie, ich will frei sein.

Ja, wir waren uns fremd, denn ich verstand sie nicht, und sie lachte über mich. Und doch waren wir uns nah, denn nur wer klug sein will, ist frei. Und nur wer frei sein will, ist klug.

6

In Wien hatte Ellen stets mit Ohropax geschlafen. Hier waren die nächtlichen Geräusche kein Lärm. Selbst jetzt im Dunkeln schwiegen die Vögel nicht, die zwischen März und Mai heimkehrten, balzten, sich paarten, um Brutreviere kämpften, brüteten. Weder das Schnattern der Wildgänse verstummte noch der melodische Flötenruf des nächtlich dahinziehenden Regenpfeifers oder das schrille Pfeifen des Austernfischers. Es war schwer, die Stimmen auseinanderzuhalten. Das Djü-djü-djü, das Ahu-ahu, dieser Ton wie ein Miauen – sie waren zu einem dichten Klangteppich verwoben. Kein Dirigent sorgte für einen regelmäßigen Rhythmus oder die richtige Tonart, da war nur der Himmel, ein unendlicher Resonanzraum.

In Wien hatte Ellen oft eine Schlafmaske über den Augen getragen. Jetzt trat sie ans Fenster und zog die Vorhänge zur Seite. Nur mehr ein sanfter Lichthauch markierte die Ränder der Nacht, die Wolken waren zu Rauchschlieren ausgedünnt, das Licht des Mondes gerann auf der geraden Linie des Horizonts. Die Welt ist gar nicht rund, log diese Linie, am Ende des Meers stürzt man geradewegs ins Nichts, nur hier auf den winzigen Marschinseln steht man auf festem Boden. Die einzelnen Vögel am Himmel waren winzige Punkte – zusammen bildeten sie riesige Schwärme, ein dunkler Regen, der niemals zu Boden fällt.

»Gute Nacht, Hallig«, murmelte Ellen.

Zwei Stunden später, es war nach Mitternacht, schlief sie immer noch nicht. Sie tastete nach dem Schalter der Nachttischlampe.

Gleich daneben lag das Buch über die Halligflut, basierend auf Arjen Martensons Chronik, die Josseline Angst gemacht hatte.

Ellen hatte sie nie Angst gemacht. Es war eines der wenigen Bücher über die Halligen, die sie in der Bibliothek des Internats gefunden hatte. Bis sie sich auch andere beschaffen konnte, hatte sie es fast auswendig gekonnt.

Nach der Matura, wie in Österreich das Abitur hieß, schrieb sie sich fürs Lehramt Geschichte ein. Sie wollte so wenig Zeit wie möglich an etwas verschwenden, was sie nicht interessierte. Germanistik als Zweitfach war eine Notlösung, die Studienordnung sah es vor, und Ellen schrieb gute Noten, weil ihr Intellekt ein gut trainierter Muskel war. Aber letztlich waren nur die alten Geschichten der Halliglüd ganz und gar ihres.

Sie hatte beschlossen, ihre Diplomarbeit über die Halligen zu schreiben, und war damit bei Professor Pospischil, Leiter des Instituts für Neuere Geschichte, vorstellig geworden, bei dem sie mehrere Seminare und Vorlesungen besucht hatte.

Er bot ihr einen Platz in seinem Büro an, obwohl es dort keinen Platz gab, zumindest nicht, um zu sitzen. Sämtliche Stühle, Tische und die Couch waren bedeckt mit unzähligen Büchern, alten Zeitschriften, Notizblöcken, dicken Mappen, dünnen Ordnern. Sie stapelten sich auf den

Flächen und quollen aus den Regalen. Unter den Studierenden liefen Wetten, wie lange er brauchte, um jeweils eine bestimmte Hausarbeit aus dem Chaos zu fischen. Nur die Erstsemester tippten auf geschlagene zehn Minuten, die anderen wussten es besser.

Professor Pospischil war der Hüter eines Schatzes. Zwar sah er nicht besonders heldenhaft aus: Er war klein und gebückt, das Hemd spannte, über seiner Glatze klebten ein paar Haarsträhnen, manchmal in Stirnhöhe, manchmal über dem Hinterkopf, backbord oder steuerbord nannten die Studenten das. Aber er hockte auf allem, was aus Papier gemacht war wie der Pirat auf der Truhe mit den Goldmünzen: Nie warf er ein Buch oder auch nur ein Blatt weg. Nicht den Kassenzettel vom Interspar, nicht den Merkzettel für die Erstsemester-Orientierungstage, nicht die Einladung zur Vorsorgeuntersuchung für Herz-Kreislauf-Erkrankungen. Zu seinem sechzigsten Geburtstag hatten die Universitätsassistenten für ein Geschenk zusammengelegt: ein Aktenvernichter, geschmückt mit einer riesigen Schleife. Das Monstrum samt Schleife verstaubte bis heute ungenutzt in einer Ecke seines Büros.

»Die Halligen?«, hatte Professor Pospischil verwirrt gefragt, als Ellen ihr Thema vortrug. »Meines Wissens sind die Marschinseln ein Weltnaturerbe, kein Weltkulturerbe. Sie müssten das Thema aus geisteswissenschaftlicher Perspektive angehen.«

»Ich habe an die große Februarflut 1825 gedacht«, sagte sie. »Über dieses Ereignis gibt es kaum Fachliteratur.«

»Auch hierbei handelt es sich um ein Naturereignis.«

Sie verstand, was er meinte. Sie fühlte es nur nicht. Der Tod zog keine Grenze zwischen Natur und Kultur.

»Ich werde recherchieren, um das Thema einzugrenzen.«

Bevor Ellen den Raum verließ, stieß sie gegen einen Stuhl. Unmengen Papier verteilten sich im Raum. Sie bückte sich und hob die Blätter nicht einfach nur auf, sondern sortierte sie gleich ein, in einen Ordner mit Klarsichtfolien.

Das begeisterte den Professor mehr als ihre Diplomarbeit.

»Können Sie sich vorstellen, für mich als Tutorin zu arbeiten?«

Nach ihrem Studienabschluss stellte er sie als wissenschaftliche Mitarbeiterin für ein Projekt ein, das zwölf Jahre lang sämtliche Sparmaßnahmen des Vizerektorats für Finanzen überlebte. Offiziell war sie seine wissenschaftliche Mitarbeiterin, in Wahrheit diente sie als Zweitsekretärin, als Papierbewältigerin.

Sie sitze an der Quelle, hatte Ellen sich gesagt, würde sich jetzt nur mehr mit Geschichte befassen. In Wahrheit hatte sie immer nur ihm zugearbeitet. Die wenigen Stunden, da sie Pospischils Papierfluten nicht bändigen musste und sich der Geschichte der Halligen widmen konnte, waren nur winzige Marschinseln. Es vergingen mehr als zehn Jahre, bis sie erkannte, dass das, was sie durchkreuzte, kein Meer war, sondern eine Papierwüste. Sie konnte sich darin orientieren, jedoch, wie eine Nomadin, niemals sesshaft werden.

Als der Professor einige Wochen zuvor unvermittelt erklärt hatte, er werde emeritieren und sie sich eine neue Stelle suchen müssen, hatte Ellen kein Bedauern in seiner Miene gelesen. Nur Verlegenheit. Und als ihr aufging, dass sie nicht einmal ein unbeschriebenes Blatt für ihn war, bestenfalls eine Klarsichtfolie, hatte sie ebenfalls kein Bedauern gefühlt. Nur Erleichterung.

Ellen ließ das Buch sinken und trat wieder zum Fenster. So viele Jahre hatte sie mit Tobias verschwendet. So viele Jahre an Professor Pospischil.

Aber was waren diese Jahre im Laufe der Geschichte? Was waren diese Jahre auf den Halligen, wo alles groß war, der Nachthimmel und die Vogelwolken und der Mond und das Meer – nur nicht der Mensch.

Zwei weitere Stunden vergingen, Ellen fand immer noch keinen Schlaf. Sie las, wie Arjen verprügelt worden war, weil er gegen den Aberglauben kämpfte, vielleicht auch gegen das Heimweh, gegen den Schmerz, den Bruder verlassen zu haben.

Die Worte verschwammen vor ihren tränenblinden Augen, als bestünden die Seiten aus Wasser. Sie legte das Buch weg, wollte das Licht ausknipsen, als sie plötzlich von unten her Schritte hörte. Nackte Füße auf Linoleumboden, ein Quietschen, als eine Schranktür geöffnet wurde, dann zufiel. Die Schritte waren zu schnell für Bauer Thijman, zu leicht für Liske.

Ellen öffnete die Türe und lugte die Treppe hinunter. »Hallo?«

Keine Antwort.

Die Treppenstufen knarrten, als sie hinunterging. Unten im Flur begegnete sie einer riesigen Bettdecke, die sich bewegte.

»Oh, ein kleines Gespenst!«

Unter der Bettdecke kam ein rotes Gesicht zum Vorschein. »Ich bin doch kein Gespenst.«

»Aber ein Schlafwandler! Ich habe mal im Schlaf einen

Stuhl auf den Balkon gestellt und konnte mich hinterher nicht mehr daran erinnern.«

Jasper kicherte. »Ich bin nicht schlafgewandelt.«

»Hatte die Decke Lust auf einen Spaziergang im Mondschein?«

Die Bettdecke landete auf dem Boden, und Ellen sah, dass Jasper einen frischen Bezug in den Händen hielt. Er wurde noch röter, als er sich damit abplagte, ihn über die Bettdecke zu bekommen.

»Komm, ich helfe dir«, sagte Ellen sanft.

»Mama sagt, ich muss das selbst machen.«

»Mitten in der Nacht?«

»Ich … ich hab ins Bett gemacht. Klein. Nur wenn es groß ist, soll ich sie wecken.« Er machte eine kurze Pause. »Dann gibt es eine Sauerei. Aber wenn das Bett nur nass ist …«

Schon in seiner unförmigen Matschhose hatte er klein gewirkt. Wie er sich da beschämt mit der nassen Decke abplagte, erschien er ihr regelrecht winzig. Ellen fand es zwar schön, dass die mächtige Natur den Menschen winzig erscheinen ließ. Doch an einer Mutter, die ihren Sohn klein machte, war etwas verkehrt. Sie half Jasper schweigend, erst die Bettdecke zu beziehen, dann das Kissen.

»Ein neues Bettlaken brauche ich auch.« Er wies mit dem Kinn auf den geöffneten Schrank im Flur.

»Was ist mit der Matratze?«

»Da ist doch eine Folie drüber, damit nichts durchläuft. Mama hat sie für mich gekauft.«

Als Ellen Jasper in sein Kinderzimmer folgte, weil er Mühe hatte, die Decke allein zu schleppen, blickte sie verstört auf den Schutzbezug hinab. Er wirkte steril, war weder warm noch weich. Kein Kind sollte sich nachts auf so etwas kuscheln müssen. Jasper wuchtete Decke und Kissen auf das Bett und blieb unschlüssig stehen. Erst jetzt sah Ellen, dass er seine Pyjamahose ausgezogen hatte. Das Oberteil war etwas zu lang, bedeckte zur Hälfte seine dünnen Oberschenkel. Eine Gänsehaut hatte sich darauf ausgebreitet.

»Du ... du solltest jetzt wieder schlafen«, sagte sie leise. »Und ich gehe wieder nach oben.«

Er nickte, machte aber weiterhin keine Anstalten, sich ins Bett zu legen. Sie wiederum machte keine Anstalten, das Zimmer zu verlassen. Der Kleine wirkte völlig durchgefroren, ihr selbst war plötzlich auch kalt.

Sie zögerte kurz, fragte dann entschlossen: »Kannst du mir helfen?«

»Hast du auch ins Bett gemacht?«

»Noch schlimmer, ich kann nicht schlafen. Vielleicht schaffe ich es, wenn ich ...«, sie zögerte erneut, »... wenn ich dir noch eine Weile vorlesen darf?«

Jasper legte den Kopf schief.

»Wenn ich erst mal gelesen habe, werde ich später so tief und fest schlafen, dass ich nicht schlafwandle. Hier würde ich nicht bloß auf den Balkon, sondern ins Watt geraten.«

Er hielt den Kopf noch schräger, wieder ertönte ein Kichern. »Du würdest ertrinken.«

»Siehste.«

Endlich legte er sich ins Bett, zog die Decke über sich. »Du musst aber auch Claas vorlesen«, erklärte er, als sie einen Stuhl neben das Bett zog und sich setzte. »Ich kann ohne Claas nicht schlafen.«

Claas war nicht etwa ein einohriger Stoffhase oder Teddybär mit schwarzen, glänzenden Kulleraugen. Claas war nur ein Auge, nicht glänzend, sondern aus wächsernem Gelb. Es schwamm in einem Einmachglas auf Jaspers Nachtkästchen, gemeinsam mit grauen Fasern – Dreck oder Teile des sich zersetzenden Auges.

»Das ist ein Schafauge«, erklärte Jasper. »Claas war ein Widder, total böse. Einmal ist er auf Mama losgegangen, er hätte ihr fast die Hüfte gebrochen.«

»Und als Strafe hat sie ihn geblendet?«

»Blenden heißt Auge ausstechen, wenn man noch lebt, oder?« Er klang fasziniert, nicht erschrocken. Und er wirkte enttäuscht, als er berichtete, dass Claas schon tot gewesen sei, als man ihm das Auge herausgeschnitten habe. »Er hat Durchfall bekommen, das hat gar nicht mehr aufgehört. Irgendwann hat er sich nicht mehr gerührt.«

»Aha.«

»Käthe ist auch gestorben.«

»Ein Schaf?«

»Ein Lämmchen. Mama hat ihm die Haut abgezogen.«

»Für eine Decke?«

»Nein, aber seine Mutter wollte ein fremdes Lämmchen nicht säugen. Erst als Mama dem das Fell vom toten Lamm auf seinen Rücken festgemacht hat, hat es das falsche Lämmchen akzeptiert. Schafe erkennen ihre Jungen am Geruch.«

Der Geruch im Kinderzimmer war säuerlich. Ellen war nicht sicher, ob er von dem Einmachglas oder Jaspers Pyjamaoberteil kam. Sie hob seine Decke an, damit sie ihre kalten Füße darunter wärmen konnte.

»Und du kannst wirklich nur mit dem Auge auf dem Nachtkästchen einschlafen?«

»Es schaut mich die ganze Zeit an.«

Eben, dachte Ellen.

Jasper blieb nicht ruhig unter seiner Decke liegen, er rutschte hin und her, seine Füße berührten die ihren, sie waren noch kälter, feucht. Seine Haare standen stachelig von seinem Kopf ab. Ellen wollte sie glatt streicheln, unterließ es. Vielleicht brauchte man Stacheln und das Auge von einem toten Schaf, wenn man eine Mutter hatte, die das bettnässende Kind selbst das Bett neu beziehen ließ.

Das einzige Buch, das sie gefunden hatte – in einem fast leeren Regal, in dem sich sonst nur ein Spielzeugtraktor befand –, war »Sagen und Legenden der Nordsee«. Sie bezweifelte, dass das ein kindgerechter Stoff war, las trotzdem die Geschichte von einem Schiff vor, das im Hafen von Emden mitsamt seiner Besatzung in die Tiefe gerissen worden war und seitdem dann und wann als Geisterschiff auftauchte. Jasper lauschte schweigend, irgendwann waren seine Atemzüge gleichmäßig und tief.

Ellen knipste die Lampe auf dem Nachtkästchen aus, blieb neben Jasper sitzen. Sie brachte es nicht über sich, ihn allein zu lassen, wollte auch selbst nicht alleine sein.

Auf eine schwarze Stunde folgte eine graue. Einmal ächzte Jasper im Schlaf. Unwillkürlich streichelte Ellen über seine Schulter, ließ die Hand dort liegen. Ihre Müdigkeit wuchs, doch als sie schon beinahe wegdämmerte, vernahm sie wieder Schritte von draußen.

Sie tastete erneut nach dem Nachttischlämpchen. Noch bevor sie den Lichtschalter fand, ertönte Liskes Stimme: »Jasper?«

Ellen hielt den Atem an, fühlte sich ertappt.

»Jasper?«

Ganz vorsichtig löste Ellen ihre Hand von Jaspers Schulter. Wieder ein Ächzen, aber er erwachte nicht.

Die Schritte kamen näher, die Türe öffnete sich.

Nur mühsam unterdrückte Ellen den Drang, unter die Decke zu schlüpfen oder sich im Kleiderschrank zu verstecken. Endlich fand sie den Lichtschalter, knipste das Lämpchen an, das Auge starrte in eine Ecke.

»Er schläft längst wieder«, sagte sie schwach.

Liske verharrte auf der Türschwelle. Sie war barfuß, um sie herum schlackerte ein viel zu großer Pyjama, wahrscheinlich ein abgelegter von Thijman. Sie starrte auf ihren Sohn.

Ellen glaubte die Vorwürfe zu hören, die Liske auf der Zunge lagen – wie konnte sie es wagen, sich einzumischen.

»Er ... er hat ins Bett gemacht, ich hab ihm mit dem Bettzeug geholfen«, sagte sie schnell und klang piepsig, als würde sie ein Vergehen beichten. »Die Windel, die war nicht von deinem Vater, sie war von Jasper, oder? Ich finde das nicht schlimm. Ich hab als Kind auch lange ins Bett gemacht, irgendwann hat es aufgehört, einfach so.«

Von Liske kam immer noch kein Wort. Ellen versuchte, in ihrer Miene zu lesen, fand aber nichts, was einem Vorwurf gleichkam. Da war Verwirrung, fast bis zum Misstrauen gesteigert. Und etwas anderes. Hilflosigkeit. Liske betrat das Zimmer, ließ sich auf einen Hocker sinken, der vor dem Kinderschreibtisch stand.

»... kann's einfach nicht halten«, nuschelte sie. »Weiß nicht, was ich dagegen tun soll.« Sie hing so schwer auf dem Hocker, als würde sie sich lieber darunter verkriechen, anstatt darauf zu sitzen.

Sie fügte noch mehr Worte hinzu, sie schienen ihr einfach aus dem Mund zu fallen, den Gesetzen der Schwerkraft folgend. »Ich krieg's nicht hin. Ich krieg's einfach nicht hin. Ich bin so erschöpft, viel mehr als früher, ich weiß oft nicht, wo mir der Kopf steht ...«

Über den eigenen Kopf wollte sich Ellen am liebsten die Decke ziehen. Sie wollte sich hinter etwas Weichem verstecken, vor Liske, die plötzlich auch so weich wirkte und gerade darum unheimlich war. Aber da war noch etwas anderes – das Bedürfnis, sich um sie zu kümmern. Ellen hob die Decke an. »Komm. Deine Füße müssen doch eiskalt sein.«

Bis Liske den Hocker neben das Bett geschoben und ihre Füße unter die Decke gesteckt hatte, schwieg sie.

»Ich krieg's nicht hin«, wiederholte sie dann.

Nebeneinander saßen sie nun am Bett des Kindes, eine Handbreit Abstand zwischen ihnen. Liskes Füße kamen unter der Decke denen von Ellen nicht zu nahe, auch nicht, als sie begann, sie am Bettlaken warm zu reiben.

»Du kriegst sogar sehr viel hin«, sagte Ellen. »Du kümmerst dich um den Hof, du kümmerst dich um deinen Vater, du vermietest die Ferienwohnung. Und Jasper … das wird sicher aufhören.«

Liske streckte die Beine von sich. Wieder brachen Worte aus ihr hervor, umso verstörender, weil sie sich nicht zu Sätzen zusammenfügten.

Ein Frühchen. Zwei Monate in der Klinik. Ohne sie. Sie hatte zurück auf die Hallig gemusst. Zweimal am Tag ein Telefonat mit der Stationsschwester. Die berichtete, wie viel er trank. Mal dreihundert Milliliter. Mal zweihundert. War das viel oder wenig?

»Ich weiß, wie viel ein Lamm trinken muss. Ich wusste nicht, wie viel ein Kind trinken muss.«

»Er hat sich doch gut entwickelt, also scheint es genug gewesen zu sein.«

»Er hat nie geschrien, als er endlich zu Hause war. Er ist gar nicht aufgefallen.«

»Das zeigt doch, dass er ein entspanntes Baby war.«

»Wie viel Milliliter Liebe braucht ein Kind?«

Liske blickte zärtlich zu Jasper.

Da sind doch Liter an Liebe, dachte Ellen.

»Sein Vater ist zurück ans Festland gegangen, hast du erzählt?«, murmelte sie.

Wieder folgten keine ganzen Sätze. Ingo. Agraringenieur. Wollte alles verändern. Wusste alles besser.

Ein Seufzen, das wie das Knacken eines Schalentiers klang. Es war doch nicht alles weich in ihr. Da war diese Wut, nicht mehr lodernd, sondern längst verhärtet, ein Schutzschild gegen den Schmerz.

»Was wollte er denn verändern?«

»Er wollte, dass wir an den Tieren verdienen.«

»Tut ihr das nicht?«

Ein Schulterzucken, wieder ein knackender Ton, diesmal kein Seufzen, sondern ein Lachen. Es klang bitter. »Wir Halligbauern sind doch keine Bauern mehr. Museumswärter, das sind wir. In einem riesigen Freiluftmuseum. Weißt du, wie hier Geld reinkommt? Nicht indem wir Tiere verkaufen. Indem wir Entschädigungen kriegen, zum Beispiel im Frühjahr, wenn die Ringelgänse aus Sibirien kommen, das Gras wegfressen und der Rest von ihrem Kot verbrannt wird.«

»Ich hab mal gelesen, dass Ringelgänse nur ein Drittel ihrer Speisen verdauen können«, sagte Ellen. »Aber es hat sich herausgestellt, dass ihr Kot doch nicht so ätzend ist wie gedacht. Sie richten vor allem Fraßschaden an.«

Liske sah sie verwundert an, sprach dann weiter, als hätte sie den Einwurf nicht gehört. »Jagen dürfen wir sie nicht mehr, das Wattenmeer ist Weltnaturerbe, also lassen wir erst die Gänse scheißen, und hinterher werden wir mit

Geld zugeschissen. Zahlt alles das Land. Ein Teil kommt von der EU. Wobei die uns das hinterher wieder wegnimmt mit den teuren Hygieneverordnungen.«

»Und das wollte Ingo ändern?«

»Erst wollte er Milchkühe halten, aber der Milchpreis ist so niedrig, und der Transport kostet so viel, da ist noch nicht die Arbeit mitgerechnet fürs Pasteurisieren. Also wollte er Schlachtrinder züchten, Gallowayfleisch wird immer beliebter.«

»Doch dir war's zuwider, dass die Tiere geschlachtet werden?«

Ein grummeliger Ausruf von Erstaunen. »Wie kommst du darauf?«

Ellen zuckte die Schultern.

»Mit dem Fleischpreis auf dem Festland können wir nicht mithalten. Damit es sich wirklich lohnt, hätten wir auf Intensivhaltung umsteigen müssen. Den Bestand mindestens verdreifachen. Dann hätte das Gras noch weniger gereicht, also hätten wir das Futter umstellen müssen, die Rinder zu alles fressenden Kannibalen machen. Die Schafe wollte Ingo ganz abschaffen, die Hühner sowieso.«

»Und da hast du nicht mitgemacht.«

Aus dem Schweigen tönte das Echo von Streitigkeiten. *Du bist eine Enttäuschung. Ich will nicht mehr.*

»Ich habe eine Viertelstelle beim Küstenschutz«, sagte Liske. »Ich komm über die Runden, die Kühe auch. Ihnen reicht, was die Ringelgänse übrig lassen.«

Sie klang nüchtern wie eh und je. Aber als Ellen sie musterte, glaubte sie, Tränen in ihren Augen glänzen zu sehen. Diese Augen waren nicht blind wie das Schafauge. Sie sah damit das Leben, wie es hätte sein können.

»Und deiner?«, fragte Liske plötzlich.

»Er wollte keine Kinder, zumindest nicht mit mir. Ich ... ich beneide dich um Jasper.«

»Warum?«, fragte Liske.

Warum sie sie beneidete? Warum Tobias keine Kinder mit ihr gewollt hatte? Warum sie bei ihm geblieben war, bis er Schluss gemacht hatte?

Eigentlich war sie nicht geblieben. Sie war nur nie gegangen. War es schließlich gewohnt gewesen, ein Anhängsel zu sein.

»Damals im Internat haben sich alle Mädchen über die Gummistiefel lustig gemacht, die ich trug. Ob das Siebenmeilenstiefel wären, haben sie gefragt. Tobias nicht. Er wollte nur wissen, warum ich sie nicht auszog, der Boden sei doch trocken.«

»Und das hast du gemacht?«

Ellen nickte. »Ich hab sie vor den Container der Altkleidersammlung gestellt, die Schulleiterin gab sie mir zurück, Schuhe würden nicht gesammelt. Tobias hat vorgeschlagen, dass wir sie zerstückeln. Mit einer Geflügelschere. Oder der Laubsäge. Sogar eine Schrotflinte brachte er ins Spiel. Es gab so viele Drosseln in den Weinbergen rund um das Internat. Der Hausmeister schoss sie regelmäßig ab, um die Reben zu schützen. Wir nannten ihn König Drosselbart.«

Liske sah sie von der Seite an. »Ihr habt mit der Schrotflinte auf Gummistiefel geschossen?« Sie kicherte.

Ellen stimmte ins Kichern ein. »Nein, wir haben sie im Wald begraben. Tobias hat sogar ein Holzkreuz für sie gemacht.«

Wieder kicherte Liske.

»Er hatte diesen Hang zur Theatralik. Irgendwie anstrengend, aber auch vertraut. Ich schätze, er hat mich an Sunny erinnert.«

»Was kam nach den Gummistiefeln?«

Ellen berichtete von Tobias' langwieriger Aufarbeitung des schwierigen Elternhauses. Eine Weile hatte er bei gefühlt jedem Psychoanalytiker Wiens auf der Couch gelegen. Dann hatte er Stunden am Computer verbracht, um nach psychischen Krankheiten zu googeln, die er dem Vater in Ferndiagnose andichten konnte. Neurotische Belastungs- und somatoforme Störung, dissoziale Persönlichkeitsstörung mit impulsiv-feindseligem Verhalten oder hyperkinetische Störung des Sozialverhaltens. Mit jedem Fremdwort wuchs sein Wohlbefinden, aber als langlebig erwies sich das nicht. Die nächste Station war eine Mischung aus Schamane und Osteopath gewesen, der versprochen hatte, noch dem verstecktesten frühkindlichen Trauma auf die Spur zu kommen. Dass er in einer Tetanusimpfung die größtmögliche Verletzung seiner kindlichen Würde sah, hatte Tobias jedoch zutiefst beleidigt. Und noch wütender war er von einer Tanztherapeutin wiedergekommen, die von ihm nicht nur verlangt hatte, seine Kindheit nachzutanzen, sondern alles, was daran schön, wahr und gut war.

Dabei war Tobias' Kindheit doch eine Kloake, und das hatte er schwarz auf weiß bestätigt haben wollen. Für ihn waren sie Scharlatane gewesen, allesamt. Sie hatten Schadenersatz zahlen sollen – wie der Therapeut in Amerika, der sich einer Millionenklage gegenübersah, nachdem er einem seiner schwulen Klienten erklärt hatte, dass die in seinen Träumen wiederkehrende Torte seine Sehnsucht nach einer Vagina symbolisiere.

»Und was hast du zu alldem gesagt?«, wollte Liske wissen.

»Am Anfang habe ich ihn unterstützt. Da dachte ich noch, er könnte irgendwann mal einen Schlussstrich ziehen.

Aber als er sich immer mehr in das Thema verkrallt hat ... Irgendwann wurde es lächerlich.« Ellen zuckte die Schultern. »Bei der Geschichte vom amerikanischen Therapeuten hab ich dann mal nachgefragt, ob es sich bei der Torte um eine Sacher- oder Malakofftorte gehandelt hat.«

Sie erstickten fast vor Lachen.

Plötzlich fuhr Liske hoch. Jasper schlief immer noch, durch die Vorhänge drang gräuliches Licht.

»Ich muss jetzt raus.«

»So früh?«

»Die Tiere.«

Müdigkeit wanderte durch Ellens Körper, ließ sich jedoch nirgendwo nieder. Es würde ein harter Schultag werden.

»Ich kann dir helfen. Ich weiß noch alles, was du mir damals beigebracht hast. Galloways brauchen nicht viel Betreuung, aber zweimal am Tag Futter.«

Das Damals wurde zum Keil, den Liske tiefer zwischen sie trieb. »Ich brauche keine Hilfe.«

Sie erhob sich. Erst an der Tür drehte sie sich um und sah den schlafenden Jasper an, ihre Miene wieder weich und hilflos.

»Aber wenn du magst, kannst du mal bei einer Vogelzählung mitkommen. Ich hab dir doch erzählt, dass ich eine Viertelstelle beim Küstenschutz habe.«

Danach ließ Liske sie endgültig allein.

Ellen wusste, dass sie in dieser Nacht keinen Schlaf mehr finden würde. Sie verließ auf Zehenspitzen Jaspers Zimmer, stieg die Treppe nach oben, trat ans Fenster. Die Möwen segelten kreischend durch den Morgendunst. Das Land war flach. Alles Senkrechte war hier etwas Künstliches, vom Menschen Gemachtes. War der Mensch der größte Gegenspieler der Natur, weil er hier baute und errichtete, was sie nicht brauchte? Oder ihr bester Freund, weil er ihr so nah war wie sonst nirgendwo?

Womöglich schrumpfte der Unterschied zwischen Feindschaft und Liebe an einem Ort, an dem das Wasser stetig Grenzen verwischte.

DAMALS

In den vier Jahren, die folgten, waren Gretjen und ich uns nah und fern zugleich.

Ich verstand nicht, warum ihr jeder geschlossene Raum zu eng wurde, sie verstand nicht, dass dank Isaac Newtons Gravitationsgesetz die wissenschaftliche Erforschung der Gezeiten möglich war.

Sie sehnte sich nach der Welt hinter dem Meer, ich wünschte mir, dass hydrografische Schriften mehr Beachtung fänden als das Geschwafel von Gottes Allmacht, Weisheit und Güte.

Sie wollte hinter Deiche blicken, ich Deiche zwischen mir und den dummen Menschen errichten.

Ich wurde in der Schule nur noch selten geschlagen, weil ich nur noch selten den Mund aufmachte. Ein Wort wurde nicht erst wahr, wenn man es laut aussprach, es genügte, es zu denken. Es genügte auch, davon zu träumen, eines Tages ein großer Wissenschaftler zu sein und die Welt eines Besseren zu belehren. Dieser Tag war nicht mehr sonderlich fern, ich war mittlerweile fast achtzehn, im kommenden Jahr würde ich das Gymnasium abschließen.

Ist es nicht irgendwann mal genug?, fragte Gretjen und sah lachend auf meinen Bücherstapel.

Stell dir das Wissen auf der Welt wie das Meer vor und

den Gelehrten wie einen Menschen, der mit einem Löffel das Wasser schöpft. Dann weißt du, es ist nie genug.

Sie zuckte die Schultern. Den Turm der alten Marienkirche am Markt haben sie zu schnell zu hoch gebaut. Aus Angst, dass er einstürzen könnte, hat man ihn kürzlich abgerissen.

Ja, aber erst nachdem kluge Männer Berechnungen angestellt hatten, die zu jener Zeit verabsäumt wurden, als man den Turm baute. Besser man rechnet, bevor man baut. Besser man lernt, bevor man lebt.

Während man lebt, lernt man am meisten, sagte Gretjen, lachte wieder und stupste den Bücherturm an. Er wackelte, fiel aber nicht in sich zusammen.

Ich nahm ihre Hand, um sie davon abzuhalten. Da fiel mir auf, wie gut sie sich anfühlte. Und weil es nicht genügte, die Hand zu halten, presste ich meine Lippen darauf.

Gretjen ließ mich nur kurz gewähren, dann zog sie mein Gesicht an ihres und küsste mich auf den Mund. Ihre Lippen waren noch weicher und wärmer als ihre Hand.

Gretjen lachte wieder. Das Lachen und der Kuss machten aus dem, woran wir über Jahre hinweg gewebt hatten, endgültig ein reißfestes Band. Es ließ mich grübeln, ob Liebe einen klüger machte und freier oder dümmer und zu einem Gefangenen.

Eines Tages trat Pastor Danjel lächelnd zu mir. Er lächelte jetzt oft, weil ich kaum noch verprügelt wurde.

Bald ist deine Zeit am Gymnasium von Husum zu Ende, sagte er, dann wirst du nach Kiel gehen.

In Kiel gibt es keine Universität, erwiderte ich.

Ein Gelehrter wollte ich werden, in Kopenhagen

studieren, in Jena oder Hamburg, wo es noch mehr Bücher gab als hier. Husum wurde mir zu klein, wenn auch auf andere Weise, als es Gretjen zu klein wurde.

In Kiel gibt es das einzige Lehrerseminar des Landes, erklärte der Pastor. Bis vor Kurzem erhielten Lehrer keine umfassende Ausbildung. Meist unterrichteten Kandidaten der Theologie, und der Lehrgang, den es in Tondern gibt, beschränkt sich auf die Christenlehre. In Husum ist zwar ein Schulhalterseminar gegründet worden, aber am Ende zerstritten sich die Professoren, weil sie sich nicht festlegen wollten, ob man dort mehr über die Welt oder über Gott lernen sollte. Das Lehrerseminar in Kiel hat den besten Ruf.

Alle Bücher, die er mir je zu lesen gegeben hatte, hatte ich gelesen. Alles, was ich lernen sollte, hatte ich gelernt. Ich war dürr geblieben, weil ich nicht genug aß, aber der Appetit meines Intellekts war grenzenlos. Jetzt überkam mich Übelkeit.

Was soll ich in Kiel lernen? Aus meiner Stimme klangen Trotz und Panik.

Du wirst das Lehren lernen.

Zu Gretjen hatte ich davon gesprochen, mit einem Löffel das Meer auszuschöpfen. Nun wurde aus meinem Löffel ein Sieb.

Du weißt doch, warum ich dich mitnahm von der Hallig?, fragte Pastor Danjel.

Um Euer Schüler zu sein.

Auch. Aber vor allem, damit du als Lehrer zurückkehrst in deine Heimat.

Er redete lange auf mich ein.

Er sprach von der Schulpflicht, die zu oft vernachlässigt wurde. Die Zeit erfordere, dass der Einzelne nicht mehr bloß ein gottesfürchtiger Untertan sei, der nur beim Beten sein Maul öffnete, sondern ein gelehriger Staatsbürger. Tugendhaft, nützlich in seinem Beruf. Er habe nicht dem eigenen Wohl zu dienen, sondern etwas, was früher Bruder geheißen und ein Gesicht gehabt habe, jetzt Gemeinwohl genannt werde.

Ein Reformer namens Jacob Georg Adler hatte bereits im Jahre meiner Geburt begonnen, das Schulwesen im Herzogtum Schleswig neu zu ordnen, ähnlich wie andere Gelehrte die Landwirtschaft zu revolutionieren trachteten.

Wie beim Landbesitz hatte man die Grenzen der Schuldistrikte neu gezogen. In jedem sollte es mindestens einen Lehrer geben, begabte Kinder würden Gelehrtenschulen besuchen. Für alle anderen, auch die Tölpel, gab es die Bürgerschule. Auf diesen Grundsätzen aufbauend, würde die Propstei Husum ein Regulativ für die Schulen der Halligen veröffentlichen, um die Gaben des Geistes zu fördern.

Die Gaben des Geistes – das klang, als hätten sie kein Gewicht. Als aber des Pastors Hand auf meinen Schultern ruhte, vermeinte ich, er würde einen Mühlstein dort abladen.

Ich will kein Halliglehrer sein, sagte ich leise.

Er hörte mich nicht.

Viele glauben, dass man in der Mitte beginnen müsse, wenn man die Welt verändern will, sagte er. Alle Errungenschaften würden sich von da aus nach und nach bis an die Ränder ausbreiten. Wenn wir es aber ernst meinen, dann müssen wir wie eine gute Hausfrau handeln, die sich nicht damit begnügt, die Dielen mit Bienenwachs einzulassen, sondern selbst in der finstersten Ecke kehrt, in die kein Blick fällt. In den letzten Jahren wurden die kirchlichen Schriften von Aberglauben und magischem Denken bereinigt und solcherart das Christentum geläutert. Nun müssen wir ebenso mit den Schulen verfahren. Die Halligen liegen weit entfernt vom Festland, aber das heißt nicht, dass man dort keinen tüchtigen, examinierten, mit allen erforderlichen Zeugnissen versehenen Seminaristen hinschicken muss, den besten seines Jahrgangs, nicht den schlechtesten. Er darf dort auch nicht weniger verdienen als anderswo, vierzig Reichstaler oder dreihundert Rikstaler im Jahr.

Er atmete tief durch.

Du bist für diese Aufgabe geeignet, weil du klug bist. Weil du überdies von dort bist und die Menschen kennst. Weil du nicht nur Dänisch und Hochdeutsch beherrschst, sondern auch Plattdeutsch und Friesisch.

Latein und Griechisch beherrsche ich auch, hob ich zu sagen an. Doch der einzige Satz, den ich erneut hervorbrachte, war: Ich will kein Halliglehrer sein.

Du musst die Fackel der Vernunft hochhalten, das Licht in die Finsternis bringen.

Das Meer ist finster, was kann man dagegen mit einer Fackel ausrichten. Senkt man sie ins Wasser, erlischt sie.

Sein Lächeln war von Mitleid, Hader und Unverständnis getränkt wie an den Tagen, da ich mit blutigem Rücken vor ihm gehockt hatte.

Nicht nur die Vernunft ist ein helles Licht, das die Dunkelheit erleuchtet, sagte er, auch die Liebe.

Ich schüttelte den Kopf. Ich habe die Liebe verlernt an jenem Tag, da ich meinen Bruder verließ und mit Euch nach Husum aufbrach.

Nun schüttelte auch er den Kopf. Das stimmt nicht. Du hast eine an deiner Seite gehabt, die dir beibrachte, wieder zu lieben.

Der Pastor hätte mich niemals mit der Rute geschlagen, nicht mit dem Rohrstock, nicht mit der bloßen Hand. Sein Werkzeug war ein Wort, ein Name, mit dem er mich tiefer verletzen konnte als mit der schärfsten Klinge und der härtesten Rute.

Mein Wille ist, dass du Halliglehrer wirst, dazu habe ich dich erzogen. Gehorchst du mir, darfst du Gretjen heiraten. Beugst du dich meinem Willen jedoch nicht, wirst du Gretjen nicht wiedersehen.

Er machte eine lange Pause. Auch mein Lehrer hatte vor dem letzten Schlag oft gewartet.

Ihr wollt, dass Gretjen mit mir auf die Hallig geht? Ihr mutet der eigenen Tochter solch ein Geschick zu?

Gretjen ist wie das Meer – es übernimmt die Farbe des Himmels, Blau oder Grün, Türkis oder Grau, Rot oder Violett. Sie hat die Gabe, überall glücklich zu sein. Du hast die Gabe, nirgendwo glücklich zu sein.

Das ist keine Gabe, sondern ein Fluch.

Das Glück macht träge. Das Unglück jedoch schenkt die Kraft, etwas zu verändern. Du wirst die Halligen verändern, und vielleicht wirst du sie auf diese Weise retten.

7

Sind Sie eigentlich freiwillig auf der Hallig?«, fragte Lorelei.

Ellen legte den Kopf schief. »Wieso fragst du?«

»Meine Eltern mussten zurückkehren. Sie sind ins Rheingau gezogen, haben da auf einem Weingut gearbeitet. Wollten was von der Welt sehen.«

»Wahrscheinlich taugt nicht jeder zum Weinbauern.«

»Meine Mutter sagt, einen Halligmann verpflanzt man nicht. Mein Vater hat dort zu viel getrunken.«

Ellen vermutete, dass Loreleis Mutter Gesa diese Info lieber unter Verschluss gehalten hätte.

Doch Lorelei fuhr freimütig fort: »Meine Eltern hatten irgendwann keine Kohle mehr. Sind Sie auch bankrott?«

Ellen hatte am Vortag zum ersten Mal auf der Hallig Geld abgehoben. Es gab keinen Geldautomaten, nur die Zahlstelle auf dem Gemeindeamt. Die EC-Karte wurde in ein kleines, laut knatterndes Gerät geschoben, eine Unterschrift, dann wurde das Geld ausbezahlt.

Hier auf der Hallig brauchte sie nur wenig. Auch in Wien hatte sie nur wenig gebraucht, den Großteil ihres Gehalts gespart.

»Ich bin ganz sicher nicht wegen des Geldes hier.«

»Aber *mussten* Sie nun?«

Manchmal will man etwas so sehr, dass man es einfach

tun muss, dachte Ellen. Aber sie war nicht sicher, ob sie Lorelei das erklären konnte.

»Und sind Sie hier, weil Sie Lehrerin sein wollen und nur hier eine Stelle bekommen haben? Oder weil Sie unbedingt auf der Hallig leben wollen?«, fragte Lorelei weiter.

Ellen zögerte. »Beides«, bekannte sie schließlich. »Ich wollte beides.«

Beides hatte sie bekommen, und beides machte sie glücklich. Beides blieb eine Herausforderung.

Mittlerweile war die zweite Schulwoche angebrochen. Ellen genoss es, die Kinder zu überraschen und zum Lachen zu bringen, den Unterricht aufzulockern, indem sie sich lustige Spiele ausdachte, zu erleben, wie sie sich ihr öffneten, Vertrauen fassten.

Sie war nur noch nicht ganz sicher, ob sie die Sache mit dem Fordern und Fördern richtig hinbekam. Verlangte sie zu viel? Oder zu wenig? Manchmal fühlte sie sich nicht wie eine Lehrerin, sondern wie eine Fluglotsin. Vier Flugzeuge, die zu unterschiedlichen Zielen starteten, waren zu navigieren, Zusammenstöße und Turbulenzen in der Luft zu vermeiden, am Ende galt es, für eine sichere Landung zu sorgen. Kein Tag endete, ohne dass sie den Kindern mit einem befriedigten Lächeln nachblickte. Aber auch kein Tag, an dem sie nicht schweißüberströmt war.

Jan und Nils lasen noch sehr holprig. Zum Üben gab Ellen ihnen zerfledderte Bücher aus der überschaubaren Schulbibliothek. Den 17. Band von *Wieso? Weshalb? Warum? Komm mit ans Meer*, das *Natur-Erlebnisbuch Nordsee*, eine Ausgabe der *Stranddetektive*. Hinterher ließ sie sie auf Antolin arbeiten, einem Webprogramm zur Leseförderung.

»Langweiliger Kram«, kommentierte Nils die Bücher. Und überhaupt, sie hätten bereits Lesen gelernt, warum reiche das nicht?

»Lesen ist nicht etwas, was man einmal lernt und dann nie wieder tut. Man liest immer weiter und weiter, bis ... bis man es kann. Bis man es liebt.«

Die Jungs verstanden sie nicht. Sie liebten es, sich gegenseitig die Bücher auf die Köpfe zu dreschen, vertrödelten auf Antolin zu viel Zeit. »Ihr müsst etwas schneller werden«, mahnte Ellen.

»Das macht doch nichts, wenn die so langsam sind«, sagte Lorelei, die froh war, wenn der Computer besetzt war und sie nicht daran arbeiten konnte.

Josseline las willig, aber noch schlechter. Sie schaffte es nicht, die Buchstaben zu verbinden, las Haus wie Ha-us. Ellen ermahnte Jan und Nils, die sie deswegen als behindert bezeichneten.

»Laut. Leute. Bauer.« Ellen wiederholte es einmal, zweimal, dreimal. »Hast du es verstanden?«

Josseline lächelte strahlend wie das Dornröschen auf ihrem T-Shirt. Heutzutage nannte man Dornröschen nicht mehr Dornröschen, sondern Aurora. »Lies es noch mal.«

»Ma-us«, las Josseline lächelnd.

Josseline wollte, aber konnte oft nicht.

Lorelei konnte, aber wollte fast nie.

Die zwei Vokabeltests, die Ellen sie hatte schreiben lassen, waren fehlerfrei gewesen, aber hinterher hatte sie herausgefunden, dass Lorelei heimlich auf ihrem Smartphone nachgeschaut hatte. Noch ein Anfängerfehler. Sie überlegte sich eine Strafarbeit, doch Lorelei hatte noch nicht einmal den Aufsatz über die Konstruktion eines

Hauses abgegeben. Am Ende ließ sie sie die Vokabeln dreimal abschreiben. Schon nach dem ersten Mal hatte Lorelei keine Lust mehr und versuchte, sie in ein Gespräch zu verwickeln. Manchmal stellte sie kluge Fragen. Obwohl Ellen ahnte, dass sie strenger sein sollte, gefiel es ihr, über das nachzudenken, was Lorelei von ihr wissen wollte.

Als Neuhalligerin erging es ihr wie als Lehrerin.

Es war leicht, sich hier zu Hause zu fühlen. Es war nicht immer leicht, sich so zu benehmen. Die Sätze, die sie mit anderen Halliglüd tauschte, wog sie sorgsam ab. Sie wollte nichts falsch machen, nicht stören.

Jasper störte sie nicht, im Gegenteil.

Er stand abends regelmäßig vor ihrem Zimmer und bat sie vorzulesen. Ellen mochte dieses Ritual, sie gewöhnte sich an das Auge von Claas, das sie fortwährend anstarrte, wenn sie an Jaspers Bett saß, auch an die Geschichten, die Jasper ihr seinerseits erzählte, von den Bisamratten zum Beispiel, die einmal in einer groß angelegten Aktion vergiftet worden waren, weil sie die Warften unterhöhlten.

»Hast du eine Bisamratte mumifiziert?«

»Was ist mumifizieren?«

Sie schilderte es ihm. Zeigte es sogar anschaulich, indem sie Jasper am nächsten Morgen komplett mit Klopapier einwickelte. Sie lachten sich beide kaputt, Liske wunderte sich über ihren Klopapierverbrauch.

Auch Thijman freute sich, dass sie da war.

Wenn sie am Morgen die Küche betrat, saß er meist schon dort und kicherte vergnügt, nachdem er sich großzügig aus der Thermoskanne mit Kaffee bedient hatte, die Liske jeden Morgen vorbereitete. In den ersten Tagen war für Ellen nur eine homöopathische Dosis übrig geblieben, die die Milch hellbraun färbte, aber sie genoss es, Thijman beim hingebungsvollen Schlürfen zuzuschauen.

In der zweiten Woche machte Liske genug Kaffee für sie beide.

Ellen bot ihr mehrmals an, ihr mit den Galloways zu helfen. »Sie mögen doch Brennnesseln. Ich kann welche suchen.«

»Die finden sie schon von allein.«

»Vielleicht brauchst du Hilfe mit den Lämmern?«

»Wie kommst du darauf?«

»Du hältst doch immer noch Ostfriesenschafe, keine Texelschafe. Deren Fleisch ist nicht so gut, dafür die Wolle, und es gibt überdurchschnittlich viel Drillings- oder Vierlingsgeburten. Da die Mutter nur zwei Striche hat, müssen die übrigen Jungen ab dem zweiten Tag mit der Flasche gefüttert werden.«

»Das weißt du auch noch?«

»Ich kann mich auch noch an den Apparat erinnern, mit dem man Wasser und Milchpulver mischt.«

»Der ist kaputtgegangen.«

»Soll ich nun helfen?«

Liske zögerte. Sie wirkte ausgelaugt. »Ich schaffe das schon«, presste sie schließlich hervor.

Eine Woche nach Ellens Ankunft brachte der Bürgermeister Lars Poppensen im Namen aller Halligbewohner einen Willkommenskranz – ein alter Brauch. Sie besuchte die meisten, um sich zu bedanken, und nutzte den Anlass, um die Eltern ihrer Schüler kennenzulernen.

Loreleis Vater Sönke hatte keine Zeit zu plaudern, er gab ihr flüchtig seine verschwitzte Hand.

»Kampftag, Kampftag«, grummelte er.

Aus Niebüll kam regelmäßig ein Lkw mit Ware, die rasch eingeräumt werden musste, er hatte keine Zeit zu verlieren, die Kühlkette durfte nicht unterbrochen werden, Zeit war Geld, und Geld verlor er ohnehin schon, weil er hier Festlandpreise eingeführt hatte. Früher waren noch die Fährkosten draufgeschlagen worden. Es lohnte sich, der kleine Lebensmittelladen brummte jeden Tag bis siebzehn Uhr, in der Hauptsaison auch samstags.

Gesa, die hinter der Theke stand, zwinkerte Ellen zu. »Als Lehrerin bekommen Sie natürlich Prozente.«

»Aus dem Weg«, grollte Sönke, auf seinem Arm ein Sechserpack H-Milch. Als Ellen später zahlte, verlangte er den vollen Preis.

»Bei den Festlandpreisen verliere ich schon genug«, schimpfte er mit Gesa, als Ellen den Laden verließ.

Danach war die Familie von Lars Poppensen an der Reihe. Seine Frau Emmi führte den Gasthof Hinrichs Buernhus, Anni, seine Tochter und Josselines Mutter, arbeitete dort als Kellnerin.

Sie winkte Ellen ins Büro neben der Gaststube, zeigte ihr die CD, die Josselines Vater Kay-Kay, ein Rapper aus Düsseldorf, aufgenommen hatte. Viele hatte er davon nicht verkauft. Er arbeitete jeden Sommer als Hilfskoch in Hinrichs Buernhus, dort hatten sie sich kennengelernt.

»Nächsten Sommer kommt er wieder. Und irgendwann gehen Josseline und ich mit ihm nach Düsseldorf«, schloss Anni. Es klang wie eine Frage.

Ellen zahlte 19,99 für die CD, hörte sich anderthalb Rapsongs noch auf Annis CD-Player an, dann schaltete sich Annis Mutter Emmi ein.

»Jetzt lass sie doch in Ruhe mit diesem Gejaule«,

schimpfte sie von der Türschwelle her, einen Teller mit Lammfrikadellen balancierend.

Ellen stellte sich vor.

»Isst du etwa auch vegan wie Almut?«, fragte Emmi auf dem Weg zur Gaststube grimmig.

»Nein, ich esse Fleisch«, erwiderte Ellen.

Emmis Blick wurde sanfter. Sie hielt kurz inne, ehe sie die Lammfrikadellen zu einem der Gästetische brachte. »Schön, dass wir eine neue Lehrerin hier haben. Wir brauchen Leute, die auf die Hallig kommen, um zu arbeiten, nicht, um Urlaub zu machen. Es ist so schwierig, Personal zu finden, und ich rede noch nicht mal von gutem.« Sie verdrehte die Augen.

Auch beim Bürgermeister im Gemeindebüro schaute sie noch einmal vorbei – der Formalitäten wegen. Lars Poppensen betrachtete Ellens Meldeschein wie eine Wertanlage. »Wir brauchen jeden Einwohner, vor allem solche, die Steuern zahlen.«

Er lehnte sich gemütlich in seinem Drehstuhl zurück und drehte sich einmal im Kreis.

Almut besuchte Ellen nicht. Einmal hatte Jan im Auftrag seiner Mutter gefragt, warum sie im Schulgarten nicht Wilden Senf und Kümmel anbauten, Blumen allein seien doch langweilig. Ellen hatte keine Ahnung, wie man Wilden Senf anbaute. »Vielleicht im Sommer«, wich sie aus und hoffte auf die Ferien.

Almuts Mann Jo war so nett, ihnen bei den Markierungen der Laufrunde zu helfen, nachdem Nils beim ersten Versuch mehr Farbe auf seinem T-Shirt als auf dem Weg verteilt hatte. Er schwärmte vom Schleusenfest, das einmal jährlich im Spätsommer vom Hallig-Segelclub veranstaltet wurde, inklusive Tänze der Trachtengruppe und Tauziehen. »Die Zugezogenen haben gegen die Alteingesessenen gewonnen«, erklärte er triumphierend. »Nächsten Herbst machst du mit. Und beim Klootschießen auch.«

»Das ist doch öde«, sagte Lorelei.

»Machen wir lieber Bowling«, rief Nils, »und Josseline ist ein Kegel.«

»Sind Halligschüler eigentlich schlimmer oder braver als Festlandsschüler?«, fragte Lorelei weiter. Ellen vermutete, dass die Antwort sie nicht interessierte, jedoch immer noch spannender als Englischvokabeln war. Sie wollte aber nicht zugeben, dass sie kaum Erfahrung als Lehrerin gesammelt hatte.

»Wie wär's, wenn wir Englisch auf später verschieben und du dein Geschichtsbuch aufschlägst und das Kapitel *Nordfriesland im Mittelalter* durcharbeitest?«

»Hab ich doch schon längst«, maulte Lorelei.

»Dann kannst du mir ja sagen, wann sich die Erste Grote Mandränke, bei der unter anderem die Stadt Rungholt untergegangen ist, ereignet hat.«

Lorelei starrte angestrengt an ihr vorbei, Nils blickte von den *Stranddetektiven* auf.

»Sind die Menschen damals auch ersoffen?«, rief er begeistert. »Und hingen die Leichen auch in den Astgabeln? Und wurden die Särge aus dem Boden gerissen? Und waren die Toten grün im Gesicht?«

»Wieso denn grün, die waren blau«, rief Jan. »Die sind verschimmelt.«

»Tote verschimmeln nicht, sie verwesen«, wusste Nils.

»Das ist doch das Gleiche.«

»Ist es nicht. Toten fallen die Finger ab, einer nach dem anderen.«

»Blödsinn, die Würmer und Maden fressen die Finger.«

Josseline schien sich in ihrem Deutschheft verkriechen zu wollen.

»Na, na«, mahnte Ellen, »wir sprechen nicht noch mal von den Toten.«

»Sie haben doch gerade mit der Flut angefangen«, warf Lorelei feixend ein. »Ich muss mich ganz sicher nicht damit beschäftigen.«

Ellen ignorierte sie und ging vor dem Tisch der Jungs in die Hocke, um ihnen ins Gesicht zu schauen. »Woher wisst ihr eigentlich diese Sachen über die großen Flutkatastrophen und was den Menschen damals zugestoßen ist?«

Keine Spur mehr von ihrem Eifer loszuplappern, ohne sich vorher zu melden.

»Eure Mutter meinte, sie habe nie mit euch darüber gesprochen.«

Immer noch Schweigen. Die Jungs steckten ihre Nasen in die *Stranddetektive*, Josseline tauchte wieder aus dem Deutschheft auf.

Nur Lorelei ließ sich die Gelegenheit, vom Unterrichtsstoff abzulenken, nicht entgehen.

»Na, von Metha«, sagte sie. »Sie hat die ganze Zeit davon gequatscht.«

Metha Heinemann, richtig. Das Mädchen bereitete ihr Kopfzerbrechen. Die erste Woche hatte Ellen abgewartet, in der zweiten war sie immer noch nicht in der Klasse aufgetaucht. Sie hatte mehrmals versucht anzurufen, aber niemand hatte abgenommen oder auf ihre Nachrichten auf dem Anrufbeantworter reagiert.

»Wahrscheinlich braucht sie noch Zeit«, hatte die Lehrerin auf der Nachbarhallig gemeint, als Ellen sie um Rat gefragt hatte. »Sie leben noch nicht lange auf der Hallig, die Mutter ist vor einem knappen Jahr gestorben, das ist alles sehr schwierig. Offenbar bringt es der Vater nicht über sich, seine Tochter allein irgendwo hingehen zu lassen.«

Jakob Heinemann sei Tischler, er habe das Uthländische Bauernhaus auf der Peterswarft restauriert und gleich zwei Preise dafür bekommen.

»Das, was für ihn das Renovieren ist – eine Ablenkung, eine Aufgabe –, könnte für Metha doch die Schule sein«, hatte Ellen gesagt.

Ein Seufzen am anderen Ende der Leitung. »Wahrscheinlich braucht sie noch Zeit.«

Das hatte Ellen bislang davon abgehalten, die Peterswarft zu besuchen, am entlegensten Zipfel der Hallig gelegen, ein gutes Stück von Liskes Warft entfernt.

»Metha hat euch von der Flut erzählt?«

Von den Jungs kam nur ein Schulterzucken, Lorelei klappte mit befriedigter Miene ihr Geschichtsbuch zu. »Sie hat so 'ne alte Chronik angeschleppt.«

Ellen wurde hellhörig. »Welche Chronik?«

»Keine Ahnung. Wenn was verschimmelt war, dann dieses Buch.«

»Und woher hatte sie die Chronik?«

»Ihr Vater restauriert Möbel, die Chronik hat er in einer alten Truhe gefunden.«

»Aber die kann er nicht einfach behalten«, rutschte es Ellen heraus. »So etwas muss in einem Museum ausgestellt werden.«

»Metha will ja auch, dass es ein Museum bei uns gibt. So ein ähnliches wie auf der Nachbarhallig – da wird in einer alten Scheune alles mögliche alte Zeug ausgestellt. Aber dafür muss sie den Wettbewerb gewinnen. Wobei sie allein gar nicht antreten kann. Ihr Vater auch nicht. Der wohnt nicht lange genug auf der Hallig ...«

»Welcher Wettbewerb?«, fiel Ellen ihr ins Wort.

»Mit so 'nem ollen Museum hat man sowieso keine Chance. Da haben die mit dem Whalewatching die Nase vorn.«

Whalewatching war das Stichwort für Nils und Jan. Sie überlegten fieberhaft, ob Wale Leichen fraßen. Oder doch nur lebende Menschen. Und ob man sich aus einem Walbauch befreien konnte, wenn man verschluckt wurde.

»Wenn auch eine Konservendose im Magen liegt, schon«, behauptete Jan. »Mit den scharfen Rändern kann man ein Loch in den Walbauch schneiden.«

Josseline hatte Mitleid mit dem Wal. Jan wollte an Nils ein Lebendexperiment durchführen und kam dem Bauch seines Bruders mit seiner Schere bedrohlich nahe. Nils schlug mit dem Mäppchen zurück, kam dann aber auf die Idee, dass man das als Walbauch benutzen könnte.

Ellen schickte ihn mit einem Buch in den Computerraum. »Warum darf er da alleine sein?«, rief Lorelei. »Haben Sie nicht mal gesagt, dass die Zwillinge nur unter Aufsicht am Computer arbeiten dürfen?«

»Was hat es mit diesem Whalewatching auf sich?«, versuchte Ellen, sie abzulenken.

Es glückte. Lorelei erzählte vom Jubiläum anlässlich der Ernennung des Wattenmeers zum Weltnaturerbe, das in der ersten Ferienwoche mit einem großen Halligfest gefeiert werden sollte. Es würde eine Bühne für Tanz und

Musik geben, Verkaufsbuden für Spezialitäten und Schnickschnack – und diverse Buden, wo den Touristen Ideen für Projekte präsentiert und zur Abstimmung vorgelegt werden sollten. Wer mit seinem Projekt der Öffentlichkeit die Geschichte oder die Natur der Halligen am besten nahebrachte, würde die Siegesprämie von eintausend Euro einstreichen, mit der man das Projekt realisieren könnte.

»Und natürlich werden alle für das Whalewatching stimmen!«, rief Lorelei. »Meinetwegen auch für den Fotografie- oder Malkurs auf der Hallig oder die Pferdewochen. Aber ein historisches Museum? Niemals!«

Nils versuchte herauszufinden, ob man mit der Schere den Einband der *Stranddetektive* durchschneiden könne, Ellen nahm ihm die Schere weg.

»Was genau habt ihr zu Metha gesagt, dass sie danach nie wieder in die Schule kommen wollte? Dass ein Museum doof ist?«

Jan schüttelte den Kopf.

»Dass ihre alte Chronik doof ist?«

Jan schüttelte wieder den Kopf.

»Na, dass sie selber doof ist!«, rief Nils ihr vom Computerraum aus zu.

Ellen unterdrückte ein Seufzen. Sie nahm Loreleis Geschichtsbuch und schlug es wieder auf der Seite der ersten Groten Mandränke auf.

»Ich werde Metha und ihren Vater besuchen und mir diese Chronik mal anschauen«, verkündete sie. »Aber jetzt machen wir weiter.«

Lorelei begann, Sätze zu unterstreichen. Ob sie sie auch verstand, konnte Ellen nicht sagen. Nils behauptete, er wäre mit Antolin fertig.

»Ma-us«, las Josseline laut. »Ha-us.«

Am Samstagvormittag machte sich Ellen auf den Weg zur Peterswarft. Sie lag an der Nordseite der Hallig, am Beginn einer Landzunge, die tief ins Meer hineinragte.

Noch hing Nebel über den Wiesen, dann und wann waren darunter Konturen von Kühen zu erahnen. Erst seit Anfang Mai bevölkerten sie die Fennen, denn während die Galloways das ganze Jahr über hierblieben, waren andere Rinder nur Sommergäste. Im Winter würden die Hufe in den feuchten Böden zu viele Schäden an der Grasnarbe hinterlassen.

Als der Nebel nicht mehr ganz so dicht hing, waren nicht nur Kühe zu sehen, sondern auch Jo bei seiner Joggingrunde. Er winkte Ellen zu. »Na, heute zu Fuß unterwegs?«

Ehe sie antworten konnte, war er schon weitergelaufen.

Wenig später erreichte sie die Kirchwarft, die wie ausgestorben war. Emmi Poppensen hatte erzählt, dass der letzte Predikant seine halbe Stelle aufgegeben hatte. Für eine volle fehlte das Geld, ihm war das zu wenig für zu viel Seelsorge. Emmi hatte den Kopf geschüttelt. »Ich sag's ja, Personalmangel an allen Ecken und Enden. Wer hier Arbeit Arbeit nennt, hat schon verloren. Wer kein dickes Fell hat, erst recht.«

Der Nebel löste sich weiter auf, aus den Wolkenballen wurden Schlieren. Das strahlende Blau des Himmels schmeichelte Ellens Seele und strafte Lügen, wer Blau für eine kalte Farbe hielt.

Sie verließ den festen Weg und ging quer über die Salzwiese. Zu ihrem Atem gesellte sich das schmatzende Geräusch der Gummistiefel. Es klang, als tuschelte das Land mit ihr.

Die Peterswarft lag zwischen den zwei Meeresarmen wie in einer schützenden Umarmung. Das Hauptgebäude war ein uthlandfriesisches Langhaus, in sogenannter Holzständerbauweise errichtet. Ein Bollwerk, niedrig, aber mächtig, die Schmalseite in den Westwind gestellt, der in der leeren Weite des Atlantiks Kraft sammelte und stets am lautesten heulte. Die kräftigen, hölzernen Ständer, die an allen Ecken mit Abstand zur Außenmauer errichtet waren und auf denen das Gewicht des Daches ruhte, bewiesen, wie ernst man diesen Wind hier nahm. Über der Tür befand sich ein spitzer Giebel, unter dem reetgedeckten Dach stand in schwarzen Lettern das Jahr, in dem das Haus errichtet worden war: 1759. Wahrscheinlich war es seitdem zigfach zerstört und wiederaufgebaut worden.

Es war hier einsam wie nirgendwo sonst auf der Hallig. Doch als sie näher trat, empfand Ellen diese Einsamkeit als erhaben, nicht als furchterregend. Es war die Einsamkeit eines alten Hauses, unter dessen Dach unzählige Familien gelebt hatten, nicht die toter Großstadtwinkel.

Ein letzter Schritt im Matsch, dann hatte Ellen die Rampe erreicht, die zur Warft hochführte. Wie bei Liskes Warft bestand dieser Weg aus Steinen, nur waren sie hier spitzer, die Abstände zwischen ihnen größer. Die Hocken für die Schafe standen leer, der Zaun, der das Anwesen umgab, war porös und mit gelbem Moos überwuchert.

Sie ging auf die Haustür zu, klopfte, niemand machte auf. Sie wusste, auf der Hallig war es Sitte, ungefragt den Flur zu betreten, laut Moin zu rufen und an die nächste Tür zu klopfen. Falls man dann nicht hereingebeten wurde, hatte man zu gehen.

Ellen öffnete die Tür, betrat nicht nur ein Haus, sondern eine versunkene Welt. Der Flur war lang, schmal und hatte einen aus Lehm gestampften Boden. Früher war das ein Zeichen von Armut gewesen, heute eines von Authentizität. An die Tür am Ende des Flurs klopfte sie wieder vergebens. Sie machte dennoch nicht kehrt. Sie war so lange hierher unterwegs gewesen, nun war sie neugierig.

Auch im Pesel, der besseren Stube, die in den kleineren Friesenhäusern fehlte, gab es keine Teppiche, dafür alte Fliesen, von denen manche von haarfeinen Rissen überzogen waren. Obwohl eine Absperrung wie im Museum fehlte, stand ein unausgesprochenes »Bitte nicht berühren« im Raum. Die Wände waren ebenfalls mit Fliesen geschmückt, holländischen, voller Schiffsmotive, die nicht nur hübsch aussahen, sondern auch gegen den kalten Wind abschirmten. Vielleicht sogar die Zeit. Holländisch waren ebenso die Schränke, die Kommoden dagegen waren französisch, und die Wandschränke waren mit chinesischen Mustern versehen. Das Nordmeer war ein Knotenpunkt gewesen, in dem die Schicksale aller Herren Länder zusammenliefen. Der Raum wirkte wie eine Fotografie, perfekt komponiert, aber leblos. Das Metall der englischen Standuhr, der Messingknöpfe am gusseisernen Beiliegerofen und der Navigationsinstrumente war angelaufen. Das Tintenfass aus Kuhhorn, das Pfeifenbord, die Tabakdosen mit blauem Anstrich – ein Echo vergangener Leben.

»Herr Heinemann? Metha?« Wie im Museum sprach Ellen unwillkürlich leise. Sie hätte sich nicht gewundert, wenn das Mädchen irgendwo hier säße, mit alter Tracht, reglos wie eine Wachsfigur.

Doch keine Antwort. Auf dem Tisch voller Kerben und Wachsflecken stand eine Blumenvase. Die Vase war alt, die Blumen darin neu. Die dünnen Blütenblätter standen wie winzige Wimpern um ein dunkles Auge und zitterten im Luftzug.

»Metha?«

Noch etwas erzitterte. Ein alter Plan, der auf dem Tisch lag, auf der linken oberen Ecke mit Informationen versehen:

Besitzer: *Bente Paulsen*
Erbaut: *vor 1759*
Besondere Einzelheiten: *Spannschloss an der Nordseite noch vorhanden, Haus mehrere Male erneuert*
Steinformat: *20/9,5/5, stellenweise angeklinkert*
Sparren und Balken aus Kiefernholz

Daneben ein Innenplan, in dem Norderstuv, Kök, Spieskämer, Schlapstuv, Peel, Döns und Wandbett eingezeichnet waren, außerdem eine Skizze mit Südansicht und Querschnitt.

Als sie immer noch keinen menschlichen Laut außer dem eigenen Atem vernahm, trat Ellen zurück in den Flur. Neben dem Pesel befand sich die Speisekammer, die Tür nur angelehnt. Durch den Spalt sah sie etwas Silbriges, aus der neuen in die alte Zeit Geratenes, ein Fremdkörper in jenem Auge, das nur zurückschaut, nicht nach vorne: eine Konservendose.

Sie gelangte über die Querdiele in den nördlichen Teil des Langhauses, wo sich früher die Ställe befunden hatten. Nun drang nicht der Geruch von Tieren in Ellens Nase, sondern von etwas Chemischem, einem scharfen Beizmittel.

Sie betrat auch den nächsten Raum im vorsichtig tastenden Museumsmodus, doch die Zeitblase platzte im kalten Licht einer Leuchtstoffröhre, das auf eine Werkbank mit Schraubstock knallte. Neben der Tür standen offene Wandschränke, in denen Polituren, Klebstoffe, Nägel und Schrauben aufbewahrt wurden. Neben den Holzschränken gab es einen aus Stahl für Brennspiritus. In kleineren Fächern lagen Putztücher, Stahlwolle und Beizpulver. Auf dem Boden stapelten sich etliche Kisten mit Holzabfällen, geordnet nach Größe, manche kaum mehr als Splitter, andere Scheite, von Wurmlöchern durchsetzt oder von Nägeln eingerissen. So etwas wie Abfall schien es hier nicht zu geben, nur Altes, das geehrt wurde, indem man es aufbewahrte und irgendwann etwas Neues daraus machte – mit Bohrmaschine, Säge, Hobel, Beitel, Hammer.

An der Werkbank in der Mitte des Raumes stand gleich neben dem Schraubstock ein Mann. Ellen konnte hinter den vielen Haaren, die die Farbe von Sägemehl hatten, sein Gesicht kaum sehen. Er trug eine unförmige Zimmermannshose – die Seitentaschen voller Werkzeug.

Ellen trat zur Werkbank, hob die Hand zum Gruß, sah dann jedoch, dass er die Augen geschlossen hatte. Aufmerksam befühlte er ein Stück Holz in seinen Händen.

»Arbeiten Sie immer mit geschlossenen Augen?«, rutschte es Ellen heraus. Versehentlich brach sie die Regel, dass man sich auf der Hallig duzte.

Jakob Heinemann schien sich nicht im Mindesten über ihre Anwesenheit zu erschrecken. Bedächtig klopfte er auf das Holz. »Wenn man die Augen schließt, hört man besser«, sagte er ruhig.

»Das Holz?«

»Es erzählt Geschichten.«

Es war nicht schwer, sich das vorzustellen. Alles in diesem Haus schien Geschichten zu erzählen. Aber die Stimmen verschmolzen miteinander wie Tropfen im Meer.

Ellen trat näher. Erst als sie die Werkbank erreichte und ihm gegenüberstand, ging ihr auf, wie groß dieser Mann war, mächtig, die blaue Arbeitsmontur spannte an den breiten Schultern. Auch die Hände waren riesig. Ellen hätte schwören können, dass sie trotzdem mehr spürten als feingliedrige Pianistenfinger. Immer noch mit geschlossenen Augen griff er nach der Drahtbürste und führte sie über das Holz. Eine kleine Wolke aus Sägemehl und Staub stob auf.

»Welche Geschichte erzählt dieses Stück?«, fragte Ellen.

Unter dem Bart, so ungleichmäßig gewachsen, als hätte er ihn mit einer der vielen Sägen beschnitten, bewegte sich etwas. Vielleicht war es ein Lächeln. Dann öffnete er die Augen. Sie waren braun.

»Zunächst nur, wie lange es noch trocknen muss, wo es seine Äste gehabt hat, wo beim Fällen Bruchlinien entstanden sind. Und dann sagt es mir, was es werden will. Ein Stuhlbein, ein Sitz oder eine Tischplatte schon mal nicht. Vielleicht eine Seite dieser Bank.«

Er deutete in die Ecke, wo eine alte Kastenbank stand. Sie wirkte morsch, war voller Kratzer, an einer Seite fehlte ein Brett, an der anderen schien sie mit einer Axt bearbeitet worden zu sein.

»Ich bin die Lehrerin«, sagte Ellen in das Schweigen hinein.

Als er den Blick auf Ellen richtete, wirkten seine Augen verschmitzt. Ein Kreis feiner Fältchen umgab sie.

»Ich weiß. Und ich bin der Sonderling.«

Er nahm die Hand vom Holz, um sie Ellen zu reichen. Sein Händedruck war fest.

»Warum ein Sonderling?«

»Suchen Sie's sich aus. Ich rede mit Holz, ich arbeite mit geschlossenen Augen, ich sammle alte Dinge, ich lebe seit dem Tod meiner Frau mit meiner Tochter allein, noch dazu auf einer Hallig.«

Ich bin auch ein Sonderling, dachte Ellen. Sie hatte ebenfalls gesammelt, vor allem Wissen über die Halligen. Sie hatte mehr gelesen als gelebt, mehr gedacht als getan, sie glich einem unbearbeiteten Holzscheit, der nie Teil von etwas Größerem gewesen war.

»Dieses Haus wurde 1759 erbaut?«

»Teile davon, ja. Das Fachwerk ist noch ursprünglich. An etlichen Stellen ist das Ziegelsteinmauerwerk, mit dem es ausgefüllt wurde, mit Kalk und Muschelschalen versetzt. Das findet man nicht mehr oft, die meisten Friesenhäuser wurden durch neuere ersetzt. Ich habe lange nach einem wie diesem gesucht. Eigentlich wollte ich auf dem Festland bleiben, aber erst hier wurde ich fündig.«

In Ellen regte sich kurz Neid. Ein Mann aus Holz konnte leichter wurzeln als sie. Ihr Schneckenhaus schützte, aber es war leer, ein Hohlraum ohne Festigkeit. Doch dann erinnerte sie sich wieder daran, warum sie hierhergekommen war.

»Ich würde gerne Metha kennenlernen.«

Sein Seufzen klang wie ein Schaben. »Spielt«, sagte er knapp. »Ich mache uns einen Tee, solange wir warten.«

Ellen begriff nicht, warum er seine Tochter nicht einfach rief, aber die Vorstellung, noch mehr Zeit in diesem alten Haus zu verbringen, gefiel ihr.

Während sich Jakob Heinemann am Gasherd zu schaffen machte und mit einem uralten Teesieb hantierte, blickte sie sich einmal mehr im Pesel um. »Sie haben viel Arbeit in dieses Haus gesteckt.«

Er nickte langsam. »Am schwierigsten war es, die richtigen Baustoffe zu finden. Ich habe mit Sumpfkalkputzen und Lehmfarben gearbeitet. Die Risse in den Steinmauern habe ich mit Beton geschlossen, das Fachwerk war teilweise vom Holzbock befallen und musste mit Heißluft behandelt werden.« Er hielt inne. »Ich schaue, was ich erhalten kann, nicht, was sich verändern lässt. Es geht mir darum, dass am Ende etwas Echtes rauskommt, nicht etwas Schönes.«

»Aber ist das nicht das Gleiche?«, entfuhr es Ellen.

»Schiefe Wände zu begradigen wäre jedenfalls eine Sünde.« Er sah Ellen direkt in die Augen. »Sie sind hier, um mich zu fragen, warum Metha nicht in die Schule geht.«

Ellen zögerte. »Ich weiß, dass Sie ... dass Sie einen schweren Schicksalsschlag erlitten haben.« Das Wort klang falsch. Zu heftig und laut in einem Raum wie diesem, wo die Stimmen nur mehr ein Echo waren. »Aber Metha muss in die Schule gehen«, fügte sie hinzu.

Jakob Heinemann antwortete nicht. Sorgfältig goss er den Tee auf und trat mit den beiden Tassen an den Tisch.

»Ich weiß nicht, ob sie nicht will oder Sie sie nicht gehen lassen, aber ...«

Als er die Teetassen abgestellt hatte, trat er zu einem Regal und zog eine Schublade auf. Der Ordner darin war aus blauem Plastik, etliche Din-A4-Blätter lugten hervor, fast alle mit Eselsohren. Er legte ihn wortlos auf den Tisch.

»Was ... was ist das?«

Er schob ihn zu ihr, und als Ellen ihn zu sich heranzog, berührten sich kurz ihre Fingerspitzen. Seine waren nicht so rau, wie sie vermutet hatte. Ihre waren nicht so gefühllos, wie sie erwartet hatte. Etwas durchzuckte sie, was sie nicht benennen konnte.

»Sie müssen das nicht kontrollieren«, erklang vom Flur her eine Stimme.

Das Mädchen, das auf der Schwelle zum Pesel stand, war nicht sehr groß. Es zog die Schultern hoch, als wollte es sich ducken. Obwohl das schwarze Haar glatt und weich wirkte, musste Ellen an einen Igel denken, der sich einrollte, der Welt nur seine Stacheln zeigte. Der Pony hing tief ins Gesicht, die dicken Gläser einer Brille boten ein zusätzliches Versteck. Die finstere Miene und das dunkle, altmodische Kleid verstärkten den Eindruck.

Metha trat auf den Tisch zu. Sie schlug die Mappe auf, gewährte Ellen nur einen kurzen Blick auf das erste Blatt, schlug sie wieder zu. »Das da sind alle Tagesaufgaben, wir haben sie aus dem Internet. Ist doch egal, wo ich die mache.«

»Aber ich muss sie kontrollieren«, sagte Ellen.

»Warum? Es ist alles richtig.« Methas Mund verzog sich zu einem stolzen, schmalen Lächeln.

»Manchmal wäre es doch wichtig, dass du die eine oder andere Sache erklärt bekommst«, sagte Ellen.

»Ich brauche nichts erklärt zu bekommen.«

»Und man geht nicht nur in die Schule, um zu lernen – auch um Freunde zu finden.«

»Ich brauche keine Freunde.« Metha hob den Kopf und funkelte Ellen herausfordernd an. »Wie lange werden Sie es hier aushalten? Sie kommen doch gar nicht von der Hallig. Sie werden eh bald wieder gehen. Alle gehen.«

Die Worte sollten ein Stachel sein, doch dessen Spitze wurde von einem vagen Schmerz rundgeschliffen.

Ellen wusste, woher Methas Schmerz rührte. Sie ahnte, wie er sich anfühlte. »Ich war schon einmal länger da«, sagte sie. »Und ich werde bleiben.«

Jakob räusperte sich. Die Selbstsicherheit, die er eben noch in der Werkstatt an den Tag gelegt hatte, fehlte, als er die Tochter musterte. Er wirkte unsicher, fahrig.

»Metha, ich finde auch …«, setzte er mit brüchiger Stimme an.

»Wenn ich nicht will, muss ich nicht in die Schule, das hast du gesagt«, blaffte sie ihn an und wandte sich dann wieder an Ellen. »Ich kann schon alles, was ich können muss. Wenn Sie unbedingt wollen, dann kontrollieren Sie's eben. Ich mache keine Fehler.«

Jakob blickte Ellen Hilfe suchend an.

Diese schob die Mappe zur Seite, ohne hineinzuschauen. »Ich glaube dir, dass du alles kannst. Ich habe auch immer alles gekonnt und mich in der Schule schrecklich gelangweilt.«

»Hmpf«, kam es von Metha nur.

»Aber weißt du«, fuhr Ellen fort, »ich bin ja gar nicht hier, weil ich finde, dass du unbedingt zur Schule gehen sollst. Ich bin hier, weil ich deine Hilfe brauche.«

Metha wirkte überrascht. Sie ließ die Schultern sinken. »Helfen … wobei?«

Als Ellen es ihr erklärte, wurden ihre Augen immer größer. Sie trat einen Schritt auf Ellen zu. Jakob blieb gekrümmt sitzen.

Später beugten sich Metha und Ellen über Arjen Martensons Chronik, *Eine Geschichte der großen Halligflut*. Die

Truhe, in der Jakob sie entdeckt hatte, war voller schwarzer Stellen, Tinte und Brandflecken. Auch der Ledereinband war fleckig, die erste Seite klebte am Einband fest.

»Ich ... ich habe ihr angeboten, den Einband zu bearbeiten«, sagte Jakob entschuldigend zu Ellen. »Sie hätte mir dabei helfen können.«

»Der Einband ist schon in Ordnung«, sagte Metha schroff. »Altes ist nun mal oft kaputt.«

»Wir könnten wenigstens die Truhe gemeinsam restaurieren, wenn du ...«

Diesmal warf Metha ihm nur einen eisigen Blick zu.

»Ich ... ich habe noch zu tun«, sagte er schnell. Kurz hob er die Hand, als wollte er Metha über den Kopf streicheln, ließ sie jedoch wieder sinken und stapfte zurück zur Werkstatt.

»Sie haben also eine wissenschaftliche Arbeit über die Chronik geschrieben«, stellte Metha fest, sobald sie allein waren.

»Ich habe mit einer späteren Ausgabe gearbeitet, das Original ist leider verschollen.«

Auch diese Ausgabe war kein Original. Ellen löste behutsam die erste Seite vom Einband und las, dass es sich um einen Nachdruck aus dem Jahr 1875 handelte.

»Das war ein halbes Jahrhundert nach der Halligflut«, stellte sie fest.

Kurz war sie enttäuscht, sie hatte gehofft, über die Schriftzüge von Arjen Martenson fahren zu können. Aber dann bemerkte sie das Leuchten in Methas Augen.

»Die Chronik ist richtig alt, oder?«, fragte das Mädchen.

»Ich habe gehört, dass du sie mit in die Schule genommen hast.«

Das Leuchten erlosch. »Die anderen haben sich überhaupt nicht dafür interessiert.«

»Das würde sich vielleicht ändern, wenn du ein Referat hältst. Vieleicht nicht über die Halligflut, die Arjen Martenson bezeugt hat, aber über den Unterricht damals. Er war doch Halliglehrer. Früher hatten die Kinder keine Schulbücher. Und keine Hefte. Sie schrieben mit dem Griffel auf Schiefertafeln. Und sie lernten nicht nur Lesen und Schreiben. Man hat im Unterricht auch mal ein Boot gebaut oder einen Brennofen aus Stein mit Kohlenfeuerung oder ...«

Ellen brach ab. Etwas verriet ihr, dass das Mädchen zwar gerne las, aber nicht gerne sprach, erst recht nicht vor einer Klasse. Sie musste sie anders ködern.

»Dieser Wettbewerb«, setzte sie an, »anlässlich des Jubiläums. Da kann man doch für verschiedene Projektideen werben. Du hast vorgeschlagen, dass es auf den Halligen ein kleines historisches Museum geben könnte, nicht wahr? Wo man etwas wie die Chronik ausstellt. Oder andere alte Dinge. Tafelsilber, Schiffsmodelle, altes Geschirr, Trachten ...«

»Wir dürfen nicht teilnehmen, wir leben nicht lange genug hier. Sie auch nicht.«

»Ich kann mir was einfallen lassen. Vielleicht gibt es jemanden, der uns unterstützen kann.«

Metha zog die Chronik zu sich heran und schlug die letzte Seite auf, die so fleckig war wie der Rest des Buches. Es war ein Verzeichnis jener Menschen, die bei der großen Halligflut ums Leben gekommen waren.

»So viele Tote«, murmelte sie. Sie klang nicht verstört, aber auch nicht so leichtfertig wie Jasper, wenn er über tote Tiere sprach. Jasper schien nicht zwischen Toten und

Lebenden zu unterscheiden. Metha unterschied zwischen Toten, die sie kannte, und Toten, die ihr fremd waren. Die fremden machten ihr keine Angst. Sie waren auf eine Seite gebannt, überschaubar, ihre Namen waren verblichen wie die Trauer um sie.

Ellen kannte die Namen auf der letzten Seite. Sie nahm Metha vorsichtig das Buch aus der Hand und schlug es zu. »Ich werde einen Weg finden, damit wir am Wettbewerb teilnehmen können. Meine Bedingung ist aber, dass du in die Schule gehst.«

Metha schwieg.

»Am Montag sehen wir uns dort, ja?«

Das Mädchen schwieg immer noch. Zumindest widersprach es nicht.

Später betrat Ellen die Werkstatt, um sich von Jakob zu verabschieden. Er hielt eine Holzplatte in den Händen, voller Flecken und Kratzer, die Astgabeln waren deutlich zu sehen. Er fasste sie nicht an, als wäre sie beschädigt, er verarztete sie, als wäre sie verwundet.

»Ich weiß«, kam er ihr zuvor, »ich hätte mich durchsetzen müssen, sie zwingen, in die Schule zu gehen. Aber ...«

Er brach ab.

Er blickte sie schweigend an, doch das Schweigen war nicht stumm: Ich brauche Ihre Hilfe.

»Es genügt nicht, dass Metha wieder in die Schule geht. Sie muss regelmäßig ... rauskommen. Machen Sie doch einen Ausflug auf die Nachbarhallig, eine Wattwanderung.«

»Ich weiß nicht«, murmelte er, starrte auf das Holz, starrte wieder auf sie, wirkte beinahe ängstlich.

»Erst mal nur einen Nachmittag«, sagte sie.

»Es ... es fällt mir so schwer«, gestand er.

Ihre Rollen waren vertauscht. Er war derjenige, der sich im Schneckenhaus verkroch, sie die Restaurateurin, der das Kaputte keine Angst machte. Im Gegenteil. Bis jetzt hatte sie die Hallig gebraucht. Jetzt wurde sie auf der Hallig gebraucht. Es fühlte sich gut an.

»Fürs Erste genügt es, wenn Metha wieder in die Schule geht«, sagte sie behutsam. »Und ich kann Sie beide gerne regelmäßig besuchen. Ich denke, Ihre Tochter braucht Kontakt, noch andere Bezugspersonen außer Ihnen.«

Er lächelte sie an, sie lächelte zurück, die beiden Lächeln trafen sich wie vorhin die Fingerspitzen. Auch das fühlte sich gut an.

DAMALS

Wenn ich meine Augen schloss, sah ich mich nicht auf der Hallig, wie ich heute aussah, erwachsen, mit Schuhen an den Füßen, den schmächtigen Körper in einem schwarzen Anzug, der Blässe eines Mannes, der viel Zeit hinter Büchern verbringt. Ich sah mich als den Knaben von einst. Ich konnte mir Gretjen nicht auf der Hallig vorstellen. In meinen Träumen sah ich sie auf einem weißen Stein sitzen, der aus dem schwarzen Meer ragte. Manchmal tauschten sie die Farbe, der Stein wurde schwarz und das Meer weiß wie Buttermilch. Gretjen ging darin unter.

Ich mache das nicht, ich will nicht zurück, wiederholte ich immer wieder. Das Lehrerseminar in Kiel besuchte ich trotzdem. Dort lernte ich nichts, was ich nicht bereits wusste. Als ich nach dem Abschluss der einjährigen Ausbildung nach Hause zurückkehrte, baute ich einen Bücherstapel um mich herum, der so hoch war wie nie zuvor. Gretjen zwängte die Fingerspitzen zwischen zwei Bücher und blickte hindurch. Der Stapel wackelte bedrohlich.

Gehst du mit mir zum Hafen?

Auf den Straßen, die dorthin führten, war kein Wind zu spüren, aber er wartete auf uns an unserem Ziel. Er wehte schärfer als in Kiel, überheblicher. Ich bin der Freund des Meeres, schien er anzugeben, du, Menschlein, bist dagegen nichts im Angesicht der ewigen Gezeiten.

Da ist so viel Leben, so viel Natur, rief Gretjen.

Ihr Haar tanzte wild im Wind, sie fasste nach mir, küsste mich. Ihre Lippen schmeckten salzig vom Seewind. Ich löste mich von ihr, und plötzlich sah ich sie nicht mehr auf einem Stein im Meer sitzen, ich sah sie auf der Hallig, auf einer Warft, vor einem reetgedeckten Bauernhaus, mit einer gestreiften Schürze um den Leib.

Kannst du dir wirklich vorstellen, dort mit mir zu sein?

Sie nickte. Da ist so viel Leben, so viel Natur, sagte sie ein zweites Mal.

Da ist kein Leben, da ist nur Tod.

Die Natur macht keinen Unterschied zwischen Leben und Tod.

Aber der Mensch macht einen, sagte ich. Der Geist ist nur stärker als die Natur, wenn man windgeschützt ist und der Wind die Gedanken nicht durcheinanderwirbelt.

Aber da lief sie schon davon, immer weiter, auf einen der nahen Deiche. Sie stand auf grünem Gras, weit und breit war kein weißer Stein zu sehen, aber auf dem abendroten Himmel begannen sich die Umrisse des Mondes abzuzeichnen, üppig und rund.

Zu unserer Hochzeit trug Gretjen einen Schleier und darüber einen Myrtenkranz. Beim Mahl nahm sie den Kranz ab und setzte die Brautkrone auf, ein Drahtgeflecht aus Gold- und Silberfäden, spitz und schwer, doch sie kratzte nicht an Gretjens Lächeln.

Zu essen gab es Graupensuppe mit Backpflaumen und Weißbrot mit Butter und Schinken. Der Schinken war eine Woche lang geräuchert und am Hochzeitstag erst fünf Stunden gekocht, dann aufwendig mit einer Papierrosette und einer roten Schleife dekoriert worden, an deren Enden zwei Papierherzen hingen. Ich schnitt ein Stück ab, das unter dem Papierherz lag, gab Gretjen davon, aß selbst.

Es schmeckte salzig wie ihre Lippen, als ich sie am Deich geküsst hatte. Gretjen mochte den Schinken, das Salzige ängstigte sie nicht. Das Meer ängstigte sie nicht, nichts ängstigte sie. Weder Scheu noch Scham erfüllten sie, als wir die Schwelle zum Brautgemach überschreiten wollten.

Ein Degen, rief ein Dienstmädchen, ihr müsst einen Degen ziehen, und die Braut muss darunter hindurchschreiten, sonst geschieht ein Unglück.

Wir haben keinen Degen im Haus, erwiderte der Pastor, der zufrieden an seinem Schinken geschmatzt hatte. Unglück kommt vom Menschen, nicht von fehlenden Degen, das ist dummer Aberglaube.

Das ist kein Aberglaube, rief Gretjen, der Degen gemahnt daran, dass der Mann die Frau töten wird, wenn sie ihm untreu wird. Sie lachte.

Der Gedanke erschreckt dich nicht?, fragte ich.

Warum sollte er? Ich werde dir nicht untreu, du wirst mich niemals töten ... Du wirst mir überhaupt nie etwas Böses tun.

Statt des Degens wurde das Messer gehoben, an dem noch Fasern des Schinkens hingen.

Wieder lachte Gretjen.

Steif stand ich am Brautbett, nestelte an ihrer Krone, so ungeschickt, dass ich ihr einige der feinen blonden Haare ausriss.

Komm, sagte sie und ließ sich aufs Bett sinken.

Ich blieb stehen.

Auf meinem Nachttischchen stand neben der Petroleumlampe ein Bücherturm. Sie schlug eines der Bücher auf und begann, daraus vorzulesen, es handelte vom Menschen und seiner Natur, ich hatte mich über die Geheimnisse des Ehelebens belesen wollen, jedoch lediglich den Ratschlag erhalten, stets im bekleideten Zustand und bei völliger Dunkelheit geschlechtlich zu verkehren. Den Gatten sah man nach seinem Tode nackt, wenn man ihn wusch, nicht zu Lebzeiten, wenn man ihn liebte. Das Nacktsein sei eine Sünde, auch die Kinder müsse man dies lehren, ihnen von klein auf androhen, dass ein wildes Tier ihre Geschlechtsteile abbeiße, liefen sie entblößt umher. Wenn man sich bade, gelte es nicht nur, körperliche Sauberkeit zu erlangen, sondern seelische Reinheit zu bewahren. Man streue etwas Sägemehl auf das Wasser, damit der peinliche Anblick der eigenen Scham einem erspart bleibe.

Gretjen schlug das Buch wieder zu. Du hast das gelesen?

Ich nickte.

Hast du es verstanden?

Ich schüttelte den Kopf.

Ich habe nichts gelesen, aber ich habe verstanden, sagte sie. Sie nahm meine Hand, zog mich aufs Bett und befreite mich von meiner Kleidung. Sie küsste mich, und in diesen Stunden gab es keinen Unterschied zwischen Körper und Verstand, Seele und Herz, Leben und Tod. Als würde ich auf dem Meer treiben, fühlte ich mich, und es war kein tosender, schäumender Feind, sondern weiche, warme Fluten, vom Abendrot gefärbt, ein Versprechen auf Unendlichkeit.

Ich nahm mir vor, während der Reise zur Hallig die Welt durch Gretjens Augen zu sehen. Zu schauen gab es an dem nebelgrauen Tag nicht viel, dafür war ein grässliches Stöhnen zu hören. Ein Mann stieß es aus, der im Hafen von Husum die gleiche Schaluppe wie wir bestiegen hatte.

Das Meer hat ihn krank gemacht, raunte ich Gretjen zu.

Der Mann hörte mich.

Im Gegenteil, das Meer wird mich gesund machen, krank war ich immer schon, sagte er, weiterhin stöhnend.

Ich war nicht sicher, welche Krankheit jene gelbliche Gesichtsfarbe verursachte, die wellige Haut, die nicht richtig am Leib zu haften schien, sondern wie ein Hemd daran schlackerte. Er erhoffe sich Linderung im Seebad von Wyk, erzählte er. Kürzlich war es von einem gewissen Herrn Johan Friedrich von Colditz gegründet worden, einem Land- und Gerichtsvogt. Er hatte ein Haus gekauft, in dessen Räumen große Wannen standen, mit erwärmtem Seewasser gefüllt. Nachdem man dank ausgedehnter Bäder so weit genesen war, dass man neue Kräfte verspürte, wurde man auf Pferdekarren am Meer entlanggezogen und musste tiefe Atemzüge nehmen.

Ein örtlicher Apotheker habe das Meerwasser überprüft und sei zum Schluss gekommen, dass sein Salzgehalt das Wasser aller anderen Seebäder übertreffe, weil weit und breit kein Strom süßes Wasser zuführe.

Das Meer macht gesund, wiederholte er mit fester Stimme. Ein Lachen trat über meine Lippen, es klang düster. Ein Lachen trat über Gretjens Lippen, es klang belustigt.

8

Ellen besichtigte mit Loreleis Mutter Gesa die Räumlichkeiten, in denen ihr historisches Museum entstehen sollte. Im Erdgeschoss des leer stehenden Gebäudes neben dem Lebensmittelladen befand sich ein großer lang gestreckter Raum, eine ehemalige Werkstatt. In der Ecke stand ein Besen, Fliesenscherben lagen auf dem Boden. Die dazugehörige Kammer nebenan diente mittlerweile als Abstellraum. Wie Gesa erklärte, wurde darin der Nachlass eines verstorbenen Halligbewohners aufbewahrt. Stolz präsentierte Gesa die Hinterlassenschaften, wischte mit dem Ärmel den Staub von großformatigen Ölbildern, hob vorsichtig ein mächtiges Messer hoch, das einst dazu gedient hatte, die fette Transchicht vom erlegten Wal abzutrennen. Da waren auch holländische Fliesen, Geschirr, Schmuck, historische Dokumente, wertvolle Arbeiten aus Pottwalzähnen, das eine oder andere Fundstück aus dem Watt. Besonders angetan hatte es Ellen das kleine Nähkästchen aus dem Wirbel eines großen Fisches. Mit einer dünnen Nadel war ein Muster eingeritzt und dieses danach mit Ruß geschwärzt worden. Sie konnte förmlich den Walfänger vor sich sehen, der es als Zeitvertreib während langer Fahrten angefertigt hatte und der keinesfalls grobe Pranken gehabt, sondern voller Behutsamkeit das kostbare Material bearbeitet hatte.

»Ich habe schon immer von einem historischen Museum geträumt«, schwärmte Gesa. »Es muss nichts Großes sein, auf der Hallig ist ja nichts so richtig groß. Aber auf so vielen Dachböden stauben Dinge ein, die sich Touristen liebend gerne ansehen würden, und diese Räume hier stehen seit Ewigkeiten leer. Man müsste sich aber alles mal in Ruhe anschauen, die Dinge katalogisieren, entsprechend präsentieren und beschriften.«

»Das soll ja nun geschehen«, sagte Ellen gedankenverloren. Sie nahm eine alte Haube in die Hand – die hintere Hälfte ganz in Rot, die vordere kunstvoll bestickt. Sie war zu festlichen Anlässen getragen worden, wenn man für einen Tag hatte vergessen wollen, dass in dem rauen Leben an der Nordsee Schönheit keinen Wert hatte. Als Ellen merkte, dass Gesa sie erwartungsvoll anschaute, fasste sie sich. »Danke, dass du uns unterstützen willst.«

Ellen reichte Gesa das Anmeldeformular für den Wettbewerb. »Ich habe schon die wichtigsten Punkte ausgefüllt, aber du müsstest unterschreiben.«

Gesa drückte nervös auf dem Knopf ihres Kugelschreibers herum. »Ich kann die Verantwortung aber nicht alleine tragen.«

»Natürlich nicht«, sagte Ellen schnell. »Ich denke, mit dem Geld vom Wettbewerb kann man aus diesen zwei Zimmern schöne Ausstellungsräume machen, viel braucht es ja nicht, die Regale würde Jakob Heinemann zimmern. Und es genügt, wenn das Museum wie auf der Nachbarswarft etwa drei-, viermal die Woche geöffnet hat, von vierzehn bis siebzehn Uhr.«

Sie erklärte, dass das Unterrichten nicht den ganzen Tag ausfülle, sie ein paar Stunden übrig habe und sich gut vorstellen könne, in dieser Zeit ein kleines Museum zu betreuen. Sie verschwieg, dass das nicht der wahre Grund war, warum sie sich dafür einsetzte.

Am Montag war Metha zum ersten Mal in die Schule gekommen, ganz in Schwarz gekleidet, die Haare zu zwei Zöpfen gebunden. Sie umklammerte deren Enden, als müsste sie sich irgendwo festhalten. Die anderen Kinder betrachteten sie wie ein fremdes Tier, als sie zum Tisch in der dritten Reihe schlich und die Schultasche nicht daneben abstellte, sondern darauf. Es schien, als wollte sie sich dahinter verstecken.

Ellen spielte mit dem Gedanken, sie als persönliche Assistentin vorzustellen, entschied dann aber, nicht zu viel Aufmerksamkeit auf sie zu lenken. Sie trat zu Methas Tisch, stellte den Schulranzen zur Seite, legte die Arbeitsblätter vor sie.

Metha war nach einer Stunde fertig. »Kontrollieren müssen Sie nicht.«

Ellen überflog die Blätter. »Du hast richtig gerechnet, aber deine Acht sieht aus, als hätte sie Blähungen. Und deine Vier erinnert mich an ein Einhorn.«

Alle lachten, Metha nicht. Sie riss ihr die Blätter aus der Hand. »Es ist doch wichtig, dass man richtig schreibt, nicht schön.«

Ellen antwortete nicht, sondern gab ihr ein Buch über die Geschichte Nordfrieslands und bat sie, das Kapitel über das Zeitalter der Aufklärung zu lesen und einen Aufsatz zu schreiben. Eine Seite, bis zum Ende des Unterrichts. Metha nahm das Buch entgegen wie eine Kostbarkeit und beugte sich dann so tief darüber, als wollte sie darin verschwinden. Der Anblick erinnerte Ellen an sich selbst. Sie war zwar nie zum Angriff übergegangen, hatte es bevorzugt, sich tot zu stellen. Aber sie kannte die sacht schwelende Wut, die sich irgendwo zwischen Gesicht und Haaren staute.

Nachdem sie das Kapitel durchgelesen hatte, schrieb Metha einen Aufsatz über die Neuorganisation der Halligschulen im 19. Jahrhundert. Die große Pause ließ sie aus, blieb über ihr Heft gebeugt sitzen und drückte mit dem Stift so fest auf, als unterschreibe sie eine Kriegserklärung. Der Aufsatz war so gut wie fehlerfrei und voller poetischer Formulierungen.

Am Mittwoch kam Metha nicht in die Schule.

»Warum bekommt sie keinen Ärger, wenn sie schwänzt?«, beschwerte sich Lorelei.

Ellen sagte nichts, brachte am Nachmittag die Tagesaufgaben zu Metha auf die Peterswarft, dankbar für den Anlass, wieder dorthin aufzubrechen.

Sie stellte Metha nicht zur Rede, ließ sie nur die Matheaufgaben machen, kontrollierte sie. »Der Neuner sieht aus, als würde ich am Reck hängen und einen Felgaufschwung versuchen.«

Metha konnte ihr Lächeln nicht verbergen. Es wurde breiter, als Ellen gemeinsam mit ihr die Chronik studierte und ihr alte Schriftarten zeigte – mittelalterliche Majuskeln und Minuskeln, Sütterlin.

Als Metha ein paar davon beherrschte, schrieben sie sich kurze Nachrichten. Es las sich wie Geheimschrift.

Gefällt es dir hier auf der Hallig?

Weiß nicht.

Lebst du gerne in dem alten Bauernhaus?

Weiß nicht.

Ellen schrieb keine Frage mehr auf, Metha trotzdem eine Antwort.

Manchmal bin ich traurig.

Der Kummer erschien nicht ganz so frisch, wenn er in alter Schrift festgehalten wurde.

Später erzählte Ellen Jakob davon. Er schien die eigene Traurigkeit wie ein altes Möbelstück zu behandeln – respektvoll, kundig, bewahrend. Trauer war kein Gerümpel, das es loszuwerden galt, sondern Teil seines Lebens.

»Ich bin froh, dass sie mit dir über ihre Gefühle redet. Mit mir kann sie das nicht.« Kommentarlos ging er zum Du über. »Danke, dass du mit ihr gelernt hast.«

»Es tut ihr gut zu lernen. Jedem Menschen tut das gut.«

»Was würdest du denn gerne lernen?«

Zu Hause zu sein, dachte Ellen. Sie war nicht sicher, ob sie dafür ein Talent hatte.

»Vielleicht, wie man damit umgeht«, sagte sie und deutete auf Jakobs Werkzeug.

Er nahm sie beim Wort. Zusammen gingen sie zur Werkbank, und er zeigte ihr, wie man eine stark verschlissene Schublade restaurierte.

Sie erfuhr, wie der Schraubstock funktionierte, wie man das Holz in die Backen einspannte, drehte selbst die Kurbel. Er stand dabei dicht hinter ihr, sie fühlte seinen warmen Atem, als er sie anspornte, noch weiterzudrehen, bis das Möbelstück auch wirklich festsaß. Den gerissenen Boden baute er später selbst aus, man musste dabei sehr behutsam vorgehen, aber er ließ sie den Leim auftragen, um ihn zusammenzufügen. Sie hatte das Gefühl, dass er noch dichter hinter ihr stand. Nur als es darum ging, Ersatzteile zu beizen und zu räuchern, schaute sie von der Tür aus zu. Als er fertig war, nahm er die Schutzbrille ab und winkte sie heran.

»Schau dir das an.« Er hielt ein Stück Holz in die Höhe, das die dunkelrote Farbe der Schublade angenommen hatte. »Jetzt fügt es sich perfekt ein.«

Sie war nicht sicher, ob da etwas Neues zu etwas Altem wurde oder etwas Altes zu etwas Neuem. Und ob sie etwas Neues lernte, als sie da immer sicherer mit dem fremden Material hantierte, oder eine alte Leidenschaft auf neue Wege führte – ganz langsam, gründlich, Schritt für Schritt zu arbeiten, wie bei der Wissenschaft, nur nicht mit dem Intellekt, sondern mit ihren Händen. Es dauerte anderthalb Stunden, hinterher ließ sich die Schublade wieder auf- und zumachen, ohne dass es ruckelte.

Beim Tee erzählte Jakob dann, dass er den Traum seiner verstorbenen Frau lebte. Er war nie auf die Idee gekommen, Münster zu verlassen. Sie dagegen hatte seit Jahren den Neuanfang gewollt, irgendwo auf dem Land, irgendwo am Meer. Nach ihrem Tod hatte er aus dem fremden Traum den eigenen gemacht. Nur von einem Neuanfang wollte er nicht sprechen. Ein Anfang, der nach einem Ende kam, war nicht neu.

Ellen wollte fragen, woran seine Frau gestorben war, wagte es jedoch nicht.

»Du musst mal hier raus«, sagte sie schließlich. »Lass uns doch irgendwann eine Wattwanderung machen. Das hab ich das letzte Mal als Jugendliche gemacht.«

»Vielleicht«, murmelte er.

Sie erzählte ihm von dem Insekt im Bernstein, das sie damals mit Liske gefunden hatte. Das Insekt war nur verschwommen zu sehen gewesen, aber dass sich da was im Stein befunden hatte, hatte zweifellos festgestanden. Was es so beglückend machte, mit ihm am Tisch zu sitzen und Tee zu trinken, war ebenfalls verschwommen, aber dass es da war, stand ebenfalls fest.

Als sie mit der nächsten Schublade weitermachten, berührten sich ihre Fingerspitzen einmal mehr.

»Und wie sollen wir das Museum nennen?«, riss Gesa sie aus den angenehmen Erinnerungen. »*Historisches Museum* oder *Halligmuseum*?«

Sie schwenkte das Anmeldeformular für den Wettbewerb, auf dem die Zeile für den Projektnamen noch leer war, vor Ellens Gesicht. Ehe Ellen antworten konnte, wurden sie unterbrochen.

»Kommst du?«, rief Sönke vom Laden herüber.

In der Touristensaison kam die Warenlieferung auf der Versorgungsfähre zweimal die Woche, heute war wieder Kampftag.

»Wir können das auch später besprechen«, sagte Ellen.

Gesa zuckte die Schultern. »Es ist nie der richtige Zeitpunkt, er hat immer Stress. Die Leute kommen her, um ihre Ruhe zu haben, aber wenn man hier lebt, dann hört die Arbeit nie auf.« Sie lachte auf und begann, die Anmeldung auszufüllen. »Ich träume seit Langem von einem eigenen Laden.«

Ellen war irritiert. Ein Museum war kein Laden.

»Ich töpfere ja so gerne«, fuhr Gesa fort. »Und ich dachte, zu jedem Museum gehört ein kleiner Souvenirladen. Dort kann man Bücher kaufen, Theodor Storms *Schimmelreiter* zum Beispiel, natürlich Ansichtskarten, Kaffeetassen auf Stövchen mit Ankersymbol, Silberschmuck in Fischform.«

Ellen fragte sich, ob Gesa das Gleiche wie sie wollte – an die Geschichte der Halligen erinnern – oder nur Geld verdienen.

»Ich denke ...«, setzte sie an.

»Kommst du endlich?«, rief Sönke wieder.

Gesa lächelte entschuldigend. »Es ist immer zu wenig, was ich tue, und immer zu viel, was er tut. Er kümmert sich nicht nur um den Laden, er arbeitet auch halbtags als Hafenmeister.«

»Ich kann gerne helfen.«

»Beim Einräumen der Lieferung?«

Eigentlich hatte Ellen gehofft, dass Gesa nicht nur das Formular ausfüllte, sondern sie sich bei der Gelegenheit gemeinsam überlegten, wie sie das Museumsprojekt beim Halligfest präsentieren würden. Aber es war Samstagmittag, sie hatte nichts anderes vor. Also nickte sie.

Sönke bemerkte nicht, dass nicht Gesa, sondern Ellen die Kiste mit den nordfriesischen Wurstspezialitäten entgegennahm, später Ananas und Kohlköpfe. Er bekam auch nicht mit, dass Lorelei erst verwundert die Lehrerin musterte, dann die Chance witterte abzuhauen.

Er hetzte sich ab, verbreitete Hektik, arbeitete ohne Effizienz. Auf jeden Griff kamen nur ein paar Dosen, maximal ein Paket, manchmal auch gar nichts, weil seine Hand schon zupackte, bevor er überlegt hatte, ob überhaupt Platz im Regal war.

Außerdem wurde er von einer Touristin gestört, die Friesentee kaufen wollte, aber ordentlich verpackt, nicht in Pappe, sondern altmodisch, in Dose oder Tongefäß.

Gesa zwinkerte Ellen zu, ihre Idee vom Souvenirladen nahm Gestalt an.

Sönke konnte keine Tontasse bieten, nur Friesentee von Thiele. »Den kriege ich auch bei REWE«, sagte die Frau enttäuscht.

Auch Almut war unzufrieden mit dem Sortiment. Sie betrat den Laden mit ihrem Mann im Schlepptau, die

Zwillinge warteten draußen bei den Fahrrädern. Sie suchte Hirsemehl und Stevia. »Warum bieten Sie denn keine Demeter-Produkte an?«

Sönke hielt die Packung Friesentee in der Hand, von seiner Stirn tropfte Schweiß.

»Haben Sie Dextro Energy oder Isostar?«, fragte Jo. Von seiner Stirn tropfte ebenfalls Schweiß. Er trug einen Sportdress, hatte wohl gerade sein Lauftraining absolviert. Ellen konnte sich nicht erinnern, ihn je in anderer Kleidung gesehen zu haben. Er holte regelmäßig die Jungs von der Schule ab, verband das immer mit einer Joggingrunde und machte aus dem Heimweg wahlweise einen Hürdenlauf oder ein Fangenspiel.

Sönke starrte missbilligend auf Jos glänzende Stirn. Fakeschweiß, dachte er wohl. Während er sich den Buckel krumm schuftete, schwitzten andere, ohne eine sinnvolle Arbeit zu verrichten.

»Und warum haben Sie keine Bioeier im Angebot?«, fragte Almut.

»Auf solche Ideen können auch nur die Neuen kommen«, flüsterte Gesa Ellen zu. »Die meisten halten sich ihre Hühner selbst.« Sie hob den Finger, ihr war etwas eingefallen. »Gehäkelte Eierwärmer könnte ich auch anbieten.«

»Almut?«, fragte Ellen.

»Den Touristen, im Museumsladen.«

Sie schien zu überlegen, mit welchem Detail man aus einem normalen Eierwärmer einen typischen Halligeierwärmer machte, als ihr auffiel, dass Lorelei verschwunden war.

»Dieses Mädchen. Aber in der Schule benimmt sie sich?«

Ellen nickte. Sönkes Blick fiel auf sie. Er brachte schon

Hirsemehl und isotonischen Durstlöscher nicht mit seinem Laden zusammen, erst recht nicht die Lehrerin und eine Stiege seiner Ananas.

Ellen drückte Gesa die Stiege in die Hand. »Wie wär's, wenn ich Lorelei suchen gehe?«

Jan und Nils kicherten, als Ellen ins Freie trat. Gegenüber vom Lebensmittelladen befand sich das Informationszentrum der Schutzstation Wattenmeer, dem Naturschutz auf der Hallig gewidmet – kaum mehr als ein großer Raum, an dessen Wänden fünf eng beschriebene Infotafeln hingen, ohne Bilder. Ellen hatte nie mehr als zwei Touristen gleichzeitig dort gesehen. Der junge Mann, der sonst die Schautafeln polierte, war gerade damit beschäftigt, hingebungsvoll mit Lorelei zu knutschen.

»Das ist so widerlich«, sagte Jan.

»Gleich verschluckt er ihre Zunge«, fügte Nils hinzu.

»Das macht nichts«, mischte sich Ellen ein, »das ist wie bei Playmobilteilchen. Wenn du die verschluckst, kommen sie nach zwei Tagen unten wieder raus.«

Die Jungs stießen sich prustend an. »Wir durften das Playmobil von Oma Edith nicht mitnehmen«, erzählte Nils.

»Und womit spielt ihr jetzt?«

Jan zuckte die Schultern. »Muscheln, Steine, Stöcke.«

Als Almut mit Jo aus dem Laden kam, grüßte Ellen sie mit einem knappen Nicken. Almut nickte kühl zurück.

Während die Zwillinge mit ihren Eltern davonradelten, endete der innige Kuss, weil der junge Mann Ellen entdeckte. Er löste sich von Lorelei und trat auf Ellen zu. »Ich bin der David. Ich mache hier mein freiwilliges ökologisches Jahr.«

Ellen schüttelte seine Hand, sie blieb schlaff. David war

schmächtig, in seinem Gesicht war alles spitz, seine Rastazöpfe hatten den Farbton von Algen angenommen, die in der Sonne gelegen hatten.

»Kommst du auch mit zur Vogelzählung?« Freundlich lächelte er sie an. »Heute müssen wir Schilder anbringen, die Touris kriegen oft nicht mit, wohin sie gehen dürfen und wohin nicht.«

Lorelei wischte sich unauffällig über die Lippen. »Au ja! Kommen Sie mit«, rief sie ungewohnt enthusiastisch.

Sönke schleppte eine weitere Kiste vom Lkw zum Laden.

»Ich muss heute mit zur Vogelzählung«, rief Lorelei ihm zu und deutete auf Ellen. »Das hat sie gesagt. Wir machen ein Schulprojekt. Ich muss alle Vogelnamen auf Englisch können.«

Sönke runzelte die Stirn. »Heute ist Samstag.«

»Deswegen haben wir ja Zeit.«

Er musterte Ellen misstrauisch.

»Bachstelze heißt *wagtail*«, sagte sie schnell. Es war der erste Vogelname auf Englisch, der ihr einfiel, und der einzige.

David stieß ein Glucksen aus. Ein wenig sah er selbst wie ein Vogel aus. »Schau«, sagte er, als Sönke widerstrebend im Laden verschwand, »damit kannst du arbeiten.« Er zog aus den Untiefen seiner Kapuzenjacke ein zerfleddertes Heft hervor, ein Vogelbestimmungsbuch. Zahlreiche Tabellen waren darin abgebildet, darüber standen die Buchstaben B, Z, W.

»Z steht für Durchzügler«, erklärte David. »W für Wintergast, B für Brutvogel. S heißt selten, ss heißt sehr selten, sp spärlich und ha häufig. Wobei man das auch mit Farben eintragen kann, grau, orange, rot.«

»Die Hallig-Variante der Ampelfarben?«, fragte Ellen.

»Heißt Bachstelze wirklich *wagtail?*«, fragte Lorelei.

»Ja. Mehr Vogelvokabeln kenne ich allerdings nicht«, gab Ellen zu. »Ich weiß auch nicht, wie man Vögel zählt.«

»Man braucht auf jeden Fall das da«, sagte Lorelei, nahm etwas von ihrer Brust, das sich als Fernglas herausstellte, und hängte es Ellen um. Es schien kein besonders gutes zu sein, sondern eins von jener Sorte, die alle Halliglüd auf der Fensterbank stehen hatten, um die Fähre im Blick zu behalten, Wattwanderer und Kühe.

»Das Schutzgebiet eins darf man eigentlich nur mit Sondergenehmigung betreten«, erklärte David. »Aber ich bin derjenige, der das kontrolliert. Die Kürzel für die Vögel sind hier verzeichnet.« Er deutete auf die erste Seite. »Ich kann sie auch noch nicht auswendig.«

Er wollte noch etwas sagen, aber Lorelei nahm hastig seine Hand und zog ihn mit sich, ehe die Eltern sie aufhalten konnten.

Ellen folgte ihnen und überholte sie bald. Kaum hatten sie die Warft hinter sich gelassen, wurde der Abstand größer. So zügig Lorelei und David vorhin geflohen waren – nun blieben sie immer wieder stehen und testeten, ob sich ihre Zungen verknoten ließen, wenn sie es lange genug versuchten.

Ellen war es ganz recht, nicht reden zu müssen. Sie lauschte auf das Knistern der Halme, am Boden feucht, an den Spitzen staubtrocken. Wenn sie aufblickte, sah sie gelbliches Sonnenlicht durch die aufgerissenen Wolken sickern. Sie hatte das Vogelschutzgebiet beinahe erreicht, als sie zum ersten Mal das Fernglas vor die Augen hielt. Statt Vögeln sah sie Liske und ihren Sohn, die auf das Vogelschutzgebiet zustapften.

Die beiden nahmen den Weg durchs Watt. Liske trug die gleichen dunklen Stiefel wie für die Arbeit mit den Galloways, mit Stahlkappen ausgestattet, eigentlich zu schwer für eine Wattwanderung. Dennoch ging sie unbeirrt, den Blick zum Himmel gerichtet.

Jasper steckte wie immer in seiner unförmigen blauen Latzhose. Anders als die Mutter ging er barfuß, wich den scharfkantigen Muschelscherben und gestrandeten Feuerquallen aus, sammelte dann und wann etwas ein, um es in die Brusttasche seiner Latzhose zu stecken.

Ellen war nicht sicher, wann sie sie entdeckt hatten. Jasper winkte ihr lächelnd zu und sammelte weiter. Liske starrte an ihr vorbei, kletterte aber die Deckwerke der Halligkanten zu ihr hoch. Als sie Ellen erreichte, stieß sie ein leises Ächzen aus, das nicht nur Anstrengung, sondern auch Unwillen verriet.

Missmutig blickte sie an Ellen vorbei auf das junge Paar, das aufgeschlossen hatte und sich wieder hingebungsvoll küsste. Davids Rastazöpfe flatterten im Wind wie Tentakel.

»Das nennt der Arbeiten«, schnaubte Liske. »Freiwilliges soziales Jahr, ha! Für den ist das doch nur ein großer Spaß. Hält das Vogelerkennungsbuch in der Hand und schaut nicht rein. Lädt dich auf eine Vogelwanderung ein und kümmert sich nicht um dich.«

Ellen wollte einwenden, dass sie nichts dagegen hatte, allein zu sein, kam jedoch nicht dazu.

Liske deutete in die Richtung, wo in der Ferne eine Pfahlhütte erkennbar war. »Ab Mai sollte der eigentlich in der Pfahlhütte schlafen, so wie es die Vogelwarte auch tun, aber das ist den jungen Leuten ja zu ungemütlich.«

»Warum?«, fragte Ellen. »Ich stelle mir das ganz abenteuerlich vor. Stehen die jungen Leute nicht auf so was?«

Liske schnaubte verächtlich. »Die jungen Leute, die ich kenne, bevorzugen Betten, fließendes Wasser, Strom und Breitbandanschluss. Für die muss es schick sein, modern.«

Eine Weile sah sie dem Züngeln zu, schnaubte noch einmal, und Ellen ging auf, dass sie weniger Ärger verspürte als vielmehr ... Neid.

»Aber du«, sagte Ellen, »du brauchst das nicht unbedingt.«

»Ich hab früher während der Brutzeit oft dort draußen gelebt ... als das noch ging ... vor Jasper. Bin mit der Sonne aufgestanden und schlafen gegangen. Tagelang ganz allein, nur mit den Vögeln.« Nun klang Wehmut aus ihrer Stimme.

»Du vermisst diese Zeit«, stellte Ellen fest.

Liske wandte sich brüsk ab. Sie stapfte allerdings nicht einfach davon, sondern rief Ellen über die Schulter zu: »Wenn du mitkommen willst, bleibst du am besten dicht bei mir. Im Nistgebiet darf man keinen falschen Schritt machen.«

Sie konnten die Stille hören. Sie war die Kulisse unendlich vieler Töne: Raunen, Rauschen, Rascheln, Knistern, Kreischen. Die menschliche Stimme war darunter der unwichtigste.

Die Vögel stakten und tänzelten, hüpften und flatterten, schwebten schwerelos und stürzten sich in die Tiefe, hockten behäbig am Boden und schrumpften zu Punkten am Himmel.

Liske wusste genau, wohin sie treten musste, ohne ein Nest zu zerstören. Ellen trat in ihre Fußspuren. Dann und wann verharrte Liske abrupt und warnte. »Eiderente auf Nest!« »Austernfischerküken!« »Seeschwalbengelege!«

Der Abstand ihrer Schritte war genau richtig – nicht zu groß, nicht zu klein. Wenn sie beim Gehen einen gemeinsamen Rhythmus fanden, dann, so hoffte Ellen, vielleicht auch beim Reden. »Wie zählt man Vögel?«, wollte sie wissen.

»Scheiße«, erwiderte Liske trocken.

Ellen sah sie ratlos an.

»Die Eiderernte ernährt sich von Miesmuscheln, sie frisst sie mitsamt der Schale. Durch den kräftigen Magen werden die zu Grus zermahlen, und der landet als Klumpen im Kot. Das kann man dann hochrechnen.« Wie genau, erklärte sie nicht. »Und die Ringelgänse hinterlassen gut sichtbare Kotschnüre, wenn sie hier vor ihrem Weiterflug rasten und Fett ansetzen. Steckt man einen Quadratmeter in ihrem Gebiet ab, kann man das ebenfalls hochrechnen. Eine weitere Methode ist die Rasterkartierung. Da trägt man keine absoluten Zahlen ein, nur, welche Arten vorkommen und in welcher Häufigkeit.«

»Klingt wie Schiffe versenken.«

Liske ignorierte die Bemerkung. »Für größere Gebiete wendet man meist nur Relativmethoden an. Die Punkt-Stopp-Zählung zum Beispiel. Man zählt mit einer Zeitvorgabe ein bestimmtes Gebiet ab, die unsichtbaren Linien muss man sich denken. Das da«, Liske deutete auf das Vogelbuch, »ist bloß für die Touris. Eine echte Vogelzählung findet nur viermal im Jahr statt. Auf einer Fläche von einem Quadratkilometer nehmen wir alle Vogelarten auf. Dann arbeiten wir mit einem Gerät, mit dem man in Zehner-, Fünfziger- und Hunderterschritten zählen kann. Später rechnen wir die Eier hoch. Wenn die Zahlen halbwegs beisammenliegen, wissen wir, dass wir keinen groben Fehler gemacht haben. Ins Brutgebiet gehen wir natürlich nur, wenn es unbedingt notwendig ist. Die Vögel verbrauchen viel Energie, wenn sie die Nester verteidigen, und die sollen sie fürs Brüten, die Aufzucht und den Zug aufwenden. Allerdings hab ich heute was zu erledigen.« Sie blieb kurz stehen. »Das da«, nun deutete sie auf Ellens Fernglas, »ist übrigens auch scheiße.«

»Aber keine Scheiße aus Miesmuscheln«, scherzte Ellen.

»David hätte dir ein ordentliches Fernglas geben sollen, mit mindestens sieben- bis zehnfacher Vergrößerung und Stativ. Mit dem Schrott kannst du nur Turteltauben beim Knutschen beobachten.«

Ellen drehte sich um. David und Lorelei waren nur mehr Punkte in der Landschaft. »Die beiden muss man nicht heimlich beobachten, die knutschen vor der ganzen Welt.«

Liske lachte nicht.

»Für den ist das alles nur Spaß«, schimpfte sie wieder. »Der kann doch nicht mal die Vögel unterscheiden. Verwechselt Löffler mit Eiderente, Kiebitz mit Uferschnepfe, Säbelschnäbler mit Lachmöwe.« Erstmals sah sie nicht an Ellen vorbei, sondern ihr direkt ins Gesicht. »Touristen haben auch keine Ahnung«, fügte sie hinzu.

Ellen erwiderte den Blick nur kurz, dann drehte sie sich um und deutete auf die Dreiergruppe Vögel nicht weit vor ihnen. Während sie ein Trillern ausstießen, hüpften sie mit gesenkten Köpfen hin und her. »Das sind Austernfischer.«

Liske folgte ihrem Blick. »Den Halligstorch erkennt doch jeder an seinem langen roten Schnabel.«

Ellen deutete in die Luft, wo ein ganzer Schwarm mit einem vielstimmigen kehligen »Rronk« die Luft erfüllte. »Und das sind Ringelgänse«, sagte sie.

»Auch die erkennt ein Laie.«

Der Austernfischer, der eben noch erbärmlich gehüpft war, als wäre sein Flügel lädiert, schwang sich in die Lüfte.

»Die tun nur so, als wären sie verletzt, um die Möwen von ihrem Nest abzulenken«, murmelte Liske.

Ellen deutete auf Vögel, die hintereinanderher trippelten wie auf einer Schnur aufgezogen und dabei flötende Pfiffe ausstießen. »Das sind Sandregenpfeifer. Sie wenden die gleiche Taktik an wie Austernfischer, nur sind sie nicht so laut und theatralisch. Sie leiden vermeintlich still, aber wehe, wenn man ihnen zu nahe kommt – dann geht's los.«

Liske sah sie verwundert an. »Damals hast du dich nur für ausgestorbene Vögel interessiert.«

Ellen deutete auf einen unauffälligen Vogel mit braungrauem, dunkel geflecktem Gefieder und langen roten Beinen. »Ein Rotschenkel, eine Vogelart aus der Familie der Schnepfenvögel, etwas kleiner als sein Verwandter, der Grünschnabel. Es stimmt, dass ich mich damals nur für ausgestorbene Vögel interessiert habe, aber du hast mir auch die lebenden gezeigt.«

»Die hast du dir doch unmöglich alle merken können!«

»Das nicht, aber ich habe später viele Bücher über die Vogelwelt hier gelesen. Ich habe alles über die Halligen gelesen, was mir in die Hände kam.«

Sie wollte gerade auf Möwen zeigen, um zu beweisen, dass sie sie mühelos auseinanderhalten konnte – Sturm-, Lach- oder Silbermöwen –, da kreischten diese plötzlich laut, ein Rotschenkel flog aufgeregt flötend davon, ein Austernfischer schimpfte wütend. Kein Vogel war so erbost wie der ganz vorne, die keckernden »Kriäääa«-Rufe gingen Ellen durch und durch. Er setzte zum Sturzflug an, das Ziel war kein Fisch im Wasser, es war Jaspers Kopf.

Ellen hatte nicht gesehen, dass er sich dem festen Land genähert hatte und dort einem Nest bedrohlich nahe gekommen war.

Sie öffnete den Mund, um seinen Namen zu rufen, doch Liske bedeutete ihr, still zu bleiben. Jasper selbst zeigte nicht das geringste Anzeichen von Panik. Er blickte sich seelenruhig nach etwas um, ließ die Muschelschalen fallen, hob einen Holzstab, der fast so groß war wie er, und hielt ihn hoch. Der Vogel hatte es nun nicht länger auf seinen Kopf abgesehen, sondern fixierte den höchsten Punkt. Er hackte ein paarmal wütend auf den Stock ein und drehte noch drei Runden, bis sich Jasper wieder ausreichend weit vom Nest entfernt hatte.

»Der kennt sich aus«, sagte Liske sichtlich stolz.

»Eine Küstenseeschwalbe«, murmelte Ellen und blickte dem Vogel nach, der Jasper attackiert hatte.

»Und du ... du kennst dich auch aus«, sagte Liske respektvoll. Sie lächelte vorsichtig.

Ellen lächelte zurück. Ja, mit den Vögeln kenne ich mich aus, dachte sie. Mit dir auch. Ich weiß, dass auch du nur schimpfst, lästerst, lärmst, trillerst, um dich zu schützen. Ich weiß, dass hinter der schroffen, kurz angebundenen, feindseligen Liske ein Mädchen steckt. Das Mädchen, das, wenn es an seine Mutter denkt, ein rotes Kleid sieht, kein Gesicht, ein Mädchen, das einst nicht den Lärm des großen, weiten Himmels herbeigesehnt hat, sondern den Lärm der großen, weiten Welt.

Ellen deutete auf die Küstenseeschwalbe mit dem roten Schnabel, dem schwarzen Kopf und den deutlich über die Flügelenden hinausragenden Schwanzspitzen. Gerade spannte sie majestätisch die Flügel auf und segelte durch die Luft. Ein paar Artgenossen schaukelten auf dem Wasser, andere zogen Kreise, bis sie einen Beutefisch orteten und blitzschnell zuschlugen.

»Sterna paradisaea«, sagte Ellen leise. »Ein Name wie ein Gedicht. Ist sie immer noch dein Lieblingstier?«

Liske sah sie nur schweigend an.

»Sie laufen äußerst ungern«, fuhr Ellen fort. »Es sieht grotesk aus, als würden die Watschelnden jeden Moment umfallen, aber sie sind wahre Flugkünstler, Meister des Langstreckenflugs. Sie fliegen vierzigtausend Kilometer pro Jahr, kein Zugvogel legt einen weiteren Weg zurück, kaum einer dringt weiter in den Norden vor. Sogar an der Nordspitze von Grönland trifft man sie an. Ende Juli beginnen sie mit dem Abflug aus ihren Brutgebieten, im Laufe des Winterhalbjahrs erreichen sie die Südspitze Afrikas, fliegen noch weiter, bis zum Rande der Antarktis, und kehren um die Jahreswende um, fliegen an der südamerikanischen Küste entlang wieder nordwärts. Den Ozean überqueren sie oft nonstop, sie lassen sich ungern auf dem Wasser nieder, ruhen sich nur aus, wenn sie Inseln oder Treibgut sehen, und sie können sogar im Fliegen schlafen. Im 19. Jahrhundert waren sie von der Ausrottung bedroht, weil man sich mit ihren Federn gerne die Hüte schmückte.«

»Auch heute sind sie bedroht«, murmelte Liske. »Niemand steckt sich ihre Federn mehr an den Hut, aber der Klimawandel setzt ihnen zu. Die Anzahl der Tiere, die an der Nordsee brüten, geht immer weiter zurück.«

»Ich weiß«, sagte Ellen. »Viele Vögel verlassen ihr Brutgebiet im Winter gar nicht mehr, weil es so warm ist, und dann bleiben für Langstreckenzieher wie die Küstenseeschwalbe nur noch die unsicheren Nistplätze übrig. Und weil die Polkappen schmelzen, verlängert sich die Strecke, sodass viele den Zug nicht überleben. Die Anzahl der Küstenseeschwalben, die an der deutschen Nordseeküste brüten, ist seit Jahren rückläufig.«

»Dass du so viel über die Halligen weißt«, murmelte Liske.

»Ich weiß auch noch, warum sie dein Lieblingstier war«, erwiderte Ellen.

Das Terrain, das Ellen nun betrat, war so bedroht wie das Vogelschutzgebiet. Wer sich hier nicht auskannte, zerstörte mehr, als er schützte. Ellen wagte es trotzdem, setzte so behutsam wie entschlossen den Fuß hinein.

»Die Küstenseeschwalbe war dein Lieblingstier, weil sie die ganze Welt sieht. Du wolltest so gerne reisen.«

Kein empörtes Trillern oder Zwitschern. Das Keuchen aus Liskes Mund klang befreit und traurig zugleich. Der Wind schien ihr die Worte von den Lippen zu stehlen: Das will ich immer noch.

Ellen brauchte keine Worte, um die Nähe zu spüren, noch älter als die in der Nacht, da sie an Jaspers Bett gewacht hatten. Eine Nähe wie damals, als sie gemeinsam Bernstein gesucht hatten. Und gefunden.

»Wir waren Schwestern damals.« Ellen machte eine Pause. »Wir könnten es immer noch sein. Meine Mutter hat dich enttäuscht, nicht ich.«

Liske schwieg immer noch, doch aus der Stille tönte ein Ja. Gemeinsam betrachteten sie die Schwärme zahlloser Vögel, die sich verdichteten, auseinanderdrifteten, in rasender Schnelle neue Formationen bildeten. Niemand sagte diesen Tieren, was sie zu tun hatten. Sie kannten ihren Platz.

DAMALS

Am Tag unserer Ankunft machten die Halligen ihrem Namen alle Ehre: Hall bedeutet Salz. Schon von Weitem sah ich, dass die Wiesen von einer weißen Schicht bedeckt waren, die man anderswo für Raureif gehalten hätte. Hol bedeutet Ebbe. Während wir auf das Ziel zustrebten, zog sich das Meer zurück, als wollte es uns den Vortritt lassen, als wäre es nicht immer und überall zuerst gewesen.

Die Schaluppe konnte nicht am Ufer anlegen, selbst bei Flut wäre sie im Schlick stecken geblieben, also mussten wir einen längeren Marsch durchs Watt zurücklegen.

Auf jenem widerborstigen Gebilde, das, als Gott das Land vom Wasser schied, darauf beharrt hatte, nach Lust und Laune beides zu sein, erzeugte jeder Schritt ein schmatzendes Geräusch, als wollte der Boden die Eindringlinge verschlingen.

Halligbewohner kamen der Schaluppe entgegen. Ihre Grußworte blieben einsilbig, aber sie boten uns an, uns auf den Schultern übers Watt zu tragen.

Das ist nicht nötig, erklärte ich schnell, war gleichwohl dankbar, dass sie zumindest die Kisten mit der Aussteuer – Handtücher, Bettwäsche, Löffel – schleppten.

Sie sind sehr hilfsbereit, stellte Gretjen fest.

Aber wortkarg, entgegnete ich, schritten die Halliglüd doch nunmehr schweigend hinter uns her.

Nur im Umgang mit Fremden, sagte Gretjen, untereinander sind sie sehr gesprächig.

Woher willst du das wissen?

Ich habe es in einem der Bücher von Pastor Kruse gelesen. Sie sind fromm, still und schwermütig, bescheiden, ernst und mutig, genügsam, tüchtig und leichtgläubig. Die Männer haben eine bräunliche Gesichtsfarbe, weil sie so viel im Freien sind, die Frauen eine gelbliche, weil sie so viel Tee saufen.

Warum hast du ausgerechnet dieses Buch gelesen? Du liest doch so gut wie nie.

Ich wollte mehr über die Hallig erfahren. Du hast mir nichts davon erzählen wollen. Nichts über diesen Ort. Nichts über dein Leben hier.

Ich hatte meine Erinnerungen tief in mir vergraben. Wie das Watt leere Muschelgehäuse, spuckte mein Gedächtnis nur leere Worte aus. Was willst du denn wissen? Meine Mutter ist früh gestorben, meinen Bruder hab ich zurückgelassen.

Freust du dich auf ihn?

Ich war nicht einmal sicher, ob ich ihn erkennen würde. Gut möglich, dass sich hinter diesen Gesichtern, keineswegs gelb oder braun, sondern rot und gegerbt, das des kleinen Jungen verbarg, der sich einst an mich geklammert hatte.

Gretjen bedrängte mich nicht. Sie blickte auf die Hallig, ein störender Faden in jenem Bild, das Himmel und Meer gewebt hatten. Wo anderswo gefalteter Stein einer Trutzburg gleich den Wassermassen trotzte, war das Land hier ein flaches Schild, fallen gelassen, dem Wasser hilflos ausgeliefert.

Endlich Land!, rief Gretjen.

Das ist kein Land, das ist Marschland, dachte ich. Land ist etwas, was aus dem Meer drängt. Die Halligen sind bloß die Reste von dem, was das Meer noch nicht verschlungen hat.

Die Fennen waren scheckig wie ein räudiger Hund, die Hufe von Rindern hatten tiefe braune Spuren gegraben. Anderswo hatte Wasser Erde mit sich gerissen und Sand und Muscheln zurückgelassen. Eine Schar Kinder klaubte die Muscheln auf, damit auf dem nackten Boden wieder frisches Andelgras sprießen konnte. Bei ihrem Anblick schmerzte mein Rücken. Stunden über Stunden hatte ich einst selbst auf feuchtem Boden gehockt, Muscheln gesammelt, zerborsten allesamt, die spitzen Ränder hatten mir die Haut aufgerissen. Weitermachen, hatte der Vater befohlen, nicht nur der Wiesen wegen, auch weil man Muscheln an Kalkbrennereien verkaufen konnte.

Ich näherte mich den Kindern, die in einem Grüppchen beisammenstanden, suchte den Jungen, der ich gewesen war, in ihren Gesichtern. Ich fand ihn nicht. Vielleicht weil ihre Gesichter, vielleicht weil meine Erinnerungen so leer waren.

Was folgte, war kein Gehen, sondern ein Staken. Überall standen Sikken, Pfützen trüben, modrig riechenden Wassers und Priele, Adern gleich, die gestocktes Blut ins Herz der Halligen pumpten. Dünne Balken lagen darüber, Fremde krochen für gewöhnlich. Ich ging aufrecht, reichte Gretjen die Hand.

Siehst du, du bist doch ein Halligmann.

Sie brauchte meine Hand nicht und ging, ohne zu wanken.

Seine Heimat kann man sich nicht aussuchen, sagte ich. Aber man hat die Freiheit, sie zu lieben oder nicht.

Gretjen widersprach nicht, mir ging selbst auf, dass ich Unsinn gesprochen hatte. Die Liebe, die ich für sie fühlte, war nichts, wofür oder wogegen ich mich hatte entscheiden können. Selbst das Meer, so frei und selbstbewusst, konnte nicht darüber bestimmen, wann Ebbe war und wann Flut.

Meine Eltern hatten nicht zu den wohlhabenden Halligbewohnern gezählt, doch in ihrem Haus hatte sich manche Kostbarkeit befunden. Die Lehrerwohnung auf der Kirchwarft, weit winziger als die des Predikanten daneben, war dagegen ärmlich. Da waren kein Fußboden aus Backstein oder Fliesen, kein gemauerter Herd, keine Töpfe und Pfannen aus Kupfer, kein Schrank mit Glastür, kein poliertes Silberzeug. Anstelle einer Matratze lag im Alkoven ein Strohsack.

Wo ist der Abort?, fragte Gretjen.

Wieder stieg in mir eine Erinnerung hoch, an mich als Jungen, wie ich mich über eine Rinne hockte, Gröpe geheißen, hinter den Kühen im Stall.

Auf der Kirchwarft gab es keinen Kuhstall. Einzig der Predikant, der uns in das karge Heim begleitet hatte, machte malmende Bewegungen mit dem Mund, als würde er wiederkäuen. Schließlich spuckte er mit Blick auf meine Bücherkiste verächtlich aus: Heute reicht es wohl nicht mehr, fromm zu sein, wenn man ein Lehrer sein will, jetzt wird auch noch gefordert, klug zu sein.

Er wirkte nicht fromm, er wirkte bösartig.

Gretjen behauptete, er habe Schmerzen. Hast du denn seine Finger nicht gesehen?

Wie Krallen.

Weil die Gicht ihn quält.

Er zeigte uns humpelnd die Kirche, ein schlichter, reetgedeckter Bau aus Backstein, die Giebel mit Brettern verschalt. Danach betraten wir den Schulraum, wo sich ein großer, mit Leder bezogener Lehnstuhl befand, mehrere Bänke, Schiefertäfelchen, Griffel, eine kleine Büchersammlung auf Dänisch, Deutsch und Friesisch.

Zum ersten Mal seit unserer Ankunft atmete ich tief ein, genoss den staubig-süßlichen Duft der Bücher. Gerne hätte ich mich mit ihnen beschäftigt, doch wichtiger war mir, dass Gretjen sich ausruhte. Sie erschien mir sehr blass, obwohl ihre Schritte federnd waren, als wir unser Heim ein zweites Mal betraten – ich zögernd, sie mit der Gewissheit, dass sie von nun an hierhergehörte.

Die Kisten mit der Aussteuer waren in der Mitte des Raums abgestellt worden, wir würden sie künftig als Sitzbank verwenden. Und da war noch jemand, eine fremde junge Frau. Sie hob einen Korb.

Ich habe euch Eier gebracht.

Wieder sah ich mich selbst als Kind in gebückter Haltung, wie ich zwischen den Gelegen der Möwen umherkroch, die Eier aufschlug, um zu prüfen, ob noch ein gelber Dotter darin war oder schon ein verklebtes Küken. War Letzteres der Fall, baute ich einen Steinkreis um das Nest, damit die anderen die Eier unberührt ließen und die Vögel schlüpfen konnten. Die Natur zu bestehlen und zu ehren war etwas, das sich auf der Hallig nicht widersprach.

An den Geschmack von gelbem Dotter konnte ich mich nicht erinnern. Doch der Anblick der fremden Frau, gekleidet in Friesentracht, ließ mich an Buttermilch denken.

Ihre Holzschuhe lugten unter dem Saum des langen Friesenrocks hervor, den sie mit dem Aufschürzband hochgebunden hatte. Dessen Streifen waren grau und blau, schwarz das grobe Haarnetz und das Band, das es festhielt.

Mutter hatte auch so eines getragen. Sonntags zum Kirchgang hatte sie sich überdies etliche Tücher um den Kopf gebunden, eines über Stirn und Kopf, das andere ums Kinn, an kalten Tagen waren nur Augen und Nase sichtbar gewesen.

Ich wusste schon, dass ihr kommt, lange bevor man einen neuen Lehrer ankündigte, sagte die Frau.

Vom Predikanten?

Ich habe eure Ankunft im Wasser gesehen. Für gewöhnlich sehe ich dort die Toten nur dann, wenn das Wasser sich nicht kräuselt. Euch habe ich unter den Wellen gesehen.

Der Predikant kam uns nachgeschlurft. Er formte mit seinen Gichthänden ein Kreuz.

Gretjen legte den Kopf schief.

Ich habe euch sogar noch besser erkennen können als sonst die Toten, sagte die fremde Frau, denn die Toten werfen keinen Schatten.

Unsinn!, lag es mir auf den Lippen. Man kann die Zukunft nicht im Wasser sehen. Und Tote haben sehr wohl einen Schatten. Der meiner Mutter fällt immer noch auf mich.

Doch ich schwieg.

Wenn die Eier nicht reichen, könnt ihr zu uns kommen, heute gibt es Brei aus Mehl und Speck. Meine Schwiegereltern sind neugierig auf euch.

Ihre Schwiegereltern sind Catherine und Rikkart, erklärte der Predikant.

Die Namen weckten neue Erinnerungen an mich als Jungen, nun nicht länger gebückt. Aufrecht stand ich, mit aller Kraft suchte ich meine Hände zu befreien, die von anderen Händen umklammert wurden.

Mareke ist mein Name, sagte die spuksichtige Frau, mein Mann ist Hendrik Martenson.

Hendrik war so viel größer und kräftiger als ich. Um seinen Hals zappelte es.

Er hatte Butte gefangen, auf einer Schnur aufgereiht mithilfe einer Nadel, die jeweils durch beide Kiemen geführt wurde.

Ich hatte Butte einst mit bloßer Hand gefangen, er hielt in einer Hand den Angelstock, in der anderen den Holzkasten mit den Pierwürmern. Manchmal wurden Kästen an einem Pfahl neben einem Priel festgebunden; als Kind hatte sich Hendrik oft einen Spaß daraus gemacht, die Würmer gegen Wollfäden zu vertauschen. Die Männer mit schlechtem Augenlicht merkten den Unterschied nicht, sie wunderten sich, warum die Fische nicht bissen.

Das hatte Hendrik stets zum Lachen gebracht. Nun lachte er nicht. Was hast du hier verloren, rief er, kaum dass wir Mareke aus der Lehrerwohnung gefolgt waren.

Ich bin der neue Lehrer, erwiderte ich.

Ich habe sie zum Essen eingeladen, sagte Mareke.

Von mir kriegen sie nichts zu essen, bellte Hendrik.

Die Fische zappelten noch heftiger, er atmete hektisch.

Gretjen legte den Kopf schief. Ist das dein Bruder?

Hendrik kam mir zuvor: Ich habe keinen Bruder, ich bin meiner Eltern einziges Kind.

Erinnerst du dich nicht, wie du Krabben unter den Hintern unseres Vaters geschoben hast?, brach es aus mir hervor. Wie wir gemeinsam Möweneier gesammelt haben? Wie wir mit Mutter auf der Wiese saßen, als der Halligflieder blühte, und sie das letzte Mal lachte?

Er starrte mich an, seine Augen nebelgrau und undurchdringlich. Ihr betretet unsere Warft nicht. Ich habe keinen Bruder. Ich bin meiner Eltern einziges Kind.

Er stapfte davon. Die Butte zappelten nicht mehr.

9

»Wir könnten immer noch Schwestern sein.«

Der Satz hing in der Luft. Liske fing ihn weder auf, noch spielte sie ihn zurück. Ellen stand neben ihr, Schulter an Schulter, den Blick in die Weite gerichtet.

»Siehst du das dort hinten?«, fragte Liske.

Ellen musste das Fernglas zu Hilfe nehmen. Sie wusste nicht mehr, ob man die verschwommene Konstruktion Lahnung, Faschine oder Buhne nannte. Es war etwas, das Wellen brach, die Strömung bezähmte.

»Der Küstenschutz ist viel zu massiv«, murmelte Liske. »Von den Sommerdeichen ganz zu schweigen. Auch die anderen Bauwerke sind zu hart, zu starr, Barrieren zwischen Land und Meer, kein natürlicher Übergang. An der Landseite kommt es oft zu Erosionen, die Brutplätze werden vernichtet statt geschützt. Dass Landunter vermieden werden, ist nicht immer hilfreich, das Land braucht die Ablagerungen.«

Ellen dachte, sie wollte vom Thema ablenken, aber da sprach Liske schon weiter.

»Manchmal fühle ich mich wie an einem Bahnhof«, gestand sie. »Das Meer kommt und geht, die Vögel kommen und gehen, nur ich bleibe.«

»Warum verreist du dann nicht einfach mal?«

»Wie stellst du dir das vor? Ich kann Jasper nicht allein

lassen. Und ihn mitnehmen? Ich bin keine besonders gute Mutter, ich habe nicht mal hier Ahnung, womit ich ihn beschäftigen soll. Er interessiert sich ja nur für tote Tiere. Vor einem Jahr hat das angefangen, er sammelt sie. Das ist doch nicht normal. Und dass er immer noch so oft in die Hose macht ...«

»Ist denn so wichtig, dass er normal ist?«, unterbrach Ellen sie.

»Wichtig ist, dass ich es verstehe!« Liske klang verzweifelt. »Dass ich *ihn* verstehe.«

Unwillkürlich legte Ellen ihren Arm um Liskes Schulter und zog sie zu sich heran. Liske ließ es geschehen.

»Ich könnte mich doch zwischendurch mal um Jasper kümmern«, sagte Ellen. »Ich lese ihm regelmäßig vor, er mag das sehr. Vielleicht kann ich herausfinden, warum er sich so verhält. Ich ... ich könnte dir ein paar Freiräume verschaffen.«

Etwas in Liskes Gesicht begann zu zittern. »Versprich nicht wieder etwas, was du nicht halten kannst.«

»Ich habe dir nie etwas versprochen, das ich nicht gehalten habe. Das war meine Mutter.«

In Liskes Gesicht zitterte es immer noch. Sie legte den Kopf in den Nacken, über ihnen kreisten wieder die Küstenseeschwalben. »Sie sind immer noch meine Lieblingsvögel«, presste sie hervor. »Vielleicht kann ich nicht wegfliegen wie sie – aber sie retten, das kann ich. Alles tun, um die Halligen als Lebensraum zu bewahren.«

»Ich will dir wirklich helfen.«

Sie lauschten auf das Echo des Meeres, das stillzustehen schien, um den Moment nicht zu stören.

Dann kramte Liske in ihrer Jackentasche, zog schließlich etwas Weißes, Rundes hervor.

»Ein Golfball?«, sagte Ellen grinsend.

Liske grinste zurück. »Ein Gipsei. Ich tausche die Eier der Silbermöwen aus, damit sie die anderen Arten nicht übervölkern. Man muss das regulieren. Die Silbermöwen haben hier keine natürlichen Feinde – Fuchs, Seeadler, Wanderfalke –, nur den Menschen.«

Sie wandte sich ab und stapfte zurück, Richtung Salzwiese, in der sich die Nester verbargen.

»Kann ich mitkommen?«

Liske blieb stehen. »Die Möwen attackieren einen, wenn man sich an den Nestern zu schaffen macht. Man muss ziemlich schnell sein. Zwei Menschen regen die Viecher mehr auf als einer, du würdest nur stören.« Sie ging ein Stück weiter, blieb wieder stehen. »Aber sonst ... sonst kannst du mir vielleicht wirklich helfen.«

Ellen grinste wieder. »Dann bis später.«

Als Liske sich noch einmal zu ihr umdrehte, erreichte ihr Lächeln zum ersten Mal auch ihre grauen Augen.

Ellen blickte durchs Fernglas. Das Glas war milchig, als bedecke ein Nebelschleier das Land. Keine Lorelei, kein David, selbst Jasper war verschwunden. Trotzdem wollte sie noch nicht heimkehren, wollte es auskosten, dieses Hochgefühl, das Angekommensein, die Freiheit, das Watt.

Sie schlüpfte aus den Schuhen und trug sie in der Hand mit sich. Eine weiche, schlammige Masse quoll schon nach den ersten Schritten schmatzend zwischen ihren Zehen hervor. Eine salzige Brise wirbelte durch ihre Haare. Kleine Rippen im Schlamm zeichneten den Verlauf der Strömung nach, Bögen und Rundungen in tausendfacher Ausführung, Fischschuppen gleichend, die sich endlos über den

Boden ringelten – nichts Gerades, Glattes, Eckiges, kein Stillstand. Das Wasser warf perlige Blasen, wenn es in Form kleiner Fontänen aus dem Boden gespuckt wurde. Das Skelett des Meeres fürchtete keine Brüche, es bestand aus einem steten Auf und Ab, dem Werden – Pierwürmer, die Kothäufchen aus Schlickteilchen durch den Wattboden nach oben schoben, Seepocken, die sich mit kalkigen Augen an Muscheln und Holzstümpfe klammerten, Wattschnecken, die kleinfingerbreite Bahnen hinterließen – und dem Vergehen. Die Grenze zwischen Entstehen und Verwesen war so schmal wie der Grat auf einer Sanddüne.

Beschwingt lief Ellen über diesen wankelmütigen Boden, der nichts Festes, aber auch nichts Weiches sein wollte. Fast tänzelte sie, als jemand ihren Namen rief. Als sie sah, wer sich ebenfalls ins Watt gewagt hatte, tänzelte sie innerlich weiter.

Jakob kam auf sie zu. Seine Schritte fielen vorsichtiger aus, prüfend. Und doch, er setzte einen Fuß vor den anderen, er hatte es gewagt, die Werkstatt zu verlassen, sein Refugium, seine Höhle. Er war ihrem Rat gefolgt.

Ellen überwand die letzte Distanz.

»Wie schön, dich zu sehen!«, rief sie. »Ich freu mich, dass ihr mal rauskommt. Und eine Wattwanderung …«

Hinter Jakob schloss Metha atemlos zu ihrem Vater auf. Sie lief schnell und sicher über den schlammigen Boden, aber in ihrer Miene stand Panik.

»Was ist denn passiert?«, rief Ellen erschrocken.

Metha überholte den Vater, erreichte sie. »Jasper«, presste sie hervor.

Ellens Herz setzte für einen Moment aus. »Ist ihm etwas zugestoßen?«

»Er hat ein verlassenes Vogeljunges gefunden. Es ist ganz allein.«

Methas Stimme, sonst fest und trotzig, klang brüchig. Sie nahm Ellens Hand, zog sie an Jakob vorbei mit sich. Gemeinsam kletterten sie die Halligkante hoch. Auf Gras und Sand folgten Matsch, dann ein Erdhaufen. Jasper hockte daneben, die Hände hinter dem Rücken verschränkt.

Metha ließ Ellens Hand los und stupste Jasper an der Schulter an. Er gab den Blick frei auf ein zerknautschtes, verklebtes Häufchen Elend, noch nicht ganz auf dieser Welt angekommen, mehr Maulwurf als Vogeljunges. Das Schnäbelchen zuckte stumm.

»Ist es schon tot?«, fragte Metha.

»Noch nicht«, erwiderte Jasper. Er klang enttäuscht.

Metha entging das nicht. »Warum willst du denn, dass es stirbt? Das arme Vögelchen!«

Jasper wippte auf und nieder. »Ich hab schon oft tote Vögel gesehen. Wenn im Frühling Landunter ist, erwischt es die ersten Gelege. Bei der Mahd auch. Und wenn Vögel zwei Eier legen und das erste vor dem zweiten schlüpft, kapieren die Eltern nicht, dass sie es füttern müssen. Sie setzen sich drauf, als wäre es noch im Ei, und zerquetschen es. Dann sind sie flach wie ein Pfannkuchen.«

»Aber das hier darf nicht sterben!«, rief Metha.

»Wenn es tot ist, kann man es anfassen«, sagte Jasper. »Tiere, die leben, nicht. Weil die Mutter es dann nicht mehr am Geruch erkennt.«

»Aber das hier hat keine Mutter mehr. Können wir es nicht füttern?«

»Hm«, machte Jasper. Er dachte nach. »Die meisten

Vögel fressen Tobiasfische oder Sandspierlinge. Wenn die groß sind, hängt das Schwanzende aus dem Schnabel.«

»Wir können keine Fische fangen.« Methas Augen füllten sich mit Tränen.

»Hm«, machte Jasper wieder. »Bei den Möwen picken die Jungen auf den roten Fleck am Schnabel. Dann kotzen sie ihr Fressen hoch, und die Jungen essen das.«

Bevor die Tränen über Methas Wangen laufen konnten, mischte sich Ellen ein. »Wie wär's denn mit Wattwürmern?«

Sie hatte keine Ahnung, ob das Vogeljunge Wattwürmer vertrug oder wie sie ihm überhaupt etwas einverleiben sollten. Aber versuchen mussten sie es.

Der Vorschlag machte Metha wieder Mut. Sie nickte, sprang auf und lief zurück ins Watt, um welche zu suchen. Jasper flitzte ihr hinterher. Jakob stand dort, wo sie ihn zurückgelassen hatten. Er wirkte wie aus dem Gleichgewicht geraten, orientierungslos.

Ellen trat zu ihm. »Die Sache mit dem Vögelchen ist für Metha sicher traurig. Trotzdem ist es wichtig, dass ihr gemeinsam etwas erlebt.«

Jakob schien sie nicht zu hören. Er starrte auf seine Füße, als wüsste er nicht recht, wie er hierhergeraten war.

»Hier im Watt ist der Tod so normal. Die winzigen Tiere machen keinen Lärm beim Sterben. Und die, die zusehen, machen keinen Lärm beim Trauern.«

Du auch nicht, wollte Ellen sagen. Aber das stimmte nicht. Als sie ihn musterte, konnte sie seine Trauer hören, so wie er die Geschichten des Holzes hörte, leise wie das Watt.

Ellen trat dicht an ihn heran, legte ihre Hand auf seine Schulter, so selbstverständlich wie vorhin auf Liskes. Er schien es gar nicht zu bemerken. Sein Blick suchte Metha, die sich nach etwas bückte.

»Ich hätte ihr so was ersparen müssen ...«

»Du kannst sie nicht einsperren.«

»Es erinnert sie doch nur an ...«

»Es ist nicht so schlimm für sie, solange sie etwas tun kann.«

»Ich müsste auch etwas tun.«

»Dann such doch auch ein paar Wattwürmer.«

Er rührte sich nicht. »Ich ... ich ertrage es nicht, das zu sehen.«

Ellen war nicht sicher, ob er das zerknautschte Vogeljunge oder seine verletzliche Tochter meinte.

»Ich kümmere mich schon darum«, sagte sie leise.

Verzögert schien Jakob Ellens Berührung wahrzunehmen, sah sie endlich an, und nun schien er wieder auf festem Grund zu stehen.

»Das Vogeljunge wird schon überleben«, versprach Ellen. Solange er sie anschaute, stand auch dieses Versprechen auf festem Grund.

Sie löste ihre Hand von seiner Schulter, folgte den Kindern, die wieder auf die Halligkante zuliefen. »Ich hab genug Würmer!«, rief Metha, die Fäuste mit ihrer Beute hoch erhoben.

»Großartig«, lobte Ellen sie.

Sie knieten sich zu dritt vor das Vögelchen, dessen Schnabel weiterhin schwach zuckte.

»Wenn wir den Schnabel einfach aufreißen?«, schlug Jasper vor und starrte aufgeregt auf den Wattwurm in Methas Hand, der Ähnlichkeit mit einem ausgespuckten Kaugummi hatte.

»Dann bricht er doch!«, rief Metha.

Ellen beugte sich tiefer. Es schien nichts an dem zerbrechlichen Tier zu geben, das man berühren konnte, ohne es zu verletzen. Sie blickte sich um, entdeckte nicht nur ein kleines Stückchen Holz, ihr entging auch nicht, dass Jakob langsam näher kam. Sie nahm das Holz, zog einen Span ab und stupste damit vorsichtig gegen den Schnabel. Langsam öffnete er sich einen Millimeter. Ellen spießte einen der Würmer auf, stupste noch einmal gegen den Schnabel. Diesmal wurden aus einem Millimeter zwei. Jakob kam zögernd weiter auf sie zu.

Vorsichtig versuchte Ellen, den Wattwurm in den Schnabel zu schieben.

Metha hatte vor Aufregung die Augen zusammengekniffen. »Frisst es?«, fragte sie und blinzelte.

»Ich glaube schon.«

Jakob stand nun neben ihnen und beobachtete ebenso gespannt wie Metha und Jasper, wie Ellen sich sanft weiter vorarbeitete.

Ein Stupsen und Drücken, behutsam, beharrlich, wie in Zeitlupe. Irgendwann hing der Wurm nicht mehr am Holzspan.

»Es frisst!«, rief Metha.

»Darf ich den nächsten Wurm aufspießen?«, fragte Jasper.

»Aber nimm keinen zu großen.«

Jasper ging mit der gleichen Beharrlichkeit vor wie Ellen, der zweite Wurm verschwand im Schnabel.

»Es frisst!«, rief Metha wieder. »Es wird leben!«

Glücklich sah Metha zu ihrem Vater hoch. Der erwiderte ihren Blick sanft und versonnen. So sah er aus, wenn er kundig über die Maserung eines Holzstücks fuhr, und mit einem Mal schien er auch zu begreifen, dass Metha nicht so zerbrechlich war, wie er befürchtet hatte. Er ließ sich neben ihr auf die Knie fallen, schien sie an sich ziehen zu wollen, begnügte sich am Ende damit, ihr die Hand auf die Schulter zu legen.

Jasper stupste so lange an dem Schnabel herum, bis der nunmehr dritte Wattwurm gefressen war.

Ellen lächelte. »Das war doch ein voller Erfolg. Nächste Woche treffen wir uns auf der Hauptwarft, ja? Es gibt einiges zu tun.«

Metha hatte einmal mehr vor Aufregung die Augen geschlossen. Sie öffnete sie, um sich zu vergewissern, dass auch der nächste Wurm verschwand. »Hat Gesa die Anmeldung unterschrieben?«

Ellen nickte lächelnd. »Sie ist dabei und wird uns helfen.«

»Das heißt, wir können am Wettbewerb teilnehmen? Es wird ein historisches Museum geben?«

»Ich bin sicher, wir haben gute Chancen. Die Räumlichkeiten bieten einigen Platz, man kann sie toll gestalten. Es wäre schade, wenn sie leer stünden und der Nachlass dort weiterhin verstaubt. Auch andere Haushalte könnten Exponate beisteuern und ...«

Verspätet bemerkte Metha den Griff des Vaters, sah nun ein wenig irritiert auf seine Hand an ihrer Schulter.

»Ich kann auch ein paar Gegenstände zur Verfügung stellen«, sagte Jakob schnell. »Und helfen, die vorhandenen zu restaurieren. Wir können das gemeinsam tun.«

Jakob legte auch die zweite Hand auf Methas Schulter. Sie lehnte sich an ihn.

»Es frisst«, sagte sie wieder erleichtert. »Das Vogeljunge muss nicht sterben.«

»Was macht ihr denn da?«

Ellen zuckte zusammen, als sie Liskes Stimme vernahm. Deren Schritte waren auf dem sandigen Boden nicht zu hören gewesen.

»Ihr füttert ein Vogeljunges?«

Kurz fühlte Ellen sich ertappt, lächelte Liske dann aber zu. »Es hat schon etliche Würmer gefressen.«

Liske lächelte nicht zurück. »Wie kommt ihr darauf, es zu füttern?«

»Wir retten es!«, rief Metha stolz. »Ohne uns müsste es sterben.«

Liske drängte sich an ihnen vorbei, blickte auf die Handvoll verklebtes, rosiges, bebendes Leben. »Was für ein Unsinn«, schimpfte sie. »Was hat euch denn bloß auf die Idee gebracht, dass es euch braucht?«

»Als ich es gefunden habe, war es ganz allein«, sagte Jasper. »Die Eltern haben es im Stich gelassen.«

»Ja, bist du denn verrückt geworden?«, tobte Liske los.

Ellen erhob sich wankend, ihre nackten Füße, noch schlammig vom Watt, waren eingeschlafen. »Sei nicht so streng, er wollte doch nur …«

Liske achtete nicht auf sie. »Mittlerweile solltest du es doch wissen!«, herrschte sie Jasper an. »Wenn man einen Jungvogel findet, heißt das nicht, dass die Altvögel ihn verlassen haben. Jedenfalls nicht wenn es sich um eine Küstenseeschwalbe handelt. Schau doch mal da, was siehst du dort?« Sie deutete auf Algenfäden, Seegras, Halme von Gräsern. Man musste genau hinschauen, um darunter eine Mulde zu erkennen. »Auch wenn es nicht so aussieht – das da ist ein Nest! Manchmal entfernen sich Nestflüchtlinge ein paar Schritte weit. Man darf ihnen nur nicht zu nahe kommen, dann bringen es die Alten schon wieder zurück. Selbst wenn ihnen der Mut fehlt, Feinde zu verjagen, heißt das nicht, dass sie das Nest verlassen haben, zumindest nicht sofort. Nur wenn man sie zu lange stört, ziehen sie sich zurück.«

Stoisch ließ Jasper die Tirade über sich ergehen. Metha hingegen schien zu schrumpfen, Jakob hockte kleinlaut neben ihr.

»Sei nicht so streng mit ihm«, sagte Ellen wieder. »Es war meine Idee ...«

»Die einzigen Tiere, die eine Ausnahme bilden, sind die frisch geschlüpften Brandgänse und Eiderenten«, fuhr Liske ihr über den Mund. »Wenn man die allein findet, muss man sie zum Watt tragen, meist gibt es dort Altvögel, die sie adoptieren.« Sie blickte wieder auf das Junge, dann gen Himmel. Nirgendwo war eine Küstenseeschwalbe zu sehen.

»Haben wir die Eltern vertrieben?«, fragte Metha. »Muss es jetzt sterben?«

»Ja, was glaubt ihr denn?«, herrschte Liske sie an.

Metha zuckte zusammen.

»Das muss nicht sein«, erwiderte Ellen schnell. »Wenn wir weggehen, kommen die Eltern bestimmt zurück.«

»Ihr hockt doch schon viel zu lange am Nest. Am gnädigsten wäre es, das Kleine zu erschlagen.«

Metha riss erschrocken die Augen auf.

»Du kannst es doch nicht einfach erschlagen!«, rief Ellen.

Ihre Worte schienen Liske nicht zu erreichen, das stumme Entsetzen in Methas Gesicht schon. Sie starrte das Mädchen an, dann Jakob. Aus der Strenge wurde Hilflosigkeit.

»Wir bringen es ins Nest, dann ziehen wir uns zurück«, murmelte sie. »Ich glaube nicht, dass es etwas nützt, aber vielleicht haben wir Glück.«

»Das ist eine gute Idee«, kam es leise von Jakob. Er wollte Metha an sich ziehen, doch die riss sich rüde von ihm los.

»Wenn es stirbt, darf ich es behalten?«, fragte Jasper.

Liskes Blick wanderte befremdet zwischen den Kindern hin und her. »Tiere sterben, das passiert nun mal«, sagte sie leise. »Das ist der Lauf der Natur, auch der Grund, warum mehr Eier gelegt werden, als es am Ende Vögel gibt. Auf alle, die leben, kommen unzählige Tote, die es nicht geschafft haben.«

»Aber dass es verhungern muss …«, stammelte Metha.

Jakob hob erneut seine Hand, wagte jedoch nicht mehr, sie auf ihre Schulter zu legen.

»Dass es den Schnabel aufreißt, ist eher ein Reflex«, sagte Liske nüchtern. »Wenn die Eltern nicht zurückkommen, ist es bald vorbei. Nun tretet zurück.«

Liske schubste das Vogeljunge mit ihrem Gummistiefel in die Mulde, Ellen stand unbeholfen daneben.

Jakob entging nicht, wie Methas Blick den Himmel absuchte.

»Komm, Metha, besser, wir gehen jetzt, wir haben einen weiten Weg vor uns.«

Er reichte ihr die Hand. Metha beachtete ihn nicht.

»Ich bin sicher, die Eltern werden kommen«, murmelte Jakob behutsam.

Metha senkte den Blick. »Tiere sterben, so ist es nun mal«, sagte sie ausdruckslos und ging davon.

»Ich besuche euch morgen … Dann besprechen wir alles wegen des Wettbewerbs«, rief Ellen ihr hinterher.

Jakob drehte sich im Gehen um und nickte ihr zu. Dass kein Vorwurf in seinem Blick stand, bloß Trauer, machte Ellen nur noch beklommener.

Kurz verharrten sie beim Nest, dann huschte Liskes Blick von dem Vogeljungen zum Meer. »Wir sollten auch heimgehen. Bald kommt die Flut.«

Zügig schritt sie voran, warf allerdings regelmäßig einen Blick zurück, um sicherzustellen, dass Jasper ihr folgte. Ob auch Ellen mitkam, schien ihr gleich zu sein.

»Warte!«, rief Ellen. Sie schlüpfte schnell in ihre Schuhe, hastete ihr hinterher, versuchte weiterhin, die Füße in Liskes Spuren zu setzen, um nicht versehentlich ein Gelege zu zertreten.

Jasper machte sich keine Mühe, mit dem Tempo seiner Mutter mitzuhalten, und ließ sich zurückfallen, Ellen dagegen hatte bald aufgeschlossen.

»Musste das denn sein?«, keuchte sie.

Liske stapfte weiter. »Das arme Vogeljunge ... wie brutal ... wie grausam ... Ja, sind wir denn im Streichelzoo?«

»Sie sind doch noch Kinder!«

»Na und? Jasper kann damit umgehen.«

»Hast du dich nicht vorhin darüber beklagt, dass ihm so viel an toten Tieren liegt?«

»Ich habe mich nicht beklagt. Ich habe mich darüber gewundert.«

Ellen wiederum wunderte sich über Liskes plötzliche Feindseligkeit. Eben noch hatten sie sich mühevoll angenähert. Sollte ein kleiner Fehler nun alles zunichtemachen?

»Wenigstens auf Metha hättest du Rücksicht nehmen können. Du weißt doch, dass ...«

»Nein, *du* hättest auf sie Rücksicht nehmen müssen. Ich dachte, du kennst dich so gut aus mit Vögeln. Und dann machst du sie glauben, dass man so ein Vögelchen aufpäppeln kann!«

»Das war vielleicht falsch, aber du tust, als hätte ich dich persönlich beleidigt.«

Wieder lief Liske weiter, ihre Schritte waren schnell und schwer. Ellen ließ sich nicht abhängen, weder beim Laufen noch beim Reden.

»Ich vermute, es geht Jasper gar nicht darum, dass die Tiere tot sind, er will sie nur festhalten. Er weiß, dass das bei lebenden Tieren verboten ist, also hat er wohl daraus geschlossen, dass es bei toten in Ordnung ist. Sie nur anzuschauen ist zu wenig für ihn, er will sie berühren und streicheln ...«

»Ach, hör doch auf!«

»Ist es wirklich unverzeihlich, eine Küstenseeschwalbe retten zu wollen?«

Liske blieb abrupt stehen, ein Laut der Verblüffung entfuhr ihr. »Du denkst, ich bin deswegen sauer?«

»Weswegen denn sonst?«

Wieder ein Laut, diesmal ein verächtlicher.

»Du hättest mich vorher fragen können.«

»Was genau fragen?«

»Jetzt stell dich nicht dumm.«

»Ich weiß wirklich nicht, was du meinst.«

»Und mischst dich trotzdem überall ein!«

»Ich mache doch gar nichts!«

»Ach nein?« Liske machte ein paar Schritte, verharrte dann doch und sprach mit gepresster Stimme weiter.

»Weißt du, wie lange ich mich schon für einen modernen Küstenschutz einsetze, einen, der nicht im Widerspruch zum Vogelschutz steht? Weißt du, wie oft ich gehört habe, dafür ist kein Geld da?« Sie machte eine weit ausholende Bewegung, die das Ufer umfasste und die Vögel, die auf dem hauchdünnen Band, wo Himmel und Meer sich trafen, zu balancieren schienen. »Weißt du, wie viele Menschen hierherkommen, um Urlaub zu machen, ohne auch nur die geringste Ahnung davon zu haben, wie bedroht die Halligen und ihre Vogelwelt sind? Dass beide vielleicht keine Zukunft haben? Alle müssten an einem Strang ziehen, um sie zu retten. Aber nur in Sönkes Laden stehen die Leute Schlange, wenn's darum geht, Bier und Würstchen zu kaufen. Das Informationszentrum der Schutzstation betritt kaum mal einer.« Sie atmete tief durch. »Ich verstehe das ja, es wirkt nicht besonders interessant. Man müsste Geld in die Hand nehmen und es ganz neu aufziehen, dann würden die Leute schon kommen.«

Endlich verstand Ellen. »Du hast gehört, wie wir über das Museum gesprochen haben. Du bist wütend, dass wir auch am Wettbewerb teilnehmen wollen.«

»Ein historisches Museum!«, stieß Liske unwirsch aus. »Die Hallig ist doch sowieso schon ein riesiges Museum. Noch schnell ein paar Ansichtskarten kaufen, dann verschwindet ihr wieder. Wie die Ringelgänse, die alles zuscheißen.«

»Ich werde nicht verschwinden. Und das Museum ...« Ellen holte tief Luft. »Es ist doch auch eine Möglichkeit, dafür zu sorgen, dass sich Menschen an diesem Ort verbunden fühlen und sich für seinen Schutz starkmachen. Ich weiß, dass ich noch nicht lange hier bin, aber für mich ist die Hallig das Gleiche wie für dich, sie ist meine Heimat.«

»Du kannst nicht so tun, als wären seit damals keine zwanzig Jahre vergangen, als wären wir noch Jugendliche, die sich einbilden, sie wären miteinander verwandt. Und was regst du dich auf, weil Jasper tote Tiere mit sich rumschleppt, wenn du selbst ein Museum über tote Menschen haben willst? Du hast dich ja schon immer mehr für Bücher interessiert als für das Leben. Und du bist abgehauen, weil es hier zu wenig Bücher gab. Tu nicht so, als wäre das bloß eine Entscheidung deiner Mutter gewesen. Du hast den Mund nicht aufgemacht, um dich gegen sie zu stellen.«

»Himmel!«, entfuhr es Ellen. »Jetzt krieg dich mal wieder ein. Ich war damals sechzehn. Seit ich wieder hier bin, gehe ich auf dich zu, laufe dir regelrecht hinterher …«

»Habe ich dich darum gebeten?«

»Nein. Und ich muss dich auch um nichts bitten. Ich brauche deine Erlaubnis nicht, um hier zu sein.«

»Dann lass mich und Jasper in Ruhe. Die Dinge sind gut so, wie sie sind.« Liske schnaubte wieder verächtlich. »All dieses Gerede, von wegen, wir wären Schwestern. Wir waren nie Schwestern, wir haben nur eine Weile unter dem gleichen Dach gelebt.«

Liske wandte sich endgültig ab und stapfte wütend davon.

Ellen sah ihr hilflos nach. Nicht weit von ihr begann das Wasser zu steigen, und der Wind röhrte über das Watt hinweg.

DAMALS

Der Wind war kein Dichter. Aus seinem Heulen und Dröhnen und Hecheln ließen sich keine Worte ausmachen. Aber er war ein Maler, entlockte Himmel und Meer zahllose Farbnuancen – Brombeerblau und Strandfliederviolett, Schlammgrün und Spinnwebengrau.

Ein halbes Jahr war seit unserer Ankunft vergangen, und jenes Wispern, das ich Hendrik in Gedanken sandte – ich bin zurückgekommen –, war immer noch leiser als das Echo seiner Worte: Du bist nicht mein Bruder.

Ich war sicher, dass mich niemand vermisst hätte, hätte ich die Hallig wieder verlassen. Gretjen, die aus dem kargen Heim eine gemütliche Stube gemacht hatte und soeben Tee nachgoss, mahnte zwar, dass die Schule gleich beginnen würde, aber die Kinder, dreizehn an der Zahl, warteten gewiss nicht auf mich. Sie würden lieber dem Wind und dem Meer lauschen als, stumm in ihren Bänken sitzend, mir.

Ich hatte versucht, ihnen das ABC beizubringen, hatte die Hoffnung gehegt, dass sie die Buchstaben zu geschmeidigen, klugen Worten verbinden könnten und diese Worte zu Sätzen. Doch es blieb ein Gestammel. Wenn ich brüllte, saßen die Kinder ganz starr.

Sei nicht zu streng zu ihnen, sagte der gichtkranke Predikant. Bei mir haben sie in der ersten Stunde gebetet und gesungen. Das Vaterunser beherrschen sie alle. Der kleine Wilke hat die Stimme eines Engels.

Ich glaube nicht an Engel.

Dass sie den Katechismus verstehen, genügt doch bei den Jungen, sagte der Predikant. Die Mädchen sollen spinnen, stricken und aus Halmen Stricke drehen – darauf kommt es an. Ein jeder hat das Talent, das Gott ihm gegeben hat. Wo nichts ist, kann nichts wachsen.

Ich schluckte meinen Unmut über diese Torheiten hinunter und fuhr in meinen Bemühungen fort. Grammatik, Ausdruck, Geografie, Historie, Sittenlehre, Naturgeschichte.

An die Wandtafel schrieb ich Denksprüche, die es auswendig zu lernen galt. Die Hälfte schaffte es, wenn sie nur aus einem Satz bestanden wie: Lade nicht alles auf ein Schiff.

Ein Junge, Ole, war gut mit Zahlen. Er wusste, wie viel Butter man aus einem Liter Milch machen konnte, wenn man den Rahm abschöpfte, in einer Steingut-Kruke säuerte und danach mit der Butterschwinge bearbeitete. Und er wusste, wie viel man mit der Butter verdiente, wenn man sie nach Wyk oder Husum verkaufte. Allerdings konnte er nur Butter und Milch in Zahlen überführen. Stellte man die Zahlen nackt nebeneinander, schaute er mich ratlos an.

Ein anderer Junge, Johan, verstand etwas von Walknochen. Den Bleistift hielt er in der Hand, als drohte er sich daran zu verbrennen, doch das Schnitzmesser schien sein elfter Finger zu sein, so geschickt arbeitete er damit.

Was machst du aus dem Walknochen?, fragte ich.

Ich kann ihn in Wyk verkaufen, dort werden Mieder gemacht.

Wie viel Geld bringt es dir ein, wenn du zwei Kilo Knochen verkaufst?

Er zuckte die Schultern.

So viel Butter kann man gar nicht schleppen, um so viel zu verdienen wie mit den Knochen, sagte Ole ehrfürchtig.

In meinem Mund schmeckte es ranzig. Anderswo formten Mieder aus Walknochen Bauch und Busen, ich taugte nicht einmal dazu, den Geist der Kinder zu formen.

Gretjen schuftete hart, doch immer schallte ihr Lachen durchs Haus.

Es tut mir leid, dass ich dir kaum helfen kann, pflegte ich kleinlaut zu sagen, wenn ich aus der Schule kam.

Die Halligfrauen schuften alle mehr als die Halligmänner. Die Männer schmieden ihren Stolz, wenn sie, auf Schiffen stehend, in die Weite blicken. Erkaltet dieser Stolz, ist ihr Rückgrat zu steif, als dass sie sich bücken, graben, mähen könnten. Was die Frauen nicht schaffen, überlassen sie Tagelöhnern vom Festland.

Mareke zeigte Gretjen, wie man Kohl anbaute, lehrte sie, dass, wenn man Glück hatte, auch Gerste gedieh. Es ließ sich Bier daraus brauen oder Gerstensuppe zubereiten, und dann und wann kam Mehl vom Festland. Darauf zählen konnte man so wenig wie auf die Tagelöhner, die klagten, dass sie auf den Halligen schlecht bezahlt wurden.

Warum verbringst du so viel Zeit mit Mareke?, fragte ich.

Sie ist die Frau deines Bruders.

Er ist nicht mein Bruder, er will es nicht sein.

Willst du, dass er dein Bruder ist?

Die Sehnsucht versteckte sich im Schwarz der Nächte.

Wenn ich lange wach lag, träumte ich davon, mich mit ihm zu versöhnen. Doch am Tage hatte ich ihm nichts zu sagen.

Ich will nicht, dass dir Mareke Unsinn einredet, sagte ich.

Sie behauptete, das zweite Gesicht zu haben. Einmal hatte ich beobachtet, wie sie sich bekreuzigte, als sie einen Riss auf frisch gebackenem Brot entdeckte.

Das ist ein Zeichen, dass bald jemand begraben wird, hatte sie erklärt.

Als ihr Schwiegervater Rikkart eine Wunde an der Hand hatte, band sie einen Wollfaden um den Ast eines Holunderbaums, der auf ihrer Warft wuchs, und behauptete, die Hand sei gesund, sobald der Wollfaden abfalle.

Die Wunde ist verheilt, weil Rikkart sie in Branntwein tauchte, wie ich es ihm geraten habe, sagte ich.

Aber es ist wirklich jemand gestorben, wie sie es prophezeit hat, erwiderte Gretjen, die alte Elke Ipsen.

Auf den Halligen sterben alle alten Menschen schnell.

Mag sein, sagte Gretjen. Ich bin nicht abergläubisch wie Mareke. Aber das heißt nicht, dass ich nicht auch etwas mit ihr gemein habe. Immer gibt es etwas, das Menschen trennt. Und immer gibt es etwas, das sie verbindet.

Ich seufzte. Ich hätte dir gerne einen anderen Umgang geboten. Dir ein schöneres Leben geschenkt. Ein leichteres.

Du musst mir nichts schenken, die Natur gibt uns alles, was wir brauchen.

Der Natur sind die Menschen gleichgültig.

Und doch, anderswo muss man pflügen und düngen und säen und ernten. Hier wächst das Gras von allein, wir müssen die Tiere nur auf die Wiesen treiben, und sie werden dort rund.

Sie werden auch durstig, weil die Wiesen so salzig sind, erwiderte ich.

Wir heizen mit Ditten aus Kuhdung, fuhr Gretjen unbeirrt fort, nach Muscheln, die wir essen können, müssen wir uns nur bücken, nach dem Rottang, aus dem wir Besen binden, auch. Wir müssen ihn nicht hegen und pflegen, nicht um sein Wachsen und Gedeihen bangen. Es ist einfach da. So wie die Vögel Eier legen, ohne dass wir sie füttern.

Ich wollte einwenden, dass die Eier keine Gabe der Natur waren, sondern Raubgut. Aber Gretjen war ganz darauf konzentriert, sich diese Welt zu eigen zu machen, und ich wollte sie nicht entmutigen.

Mit getrockneten Laichhaufen waschen wir das Geschirr, die Schneckengehäuse nutzen wir als Tranlampen, mit Stücken von Sepia glätten wir Holz, mit Kuhhörnern stopfen wir Würste, mithilfe von Seesternen mahlen wir das Salz. Wer am ihm bestimmten Platz lebt, muss nur die Hände ausstrecken, dann fällt ihm alles in den Schoß.

Ich musterte Gretjen. Die Schwielen an den Händen, die rauen Lippen, das wirre Haar, die leicht gekrümmte Haltung, die eine einnimmt, die häufig schleppt – das alles strafte ihre Worte Lügen.

Aber sie sagte die Wahrheit, wenn sie sich als glücklich bezeichnete. Es stand ihr deutlich ins Gesicht geschrieben.

Das hier ist ein gutes Land.

Das hier ist kein Land, dachte ich. Und das Meer wird es dir eines Tages beweisen.

Auf das Meer war Verlass. Es war ein guter Lehrmeister. Ein besserer als ich.

Das nächste Landunter, das uns heimsuchte, war schlimmer als alle, an die man sich erinnern konnte.

Die Flut holte sich Gretjens Garten. Anschließend war der Himmel so grau wie Asche, die Sonne glich einem Grablicht.

Gretjen stand im Garten und weinte, wie ich sie nie habe weinen sehen. Die Augen quollen ihr über, ihre Tränen hatten die Farbe von Milch.

Ich hielt sie und spürte ihr Beben. Es zerrüttete jeden Trost.

Gretjen löste sich von mir, deutete auf das Seegras, das die Flut angespült hatte. Wenn wir es trocknen, können wir damit Matratzen füllen, sagte sie.

Ich deutete auf den Fething: Das Wasser ist versalzen.

Wir werden einen neuen anlegen. Mit den Binsen vom Boden des alten decken wir das Dach.

Ich lernte, dass Gretjen sich nichts wegnehmen ließ. Sie wrang das nass gewordene Leben aus und machte weiter.

Und so machte auch ich weiter. Ich ließ mir Bücher aus Husum schicken, nicht um die Schüler zu belehren, sondern den Wind und das Meer.

Meine Frau liebte dieses Land, also würde ich die Naturgewalten zähmen lernen, um es zu erhalten. Ich würde Dückeldämme, Buhnen, Steinschüttungen, Stackdeiche bauen, auf dass der Wind und das Meer begriffen: bis hierhin und nicht weiter.

Ich beschäftigte mich nicht zum ersten Mal mit dem Deichbau, doch noch nie hatte ich es so gründlich getan.

Ich las die Schriften holländischer Experten, die bereits einhundertfünfzig Jahre zuvor ergründet hatten, dass sich das Meer nicht von hohen Wällen abhalten ließe. Die Deiche müssten flach und weit sein, nur dann liefen sich die Wellen tot, verschwendete das Meer seinen gischtigen Geifer daran, verloren seine Kronen die Spitzen.

Ich las den Bericht des Philosophen und Naturwissenschaftlers Johann Nicolaus Tetens von 1788 über seine Reise ins Marschland der Nordsee, in dem er über die Wucht des Meeres und die Faulheit der Menschen klagte. In den letzten Jahren sei nicht nur zu wenig neues Land gewonnen worden, sondern das bereits urbar gemachte zu wenig geschützt.

Ich studierte die Karten der drei königlichen Deichinspektoren für die Marschgebiete Schleswig-Holstein, die ein in den mathematischen Wissenschaften geprüfter und in der Aufmessung und Kartierung geübter Conducteur nach deren Weisung angefertigt hatte.

Ich las die Schriften des Jean Henri Desmercières, die für einen Deichgrafen das sind, was für einen Pastor das Evangelium ist: keine frohe Botschaft, sondern eine trotzige. Der Mensch könne dem gewaltigen Meer stets nur bruchstückweise Land abringen, doch das genüge. Abschnitt für Abschnitt müsse er es eindeichen, daraufhin abwarten, bis die tiefen Wattströme verschlickt wären und das Land entwässert wäre, dann könne er sein Eigen nennen, was zuvor dem Meer gehört hatte.

Ich tauchte aus den Büchern mit einer verwegenen Idee auf, die vor mir noch keiner jener klugen Männer gehabt hatte: Ich wollte die Halligen zu Land machen, echtem Land, bleibendem.

Gretjen blickte auf die Bücherberge. Man könnte meinen, du baust einen Deich zwischen dir und der Welt.

Das nicht, sagte ich. Doch ich will einen Sommerdeich bauen zwischen den Halligen und dem Meer.

Einen Deich? Um die Hallig? Das hat noch nie jemand gewagt.

Dann will ich der Erste sein und nicht der Letzte bleiben.

10

»Na, magst dich setzen?«, fragte Bauer Thijman am nächsten Tag.

Liske machte sich am Fressplatz der Galloways zu schaffen. Sie befüllte die Heuraufe, befreite den Boden von Restfutter und Kot. Bauer Thijman hockte auf einem Bänkchen in der Sonne.

Neben ihm war kein Platz mehr frei für Ellen, dort saß bereits ein Mann, der so gefurcht und ledrig war wie Thijman. Glucksende Geräusche entschlüpften seinem Mund.

»Das ist Bauer Joeke, der Vater vom Bürgermeister«, sagte Thijman. Er tippte sich mit dem Zeigefinger an die Stirn. »Der versteht nix mehr. Spricht auch nur noch Plattdütsch.«

Bauer Joeke starrte auf die Hügelbeete im kleinen Garten, der an das Haus grenzte. Lavendel und Kugeldisteln standen in Blüte.

Ellen lehnte sich an die Backsteinwand des Hauses, der Pulli klebte ihr am Rücken. Sie war nicht sicher, warum sie das Haus verlassen hatte, ob sie nur Sonne und frische Luft suchte oder etwas anderes.

»Du siehst ja aus, als liegt dir ein Klümp im Magen«, stellte Thijman fest.

Der Klümp steckte Ellen nicht im Magen, er steckte im Hals. Sie konnte es nicht einfach schlucken – das Unbehagen, das schlechte Gewissen. Die beiden Alten erschienen ihr als gutmütige Schöffen.

»Liske und ich ... wir haben uns gestritten.«

»Ha«, lachte Thijman nur. »Wenn Halliglüd sich am Abend streiten, sind sie am nächsten Tag wieder versöhnt. Die sind eben stur.«

»Stuur as en Halligschaap!«, kam es vom alten Bauer Joeke.

»Genau, wie die Schafe. Und stolz sind die Friesen auch«, fügte Thijman hinzu. »Das wird schon wieder.«

»Dat löppt sük alls torecht«, sekundierte Joeke.

»Aber Liske ....«, setzte sie an. »Liske ist mir böse, weil ich auch am Wettbewerb teilnehme. Ich finde es großartig, dass sie sich für den Küstenschutz starkmacht, für den Vogelschutz ... Aber das heißt doch nicht, dass ich mich nicht auch für etwas engagieren kann.«

Bauer Thijman wiegte den Kopf. Bauer Joeke stieß wieder ein Glucksen aus. Er starrte ins Nichts. So wie er lächelte, musste das Nichts sehr schön sein. »Wer nich will dieken, de mutt wieken.«

Ellen hatte den Satz schon mal gehört: Wer nicht deichen will, muss weichen. Doch wie er zu ihrem Problem passen sollte, wusste sie beim besten Willen nicht. »Ich kann mir gut vorstellen, dass sie jeden Cent vom Preisgeld braucht«, sagte Ellen, »aber es geht doch um mehr als nur Geld, alle Projekte haben ihre Berechtigung, und ...«

»Uns Kass is leeg, Geld hebben wie nich«, lachte Joeke.

»Ach was, Geld ist immer da, die Hände fehlen.« Thijman hob die seinen. »Früher haben wir die Leute vom Festland auch nicht gebraucht, damit die uns sagen, wie wir die Halligkante sichern. Gute Deckwerke aus Stein tun's doch, dazu ein paar Buhnen und Lahnungen.« Thijman tippte sich erneut an die Stirn. »Jetzt soll plötzlich alles verkehrt sein, was wir früher gemacht haben. Jeder weiß es besser als wir.«

Bauer Joeke lachte sich kaputt. »Ik wet to veel, dat mi wat erschüttern kön.«

»So ein historisches Museum, auch wenn es nur klein ist, würde viele interessieren, nicht nur Touristen. Und Metha ist so begeistert ... Jakob wiederum ist glücklich, dass sie endlich wieder in die Schule geht. Ich möchte den beiden helfen, und ich möchte eine Aufgabe für mich ...«

»Ein Museum für alte Dinge?«, fiel Bauer Thijman ihr ins Wort. »Da könnte man uns beide reinsetzen, nicht?«

»Ich bin Historikerin. Ich finde, man sollte das Alte ehren und nicht irgendwo verstauben lassen.«

»Das Alte ehren, ha. Dabei ist doch alles, was alt ist, plötzlich schlecht, vor allem wenn's um den Halligschutz geht. Stein und Beton sind von vorgestern, heißt es. Wir müssen mit der Natur bauen, nicht gegen sie, heißt es. Alles muss weich sein, sogar der Asphalt. Mir reicht's, dass meine Knochen weich sind.« Thijman schüttelte den Kopf. »Ständig muss was Neues her«, schimpfte er weiter. »Als ob man Altes nicht mit Altem am besten schützt. Als ob wir alle Idioten wären.«

»Du könntest mir helfen, eure Geschichte zu verstehen. Du hast doch noch die Zeit erlebt, als es hier nicht einmal fließend Wasser gab.«

So erbost er eben noch geklungen hatte, plötzlich kicherte er. »Als ich klein war, haben wir Regenwasser gesammelt. Als dann Strom und die Wasserleitung kamen, wollten die Halliglüd das Wasser aus der Leitung nicht trinken, es war viel zu klar. Das kann nicht gesund sein, sagten sie.«

»Eet, wat goor is!«, rief Joeke. »Drink, wat kloor ist! Segg, wat wohr is!«

»Und wenn bei Sturm keine Lieferungen vom Festland ankamen, haben wir halt Schnecken gegessen.«

»En Keerl mutt doon, wat he doon mutt.«

»Wirklich?«, fragte Ellen. »Das klingt spannend. Hast du vielleicht noch altes Geschirr, das ihr damals verwendet habt? Und mit was für Gefäßen habt ihr eigentlich das Wasser aus dem Sod geschöpft? Es gibt sicher auch noch Werkzeuge, die ...«

»Die sind ja so rostig wie ich. Wer will die denn sehen?«

»Nun, ich will die gern sehen. Ich will auch alles über den Deichbau von damals erfahren ...« Sie brach ab.

Verspätet nahm sie wahr, dass Liske neben ihr stand, mit einem Schlauch in der Hand, der sich durchs Gras schlängelte. Sie funkelte ihren Vater an.

»Das ist das Einzige, was euch einfällt«, rief sie. »Deiche! Immer nur neue Deiche bauen! Warum betoniert ihr die Hallig nicht gleich zu wie eine Autobahn?«

»Na, ich brauch weder nasse Stiefel noch eine nasse Stube«, brummte Thijman.

In Liskes Blick loderte es. »Die Hallig muss mit dem Meeresspiegel wachsen. Wie soll das geschehen, wenn sie nicht regelmäßig überflutet wird? Woher die Sedimente nehmen, den Sand, den Schlick, den Muschelschill? In eure Sturschädel will nicht rein, dass man die Halligen nicht eindeichen, sondern sie manchmal dem Meer überlassen muss. Dass wir heute weniger Landunter haben als früher, ist kein Grund zum Triumphieren! Trockene Stiefel, die sind euch wichtig, klar, viel höher als bis zum Stiefelschaft denkt ihr ja nicht. Ihr denkt nicht daran, dass ohne Überflutungen etliche Pflanzen nicht mehr wachsen, obwohl die Vögel sie brauchen, dass der Boden nicht mehr ausreichend aufgewühlt ist und dadurch keine Brutplätze mehr entstehen, dass die Landunter keine Möwengelege zerstören und es darum zu viele Möwen gibt und sie die anderen Vögel verdrängen. Glückwunsch, toll gemacht, ihr habt eine trockene Wohnstube. Stellt euch ruhig eine alte Seemannskiste dort auf, hängt eine rostige Sense drüber. Wenn der Meeresspiegel so stark ansteigt, dass euch kein Beton und Asphalt mehr retten, was macht ihr dann? Ihr werdet mit dem ganzen alten Krempel, den heute niemand mehr braucht, absaufen.«

»Du musst nur das Wort Deich sagen, dann platzt sie«, grummelte Thijman Ellen zu. »Soll sie halt tun, was sie tun muss. Aber all das Gerede davon, dass die Halligen wachsen müssen ... Die Warften müssen wachsen, gefährlich wird's nur, wenn die zu niedrig gebaut sind. In der 62er-Flut haben wir viel Lehrgeld zahlen müssen.«

»Gelernt habt ihr damals gar nichts, reagiert habt ihr bloß. Was gemacht werden muss, fällt euch immer erst ein, *nachdem* ihr beinahe abgesoffen seid. Ich denke darüber nach, *bevor* wir alle absaufen. Aber bitte, warten wir doch bis 2050, dann gibt's keine Halligen mehr zu retten.«

»Wat soll ik mi hüüt upregen över dat, wat mörgen gaar nich komt«, mümmelte Bauer Joeke vor sich hin.

»Es kommt aber!«, rief Liske, die mittlerweile rot angelaufen war. »Nur du erlebst es nicht mehr. Hauptsache, die nächsten fünf Jahre sind gesichert, wer will schon an die nächsten fünfzig denken?«

»Bliev all ruhig un sinnig as en Stohl, de mutt ok mit een Mors torechtkomen«, sagte Joeke.

Thijman sagte gar nichts mehr, sondern zog es vor, sich wegzuducken.

»Was wir brauchen, sind steuerbare Fluttore«, fuhr Liske unbeirrt fort. »Dann kann man planmäßig für Überflutungen und Sedimentablagerungen sorgen. Und wenn schon Uferbefestigungen, dann mit Gras bewachsene, die aus mehr Sand als Steinen bestehen, weil die Löcher zwischen den Steinen zu Fallen für die Küken werden.«

»Könst di dreihen, as du willst, dien Mors blifft all achtern«, lachte Joeke vor sich hin.

»Ach, lasst mich doch alle in Ruhe«, rief Liske erbost.

»Tun wir ja auch«, sagte Thijman, »wir sitzen nur in der Sonne. Du hast angefangen.«

Kurz huschte Liskes Blick zu Ellen, als wollte sie petzen: Die hat angefangen. Dann sah sie wieder ihren Vater an.

»Euch Alte geht es ja eh nichts mehr an. Die Jungen denken anders. Die verstehen, wie wichtig der Vogelschutz ist und dass die Schutzstation Wattenmeer unbedingt ausgebaut werden muss, um die Öffentlichkeit dafür zu sensibilisieren.«

Wieder wanderte ihr Blick zu Ellen, und diesmal war der Vorwurf eindeutig: Auch du hast dich fürs Alte entschieden, auch du gehörst zu den Ewiggestrigen, die sich weigern, mit der Zeit zu gehen. Aber bevor sie darauf reagieren konnte, ging Liske ins Haus.

Thijman blickte ihr nach, nun nachdenklich statt spöttisch. »Der tut's nicht gut, dass sie nie von hier fortgekommen ist.«

»Was Liske sagt, ist doch sehr einleuchtend«, entfuhr es Ellen. »Ich bin keine Expertin, aber so eine neue Art von Halligenschutz ist sicher sinnvoll.«

Thijman gab keine Antwort.

»De mit 'n Kop dörch de Wand will, mutt sik nich wunnern, wenn he sik en Buul holt«, sagte Joeke.

Wer wollte gerade mit dem Kopf durch die Wand? Sie selbst? Liske? Ellen konnte es nicht entscheiden.

Erst als sie zurück zum Haus ging, sah sie Jasper, der sich schon länger zwischen Stall, Haus und Gartenbank herumgetrieben und gelauscht hatte. Jetzt trat er zu seinem Großvater, tippte ihm auf den Oberarm.

»Stimmt es«, wollte er wissen, »dass ihr früher Schnecken gegessen habt? Waren die schon tot, oder haben sie noch gelebt?«

Thijmans Antwort hörte Ellen nicht mehr. Sie folgte Liske bis zur Küchentür, blieb dann unschlüssig stehen. Sie suchte noch nach den richtigen Worten, mit denen sie auf sie zugehen wollte, ihr vorschlagen, ihre Anliegen nicht gegeneinander auszuspielen, sondern nach einer gemeinsamen Lösung zu suchen, als sie plötzlich Almuts Stimme vernahm. Ellen sah sie durch den Türspalt mitten im Raum stehen. Ihre Stimme war sanft, ein Widerspruch zur sonstigen Goldmariemilitanz. Wobei heute statt perfekter Landlady Esoterikstyle angesagt war: Ihre grüne Hose war aus Naturmaterialien, das Oberteil hatte die Farbe einer buddhistischen Mönchskutte. Aus dem Vogelnest, zu dem ihre Haare hochgesteckt worden waren, ragte ein Stück Holz.

»Ich hab gehört, du willst bei diesem Wettbewerb mit einem Vogelschutzprojekt antreten?«

Ellen hörte keine Antwort.

»Oh, das finde ich großartig. Ich mache seit Langem Filme über die Vogelwelt der Halligen. Das ist gar nicht so einfach, man darf sie ja nicht stören. Ich stelle immer ein kleines Zelt auf, um mich zu verstecken, aus Sackleinen, graugrün wie die Umgebung, es fällt zwischen Land und Watt kaum auf. Es ist über einen in den Boden gerammten Holzstab gespannt, durch einen dünnen Spalt im Stoff kann man das Objektiv …«

»Was willst du hier, Almut?«, fiel Liske ihr schroff ins Wort.

»Na, dich unterstützen, was sonst. Ich kann leider nicht selbst am Wettbewerb teilnehmen, dazu lebe ich nicht lange genug auf der Hallig, da will ich wenigstens mithelfen. Und dein Anliegen ist letztlich auch meins.«

Bevor Liske etwas dazu sagen konnte, fuhr Almut eifrig fort. In ihr wohne eine tiefe Ehrfurcht vor der Natur. Nicht aneignen wolle sie sich diese, sie nicht unterwerfen, ihr nur dienen, sie dem Menschen wieder näherbringen. »Und mit den Vögeln kenne ich mich aus!«, trumpfte sie auf. »Ich weiß, wann sie balzen, brüten, nisten und flügge werden. Ich mache keinen falschen Schritt, ich bin ja keine Touristin.«

»Was bist du dann?«, fragte Liske.

Das fragte sich Ellen auch. Sie konnte nicht anders, als zu lauschen, trat dichter an die Tür.

»Jedenfalls finde ich es großartig, dass du das Informationszentrum der Schutzstation auftunen willst.«

Ellen musste Liskes Gesicht nicht sehen, um zu wissen, was sie von dem Wort »auftunen« hielt.

»Wenn sich nichts ändert, sind die Halligen das erste Gebiet Deutschlands, das wegen des Klimawandels untergeht«, murmelte Liske. »Wenn der Meeresspiegel weiter steigt, sind in fünfzig Jahren die Wattflächen dauerhaft überflutet, die Halligen sowieso.«

»Genau«, sagte Almut betroffen. »Das habe ich auch schon gehört.«

»Vogelschutz ist immer auch Halligenschutz, das kann man nicht gegeneinander ausspielen«, fuhr Liske nun eifriger fort. »Wir müssen das ganz neu denken. Mithilfe von steuerbaren Sielen müsste man für planmäßige Landunter sorgen, natürlich unter der Voraussetzung, dass man die Straßen höher baut, und wir müssen …«

»Ach, weißt du.« Nachdenklich wiegte Almut den Kopf. »Das stimmt sicher alles, aber es klingt doch sehr … abstrakt.«

»Abstrakt?«

»Begriffe wie steuerbare Siele – die erwecken keine Emotionen, da geht kein Kopfkino los. Außerdem klingt das alles viel zu düster. Wenn du bei dem Wettbewerb Erfolg haben willst, musst du dein Anliegen auf eine konkrete Geschichte runterbrechen, auf eine ermutigende. Das, was du da sagst, darfst du nicht behaupten, du musst es erzählen. Du brauchst ein Narrativ. Und du brauchst ein Gesicht, das im Gedächtnis bleibt, eine Stimme, die berührt. So ein piefiges historisches Museum ist natürlich keine Konkurrenz, aber wie soll dein Anliegen neben den Whalewatching-Exkursionen bestehen?«

Liske schnaubte. »Man sieht die Wale so gut wie nie, wenn überhaupt, nur die Rückenfinne. Und da kann man sich auch nicht sicher sein, ob's nicht bloß eine Welle war.«

»Aber die Leute hoffen, einen Wal zu sehen! Du musst auch mit der Hoffnung spielen, nicht nur mit Ängsten.«

»Hier will niemand spielen.«

»Natürlich nicht«, sagte Almut sanft. »Lass dir in Ruhe erklären, was ich meine.« Sie zog einen Küchenstuhl zu sich heran und setzte sich.

In Almuts folgendem Einfrauenstück war Liske die Stichwortgeberin. Für Ellen, die am Türspalt kleben blieb, reichte es gerade mal zum Stehplatz.

»Ich habe ein Kinderbuch gelesen«, sagte Almut, »mit meinen Söhnen. Da ging es um die Auswirkungen des Klimawandels auf die Vogelwelt. Willy der Eisvogel erzählt seine Geschichte. Weil die Winter so mild sind, überleben mehr Vögel, dadurch brauchen sie mehr Bruthöhlen, aber die gibt es nun mal nicht. Das ganze Gleichgewicht gerät durcheinander, und um das zu veranschaulichen, geht Eisvogel Willy auf eine Reise und ...«

»Hier gibt's so gut wie keine Eisvögel.«

»Das ist doch nur ein Beispiel, wir werden natürlich einen anderen Vogel nehmen.«

»Wofür?«

Almuts Finger trommelten auf die Tischplatte. »Na, als Maskottchen! Für das Vogelschutzhaus. So nennen wir am besten die Abteilung, um die die Schutzstation Wattenmeer ergänzt wird und in der die wichtigsten Maßnahmen zum Vogelschutz vorgestellt werden. Das ist einprägsam. Beim Eingang sollte am besten immer jemand im Vogelkostüm stehen.«

Liske sagte nichts.

»Wir brauchen natürlich ein Logo«, fuhr Almut fort, »für die Corporate Identity und das übliche Merchandising: Holzschilder, die im Vogelschutzgebiet angebracht werden, Infotafeln, Broschüren, Sticker für die Kinder. Der Vogel erklärt den Touristen die Welt, anschaulich, leicht verständlich, natürlich in Ich-Botschaften.«

»Vögel können nicht sprechen.«

Almuts Finger krallten sich um die Tischplatte. Sie schnaubte ungeduldig. »Unser Vogel ist ja eine Kunstfigur.

Wenn man laut schreit: Rettet die Halligen und ihre Vogelwelt, hört leider kein Mensch zu. Wenn du aber sagst, rettet Ida, ist jeder zu Tränen gerührt.«

»Wer ist denn Ida?«

»Na, unser Vogel.«

»Warum Ida?«

»Wenn ich ein Mädchen bekommen hätte, hätte ich es Ida genannt. Natürlich können wir auch einen anderen Namen nehmen.« Almut gab Liske drei Sekunden Zeit zum Nachdenken, fuhr dann fort: »Man kann Schlüsselanhänger mit Ida verkaufen, Kugelschreiber, Notizblöcke. Und Ida ist ein toller Name für diesen Zweck, den kann man nicht falsch schreiben, jeder kann ihn gut aussprechen. Ganz wichtig ist es, dass wir auch eine Vogelart finden, die Sympathien weckt.«

So verdutzt, wie Liske Almut anstarrte, konnte sich Ellen kaum das Lachen verbeißen.

»Seit wann muss ein Vogel denn *sympathisch* sein?« Liske betonte es, als wäre es ein Fremdwort.

Almut ging nicht darauf ein. »Eine Silbermöwe wäre möglich«, sinnierte sie, »das ist der Charaktervogel der Nordsee, sehr groß und auffällig, den kennt jeder. Allerdings haben die so kalte Augen.«

»Möweneier werden immer wieder gesammelt, obwohl es streng verboten ist. Man kann den Touristen nur mit Paratyphus drohen«, stellte Liske fest.

»Mit Verboten und Krankheiten darf man aber nicht arbeiten. Das ist viel zu negativ besetzt. Wir müssen die Menschen dazu bringen, den Vogel zu lieben. Was ginge denn statt der Silbermöwe?«

Liske wirkte immer ratloser. Ellen konnte nicht umhin, ein wenig Genugtuung zu empfinden.

Doch anstatt einen Rückzieher zu machen, schlug Liske plötzlich vor: »Wie wär's mit dem Austernfischer?«

»Na ja. Jeder kennt zwar den Halligstorch, aber diese orangefarbenen Augen sind auch nicht meins. Und das schrille Gekreisch erst.« Als sie Liskes Irritation bemerkte, machte sie eine beschwichtigende Geste. »Das eigentliche Problem ist, dass er gar keine Austern fischt, obwohl er so heißt, das ist verwirrend. Die Botschaft ist prägnanter, wenn sie mit dem Namen eine Einheit bildet.«

»Brandgans, Eiderente, Strandläufer, Uferschnepfe, Seeregenpfeifer ...«, zählte Liske auf.

Die Urteile von Almut folgten wie Einschläge: zu exotisch, zu unbekannt, zu gewöhnlich, zu hässlich.

»Hässlich?«

»Hässlich!« Almut schnalzte mit der Zunge.

Da machte Liske noch einen Vorschlag. »Küstenseeschwalbe.«

Etwas schnürte Ellen die Kehle zu.

»Küstenseeschwalbe, genau das ist es!« Almuts Handflächen knallten auf den Küchentisch. »Legen die nicht von allen Zugvögeln den weitesten Weg zurück? Sind sie nicht besonders bedroht vom Klimawandel, weil die Polkappen schmelzen? Und passt Ida nicht hervorragend zu einer Küstenseeschwalbe?«

Ellen entging nicht, dass Liske die Schultern zuckte, Almut wohl auch nicht, denn ehe Liske einen Einwand hervorbringen konnte, rief sie enthusiastisch: »Pass auf, ich hole das Kinderbuch, das ich vorhin erwähnt habe, dann kannst du es dir anschauen, verstehst vielleicht besser, was ich meine. Ich bin mit dem Rad da, es dauert nicht lange.«

Ellen trat unwillkürlich von der Küchentür zurück, als Almut in den Gang trat. Die war so in Eile, dass sie sie gar nicht zu bemerken schien. Als Ellen sie grüßte, entgegnete sie nichts, nur Liske hatte sie gehört. Eben noch hatte sie auf den Küchentisch gestarrt, als ließe sich dort die Antwort finden, ob sie sich auf Almuts Hilfsangebot einlassen sollte. Nun hob sie den Blick, starrte Ellen an. Kein Vorwurf stand mehr darin, nur Irritation, womöglich nicht von ihr ausgelöst, sondern von einer Küstenseeschwalbe namens Ida.

Ellen räusperte sich.

Warum muss es ausgerechnet dieser besondere Vogel sein?, lag es ihr auf der Zunge. Das war doch unser Vogel.

Aber dieses Uns war ein Spielfeld, auf dem sie seit geraumer Zeit nur das eigene Ich bewegte, während sie Liske vergeblich zum Mitspielen zu animieren versuchte.

»Ich dachte, Almut hat sie nicht mehr alle …«, murmelte sie.

»Hm«, machte Liske. »Sie will mir helfen.«

»Das will ich auch. Wir könnten doch versuchen, mit unseren Ideen ein gemeinsames Projekt auf die Beine zu stellen.«

Liske wirkte unnahbar. Ihre Stimme klang nüchtern, als sie erklärte: »Ich hätte dich gestern nicht so anfahren sollen. Es ist ja nichts Schlimmes, dass du ein kleines Museum eröffnen willst. Aber wir wollen ganz unterschiedliche Dinge. Wir sind ja auch sehr unterschiedlich. Wir haben uns in ganz verschiedene Richtungen entwickelt, im Grunde genommen haben wir schon damals gegensätzliche Sachen gewollt.«

Ellen nickte wie betäubt. »Und haben dann obendrein die Träume der jeweils anderen gelebt – ich deinen von der großen, weiten Welt, du meinen von Heimat.«

Nein, berichtigte sie sich in Gedanken, eigentlich haben

wir diese Träume nicht gelebt, nicht ausgekostet, wir haben sie verwaltet, aber nichts daraus gemacht.

»Wie auch immer«, ging Liske darüber hinweg, »warum sollten wir uns verbiegen? Dir geht's um die Vergangenheit, mir um die Zukunft. Du willst ein Museum, ich ein Vogelschutzhaus. Am besten, wir ziehen beide unser Ding durch.«

Ihre Lippen zuckten, vielleicht war es der Versuch eines Lächelns. Doch selbst ein Lächeln hätte ihren Worten nicht die Härte genommen. Sie mochten wie das Angebot eines Waffenstillstands klingen, aber insgeheim witterte Ellen die Kriegserklärung dahinter: Wir sind keine Schwestern, keine Freundinnen. Wir sind Konkurrentinnen.

Doch ihre Enttäuschung wollte Ellen nicht zeigen. Also nickte sie nur knapp. »Möge die Bessere gewinnen.«

Als sie eine Fahrradklingel hörte, verließ sie hastig die Küche. Diesmal grüßte Almut sie flüchtig, ehe sie in die Küche eilte. Die Tür fiel zu, vielleicht wegen des Luftzugs, vielleicht, weil Liske sie zuwarf.

Ellen wollte ohnehin nicht länger lauschen. Sich einen Ruck geben und nach oben gehen konnte sie allerdings auch nicht.

Sie verharrte so lange, bis sie Schritte hörte.

Jasper stand im Flur, breitbeinig, und trat von einem Fuß auf den anderen.

»Ich glaub, ich hab mir in die Hose gemacht.«

Sie wollte ihm helfen, wirklich, brachte schließlich aber nur hervor: »Deine Mutter ist in der Küche.«

Noch eine schwankende Bewegung, ein Hilfe suchender Blick. »Kannst du nicht …? Mama wird schimpfen.«

Ellen sah ihn mitleidig an. Sie freute sich, dass er ihr vertraute. Aber das änderte nichts daran, dass Liske und sie soeben ihr Terrain abgesteckt hatten. Und Jasper gehörte nicht auf ihre Seite.

»Das wird sie nicht«, brachte sie schließlich hervor. »Nicht solange Almut dabei ist.«

Liske würde sich keine Blöße geben. Ellen selbst gab sich eine, als sie den Jungen stehen ließ.

Als sie später bei der Peterswarft ankam, arbeitete Jakob. Wobei Ellen das, was er tat, nicht Arbeit nennen wollte. Er reparierte die Möbelstücke nicht nur, er erkannte sie. Er sah sie, wie sie einmal gewesen waren, er schied Fehlendes und Bleibendes, Notwendiges und Überflüssiges, befreite und fügte hinzu, holte hervor und verbarg. Zwischendurch setzte er die Schutzbrille auf, schliff sein Schneidwerkzeug, das Plexiglas spiegelte die hüpfenden Funken.

Er war nicht der Tischler, der baute, er war der Arzt, der heilte. Er füllte Risse an einem Holzstück, holte mit einem kleinen Messer Schmutz aus den Rillen, pustete darauf wie auf das aufgeschlagene Knie eines Kindes. Er schnitt kleine Füllstücke aus Hartholz nach Augenmaß zurecht, um sie in einen der Risse einzupassen.

Als er Ellen bemerkte, sah er auf. »Hallo, Frau Lehrerin«, sagte er und drückte das Stück Holz in die Öffnung. Es passte wie angegossen.

»Ein alter Schrank?«, fragte Ellen und deutete auf die Einzelteile eines Möbelstücks, alle blau gestrichen und mit einem Muster versehen, das aus kleinen, ineinander verschlungenen Fischen bestand.

Er nickte. »Er soll eine Glasscheibe bekommen, aber ich zögere noch, ich kenne mich mit Glas nicht so gut aus. Vorher mache ich ohnehin noch den Bilegger fertig.«

»Ein Beilegerofen, richtig? Gibt es so einen nicht schon im Pesel?«

»Ja, aber es fehlt noch das hier.« Er deutete auf ein barockes Untergestell aus Eichenholz, mit kunstvollen Schnitzereien versehen.

Sie trat näher heran. »Das sind ja kleine Figuren.«

»Genau das macht die Arbeit so schwer. Wenn nur ein Detail kaputtgeht, stimmt das Gesamtbild nicht mehr.«

Das Bild, das sie abgaben, war gewiss auch stimmig: er in der Werkstatt mit einem alten Möbelstück, über das er jetzt strich, sie, die in die Hocke ging und behutsam die Figuren betastete. Das Holz fühlte sich rau an, an manchen Stellen wies es Kratzer auf, Risse. Plötzlich verstand sie, warum er manchmal mit dem Holz redete. In diesem Augenblick hatte sie das Gefühl, es würde verstehen, wenn sie sagte: Hab keine Angst, er macht dich heil.

Als er den Kopf hob und sie in seiner Miene las, war allerdings gar nichts heil.

»Wie ist es gestern noch gelaufen?«, fragte Ellen vorsichtig. »War Metha noch sehr traurig wegen des Vögelchens?«

Er räusperte sich, wandte sich schnell ab. »Die hier ...«, setzte er an und deutete auf die alten Schubladen, die er schon beim letzten Mal bearbeitet hatte. »Die hier muss ich auch noch fertig machen. Die Nagelköpfe stehen hervor. Sie würden sonst die Laufleisten zerkratzen und ...« Er brach ab, atmete tief durch. »Ich wollte Metha ablenken. Habe ihr wieder einmal vorgeschlagen, mir beim Restaurieren zu helfen ... Da hat man schnell ein Erfolgserlebnis. Sie wollte nicht. Sie will das nie. Ich verstehe das nicht, sie interessiert sich doch sonst so für alte Sachen. Und ich denke, es würde ihr guttun, kaputte Sachen zu reparieren. Dann sieht sie … dann sieht sie, dass es weitergehen kann … trotz allem.«

»Vielleicht ist das zu einfach gedacht«, sagte Ellen behutsam.

»Es ist doch gar nichts einfach mit ihr!«, brach es aus ihm heraus.

»Und wenn sie das Gefühl hat, dass du sie auch für kaputt hältst? Vielleicht will sie gar nicht repariert werden, vielleicht will sie einfach nur traurig sein.«

Er schüttelte den Kopf. »Gestern war sie nicht mehr traurig, aber sie war entsetzlich … entsetzlich …« Wieder brach er ab.

Sie dachte schon, dass ihm das rechte Wort nicht einfiel. Doch als er den Satz endlich zu Ende brachte – »sie war so kalt« –, ging ihr auf, dass er es nicht auszusprechen gewagt hatte.

»Sie hat ständig wiederholt, was Liske gesagt hat. Dass Tiere nun mal sterben, dass das der Lauf der Natur ist.«

»Das ist eine durchaus pragmatische Sicht auf die Dinge. Metha ist sehr klug. Es ist womöglich ihre Art, schlimme Dinge zu verarbeiten, indem sie sie rationalisiert.«

»Das allein ist es nicht. Ich wollte sie in den Arm nehmen. Und da wurde sie … wurde sie …«

Er sprach das Wort nicht aus, sie hörte es trotzdem. Da wurde sie richtig böse. Seine Hände fuhren wieder übers Holz, nicht länger liebkosend, eher als wollte er sich an etwas festklammern. Sie bemerkte eine Wunde auf seinem rechten Handrücken, noch frisch und ziemlich tief. Sie ahnte, dass es kein Werkzeug war, womit er sich diese Verletzung zugefügt hatte.

»War das Metha?«

Er sah sie hilflos an, presste die Lippen zusammen. Sie

spürte, dass er ihr sein Herz ausschütten wollte, über Metha und seine verstorbene Frau, warum Metha nicht mit ihm trauerte, sondern gegen ihn. Doch er wandte sich wieder den Schubladen zu.

»Ich finde es wichtig, dass ihr etwas gemeinsam macht. Aber vielleicht nicht gerade Restaurieren, da bist du zu sehr der Experte.«

»Na ja«, murmelte er, »die Wattwanderung war auch kein Erfolg.«

Sie dachte fieberhaft nach, was sie sonst ins Spiel bringen könnte, doch ehe ihr etwas einfiel, wechselte Jakob endgültig das Thema. »Man darf die vorstehenden Nägel nicht wieder einschlagen.« Er fuhr über die Schublade. »Die müssen raus, und dann muss man mit Knochenleim arbeiten. Oder Federklammern.«

»Zeigst du mir, wie man das macht?«

Er nickte.

Später kochte er wieder Tee. Er hatte kaum die Tassen gefüllt, als Metha die Küche betrat. Heute wirkte sie nicht kalt, nicht böse. Sie hatte Bücher im Arm, darunter Arjen Martensons Chronik, und schleppte sie mit triumphierender Miene zum Tisch.

»Schauen Sie«, sagte Metha und hob das oberste hoch.

»Mit was kommst denn du daher?«, fragte Jakob, die übliche Unbeholfenheit in seiner Stimme.

Es war das *Denkmahl der Wasserfluth, welche im Februar 1825 die Westküste Jütlands und der Herzogthümer Schleswig und Holstein betroffen hat*, Verfasser unbekannt. Metha schlug es auf, blätterte nach hinten. Am Ende des Buchs befand sich wie in Martensons Chronik ein Totenregister, jedoch noch viel ausführlicher. Von manchen Toten war zwar nur der Name eingetragen, bei anderen aber auch ein Datum in der Rubrik »Dies emortualis«, Todestag, und »Dies spulturae«, Bestattungstag. Die meisten waren kurz nach ihrem Tod bestattet worden, bei einem klafften zwischen beiden Tagen mehrere Wochen. Man habe diesen Leichnam am Strand gefunden und erst viel später identifiziert, erklärte Metha.

»Dieses Buch könnte man doch auch im Museum ausstellen, oder?«, fragte sie und las diverse Namen vor.

Stiencke Tadens war Tade Hemsens Tochter und 28 Jahre, 6 Monate und 13 Tage alt geworden. Elsabet Jensen, Anke Ipkens, Maria Jacobs, Ingwer Numsen hießen weitere Tote. Und dann gab es eine Frida Paulsen, »sie ertrank unverheiratet in der ungeheuren Flut, alt 20 Jahre, 9 Monate und 10 Tage«.

»Hör doch auf, das ist nicht schön«, rief Jakob unvermittelt.

»Warum?«, fauchte Metha. »Der Tod gehört zum Leben. Tiere sterben, so ist es nun mal. Menschen sterben auch.«

Mit eisiger Stimme las sie weiter vor: »Paul Christiansen, Lorenz Petersen, Anna Helena Nientjen.«

Ellen gab sich einen Ruck, nahm Metha behutsam das Buch aus der Hand und schlug es zu. Die Namen der vielen Toten wurden zu Staubkörnern, die im Luftzug tanzten.

Ehe Metha es wieder an sich nehmen konnte, sagte sie schnell: »Ich denke, wir müssen uns überlegen, wie wir unser Projekt präsentieren. Es genügt ja nicht, dass wir uns ein Museum wünschen. Wir müssen die Touristen, die das Halligfest besuchen, für die Geschichte der Halligen begeistern.«

Der Ablenkungsversuch fruchtete. »Sollen wir die Fundstücke aus dem Nachlass des Postschiffers katalogisieren?«

»Das können wir später machen.«

»In diesem Haus gibt es auch so viele alte Dinge, da ist sicher was dabei, was man ausstellen kann.«

»Das auch, aber …«

»Wir können von Warft zu Warft gehen, die Menschen fragen, was sie womöglich noch auf den Dachböden liegen haben.«

»Das ist alles wichtig, aber ich fürchte, es genügt nicht, wenn wir beim Halligfest an unserem Stand alte Gegenstände herzeigen. Die Chronik ist spannend, aber leblos, solange sie zwischen Buchdeckel eingesperrt ist.«

Almuts Worte gingen ihr durch den Kopf, man müsse Inhalte auf eine Geschichte runterbrechen, ihnen ein Gesicht, eine Stimme geben. Wir brauchen eine Ida.

Metha dachte nach, die Totenlisten schienen vergessen. »Und wenn wir alte Trachten tragen?«, fragte sie. »Es gibt auf der Hallig Trachtengruppen, die in der Freizeit so was nachschneidern.«

Ellen konnte sich Metha gut in der alten Tracht vorstellen. Wenn Touristen sie damit sahen, würden sie wohl finden, dass sie süß aussah. Ob süß genug, um eine Küstenseeschwalbe auszustechen, wusste sie nicht, aber als Metha vorschlug, ein paar alte Fotos zu holen, auf der man diese Tracht sah, nickte sie.

Metha verließ die Küche ohne die Bücher, Jakob starrte darauf. »Ich hätte ihr die nicht geben dürfen.«

»Ich finde es toll, dass sie sich für die Geschichte der Halligen interessiert. Man muss das nur in die richtige Richtung lenken, und mit dem Museum …«

Er hob den Blick. »Du musst das nicht machen.«

»Aber ich will.«

»Hast du als Lehrerin nicht genug zu tun? Es ist dir ein

Anliegen, dass Metha die Schule besucht, aber so ein Museum auf die Beine zu stellen, ist das nicht ein bisschen viel?«

Sie lächelte. »Es handelt sich ja nicht um die Alte Pinakothek in München, nur um zwei winzige Räume, in denen die Geschichte der Halligen dargestellt wird. Ich würde das wirklich gerne betreuen.«

»Weil du Historikerin bist?«

Sie zuckte die Schultern. Eigentlich ging es ihr nicht darum, was sie war, sondern was sie gerne wäre.

»Liske ...«, setzte sie an, und als er sie fragend ansah, erzählte sie von ihrem Wunsch, an das anzuknüpfen, was damals, am Ende der Kindheit, zwischen ihnen entstanden war. Ein dummer Wunsch, wie sich jetzt herausgestellt hatte. Da war kein loser Faden, den man wiederaufnehmen konnte, sie hatten beide an ihrer jeweiligen Version des Lebens weitergewebt. Eine Familie konnte sie sich nicht ertrotzen. Sich hier aber endgültig eine Heimat schaffen.

»Das Museum soll also dein Grund sein zu bleiben.«

»Es geht um mehr«, sagte sie. »Das Museum soll etwas sein, was von mir bleibt.«

Sie tranken schweigend ihren Tee, und als Metha mit den Trachtenfotos zurückkam, kam ihr eine Idee, wie sie ihr Museumsprojekt präsentieren könnten.

DAMALS

Wenn im Winter die aschegrauen Wolken, die am Himmel kauerten, von der Finsternis verschluckt wurden und endlose Abende begannen, traf man sich im schwachen Lichtschein der Öllampen. Die Halligfrauen kamen in einem Haus zusammen, und die Halligmänner in einem anderen.

Bei den Frauen surrten die Spinnräder, und es wurde eifrig geschwatzt. Ob man schon wüsste, dass die Kuh von Bauer Ippe keine Milch mehr gab. Ob man gehört hätte, dass Geeske ihr Kind verloren hatte, weil sie beim Friedhofsbesuch über ein Grab gestiegen war. Ob man schon das neueste Mittel gegen Rheuma erprobt hätte, ein Beutelchen mit drei Kastanien, das Männer in der Hosentasche tragen sollen, Frauen in der Brusttasche. Statt Kastanien kann man auch Steine nehmen, sagte eine, vorausgesetzt, sie wurden von Meer und Wind zu glatten Kugeln geformt.

Die Männer nutzten die Zeit ebenfalls zum Arbeiten. Mit eisernen Nadeln, die in einem mit Hammeltalg gefüllten Kuhhorn steckten, damit sie nicht rosteten, wurden Segel geflickt; mit einem Stück angefeuchtetem und mit Sand bestreutem Eichenholz wurden Sensen geschliffen, mit Sepia die Bernsteinbrocken poliert. Nur wurde dabei nicht getratscht, sondern geschwiegen. Eine Pause machte man bloß, um einen Schluck Warmbier zu nehmen oder kleine Tonpfeifen mit Tabak zu füllen und mit einer Zange glühende Torfkohlebröckchen daraufzulegen.

Der Rauch stand bald so dicht, dass die Gesichter dahinter verschwammen. Dass die Lippen geschlossen waren, konnte man nicht sehen, doch man hörte es.

An einem dieser Abende öffnete ich meinen Mund. Die Männer hatten sich im Pfarrhaus versammelt, es war der einzige Ort, an dem ich dabei sein durfte. Ich rauchte keinen Tabak, trank kein Warmbier, flickte keine Segel und schliff keine Sense, ich saß mit meinen Büchern in der Ecke. Ich erhob mich und legte die Bücher auf den Tisch. Hendrik, der gerade einen Brocken Bernstein in der Hand hielt, groß wie eine Kindsfaust, knallte diesen auf die Tischplatte.

Ich ging nicht darauf ein.

Noch einmal holte ich tief Luft, dann sprach ich. Einen Deich, wir brauchen einen Deich.

Aus den Mündern waberte nun nicht nur Rauch, sondern auch Lachen.

Ich weiß, ihr haltet euch an die althergebrachte Ordnung. Ich aber sage euch, manchmal müssen wir etwas nicht nur anders, sondern neu machen. Ich weiß, dass all euer Trachten sich darauf richtet, die Hallig vor dem Blanken Hans zu schützen. Ihr habt die Halligkante mit Steinpackungen belegt oder Grassoden, und damit Letztere nicht weggeschwemmt werden, habt ihr sie mit Stroh festgenäht. Aber das ist nicht genug, nicht mehr. Es braucht einen Deich.

Mein Blick fiel auf die Nadeln in ihren Pranken. Mühelos durchstachen sie den dicken Stoff des Segels. Meine

Worte durchdrangen nichts. Nicht die Verachtung, das Misstrauen, die Scheu, das Befremden.

Um eine Hallig kann man keinen Deich bauen, sagte jemand.

Dann nenn es nicht Deich. Nenn es, wie du willst. Den Bernstein trägst du nicht um den Hals, weil er Bernstein heißt, sondern weil er im Sonnenlicht funkelt. Es geht darum, dem Meer zu trotzen.

Ich schaute in die verschlossenen Gesichter und fuhr fort. Wir müssen Wände aus Pfählen und Buschwerk ins Watt treiben, auf dass sich Schlickteilchen daran ablagern, die Grenze zwischen Land und Meer immer höher und fester wird, über die Fluthöhe hinauswächst. Und damit nicht genug: Viele Befestigungen aus Stein und Erde müssen wir errichten, nicht zu schroff, sondern langsam ansteigend, damit sich die Wellen totlaufen.

Ich klopfte vernehmlich auf den Tisch.

Die anderen zogen knisternd an ihren Pfeifen.

Holz und Stein sind teuer, Geld ist keins da.

Ich weiß. Der Gegner des Deichgrafen ist der Blanke Hans. Sein Freund sind reiche Unternehmer, die ihm Geld anvertrauen, damit er dem Meer Land raubt – Land, dessen Gras fette Kühe nährt, Land, das man verpachtet. Dass die Dagebüller Bucht geschlossen wurde, geschah nicht, weil der Mensch stärker sein wollte als das Meer, sondern weil ein paar Bankiers und Besitzer großer Ländereien reicher sein wollten als die Nachbarn.

Ich sprach in den immer dichteren Rauch hinein, daraus klang heiseres Gemurmel zurück. Auf den Halligen war noch nie Geld zu holen, murrte einer. Hier gilt eine Kuh als fett, wenn sie nicht verhungert.

Ich weiß, sagte ich wieder, aber auch auf dem Festland haben sich die Dinge geändert. Bis jetzt hat man die Arbeit so geteilt: Die einen zählten Geld, die anderen bauten die Deiche. Neuerdings wird dagegen das Land in kleine Parzellen geteilt, was bedeutet, dass jeder schuften muss, aber auch jeder Geld verdient. Und von diesem Geld kann man einen Teil hernehmen für den Bau eines Deichs.

Hinter dem Rauch nahm ich Bewegungen wahr.

Land teilen?, rief Hendrik. Es ist nun also der König, der zuweist, was einem gehört, nicht das Erbrecht? Was für ein Irrsinn! Erlaubt man das, wird auch die Freiheit der Friesen zerstückelt, und eine zerstückelte Freiheit ist gar keine Freiheit!

Wie könnt ihr euch frei nennen, gab ich nicht minder wütend zurück, wenn euch das Meer einsperrt wie ein strenger Kerkermeister und ganz allein entscheidet, wann sich das Tor öffnet und wann es geschlossen bleibt? Ihr müsst die Herren der Mauern sein, die das Land einhegen! Weder der König noch ich wollen jemandem Land wegnehmen, nur dafür sorgen, dass die Lasten gerecht verteilt werden. Dass nicht jeder nur die eigene Warft schützt, sondern wir gemeinsam die Halligkante sichern. Wir sind alle gleich. Und darum sollten wir alle den gleichen Beitrag leisten, um einen Deich zu bauen.

Wenn sie einen Deich hätte, wäre sie keine Hallig mehr.

Wenn das Meer sie verschluckt, wäre sie auch keine Hallig mehr.

Dann schau doch, dass du rechtzeitig fliehst. Davonlaufen kannst du ja.

Schweigend wurde weiter geflickt und geschliffen

und poliert und geraucht. Die Grenze zwischen mir und den Männern bestand aus etwas Festerem als grauen Schwaden.

Am nächsten Tag ging ich unruhig vor der Schule auf und ab. Es war Sonntag, die Kinder kamen heute zur Kirchwarft, um zu beten, nicht um zu lernen. Ich war nach dem Gottesdienst zu unruhig, um mich wieder hinter den Bücherturm zu setzen.

Graues Licht tropfte vom Himmel, das Meer war mürrisch wie ein alter Mann, gefurcht und gerunzelt.

Gretjen gesellte sich zu mir.

Sie sind so dumm, brach es aus mir heraus, sie sind nicht willens und nicht fähig, sich der neuen Zeit zu stellen. Das Gestern ist für sie ein Heiligtum. Sie verehren es, weil man dazu nur die Hände falten muss. Aber schwungvoll und mit feinen Pinselstrichen ein Morgen zu malen, das besser ist als das Heute, das können sie nicht.

Kannst du es denn? In der Zukunft etwas anders ... besser machen? Dich anpassen – nicht nur der neuen Zeit, sondern den alten Menschen?

Ich starrte sie verwundert an.

Ich habe gehört, fuhr sie fort, dass manchmal Männer auf die kleinen Halligen fahren, die nicht bewohnt sind, und dort Seehunde jagen, weil man ihr Fleisch, ihren Tran und ihr Fell für den Winter gut brauchen kann.

Ich wandte mich vom Meer ab und ihr zu. Warum sagst du das?

Die Seehundjäger tragen keinen gewöhnlichen Umhang, entgegnete sie, sondern einen, der aus dunklen Flicken zusammengenäht wurde, mit einer Kapuze versehen und mit Teer bestrichen. Sobald sie den Tieren zu nahe kommen, drohen diese ins Wasser zu fliehen. Doch schon zieht der Jäger sich die Kapuze über den Kopf, wirft sich nieder, vollführt die Bewegungen eines Seehundes – und sie weichen nicht mehr zurück.

Ich begriff immer noch nicht, was sie meinte.

Sie legte ihre Hand auf meine Schulter. Man fängt die Robben nur, indem man so tut, als wäre man eine von ihnen. Man darf sich in ihrer Nähe nicht wie ein Mensch verhalten. Man darf nicht wie ein Mensch riechen. Wenn du mit Büchern vor sie trittst, bist du für sie ein Fremder. Erst wenn du einer von ihnen bist, werden deine Worte Gewicht haben.

Ich seufzte. Ich weiß nicht, ob ich einer von ihnen sein kann.

Du weißt nicht, ob du es willst.

Nachsinnend stand ich da.

Wer auf Robbenjagd geht, tut gut daran, das Rudel zu meiden und sich ein einzelnes Tier herauszupicken, sagte Gretjen noch, ehe sie ins Haus ging.

Es dauerte nicht lange, bis ich die rechte Wahl getroffen hatte.

Rikkart, der Stiefvater von Hendrik, kannte das Marschland blind. Obwohl seine Augen von grauen Schleiern überzogen waren, bewegte er sich dort sicher. Er spürte, wo der Boden uneben war, wo tiefe Löcher klafften, in die man zu stürzen drohte. Er selbst hatte sie einst gegraben, hatte aus einer ganzen Marschinsel eine zerstückelte gemacht. Über Jahre hatte er Torf gestochen, um damit das Feuer unterm Kessel der Salzbude zu nähren – eine winzige Hütte mit schmaler Dachöffnung, durch die der Rauch abzog. Der Kessel war aus holländischem Eisen gemacht, zehn Jahre haltbar. In ihm siedete die Sole, aus der das Salz gewonnen wurde. War genug Wasser verdampft, konnte ein Ei auf der Sole schwimmen.

Rikkart war seit Langem kein Salzsieder mehr. Dass er diese Arbeit aufgegeben hatte, war über zwei Jahrzehnte her, doch die Spuren seiner Arbeit zogen sich wie Narben übers Land.

Warum hast mich hierhergebracht?, fragte Rikkart.

Ich habe dich hergebracht, weil du einmal Salzsieder warst und es jetzt nicht mehr bist, sagte ich. Die Alten bestehen für gewöhnlich am lautesten darauf, dass man das, was man früher getan hat, auch künftig tut. Du aber weißt, dass manche Dinge sich ändern. Nun muss sich wieder etwas ändern. Es darf nicht ein jeder nur die eigene Warft schützen.

Rikkart wiegte nachdenklich den Kopf. Ich bin kein Salzsieder mehr, weil kein Torf mehr da war, den ich stechen konnte, und der vom Festland zu teuer war. Ich habe mich weder dafür noch dagegen entschieden.

Aber wir müssen uns dafür entscheiden, die Hallig zu schützen.

Seine Augen schienen vernarbt wie das Land. Mich durchschaute er dennoch. Ich wollte nicht die Hallig schützen, sondern Gretjen.

Wenn du etwas erreichen willst, darfst du den Halliglüd nicht etwas nehmen – das letzte Holz, das sie noch haben, das letzte Geld, das noch in der Schatulle liegt. Du musst ihnen etwas geben.

Aber ich will ihnen ja auch etwas geben – einen Deich.

Bevor du an den Deich auch nur denken kannst, musst du ihnen eine Stimme geben, sagte er und stapfte davon.

Am nächsten langen Abend trafen sich wieder die Frauen mit den Frauen und die Männer mit den Männern.

Die Frauen tratschten über Alke, die früh einen Mann verloren hatte und sich einen zweiten wünschte, weil sie sich für zu jung hielt, um Witwe zu sein. Dabei ist man auf der Hallig nicht jung, sondern immer schon alt. Sie schwatzten nicht nur über Witwen und unsinnige Träume, auch über das Marschfieber, an dem zwei Alte gestorben waren. Wenn der Nächste krank wird, sagte Mareke, sollte man den Namen des Kranken in eine Torfsode schnitzen und diese verbrennen.

Gretjen mischte sich ein. Man kann einem Kranken getrockneten Beifuß und Branntwein geben. Das hilft auch.

Auch – das war ein Zauberwort. Viel wirksamer als ein Besser.

Weiß und kann man alles besser, macht man den Menschen klein. Mit dem Auch bleibt man sein Gefährte.

Während die Frauen über das Marschfieber schwatzten, betrat ich das Haus, in welchem die Männer zusammenhockten.

Einer schnaubte verächtlich, ein anderer hustete. In ihren Blicken stand Misstrauen. Hendrik machte Anstalten, mich zu verjagen. Aber Rikkart gab ihm ein Zeichen, mich gewähren zu lassen.

Ich schenkte ihm ein dankbares Lächeln, ehe ich zu sprechen begann.

Ich weiß um eure Nöte. Früher lebten die Salzsieder davon, in Tondern Salz zu verkaufen. Dann wurde der Torf knapp, und sie konnten kein Salz mehr herstellen. Früher lebten die Walfänger davon, nach Grönland aufzubrechen und Wale zu fangen, dann gab es keine Wale mehr. Früher blühte die Handelsschifffahrt, dann kam Napoleon, und es war nicht länger an Handel zu denken. Die Friesen fuhren nicht mehr auf stolzen Koggen übers Meer, sondern mussten auf französischen Kanonenbooten Dienst tun, und gelohnt wurde es ihnen nicht mit Wohlstand, sondern mit zerfetzten Gliedmaßen.

Ein paar drehten sich um zu Erik, der damals seinen Arm verloren hatte. Wenn das Wetter feucht war, juckte der Stumpf. Auf der Hallig war es immer feucht. Er klopfte zustimmend mit dem Stumpf auf den Tisch.

Der Krieg tobte nicht nur auf dem Meer, fuhr ich fort, der Krieg verwüstete auch das Land. Armeen marschierten über Felder, bis sie zertrampelt waren, die Ernte blieb aus, die dänische Staatskasse blieb leer.

Eben, sagte jemand, nirgendwo gibt es Geld für Holz ... für Stein ... für einen Deich.

Deswegen darf man euch nicht noch mehr Geld nehmen, rief ich. Auch nicht der dänische König.

Du sagst doch selbst, dass seine Staatskasse leer ist.

Bittet ihn darum, sie nicht länger mit eurem Geld zu füllen. Nach den Kriegen hat er euch so viele neue Steuern auferlegt. Zu viele. Das widerspricht der alten Ordnung, wonach ein Untertan dem Herrscher nur zu geben hat, was er auch geben kann.

Ich deutete auf das Blatt Papier. Ich will einen Brief an den dänischen König schreiben, ihn anflehen, dass er die Halliglüd von der Steuerlast befreit. Wenn ihr keine Steuern mehr bezahlen müsst, bleibt von dem wenigen etwas mehr.

Die Männer hatten zu rauchen aufgehört. Sie starrten

mich an. Die Luft war klar, in ihren Gesichtern flackerte Hoffnung auf.

Hendrik stand auf und schlug mit der Faust auf den Tisch.

Wenn du den König von Dänemark überzeugst, überzeugst du auch mich.

11

»Ein Theaterstück«, sagte Ellen zu Metha, als sie der Peterswarft am nächsten Tag einen weiteren Besuch abstattete. »Wir machen aus Arjen Martensons Geschichte ein Theaterstück, und die Klasse führt es beim Halligfest auf. Nils und Jan spielen Hendrik und Arjen, und du und Josseline Gretjen und Mareke. Lorelei könnte Pastor Danjel sein.«

Metha blickte Ellen fragend an. »Warum das denn?«

Weil wir auf diese Weise nicht nur einen Stand wie die anderen haben werden, sondern auch die Bühne, dachte Ellen. Und weil noch süßer und niedlicher als Kinder, die alte Trachten tragen, Kinder sind, die in alten Trachten ein Stück aufführen.

Aber sie wollte nicht offen zugeben, wie beharrlich sie seit gestern die Angst verfolgte, Küstenseeschwalbe Ida könnte sie ausstechen, und Liske und Almut wären ihr einen Schritt voraus.

»Würde es dir denn nicht gefallen, etwas mit den anderen Kindern auf die Beine zu stellen?«, fragte sie.

Methas Blick wurde ausdruckslos.

»Und würde es dir nicht gefallen, gemeinsam mit mir zu überlegen, wie sich die Chronik dramatisieren lässt? Natürlich müssten wir uns auf ein paar wesentliche Punkte beschränken.«

Sie dachte schon, Metha würde ablehnen, da sagte diese: »Ich finde, das Meer sollte eine eigene Figur sein.«

Es waren keine Kinder mehr da, die das Meer spielen könnten, aber Ellen fand die Idee trotzdem gut. Sie nickte.

»Können wir gleich anfangen?«, fragte Metha.

»Wenn du magst.«

Sie arbeiteten nun mindestens zweimal die Woche am Theaterstück. An den Tagen dazwischen ging Ellen mit Gesa und manchmal auch mit Metha den Nachlass des Postschiffers durch, um auszuwählen, was für eine Ausstellung geeignet war – zum Beispiel ein Gemälde von der Waljagd – und was nicht für sich selbst sprach und darum zu verwirrend war – zum Beispiel ein Guckkasten aus dem 19. Jahrhundert, der eine Schiffskatastrophe darstellen sollte, aber aus viel zu vielen Einzelbildern bestand, um das auf den ersten Blick zu erkennen.

Sie wollten die Geschichte in drei Szenen erzählen, von denen keine länger als fünf Minuten dauerte, weil sonst nicht nur die Kinder überfordert wären, sondern später auch die Zuschauer. Dass Arjen von der Hallig stammte, würden sie unterschlagen, ihn stattdessen als Gelehrten und Experten für Deichbau auftreten lassen, der auf die Hallig kam, um die Menschen von den neuesten wissenschaftlichen Erkenntnissen zu überzeugen. Hendrik würde – stellvertretend für alle Halliglüd – skeptisch bleiben.

Ellen überlegte, wie man den Konflikt so emotional wie möglich darstellen konnte, Metha wurde schon jetzt von Gefühlen übermannt.

»Wie kann man nur so dämlich sein, einen Gelehrten nicht ernst zu nehmen?«, schimpfte sie, und ihre Augen hinter den dicken Brillengläsern funkelten.

»Ich denke, die Halliglüd waren nicht dämlich, sie hatten bloß Angst vor Veränderung. Das haben viele. Und ich denke auch, Arjen war deswegen nicht nur wütend, sondern vor allem traurig. Aber er konnte seine Trauer nicht zulassen, vielleicht aus Scham, vielleicht aus Stolz, vielleicht weil er sich insgeheim hilflos fühlte.«

Methas Blick wurde starr. Alles Funkeln war daraus verschwunden. »Können wir weitermachen?«

In der ersten Szene prallten die zwei Welten aufeinander, in der zweiten schüttete Arjen Gretjen sein Herz aus. Genau genommen waren das auch zwei Welten, denn Arjen verstand Gretjen oft nicht. Ihr Blick fiel aus einem Winkel auf die Dinge, der für das Gelehrtenauge ein toter blieb. Aber er fühlte sich ihr trotzdem nah, stellte seine Meinung neben ihre, nicht darüber.

»Gretjen fordert, dass er auf die Halliglüd zugeht, in ihrer Sprache sein Anliegen erklärt. Und in der dritten und letzten Szene kommt es – nicht zuletzt durch die Geburt von Gretjens und Arjens Kind – zur Versöhnung. Die Halliglüd beschließen gemeinsam, den König um einen Erlass der Steuern zu bitten und mit dem Geld, das dadurch bleibt, dem Meer etwas entgegenzusetzen.«

Eigentlich war zu dem Zeitpunkt, da der Brief entstand, Arjens und Gretjens Kind noch nicht geboren, aber eine Babypuppe machte sich gewiss gut auf der Bühne.

Metha störte sich an etwas anderem. »Was ist mit der Halligflut, bei der so viele Menschen ertrunken sind, so viele Warften zerstört wurden?« Aus ihrer Stimme klang jene Härte, die Jakob ängstigte.

»So eine Flutkatastrophe lässt sich nicht so leicht darstellen, und …« Ellen brach ab, wusste nicht, wie sie Metha, die eine morbide Faszination dafür hegte, begreiflich machen konnte, dass ertrunkene Menschen und zerstörte Häuser die Zuschauer abschrecken würden. Dass die Kinder vor allem herzig aussehen sollten. »Wenn wir das Ende offenlassen, werden die Zuschauer neugierig, wie es weitergeht. An unserem Stand können sie sich dann ausführlich informieren.«

Metha nickte, war schon beim nächsten Dialog.

Ellen fühlte sich ihr in diesen Stunden nah und umkreiste sie zugleich wie im Blindflug, konnte nie sicher sein, ob sie sich zu nah an die Stellen herantastete, die wehtaten, oder zu weit entfernt blieb, um echten Trost zu spenden. Aber sie ahnte, dass Metha die gemeinsame Arbeit an dem Stück guttat. Und ihr auch.

Jakob blieb meist in der Werkstatt. Einmal kam er zu früh heraus, sie saßen noch über einer Szene, Metha blickte hoch.

»Ich ... ich wollte euch nicht stören«, murmelte er verlegen. Doch als er sich hastig zurückziehen wollte, fragte Metha: »Kannst du uns beim Bühnenbild helfen?«

Ellen vermutete, dass die Bühne nicht sehr groß und es nicht möglich sein würde, sie für den Auftritt extra zu dekorieren. Aber als Jakob überschwänglich aufzählte, was er beisteuern könnte, zum Beispiel die alte Seemannskiste, die er gerade restaurierte, und Metha ihn nicht länger als Störenfried betrachtete, sondern ihn anstrahlte, schwieg sie.

Als Metha sich später in ihr Zimmer zurückzog, blickte Jakob ihr so versonnen nach, dass er vergaß, Ellen wie üblich Tee anzubieten. »Es ist lange her, dass sie sich so für etwas begeistert hat.«

Bei mir auch, dachte sie, bei mir ist es auch lange her.

»Sie geht jeden Tag in die Schule«, fügte er halb stolz, halb ungläubig hinzu. »Es gibt keine Diskussionen mehr am Morgen.«

Immer noch setzte er keinen Tee auf, winkte sie stattdessen in die Werkstatt. »Schau mal, an diese Seemannskiste habe ich gedacht.«

Es war eine Truhe aus Holz, mit Robbenfell beschlagen, der Deckel mit Eisenbändern verstärkt. Als er sie öffnete, drang ihr der Duft der Vergangenheit in die Nase, etwas süßlich, modrig, zugleich salzig, weil das Holz so oft mit Meerwasser in Berührung gekommen war. An manchen Stellen war es aufgequollen, weil das Wasser durch Risse eingedrungen war.

»Die hab ich auf dem Flohmarkt entdeckt, so etwas findet man nicht mehr oft.«

Sein Eifer glich dem von Metha.

»Wie erkennt man, dass Möbel wirklich alt sind und nicht nur Fälschungen?«, fragte Ellen.

»Man muss sich mit den Details beschäftigen«, erklärte Jakob. »An Möbeln aus der Zeit vor 1850 sind die Schrauben, Nägel und Beschläge noch in Handarbeit hergestellt worden. Die Schlitze in den Schraubenköpfen sind oft sehr eng und nicht genau in der Mitte angebracht. Das Gewinde, von Hand eingefeilt, läuft nicht in einer Spitze aus, die Köpfe der Nägel weisen Spuren vom Schmiedehammer auf, und alte Scharniere sind schwerer als moderne.«

Mit jedem Wort strich er über die Elemente, die er benannte. Und als könnte sie ihn erst verstehen, wenn sie es nicht nur hörte, sondern auch fühlte, tat Ellen es ihm gleich. Ihre Fingerspitzen berührten sich, wie es manchmal geschah, wenn er die Teetasse vor sie hinschob. Und obwohl sie das, was sie fühlte, nicht genau benennen konnte, wusste sie: Auch das war keine Fälschung.

Ihr Blick fiel auf seine Wunde auf dem rechten Handrücken. Sie war kaum noch zu sehen, der Schorf war abgefallen, darunter hatte sich frische weiße Haut gebildet, empfindsam.

»Hast du es noch einmal versucht?«, fragte sie.

»Was?«

»Mit Metha über den Tod des Vögelchens zu sprechen. Überhaupt mit ihr zu sprechen.«

Jakob zog seine Hand zurück, und als er die Seemannskiste nun berührte, war es weniger ein Streicheln als ein Festklammern.

Ellen überbrückte die Stille, sonst wohltuend, jetzt schmerzlich und hohl. »Welche Geschichte diese Seemannskiste wohl zu erzählen hat? Von einem Händler namens Ipsen vielleicht, der regelmäßig weit in den Süden oder Norden reiste, um Handel zu treiben, der grobe Hände hatte, wenngleich er aus Pottwalzähnen die filigransten Dinge herstellen konnte: eine Schatulle für ein Mikadospiel, eine Flöte, eine Flohfalle.«

Ein Schmunzeln umspielte Jakobs Lippen, daraus wurde ein befreites Lachen. »Es gab Flohfallen aus Pottwalzähnen?«

»Ich habe schon mal eine gesehen. Vielleicht machte Ipsen auch eine Riechdose, einen Tabakbehälter, ein Schmuckkästchen für seine Liebste. Vielleicht hieß sie Anna und ...«

»Du hast eine blühende Fantasie.«

Sie erwiderte sein Lächeln. »Das ist nicht das Schlechteste, wenn man ein Theaterstück verfassen will. Wobei

Metha und ich uns da gar nichts ausdenken müssen, sondern einfach nur … zuhören. Damit liegt man nie falsch, nicht als Historikerin und … nicht als Freundin.«

Jakob lächelte immer noch, diesmal schmerzlich. Kurz hoffte sie, er würde sich doch noch öffnen. Stattdessen schloss er die Seemannskiste behutsam. Der Geruch verflüchtigte sich.

Ellen lebte seit anderthalb Monaten auf der Hallig, als der Text des Theaterstücks stand. Sie verteilte ihn am Freitag, die Kinder sollten übers Wochenende die erste Szene auswendig lernen.

Am Montagmorgen riss sie beschwingt das Fenster auf. Sie war nie die Erste, die den neuen Tag begrüßte, immer kamen ihr die Vögel zuvor, nie dieselben. Rund um Pfingsten waren es kaum noch Watvögel und Ringelgänse, sondern Brachvögel, Kiebitze und Grünschenkel.

Auf der Wiese verteidigten sie ihre Nistplätze. Am Himmel gab es kein fest abgestecktes Terrain, es herrschte ein wildes Durcheinander. Auf dieser großen blauen Bühne gab es keinen Regisseur.

Als später die Proben begannen, stellte sich heraus, dass auch Ellen ihre Schauspieler nicht im Griff hatte.

»Wieso ist das Meer eine Figur, wenn es doch keinen eigenen Text hat?«, fragte Lorelei.

»Das Meer kennt nun mal keine Sprache«, erklärte Metha. »Es entzieht sich allen Worten.«

Ellen fand ihre Antwort philosophisch, Lorelei fand sie doof. Sie deutete auf Metha. »Sie kann das Meer nicht spielen, sie ist ja schon Gretjen.«

Ein berechtigter Einwand. Metha wollte den glänzenden blauen Umhang, den sie am Morgen mitgebracht hatte, trotzdem nicht abgeben. Ellen wusste nicht, woher sie den Stoff hatte; so wie er müffelte, stammte er wahrscheinlich aus einer Truhe, die mindestens so alt war wie die Seemannskiste. Lorelei fand, dass sie nicht wie das Meer, sondern wie die Königin der Nacht aussah. Sie fand auch, dass lieber Josseline Gretjen spielen sollte, weil diese blonde Haare hatte.

»Gretjen hat mehr Text«, sagte Ellen, wollte aber nicht weiter vertiefen, dass Josseline sich nicht einmal den von Mareke merken konnte, sondern nur deren ängstlichen Gesichtsausdruck beherrschte.

»Aber ich würde auch lieber Gretjen spielen«, sagte das Mädchen.

»Warum?«, fragte Ellen.

»Gretjen wird doch ein Kind bekommen. Ich will die Babypuppe halten.«

Die Babypuppe stammte aus Loreleis Beständen. Gesicht und Körper waren mit Filzstiftstrichen übersät. Lorelei hatte wohl ihre Puppe nicht bemuttern, sondern lieber operieren wollen. Den Blinddarm hatte sie unter dem Brustbein vermutet; warum sie die Wimpern an einem Auge komplett ausgezupft hatte, erschloss sich Ellen nicht. Das Auge ohne Wimpern stand ständig offen, das andere fiel ständig zu.

»Das mit den Augen passt gut zu der Geschichte«, sagte Metha. »Die einen sind blind, die anderen können das Unheil kommen sehen.«

Ellen fand, dass auch das ein philosophischer Gedanke war. Jan wollte wissen, aus welchem Material die Augen bestanden, Plastik oder Glas. Er schlug vor, mit der Spitze des Zirkels hineinzustechen, um es herauszufinden. Josseline umklammerte schützend die Puppe.

»Gib sie her«, rief Nils, »Mareke ist unfurchtbar, die hat kein Kind.«

»Nicht unfurchtbar, sondern unfruchtbar. Und wir wissen überhaupt nicht, ob Mareke das war. Es könnte viele Ursachen gehabt haben, dass sie kein Kind bekam«, korrigierte Ellen. Die Wortschöpfung unfurchtbar hatte durchaus philosophischen Gehalt, hätte aber besser zur furchtlosen Gretjen gepasst. »Wie auch immer.« Ellen klatschte in die Hände. »Jeder spielt die Rolle, die ich ihm zugeteilt habe. Und ich habe eine Idee, wer das Meer spielt – nämlich ihr alle zusammen. Wenn ihr euch unter dem blauen Tuch versteckt, schauen eure Köpfe wie Wellen aus. Das Meer macht alle gleich, da zählt es nicht, dass man ansonsten unterschiedliche Rollen einnimmt.«

Metha schien von der Idee angetan, Josseline wollte unter dem Meer die Puppe halten, weil man dort nicht sehen würde, dass Mareke unfurchtbar war, und Nils und Jan kloppten sich unter dem Tuch.

»Ich kann nicht Teil des Meeres sein«, erklärte Lorelei, »ich bin zu groß. Ich würde nicht wie eine Welle, sondern wie ein Tsunami aussehen, und so was gibt's auf den Halligen nicht.«

»Knie dich eben hin.«

»No way!«, sagte Lorelei.

Ellen warf einen Blick auf die Uhr, die erste Schulstunde war fast vorbei. Sie konnten nicht den ganzen Vormittag üben. »Wir spielen jetzt die erste Szene einmal durch, und danach geht's mit Mathe weiter.«

Dass die Kinder willig Position bezogen, lag wohl weniger an ihrer Begeisterung fürs Stück als an ihrer Abneigung gegen das Rechnen.

Nach dem Unterricht hielt sie Lorelei zurück, die anderen Kinder hatten die Klasse bereits verlassen.

»Was denn? Ich hab doch mitgemacht, obwohl ich diesen Pastor nicht spielen will. Und ich kann meinen Text, ist ja nicht viel.«

»Aber die Englischvokabeln kannst du immer noch nicht«, erwiderte Ellen und gab ihr eine Englischarbeit zurück, die sie mit einer Fünf minus hatte bewerten müssen.

Sie hatte sich gewundert, warum Lorelei so viele Fehler gemacht hatte, die Zwischentests waren nicht so schlecht ausgefallen.

Mitfühlend sah sie das Mädchen an. »Weißt du, worin ich mal eine Fünf bekommen hab?«

Lorelei blickte auf.

»In einem Fach, das Stenografie und Schreibmaschine hieß. Die Lehrerin hat die Tastatur zugeklebt, damit man die Buchstaben nicht sehen konnte, doch die kleinen Pflaster haben sich gelöst, meine Finger blieben haften, und ich machte zu viele Fehler.«

»Aber das lag ja nicht an Ihnen, sondern an der Tastatur.«

»Woran liegt es bei dir?«

Lorelei schien sich in ihrem übergroßen Pullover verkriechen zu wollen, nuschelte ein paar Worte, gedämpft von der Wolle. »Wenn ich ... wenn ich zu gute Noten habe, muss ich auf ein dänisches Internat. Viele Jugendliche auf der Hallig gehen dorthin. Aber das ist so weit weg. Und ich will hierbleiben ... bei David.«

»Du hast also absichtlich eine schlechte Arbeit geschrieben?«

Lorelei kaute auf ihrer Unterlippe. »Kann ich jetzt

gehen? Wenn Sie meiner Mutter nichts von dieser Arbeit erzählen, dann knie ich mich meinetwegen hin und spiele das Meer.«

Ellen erzählte Gesa nichts von der Fünf minus, aber von Loreleis Ängsten.

Während Gesa zuhörte, baute sie ein paar Souvenirs auf, die sie in diversen Onlineshops bestellt hatte und gerne selbst anbieten würde. Ein Memory aus Schokolade, mit plattdeutschen Weisheiten bedruckt, einen Flötenkessel mit Wellensymbol, ein Tee-Ei in Form eines Häschens, das ein Möhrchen hielt. Das passte natürlich nicht hierher, aber es gab sicher auch eine norddeutsche Variante, mit einer Möwe oder einem Seehund. Die Eieruhr hatte die Form eines Leuchtturms.

»Ich wusste nicht, dass Lorelei nicht aufs Internat will. Ich hab mir so was immer gewünscht, aber mein Vater meinte, ich hätte hier genug gelernt.«

»Lorelei wünscht sich augenscheinlich was anderes. Es gibt doch sicher eine andere Möglichkeit.«

»Ich bestehe ganz sicher nicht drauf.« Gesa verdrehte die Augen. »Es ist Sönke, der immer wieder damit anfängt. Weil er selbst so viel Stress hat, muss er den anderen auch möglichst viel Stress machen. Und überhaupt, seit wir das Museum planen, ist er grummelig, aber da muss er durch.« Sie machte im Flötenkessel Tee. »Ich bin froh, dass du so gut mit Lorelei kannst.«

Der Tee war sehr bitter.

»Wie dumm!«, rief Gesa. »Ich hab vergessen, ihn zu süßen.« Sie zeigte Ellen eine Packung mit Zuckerhüten. »Ich bin sicher, im Souvenirladen werden sich alle darum reißen, natürlich müssen wir ihn in einer speziellen

Verpackung verkaufen, am besten, es ist ein romantisches Bild von der Hallig drauf abgebildet.«

Zucker und Hallig waren nichts, was für Ellen zusammenpasste, Hallig und Romantik auch nicht, aber sie fand Gesas Enthusiasmus rührend und nickte.

Gesa legte die Zuckerhüte weg. »Es gibt ja auch Alternativen zum dänischen Internat. Eine Schule in Niebüll vielleicht, da könnte Lorelei jedes Wochenende heimkommen. Gemeinsam fällt uns schon was ein.«

Almut schien auch viel einzufallen, nicht unbedingt gemeinsam mit Liske. Sie kam stets mit einem Berg Zettel, breitete alles quer über den Küchentisch aus, begann zu dozieren.

Thijman in seinem Lehnstuhl spöttelte dann. »Das sieht aus wie eine Steuererklärung. Ich dachte, so was macht man heute mit dem Computer.«

Er sprach Computer so aus, wie man es schrieb.

»Das ist keine Steuererklärung«, widersprach Almut.

Sie erklärte erst ihm, dann Liske, wie man Inhalte verständlich machen und auf den Punkt bringen müsse. Sie sprach vom Biosphärenreservat, in dem Mensch und Natur nicht gegeneinander lebten, sondern miteinander, vom Bewusstsein für die Erfordernisse eines umfassenden Naturschutzes, von der positiven Grundeinstellung, dank derer Menschen bereit waren, ihre Verhaltensweisen zu ändern, und dass es nicht allein um kognitive Wahrnehmung gehe, sondern um den emotionalen Zugang, folglich um einen ganzheitlichen Ansatz.

Auf drei der Zettel war jeweils eine Sprachblase gemalt, in die Almut je ein Wort schrieb. Sie wiederholte es wieder und wieder – so klang es, wenn Ellen mit Lorelei

Vokabeln übte. Jede gelungene Werbekampagne beruhe auf drei Prinzipien: Einfachheit – Auffälligkeit – Einzigartigkeit.

Ellen konnte sich nicht vorstellen, dass sie damit bei den Touristen punkten würde, aber Almut wühlte in ihren Zetteln, bis sie den fand, auf dem ein Vogel abgebildet war.

»Das ist Ida«, sagte sie und berichtigte sich gleich. »Das *könnte* Ida sein. Ich habe diese Grafik aus dem Internet, natürlich ist da Copyright drauf, aber ich kenne einen Grafiker, der kann uns einen Vogel designen.«

Der Vogel auf dem Papier sah aus wie ein Ausmalbild für Kinder.

Liske verzog das Gesicht. Ellen vermutete, dass sie gerade den dringenden Wunsch verspürte, Tausende Kilometer wegzufliegen, wie eine Küstenseeschwalbe.

»Ich kenne mich da nicht so aus.«

»Aber ich«, sagte Almut zufrieden.

Ellen beugte sich unauffällig vor. Der Vogel auf dem Bild glich eher einem Truthahn. Auf dem Kopf trug er ein Krönchen. Almut dozierte über audiovisuelle Reize. Die vielen Laute der Küstenseeschwalbe müssten stets präsent sein. Sie imitierte sie. Thijman stimmte ein, vielleicht lachte er auch nur. Liske wirkte verloren, und kurz hatte Ellen Mitleid mit ihr. Warum ließ sie sich so von Almut vor den Karren spannen?

Am nächsten Tag schwor sie die Kinder wieder und wieder darauf ein, dass sie ihr Bestes geben müssten, um gegen die Konkurrenz zu bestehen.

Warum lasse ich mich so vor einem gekrönten Truthahn hertreiben?, fragte sie sich unwillkürlich. Doch sie verdrängte den Gedanken schnell wieder.

In den nächsten zwei Wochen nahm das Theaterstück Gestalt an. Nur hin und wieder gab es Zoff, einmal gingen Jan und Nils sogar mit Fäusten aufeinander los.

»Was tut ihr denn da?«

»Die Brüder waren doch zerstritten.«

»Das heißt nicht, dass sie sich geschlagen haben.«

»Hat Hendrik nicht Mareke verkloppt?«, fragte Jan.

»So weit sind wir noch nicht«, mischte sich Metha ein. »Und ich hab euch zwar davon erzählt, aber im Stück kommt es nicht vor. Wir sind jetzt bei der Szene, in der die Halliglüd den Brief an den dänischen König verfassen, eigentlich hatte Gretjen damals auch noch kein Kind. Wenn überhaupt, müsste die Puppe noch im Bauch sein.«

Josseline hielt die Puppe, die noch nicht mal zu ihrer Rolle gehörte, eisern fest.

»Wollen wir einen Kaiserschnitt machen?«, fragte Nils und schwenkte die Kinderschere.

»Beruhigt euch!«, rief Ellen.

Sie beruhigten sich nicht nur, sie spielten die Szene relativ reibungslos in einem Stück. Ging ja doch.

»Hatte der dänische König auch eine Königin?«, wollte Josseline hinterher wissen.

Ehe Ellen antworten konnte, kam Metha ihr zuvor. »Ja, Marie Sophie Friederike von Hessen-Kassel. Sie hat acht Kinder geboren, aber sechs sind gestorben. Da waren sie noch Babys.«

Josseline umklammerte die Puppe noch fester, sogar Nils und Jan waren erschrocken. »Woher weißt du das?«

Sie hatten diese Frage in den letzten Wochen oft gestellt, wenn Metha wieder einmal etwas Geschichtliches einstreute, immer war es abfällig gewesen, jetzt klang es zum ersten Mal respektvoll.

»Na, ich hab's gelesen.« Während Metha sonst wirkte, als würde sie sich gegen einen Angriff wappnen, reckte sie jetzt selbstbewusst das Kinn.

»Und wie hießen die Kinder, die groß geworden sind?«

Metha konnte die Namen nennen – Wilhelmina und Caroline –, bevor sie jedoch das Thema vertiefen konnte, schaltete sich Ellen ein: »Die Geschichte Dänemarks nehmen wir uns auch noch vor, jetzt geht's darum, dass das Stück sitzt.«

Sie spielten die ersten beiden Szenen hintereinander, fast niemand hatte einen Texthänger, Metha wirkte stolz, und Ellen war es auch.

Als sie die dritte Szene spielten, blieb Lorelei auf ihrem Stuhl sitzen, hing mit gesenktem Kopf halb über der Lehne. Ellen fiel auf, dass sie als Einzige bislang nur lustlos mitgespielt hatte.

»Kann ich heimgehen?«, fragte Lorelei. »In dieser Szene hab ich keine Rolle.«

»Am Ende seid ihr doch alle gemeinsam das Meer.«

»Warum sind wir das Meer und nicht die Vögel? David hat mir gezeigt, wie man Vogellaute nachmacht, ich könnte Vogelschwärme darstellen.« Sie machte ein paar Kriää-Laute.

»Das klingt wie eine Möwe mit Bauchweh«, sagte Ellen.

Lorelei machte weiterhin Vogelgeräusche, Jan und Nils machten Pupsgeräusche.

»Schluss jetzt, wir spielen die dritte Szene, und nein, Vögel kommen in unserem Stück nicht vor.«

Lorelei blieb auf ihrem Stuhl hängen. »Warum eigentlich nicht? Dann hätten wir vielleicht doch noch eine klitzekleine Chance zu gewinnen.«

Ellen wurde hellhörig. »Warum sollten wir nur gewinnen, wenn Vögel vorkommen?«

Lorelei erhob sich, machte aber keine Anstalten, sich zu den anderen Kindern zu gesellen. Sie trat zu Ellen und raunte ihr ins Ohr. »Wir werden gar nicht gewinnen, so sieht's aus. Weil der Gewinner nämlich schon feststeht.«

Ellen musterte sie verwirrt. »Aber die Abstimmung findet erst nach dem Halligfest statt.«

»Was die Touristen wollen, zählt doch nicht.«

»Sagt wer?«

»Sagt David, der muss es wissen. Josselines Opa hat ihm erzählt, dass das Infozentrum der Schutzstation demnächst um ein Vogelschutzhaus vergrößert wird. Die Gemeinde trägt einen Teil der Kosten, weil das Preisgeld allein nicht reicht, der Gemeinderat hat schon grünes Licht gegeben.«

Josselines Großvater war Lars Poppensen. »Der Bürgermeister kann doch nicht …«

»Die Leute, die abstimmen, werden sich so verarscht vorkommen. Die interessieren sich doch alle mehr für Wale als für Vögel. David kann auch die Geräusche von Walen nachmachen.«

Das hatte Nils gehört. »Kann im Stück ein Wal vorkommen?«

»Kurz vor der Halligflut wurde ein Wal angespült«, sagte Metha. »Es hing nur noch ganz wenig Fleisch an seinen Knochen, das muss schrecklich gestunken haben. Mareke sah darin ein Zeichen für nahendes Unglück.«

Josseline presste die Puppe einmal mehr an sich.

»Können wir endlich weiterspielen?«, drängte Metha.

»Spielt nun jemand den Wal?«, rief Nils.

Metha warf das blaue Tuch über Nils. »Geht nicht, du bist im Meer ersoffen.«

Sie lachte, wie sie selten lachte, Nils lachte auch. Ellen hatte es die Sprache verschlagen. Ihr Blick fiel auf die Puppe, ein Auge stand wie immer offen, eins war geschlossen. Und wenn sie selbst auf beiden Augen blind gewesen war?

Ellen wusste noch, dass im Gemeindeamt auf der Hauptwarft vieles grau war, die Wände, der Teppichboden, drei Tische, die in T-Form standen, auch die Vorhänge. Heute kam ihr der Raum noch trister vor, vielleicht, weil der Himmel trüb war. Die letzte Woche war der Ostwind über die Insel gefegt und hatte den Boden knochentrocken geweht. Dort, wo kein Gras gestanden hatte, hatten sich dünne Trockenrisse durch gelblich braune und aschegraue Flächen gezogen, jeder Schritt hatte Staub hochgewirbelt. Die Priele sahen nicht mehr wie Adern aus, sondern wie ein gerissenes Netz.

Über Nacht hatte der Regen eingesetzt, und wo das Wasser nicht in den harten Boden eindringen konnte, waren große Pfützen entstanden. Eine bildete sich auch dort, wo Ellen stand, den nassen Schirm in der Hand.

»Nein«, hörte sie eine ungehaltene Stimme, »das hier ist kein Friesenshop – hier bekommen Sie keine Ansichtskarten, und ein Püllfuizl auch nicht.«

Ellen blickte sich nach einem Schirmständer um, sah keinen. »Was ist denn ein Püllfuizl?«

Lars Poppensen saß am linken Tisch. Als er sie erkannte,

lachte er. Manche Menschen lachen aus dem Mund, andere aus der Brust, bei ihm kam es aus der Tiefe des Bauchs, der ganze Körper schaukelte.

»Ach, du bist es, die Lehrerin«, rief er. »Ich weiß nicht, warum die Meute immer glaubt, dass die Fährte hierherführt. Kaum legt ein Schiff an, stürmen sie über kurz oder lang ins Gemeindehaus, weil sie denken, hier gibt's was zu kaufen. Wenn sie merken, dass sie sich geirrt haben, wollen sie stattdessen ein Foto mit mir. Natürlich nicht, wenn ich hinter dem Schreibtisch sitze, der könnte auch in Duisburg stehen. Sie wollen mich mit Rudi knipsen.«

Rudi war ein altersschwaches Pferd, das früher Kutschen gezogen hatte und jetzt sein Gnadenbrot bei einem Halligbauern bekam. Die Touristen fütterten Rudi mit Brot und Äpfeln, manchmal wurde ein Kind auf seinen Rücken gesetzt.

Ellen deutete auf die Mappe auf seinem Tisch. »Das sieht nicht nach Duisburg aus.«

Auf der Mappe war das Foto einer Almhütte zu sehen, im Hintergrund Berge, ein paar Latschenkiefern, Gämse. »Eine Sonderanfertigung von Markus«, erklärte Poppensen, »ein besonders treuer Gast aus Bayern. Er ist auch Bürgermeister, kommt jedes Jahr, will mich immer überreden, dass ich Urlaub bei ihm mache und mit ihm auf den Großen Arber gehe. Aber wann könnte ich denn hier schon mal weg?«

Er stieß die Mappe an, sie rutschte ein paar Zentimeter über den Tisch.

»Was ist denn nun ein Püllfuizl?«

Poppensen lachte. »Ach, das ist nur ein Witz zwischen Markus und mir. Er hat mir beigebracht, dass man Bierdeckel in Bayern Bierfuizl nennt, und ich ihm, dass Bierflasche auf Plattdeutsch Beerpüll heißt. Wir haben uns ein Souvenir ausgedacht, das man sowohl in Bayern als auch hier anbieten könnte. Das ist eine Marktlücke, wart's nur ab. Den Touris kann man alles andrehen. Als ich ein Kind war, hab ich erzählt, dass bei uns kandierte Wattwürmer eine Delikatesse sind. Aber setz dich doch.«

Ellen sah keinen Schirmständer, auch keinen Haken für die Regenjacke. Den Schirm legte sie auf den Boden, die Jacke ließ sie an. Das letzte Mal, als sie auf dem Stuhl gegenüber vom Schreibtisch Platz genommen hatte, hatte sie den Meldeschein ausgefüllt. Als Bürgermeister müsse er jeden Neuhalliger auf Herz und Nieren prüfen, hatte Lars erklärt. »Das Herz untersuche ich gerne«, hatte er gespöttelt. »Die Nieren erspare ich mir lieber.« Bei ihr war alles eine Formsache gewesen. »Willkommen, willkommen.«

»Opa oder Bürgermeister?«, fragte er, als sie saß.

»Bitte?«

»Bist du hier, um mit mir als Opa oder als Bürgermeister zu sprechen?« Er wiegte den Kopf. »Wir müssen nicht um den heißen Brei herumreden. Mit Anni ist es schwierig, mein Töchterchen sitzt untätig herum und wartet auf ihren Rapper. So wird doch nichts aus einem, nichts Ganzes zumindest. Und wenn man dem Kind nur was Halbes vorlebt ...«

»Josseline ist eine vorbildliche Schülerin. Sie kann mittlerweile flüssig lesen, hat auch keine großen Schwierigkeiten gehabt, ihren Text auswendig zu lernen, du weißt schon, von dem Stück, mit dem wir für ein historisches Museum werben. Sie spielt die Rolle von Mareke, man nimmt ihr wirklich ab, wenn ...«

Er schien zum ersten Mal zu hören, welche Rolle Josseline bekommen hatte, nickte vermeintlich interessiert. »Habt ihr euch überlegt, wie ihr die Exponate sichert?«

»Sichern?«

»Touristen klauen alles. Weißt du, wie oft meiner Frau am Ende des Tages ein Kaffeekännchen fehlt? Die gehen auch in jeden Garten und rupfen die Blumen aus, die Natur ist ja umsonst, nicht wahr? Vater und ich haben mal allen alten Schrott, den wir nicht mehr brauchten, auf die Wiese gestellt. Am Ende war alles weg, sogar die Unkrautharke. Die dachten, das wäre eine Gliep, mit der man früher auf Krabbenfang ging, und ein zerrissenes Einkaufsnetz ging wohl als Fragment eines Fischernetzes durch.«

»Eine Gliep könnte man auch im Museum ausstellen.« Ellen machte eine kurze Pause, fügte nachdrücklich hinzu: »Ich bin mir aber nicht sicher, ob es das Museum geben wird.«

Sein Lachen verstummte.

»Es heißt, du unterstützt Liske und Almut«, fuhr Ellen fort. »Es heißt auch, es sei ausgemachte Sache, dass sie gewinnen.«

Lars schob die Mappe mit dem Großen Arber zur Seite und beugte sich vertraulich vor. »Küstenseeschwalbe Ida«, setzte er an und schnaufte missbilligend. »Ich verstehe nicht, warum alles einen niedlichen Namen bekommen muss. Die Halliglüd haben es doch eh nicht so mit Namen. Geh mal auf den Friedhof, fast auf jedem Grabstein steht der gleiche Familienname, und die Vornamen, die hier gebräuchlich sind, kannst du auch an einer Hand abzählen. Heute braucht man ein Wörterbuch, wenn man sich mit jemandem vom Ministerium, von der

Küstenschutzbehörde oder der Nationalparkverwaltung verständigen will. Nimmst du eine Schaufel in die Hand, nennt das keiner mehr Graben, sondern es ist eine Biosphären-Aktivität. Wenn du ein paar Schritte gehst, dann nicht einfach auf dem Boden, sondern in irgendeiner Zone – Kernzone oder Entwicklungszone oder Pflegezone –, und alle sind Schutzzonen. Und wenn du überlegst, was du machen könntest, damit die Halliglüd nicht demnächst absaufen, dann heißt das jetzt AG Halligen 2025. Früher sind wir zusammengehockt, haben geklönt, und wenn einer eine Idee hatte, hieß es: Machen wir's. Heute wird gar nichts mehr gemacht ohne Konzeptpapier, mit dem du das Okay von der EU und den Umweltbehörden kriegst. Und in diese Konzeptpapiere schreiben wir Wörter wie soziokulturell verträglich, nicht technisiert, landschaftsschonend, biologisch sauber. Jeder weiß, dass das Augenwischerei ist, aber alle machen ein wichtiges Gesicht.«

Während er sich in Rage redete, wippte er auf seinem Schreibtischstuhl vor und zurück. Ellen saß ganz ruhig, entspannte sich. Lorelei hatte sich wohl geirrt.

»Das Projekt von Liske ...«

Er lehnte sich zurück, der Stuhl quietschte. »Diese Ökojünger!«, stieß Lars aus. »Bei jedem Schritt auf der Hallig haben sie Angst, dass sie ein Ei zertreten. Bei jedem toten Vogel fallen sie über dich her wie die Möwen, die dir dein Fischbrötchen klauen wollen.«

Er holte tief Luft, doch Ellen wollte die Sache abkürzen. »Dann haben also doch alle die gleichen Chancen. Nichts anderes hab ich von dir erwartet.«

Er ging nicht darauf ein, klopfte auf die Mappe. »Weißt du, wie groß die Gemeinde von Markus ist? Dreitausend

Einwohner. Das, was du machst mit deinen hundert Hanseln, ist gar nichts, sagt er immer. Was tust du denn den ganzen Tag, deine Wattstiefel putzen? Er hat mir Schuhcreme geschenkt, sehr lustig.« Er verdrehte die Augen. »Sehr lustig. Ich hätte gerne dreitausend Einwohner, da hat man ein wenig Anonymität, da kennt nicht jeder jeden und tratscht ununterbrochen über den anderen. Hundert ist dagegen nicht einfach nur eine Zahl, das sind hundert Meinungen. Und die stimmen selten überein, da wird ständig gegeneinander gewettert. Soll man eine Wintersaison einführen, die Hochsaison entzerren oder lieber alle Touristen in ein paar Wochen quetschen wie Viecher in einen überfüllten Stall? Eins gibt's immer, das dir auskommt, und bei den Halliglüd ist das auch so. Das ist keine Schafherde, jeder will Hütehund sein, das Gekläffe muss man aushalten. Und die Mitglieder des Gemeinderats, sieben haben wir, allesamt ehrenamtlich, die können es nie allen recht machen. Ein dickes Fell reicht da nicht. Besser wären ...« Er rang nach dem richtigen Wort.

»Wattstiefel«, sagte Ellen.

Er klopfte auf seine Oberschenkel. Sehr lustig.

Ellen hüstelte, dann erhob sie sich.

»Die Kinder streiten nicht«, sagte sie. »Sie ziehen alle an einem Strang. Das Theaterstück klappt schon gut, und eure Josseline ist mit Feuereifer bei der Sache ...«

Sie hatte fast die Tür erreicht, als er ihr ins Wort fiel: »Ich hoffe, die Kinder sind nicht enttäuscht. Aber immerhin gibt's für sie eine Hüpfburg.«

Sie verharrte. »Warum sollten die Kinder denn enttäuscht sein?«

Lars ging nicht darauf ein. »Ist ja immerhin auch irgendwie historisch, oder? Nicht das Hüpfen, aber die Burg. Ich bin richtig stolz, dass wir fürs diesjährige Halligfest eine rankarren konnten. Das ist natürlich nicht die einzige Attraktion, es wird ein paar Sportveranstaltungen geben, die Jo organisiert, außerhalb des Wettbewerbs natürlich, er will da nicht auch noch mitmischen. Ich glaube, er plant ein Tauziehen und einen Staffellauf. Die Kinder können malen und sich schminken lassen. Und natürlich gibt's Imbissstände, die Lammbratwürste musst du unbedingt probieren, auch die Kluntjes mit Rote-Grütze-Geschmack und …«

Ellen fiel ihm ins Wort: »Warum sollen die Kinder enttäuscht sein?«

Lars seufzte. »Ich finde, Liske hätte dir sagen können, dass sie bei mir war. Du wohnst doch bei ihr, oder? So unter uns können wir das Visier ja runternehmen.«

»Das Visier?«

Wieder seufzte er. »Ist doch klar, dass Liskes Projekt gewinnen wird. Das musst du verstehen. Das Vogelschutzhaus ist wichtiger als ein kleines Museum, als Whalewatching, als das Stricken von Schafwollfäustlingen, als Ringelgans-Tage, als Fotografiekurse auf der winterlichen Hallig. Seien wir mal ehrlich, wer besucht so was denn? Touristen!« Er deutete auf die Regenwolken hinter dem Fenster. »Das Schöne an den Touristen ist, dass sie immer wieder gehen. Das Dumme allerdings auch.«

»Liske hat dich also davon überzeugt, dass du ihrem Projekt den Sieg zuschanzen sollst? Ganz gleich, was bei der Abstimmung rauskommt?« Ellens Stimme brach, Lars sah lächelnd über ihre Empörung weg.

»Liske musste mich nicht groß überzeugen. Sie kommt von der Hallig, die weiß wie ich, dass es nicht nur zum

Problem wird, wenn der Meeresspiegel steigt. Wenn die Einwohnerzahl sinkt, können wir auch einpacken. Wenn sie auf unserer Hallig unter fünfzig fällt, wer hat denn dann noch Interesse daran, dass dieses Fleckchen Erde erhalten wird? Wer sorgt dann für den Küstenschutz? Wir brauchen junge Leute hier, und wie kriegt man die? Mit Rinderzucht? Einige Unerschrockene versuchen's damit, aber reich wird man so nicht. Die jungen Leute wollen nicht unbedingt reich werden, aber süße Kälbchen verkaufen wollen sie auch nicht, die leben für Ideale.« Er nuschelte das Wort, es klang wie Lineal. »Wenn man sagt, sie müssen arbeiten, finden sie Ausreden, aber wenn man sagt, zählt die Vögel, damit wir die retten können, dann machen sie's. Küstenschutz ist harte Arbeit, aber wenn man es Umweltschutz nennt, stehen die jungen Leute Schlange, weil sie zwischen Abitur und Studium was Sinnvolles machen wollen. Und der eine oder andere verguckt sich in die Landschaft oder eine Frau und bleibt. Verstehst du?«

Sein neuerliches Lachen klang wie das Quietschen des Stuhls, als er nun wieder vor- und zurückwippte. Er zog die Mappe mit dem Großer Arber zu sich. »Zurück zur Bürokratie! Da schaust du mir besser nicht zu, so genau willst du gar nicht wissen, wie viele Auflagen und Regeln es gibt …«

»Und was ist mit der Regel, dass bei einem fairen Wettbewerb der Gewinner nicht schon vorher feststeht?«

Lars winkte bloß ab und grinste sie spöttisch an. »Aussteiger kommen und gehen. Ob du bleibst, weiß ich nicht. Aber eins weiß ich: Die, die hier geboren wurden und immer geblieben sind, die halten zusammen.«

Ellen fühlte, dass es keinen Sinn machte, darüber zu

diskutieren. Sie nahm ihren Regenschirm und verließ schweigend das Gemeindeamt.

Aus den dicken Tropfen, die bei ihrer Ankunft auf die Dächer geplatscht waren, war ein feiner, salziger Sprühregen geworden. Die Wolken hingen tief am Himmel, es ließ sich keine Grenze zwischen ihnen und den Nebelschwaden, die vom Boden aufstiegen, ausmachen. Das Feste, Unverrückbare hatte keinen Platz in dieser dampfenden Welt. Aus Aquarellfarben war sie gemalt, mit sanften schlierigen Farbverläufen. Die Warften blieben graue Flecken auf dem weißen Hintergrund, nichts Trutziges, fest im Boden Verankertes, nur lose Festgebundenes.

Das, was Ellen an diesen Ort band, war in diesem Moment nicht viel reißfester. Die Frage, was sie nun tun sollte, durchwaberte sie. Ihre Gefühle waren konturenlos, versickerten ineinander: Ärger, Ohnmacht, Hilflosigkeit. Am tiefsten schnitt die Enttäuschung. Enttäuschung, weil sie mit dem Museum scheitern würde. Enttäuschung, dass Liske nicht nur ihr Angebot ausgeschlagen hatte, eine Vertraute, eine Freundin wie einst zu sein, sondern es nicht einmal für nötig befand, sie wie eine würdige Konkurrentin zu behandeln.

Ellen spürte, wie die Nässe sie von allen Seiten durchdrang. Sie blickte sich um, sah etliche gelbe Regenjacken von Touristen inmitten des Grau, Glühwürmchen, die vergebens ein Licht suchten, um das sie kreisen konnten.

Wohin konnte sie gehen?

Jakob ihr Herz auszuschütten hätte bedeutet, auch Metha ihr Scheitern einzugestehen. Aber Ellen war noch nicht bereit, sich damit abzufinden.

Liske zur Rede zu stellen hätte nur noch mehr Ablehnung heraufbeschworen. Das hätte Ellen jetzt nicht ertragen.

Sie überlegte, andere Halligbewohner aufzusuchen, die ebenfalls am Wettbewerb teilnahmen. Aber vielleicht standen die genauso hinter Lars und Liske, die sie als die Ihrigen anerkannten.

Klamme Kälte ließ sie zittern. Ehe sie entschied, was der nächste Schritt war, musste sie sich aufwärmen.

Also folgte sie einem Pfeil, der auf Hinrichs Buernhus wies, höchstens hundert Meter vom Gemeindeamt entfernt. Ein Schild bewarb die ganztägig warme Küche, Pharisäer, Krabbengerichte und Mehlbüddel.

Ellen kam vom Feuchten ins Trockene. Nicht unbedingt ins Warme. Die Luft war abgestanden, es roch nach Grünkohl, einem Gewürz, das sie nicht benennen konnte, schlechter Laune.

Obwohl die Tür laut hinter Ellen zufiel, bemerkte Anni sie nicht. Josselines Mutter saß im Büro gleich neben dem Eingang. Eine schmale junge Frau, die sich zwei Bleistifte in den Haarknoten gesteckt hatte, etliche Strähnen fielen ihr ins Gesicht. Ihre Finger klopften nicht auf die Tastatur des Computers vor ihr, sondern auf die Tischplatte. Hinter ihr stand Emmi, der Haarknoten vom gleichen Strohblond, aber wie festgetackert.

Emmi starrte auf den Rücken ihrer Tochter, diese starrte auf den Bildschirm. Sie stritten leise, aber erbittert.

»Hilfst du jetzt endlich in der Küche?«

»Es ist gerade mal elf.«

»Eben, jetzt haben wir Zeit, alles in Ruhe vorzubereiten.«

»KayKay hat geschrieben.«

»Und? Weiß er endlich, ob er kommt, um die Kochlehre abzuschließen? Wir brauchen ihn im Sommer.«

»Das Einzige, was dich interessiert, ist, ob du genug Personal hast. Ob die Leute für dich arbeiten.«

»Arbeiten ist nun mal das Einzige, womit man Geld verdient.«

»KayKay verdient mit dem Rappen Geld, er hat einen Gig in Kamp-Lintfort.«

»Also kommt er nicht.« Emmi klang verärgert, weil sie keinen Hilfskoch bekam, und erleichtert, weil sie keinen Schwiegersohn bekam. Ehe sie noch etwas sagen konnte, entdeckte sie Ellen. Ein Mundwinkel zuckte. »Mit dem Personal ist es eine Katastrophe. Wenn man endlich jemanden hat, gibt's Liebeleien, und alles ist ruiniert. Weißt du, wozu mein Vater mir immer geraten hat? Wenn Kellner und Koch verbandelt sind und das schiefgeht, entlässt man besser die Bedienung als den Koch. Ein Koch ist schwerer zu finden. Aber in diesem Fall …«

»KayKay und ich sind nicht getrennt«, sagte Anni. Sie öffnete ein Musikvideo, Rapmusik ertönte.

»Mach das sofort leiser!«

Anni drehte die Musik auf volle Lautstärke, Emmi hielt sich die Ohren zu. »Fünfundzwanzig Jahre und nach wie vor in der Pubertät«, sagte sie vorwurfsvoll zu Ellen.

»Ich hätte gerne was zu essen.«

»Es ist kurz nach elf.« Sie klang immer noch vorwurfsvoll.

»Ich habe nichts gefrühstückt.« Das stimmte nicht – zum Kaffee hatte sie ein Stück Brot gegessen, war eigentlich satt.

Emmi wies mit der Hand auf die Gaststube, ein länglicher, etwas überladener Raum. Die friesenblauen Wände wirkten kalt, das Braun der Stühle wärmer, beides passte nicht zusammen. Gut ergänzten sich dagegen die alten Seemannskisten in den Ecken, die kleinen Schiffsmodelle in den Fensternischen und der Bileggerofen aus dem 19. Jahrhundert. Nur der neue Bilderrahmen, der darüber hing, war der Schwarze Peter im Nostalgiespiel. An den Ecken schloss er nicht ganz, das Bild darin suggerierte ein Idyll, das es nie gegeben hatte: eine Heuernte auf der Hallig.

Die Luft war feucht und schwer, über einem Stuhl hingen die Regenjacken zweier Touristen, die bei einem Kännchen dampfenden Kaffees saßen. Mit den Stoffservietten wischten sie sich über die feuchten Haare.

Emmis Mundwinkel zuckte wieder, in der Ecke hockte der alte Joeke. Er hielt die Augen geschlossen, hatte den Kopf in den Nacken gelegt, als ließe er sich von der Sonne bescheinen, und murmelte vor sich hin. »Woll hett mit dat Leven mien Verlangen stillt, hett mi alls gegeven, wat min Hart erfüllt. Alls is verswunnen, wat mich quält, doch dat Lengen blievt.«

»Du bist jetzt mal ganz still«, schimpfte Emmi in seine Richtung, obwohl er nicht annähernd so laut war wie KayKays Song.

Joeke öffnete die Augen, grinste an ihr vorbei. »Tegen'n Foor Mess kannst nich anstinkn.«

Emmi drängte Ellen zu einem Tisch, drückte ihr eine Speisekarte in die Hände und ratterte die Tagesempfehlung herunter: hausgemachtes Sauerfleisch vom Schweinenacken mit Remouladensoße oder Matjesfilet nach Hausfrauenart.

In Ellens Mund schmeckte es säuerlich. »Erst mal trinke ich einen Tee.«

Als Emmi den schwarzen Tee brachte, hatte Ellen die Karte immer noch nicht aufgeschlagen.

»Du weißt, was du essen willst?«, fragte Emmi.

»Mit dat Eten könst mi dör't Deep jagen.«

Emmi machte den Mund auf.

»Ist schon gut«, sagte Ellen, »ich mag Plattdeutsch, ich würde es gerne lernen.«

Emmi beugte sich vertraulich vor. »An Anni hab ich mir die Zähne ausgebissen, die hat zwei taube Ohren, wenn es ums Platt geht. Die jungen Leute interessiert das nicht mehr.«

»Ich finde es wichtig, an Traditionen festzuhalten«, sagte Ellen. »Hast du dir schon mal überlegt, typische Halligküche anzubieten?«

Emmi trat einen Schritt zurück. Ihre Schultern bebten. »Was soll das denn heißen?«, fragte sie barsch. »Ist ja nicht so, dass es hier Weißwürschtl und Brezn gibt.«

»Stimmt schon, ich dachte nur, traditionelle Küche ist ja wieder in, selbst Almut will ein Restaurant eröffnen – mit typischen Gerichten von den Halligen, aus Queller zum Beispiel.«

Ein Lachen sprang über Emmis Lippen, es klang anders als bei ihrem Mann. Bei ihr fehlte der Resonanzraum, der Körper war drahtig.

»Wie will sie denn typische Gerichte anbieten, wenn sie vegan sein müssen?«

Ellen versuchte, sich an die YouTube-Videos zu erinnern, die Liske ihr gezeigt hatte. »Sie würde den Weißkohlpudding ohne Speck machen, die Klümp mit Sirup, aber ohne Milch und Ei, Porenpann geht auch nicht, höchstens die Halligkekse, die Knerken.«

»Wenn man die ohne Ei macht, erstickt man doch«, sagte Emmi abfällig.

Joeke in seiner Ecke schaute herüber und schien auch zu ersticken, aber am Lachen.

»Eben«, sagte Ellen, »aber du könntest originalgetreu kochen. Fliederbeersuppe mit Klößen, Krabbenfrikadellen mit Schinken und Pellkartoffeln, Futtjes und Friesenschnitte. Das würde noch ein bisschen ... ursprünglicher wirken.« Sie blickte sich wieder um, wies mit dem Kinn Richtung Seemannskisten und Bileggerofen. »Die Einrichtung erinnert ja auch an frühere Zeiten. Das finde ich großartig, dass diese Kostbarkeiten keinem modernen Zeugs weichen mussten. Du könntest auf die Tische vielleicht Comforts stellen, mit glimmenden Holzkohlen, auf denen der brodelnde Kessel mit dem Tee steht.«

»Und was genau soll das bringen?«, fragte Emmi, klang aber nicht länger misstrauisch, sondern neugierig.

»Wenn es erst mal ein historisches Museum gibt, könnte man eine eigene Abteilung über das Kochen anno dazumal einrichten«, erklärte Ellen eifrig. »Ausgestellt werden alte Kochbücher, Geschirr, Servietten, vielleicht ein Ofen, in dem Brot gebacken wurde. Wusstest du, dass sich davor eine Vertiefung für die Füße befand? So hatte man Platz, wenn man das Brot hineinschob und herausholte, um die Asche abzuklopfen.«

Emmi legte den Kopf schief. »Wenn wir das Brot selbst backen würden, wäre es billiger. Aber wir haben keinen Koch.«

»Wenn durch das Museum das Interesse an der ursprünglichen Halligküche geweckt wäre, würden die Museumsbesucher sicher gerne die eine oder andere Spezialität probieren«, fuhr Ellen fort. »Auf den Eintrittskarten könnte man auf Hinrichs Buernhus verweisen. Und im

Museum einen Prospekt für deine Ferienwohnungen auslegen.«

Emmi verzog den Mund.

Ellen senkte den Kopf. Trotz ihres Eifers schämte sie sich etwas für das, was sie da versuchte: Arjens Geschichte auf bissfeste Häppchen zurechtzustutzen, damit sie auf einem Teller Platz fand. Was war daran anders, als eine Küstenseeschwalbe Ida zu nennen oder ihr ein Krönchen aufzusetzen?

Aufhören konnte sie trotzdem nicht.

»Dein Mann will das Museum nicht fördern, er unterstützt das Vogelschutzprojekt von Liske und Almut. Klar, die jungen Leute kann man nur auf die Halligen locken, wenn man ihnen eine Stelle beim Küstenschutz anbietet. Das ist eine attraktivere Arbeit als bei dir in der Küche. Denen geht es weniger ums Geldverdienen als um ... Selbstverwirklichung.«

Emmi verzog das Gesicht. »Die jungen Leuten halten es nicht über den Winter aus. Im Sommer sind sie noch so begeistert von der Natur. Aber wenn's hart auf hart kommt ...«

»Ich werde bleiben.«

»Ja?«, fragte Emmi gedehnt. »Willst du wirklich weiter bei Liske wohnen? Ich kann dir eine unserer Ferienwohnungen geben, auf Dauer mache ich dir einen besonders günstigen Preis.«

Zwei Bilder gingen Ellen durch den Kopf: von der Kaffeekanne, die immer noch jeden Morgen gefüllt auf dem Küchentisch stand, und von dem Regal in ihrer Ferienwohnung, in dem all ihre Bücher Platz fanden. Solange sie bei Liske wohnte, war das, was sie heute in Hinrichs Buernhus trieb, keine Intrige, nur der legitime Versuch, sich als ernst zu nehmende Gegnerin zu behaupten.

»Ich werde darüber nachdenken«, sagte sie schnell.

»Und ich spreche mal mit Lars über den Wettbewerb. Das geht doch nicht, dass er einfach allein entscheidet. Weißt du endlich, was du isst?«

Ellen bestellte ein Krabbenbrot.

Als Emmi die Wirtsstube verließ, gluckste Joeke vor sich hin. Sein Blick fiel auf Ellen, prompt fühlte sie sich von ihm durchschaut.

»Doch gaht de Natüür hör ewie Loop un lat sük van nüms besteken.«

»Doch geht die Natur ihren ewigen Gang und lässt sich von niemandem bestechen«, murmelte Ellen.

DAMALS

Die Heimsuchungen hörten nicht auf, sagten die Leute. Ein absonderliches Wort, dachte ich.

Das Meer suchte nicht. Es fand uns immerzu. Am ersten Dezembertag im Jahr 1821 stieg die Flut so hoch, dass mehrere Warften zerstört wurden. Am 4. Märztag 1822 erprobte das Meer eine neue Waffe. Auf dem Wasser, das jene Fennen flutete, wo im Frühling die Kühe grasen sollten, trieben riesige Eisschollen. Sie glitzerten im ersten Licht des Tages, ein Spiegel der Sonne. Den Boden aber machten sie dort, wo sie langsam schmolzen, schwarz und unfruchtbar, ein Spiegel des Todes.

Auch die letzten Halligmänner waren nun überzeugt, dass sie meinem Rat folgen mussten. Nur kurze Zeit später schickten sie einen Bittbrief an die königliche Regierung in Kopenhagen.

Alleruntertänigst baten sie die Königliche Majestät, dass Allerhöchstselbige unter allergnädigster Berücksichtigung der traurigen Lage ihrer Halligen ihnen eine Befreiung von den Königlichen Demats-Geldern, der Grund- und Benutzungssteuer und den Reichsbankzinsen auf zwanzig Jahre bewilligen möge.

Bevor man sich an die Königliche Majestät gewendet habe, habe man bereits einen Bericht über die unerträgliche Not bei dem königlichen Obergericht und dem hohen

Königlichen Amtshaus zu Husum abgegeben. Darin sei von Häusern die Rede, die dringende Reparaturen bräuchten, von Familien, die Hunger litten, weil sie die Vorräte verloren hätten, ganze Kohlgärten zerstört worden seien, ferner von ausgemergelten Kühen, die keine Milch mehr gaben. Oh, möge die Allerhöchste Königliche Majestät sich der unglücklichen Lage der Halligbewohner bewusst werden und ihrer untertänigsten Bitte mitleidigst stattgeben.

Ich hatte den Brief verfasst und den anderen erklärt, so spreche man mit Seiner Majestät. Mit buckelnden Worten und eigentümlich verdrehten Phrasen, denen man anmerkt, dass kein aufrechter, sondern ein kniender Mensch sie geschrieben habe. Anders als dem Meer konnte man einem König schmeicheln. Anders als vom Meer konnte man vom König Gnade erhoffen.

Ich war es auch, der den Brief nach Husum brachte, wo beglaubigt werden musste, dass er wahrhaftig von der Hallig stammte. Das tat ein Husumer Advokat namens Johann Casimir Storm, den ich persönlich aufsuchte.

Als ich sein Stadthaus verließ, stieß ich auf einen kleinen Knaben, vier, höchstens fünf Jahre alt, der auf den Stufen hockte. Er spielte nicht mit Holzschiffen und Murmeln wie andere Kinder. Auf seinen Knien lag ein Buch.

Ich beugte mich zu ihm. Es musste der Sohn von Johann Casimir Storm sein.

Wie heißt du?

Theodor, sagte er und deutete auf das Buch. Er würde gern darin lesen, aber noch seien die Buchstaben verworrene Gestalten, die keinen Sinn ergaben.

Höre nicht auf, es zu versuchen. Hör nicht auf, dein Wissen zu mehren.

Ich will nicht das Wissen mehren, sondern Geschichten erzählen.

War dies das Gleiche, oder waren es Gegensätze?

Hast du auch ein Kind?, fragte Theodor.

Noch nicht, sagte ich, aber bald.

Die Halliglüd warteten einige Wochen auf die Antwort des Königs. Ich wartete seit Monaten auf die Geburt des Kindes, das Gretjen unter dem Herzen trug. Ihr Körper wurde runder, die Hände und Beine wurden dünner. Kräftig blieben sie trotzdem, sie arbeitete bis zum Schluss, und das nicht nur im Garten. Mit der Gliep – einem an einem langen Stiel befestigten Netz – ging sie im ablaufenden Strom auf Krabbenfang, stand bis zu den Oberschenkeln im eisigen Wasser, trug auf den Schultern ein Joch, an dem rechts und links Eimer für die Beute hingen.

Wenn sich das Wasser zurückgezogen hatte, schleppte sie Eimer voller Sandklaffmuscheln, nach denen sie im Watt gegraben hatte.

Du darfst nicht so schwer schleppen, mahnte ich.

Sie lächelte und nickte.

Am nächsten Tag sah ich sie mit der Schaufel in den Prielen, es galt zu verhindern, dass sie vom Schlamm verstopft wurden.

Du darfst nicht so schwer graben.

Wieder lächelte sie.

Am nächsten Tag machte sie aus Schafsmilch Butter. Das Schleudern der Butterschwinge trieb ihr den Schweiß auf die Stirn.

Du darfst gar nicht mehr schuften, sagte ich.

Sie lächelte süß, die Butter schmeckte säuerlich.

An einem Tag im April erwartete die schlimmste Schufterei von allen sie: Gretjen gebar unser Kind. Sie schwitzte und ächzte und wand sich. Mir erschien die Geburt lang und schwer.

Gretjen sagte hernach, kurz und leicht sei sie gewesen. Von ihrem Schreien sollte ich mich nicht täuschen lassen. Wenn neues Leben auf die Welt dränge, sei das wie eine Naturgewalt. Eine solche war nie leise, für den Himmel gleichwohl keine Qual.

Aber für den Menschen, sagte ich, und als ich neben Gretjens Bett niedersank, waren meine Wangen tränennass vor Erleichterung.

Wieder lächelte Gretjen, diesmal triumphierend.

Das Kind greinte, es hätte sich wohl gerne länger versteckt.

Und wenn wir doch gehen, fragte ich, als ich das Bündel Mensch hielt, zu rosig und weich für eine graue, stürmische Welt. Wenn wir von hier fliehen? Wenn die Hallig ein verfluchter Ort ist?

Ich gab ihr das Kind zurück, hatte Angst, es könnte zerbrechen, wenn ich es falsch anpackte.

Gretjen hatte keine Angst, sie packte ja auch das Leben an.

Die Hallig ist kein verfluchter Ort, sondern ein gesegneter, gerade heute kann ich es besonders spüren. Ich will unseren Sohn Halle nennen.

Halle war für sie der rechte Name für ein Halligkind. Für mich klang der Name wie ein Hauch. War ein gehauchter Name nicht zu leise für das Dröhnen des Meeres?

Aber ich wollte ihr den Wunsch nicht abschlagen. Der Kleine lag an ihrer Brust und schmatzte zufrieden.

Als ich ins Freie trat, folgte mir Mareke. Sie hatte Gretjen bei der Geburt beigestanden. Mit wie viel Bitterkeit, weil sie selbst noch kein Kind empfangen hatte, ließ sich nicht von ihrer Miene ablesen.

Sie vergrub den Rest der Nabelschnur neben der Kirche, um kein Unglück auf uns zu ziehen.

Und lass ihn so bald wie möglich taufen, riet sie mir. Wenn er zuvor stirbt, fährt seine Seele in einen kleinen weißen Vogel.

Ich konnte mich nicht erinnern, auf der Hallig je einen kleinen weißen Vogel gesehen zu haben.

Er ist während der Flut geboren worden, fuhr sie fort, das ist ein gutes Zeichen.

Ich sah Richtung Meer. Eben zog sich die Flut zurück, die vielen kleinen Wasserrinnen wie Adern, aus denen langsam das Blut schwand. Das Land war braun wie morsches Holz.

Mareke trat dicht an mich heran. Ihr Atem roch, wie unsere Butter schmeckte. Nach Mangel. Nach Hunger.

Trotz aller guten Vorzeichen musst du gut auf das Kind aufpassen, riet sie mir. Die blaue Ader an der Stirn bedeutet, dass es großen Gefahren ausgesetzt sein wird. Ich habe Angst um das Kind, ich habe Angst um uns.

Das ist doch Unsinn, entfuhr es mir. Blau ist die Farbe des Meeres. Wenn sein Blut diese Farbe hat, ist das ein Zeichen, dass das Kind stark ist wie das Meer.

Es ist ein Zeichen, dass es ein Kind des Meeres ist. Das Meer wird es zurückhaben wollen.

Ich fröstelte und ging wieder hinein.

Hinter mir ertönten Schritte, ich fuhr herum. Hendrik betrat die Dönse.

Ich habe einen Sohn bekommen, rutschte es mir heraus. Du hast einen Neffen.

Ich wappnete mich gegen rüde Worte. Seine Miene war unglücklich. Vater, sagte er nur. Vater ist tot.

Es machte keinen Unterschied, dass er seinen Ziehvater meinte. Die Trauer, die auf seinen Schultern lastete und diesen großen Mann niederdrückte, fühlte sich an wie meine eigene.

Ein zweites Mal hatte Hendrik einen Vater verloren, und wieder gab es keinen Leichnam zu bestatten. Unseren Vater Marten hatte das Meer verschluckt, Rikkart wahrscheinlich auch, was wirklich geschehen war, würden wir nie erfahren. Er und Catherine hielten auf ihrer Warft Hühner, doch diese gaben kaum noch Eier, weswegen er sich auf die Suche nach Möweneiern gemacht hatte. Legte man sie in salzigem Wasser ein, hielten sie ein Jahr. Vielleicht war er von der Abbruchkante gerutscht, weil ihn eine Möwe attackierte, vielleicht weil er so schlecht sah. Die letzte Flut hatte einige Halliglüd mitgerissen, und das Meer hatte sie nicht wieder preisgegeben. Ihre Verwandten hatten einen Finderlohn für die Leichname ausgesetzt, doch dafür hatte Hendrik kein Geld.

Auf den Halligen wurde schon lange kein Holz mehr für Särge verschwendet. Die Toten der armen Familien wurden in ein Tuch eingenäht, die der wohlhabenderen an ein Holzbrett gebunden. Hendrik legte in die Mitte der Dönse ein solches Stück Holz, bedeckte es mit einem Tuch, und die Menschen kamen herbei, um ihm die letzte Ehre zu erweisen. Sie bekreuzigten sich, senkten respektvoll die Köpfe, sprachen nicht aus, dass zwischen Tuch und Holz kein Toter lag. Vielleicht glaubten sie, dort liege die unsichtbare Seele.

Ich kam ebenfalls in die Dönse und bekreuzigte mich.

Wäre ich eine unsichtbare Seele, würde ich lieber mit den Möwen über den Wolken fliegen, als auf hartem Holz zu liegen.

Der Tag von Rikkarts Begräbnis war zugleich der Tag von Halles Taufe.

Mareke schenkte dem Kleinen eine Mütze, aus Seidenstoffen, in verschiedenen Farben genäht und mit gelber Spitze besetzt.

Für Rikkart hatte sie dagegen einen Totenkranz geflochten, obwohl solcher eigentlich nur für die aufgehängt wurde, die bei einer Schifffahrt auf See geblieben waren.

Mareke legte eine geöffnete Schere in die Wiege von Halle, um Hexen und Dämonen fernzuhalten. Gretjen lachte, nahm die Schere aus der Wiege, daran schneidet er sich doch blutig. Mareke schnaubte und riet ihr, wenigstens die Wickelbänder kreuzweise zu überschlagen, zwei Nähnadeln in Form eines Kreuzes über die Haustür zu hängen und eine Bibel in die Wiege zu legen. Ich habe solche Angst um ihn, ich habe Angst um uns.

Auch dagegen verwahrte Gretjen sich.

Rikkarts Frau Catherine wickelte schwarze Florbänder um eine Wachskerze. Erst stand diese beim leeren Holzbrett, später in der Kirche. An allen großen Festtagen würde sie brennen.

Hinterher wurde getafelt. Bei der Taufe gab es Weinsuppe, Schinken und dick gekochten Reis. Im Reis steckte ein silberner Löffel, der künftig dem Kind gehörte.

Beim Leichenschmaus wurden Biersuppen und Branntwein gereicht, außerdem viel Tabak. Bis zum Abend wurde geraucht, die Männer und Frauen saßen ausnahmsweise zusammen.

Ich habe Rikkart wandern gesehen, sagte Mareke, aber er ging nicht auf die Kirche zu, sondern zu jenen Löchern, wo er früher Torf gegraben hat. Danach verschwand er in den leeren Hütten der Salzsieder.

Hör auf mit dem Unsinn, befahl Hendrik.

Es ist kein Unsinn. Ich habe gesehen, wie der Hund heulte, erst in die Richtung, aus der der Tote kam, dann in die Richtung, in die der Tote ging.

Hör auf, sagte Hendrik wieder.

Mareke hielt den Mund, Hendrik verließ den Raum.

Ich folgte ihm ins Freie. Der Himmel glich schwarzen Wasserfluten. Wo er auf das Meer traf, drang durch einen dünnen Kratzer das letzte Licht des Tages, rot wie Blut.

Ich sah Hendrik kaum, aber ich hörte ihn, wie er den Boden harkte, der an vielen Stellen von einer dicken Schicht aus Sand, Muscheln und Schneckengehäusen bedeckt war. Eine feste Schicht war daraus geworden, unter der nichts mehr atmen konnte. Hendrik bearbeitete sie mit einem einfachen Pflug – ein langes Holzstück, an dessen Ende ein Kuhhorn steckte, aus dem wiederum ein Messer ragte. Wieder und wieder stieß er zu, bis der Panzer bröckelte. Der des Bodens. Der seiner Seele.

Ich erinnere mich an Vaters Tod, sagte er plötzlich.

Ich wusste, dass er nicht Rikkart meinte, sondern unseren Vater. Marten.

Ich erinnere mich an Mutters Tod, fügte er hinzu. Ich bin davongelaufen vor ihr und ihrem Geschrei. Und dann bist du davongelaufen vor mir und meinem Geschrei.

Etwas perlte über sein Gesicht, im kraftlosen Licht erkannte ich nicht, ob es Schweiß oder Tränen waren.

Nun bin ich hier, sagte ich.

Ich wollte meine Hand auf seine Schulter legen, doch ich wusste nicht, ob er dies dulden würde. Also ergriff ich ebenfalls einen Pflug und harkte und harkte. Bald weinte und schwitzte auch ich.

Rikkart hieß es gut, den König um Steuernachlass zu bitten, sagte Hendrik. Rikkart fand auch, dass wir unsere Hallig besser schützen müssten, womöglich gar mit einem Deich.

Der Amtmann von Husum, der im Namen des dänischen Königs Recht zu sprechen und für Ordnung zu sorgen hatte, hatte dem König unseren Brief vorgelegt. Dessen Antwort überbrachte ein Ratsmann, der wiederum unter dem Amtmann stand. Er reiste regelmäßig auf die Hallig, um die Kopfsteuer, die er selbst berechnete, einzutreiben. Nun kam er mit der Mitteilung des Königs. Der König hatte sich von unseren buckelnden Worten nicht gnädig stimmen lassen. Die Allerhöchste Majestät verlangte weiterhin von ihren allerniedrigsten Untertanen sämtliche Steuern und Rückzahlungen von Schulden. Die Schatullen mit den Ersparnissen der Halliglüd würden sich leeren, die Schüsseln, aus denen man die Grütze kratzte, ebenso. Nur der riesige Weltenkessel, in dem das Meer schäumt und brodelt und über dessen Ränder es manchmal schwappt, würde sich nicht leeren.

12

Es waren noch zwei Wochen bis zum Beginn der Sommerferien, zwei Wochen bis zum Halligfest. Dort, wo die Salzwiesen am häufigsten überflutet waren, war die Hallig nicht gelbgrün, sondern sah aus wie verschneit. Die Blüten, die zwischen den Gräsern hervorlugten, waren von einer dünnen Salzschicht überzogen. Pflückte man sie und roch daran, stieg einem der Geruch des Meers in die Nase: der Löwenzahn, gelbe Sprenkel, die Strandastern, goldene Tupfer, der Strandbeifuß, silbergraue Fäden, die Grasnelke mit rosafarbenen Blättern wie Sterne, oft unter dem Andelgras versteckt. Dazwischen wuchs Wermut, aus dessen silbrigem Ton im Abendlicht ein bronzener wurde. Im Hochsommer würde er die Halligwiesen rotviolett färben.

Hummeln und Falter tummelten sich im riesigen Selbstbedienungsladen unter freiem Himmel, Schwebfliegen, Käfer und Schnaken, hin und wieder Touristen, die abseits der Wege vorsichtige Schritte machten, als würden sie auf Stelzen staken. Einmal sah Ellen ein Mädchen, das Blumen pflückte und zu einem Kranz flocht. Wahrscheinlich war das verboten, aber Ellen lächelte im Vorbeigehen in sich hinein.

Sie nahm sich vor, öfter stehen zu bleiben, innezuhalten, zu genießen, dieses Halligparfüm einzuatmen, erfrischend und herb, vermischt mit dem Gestank aus Prielen, umso brackiger und fischiger, je höher die Sonne und je tiefer das Wasser stand.

Aber dafür hatte sie keine Zeit.

Sie hatte für viele Dinge keine Zeit mehr. Einmal traf sie sich mit anderen Halliglehrerinnen in Schlüttsiel. Als sie die Fähre bestieg, ging ihr auf, dass sie das zum ersten Mal seit dem Tag ihrer Ankunft vor über zwei Monaten tat.

Eine Kollegin, die ihre Wochenenden in Niebüll verbrachte, schüttelte den Kopf. »Ich würde einen Rappel kriegen.«

»Ich vermisse nichts«, hatte Ellen gesagt.

Das stimmte nicht ganz. Zwar brauchte Ellen das Festland nicht – der Halligboden war das festeste Land, auf dem sie je gestanden hatte –, aber etwas anderes fehlte ihr.

»Na, meinem Mann habe ich was erzählt«, hatte ihr Emmi beim nächsten Besuch in Hinrichs Buernhus berichtet. Danach zu urteilen, wie es klang, wenn Emmi ihrer Tochter was erzählte, hatte Lars Poppensen nichts zu lachen gehabt.

Lange hatte es Ellen nicht befriedigt. Liske sprach sie nie darauf an, stellte weiterhin morgens Kaffee in die Küche und behandelte sie ansonsten wie Luft. Eines Abends aber bekundete sie deutlich, dass Ellen in ihrer Familie keinen Platz hatte. Ellen las Jasper noch manchmal vor, doch nun hatte Liske vor der Kinderzimmertür gestanden, ein Buch in der Hand. »Das mache ich schon selbst.«

Ellen hatte immer geglaubt, damit vor allem dem Jungen einen Gefallen zu tun. Nun musste sie sich eingestehen, wie sehr sie das lieb gewonnene Ritual vermisste.

Einmal sah sie auf dem Heimweg von der Schule Jasper bei der Schleuse eines Siels.

»Na«, fragte sie, »fängst du Strandkrabben?«

»Die hier sind schon ausgeweidet«, erzählte er begeistert. »Auf den Steinkanten liegen nur noch klein gemahlene Kalkteile, die die Möwen ausgekotzt haben.«

Sie erinnerte sich daran, wie sie sich einst gemeinsam mit Liske über die Überreste eines Tieres gebeugt hatte.

»Ich habe mal einen Frosch gesehen, den nennt man hier Hopeltuuts, stimmt's?«

»War er tot?«, fragte Jasper. »Platt getreten? Oder war ein Schenkel ausgerissen? Es gibt Menschen, Farzosen oder Anzosen, die reißen Fröschen bei lebendigem Leib die Beine aus.«

»Das sind Franzosen, und das tun sie nicht.«

»Sie essen keine Froschschenkel?«

»Schon, aber sie reißen sie nicht aus, solange die Frösche noch leben.«

Ellen drängte es, zu verweilen und herauszufinden, was das Tote Jasper gab und was er vom Lebendigen nicht bekam. Sich neben ihn auf die Wiese zu setzen und Ausschau zu halten nach einem Hopeltuuts, der mit langer Zunge Insekten fing. Aber das war nicht ihre Aufgabe. Außerdem war ihr Zeitfenster ebenso platt getreten wie der Frosch damals, zwischen Schule, Proben und Vorbereitungen für das Halligfest.

Für die Treffen mit Jakob nahm sie sich Zeit. Nicht so viel, wie sie gerne gehabt hätte, nicht genug für lange Unterhaltungen. Aber gesprochen hatten sie von Anfang an nicht viel.

Heute zeigte er ihr, wie man ein altes Stuhlgestell restaurierte. Sie prüften es auf wurmstichige Teile und lockere Verbindungen, besserten gebrochene Zapfen und ausgerissene Zapfenlöcher aus, vernähten die Federn auf der Stuhlunterseite mit echtem Binsengeflecht.

Sie sprachen über die Stücke, die Jakob für das Museum spenden wollte: Alabasterfiguren, mit denen die Halliglüd gerne ihre Dönse geschmückt hatten, Kacheln mit Seefahrtsmotiven, die früher die Wände bedeckt hatten, eine Tür in Friesischblau.

Was macht man mit einer Tür ohne Zimmer?, hatte Ellen sich gefragt. Was, wenn das, was sie auf der Hallig aufbaute, wie diese Tür war, schön anzuschauen, aber nutzlos?

Wenn sie mit Jakob zusammensaß und Tee trank, bot ihnen das Schweigen einen gemeinsamen Raum. Einen, den sie betreten und in dem sie bleiben konnten, solange sie wollten.

Ellen sah ihm gerne zu, wenn er Tee kochte. Wie das Restaurieren war es keine Arbeit, sondern eine Kunst. Nichts geschah gedankenlos, immer ging er bedachtsam vor. Selbst wenn er die Teekrümel auf der Arbeitsplatte wegwischte, tat er es sanft und vorsichtig. Nur wenn er vor der vollen Tasse saß und keine Anstalten machte, diese zu umfassen, kam es Ellen vor, als lebte Jakob in einem Kokon. Er riskierte nicht, sich zu verbrennen. An der Werkbank trug er Schutzkleidung, im Leben auch.

Wenn er dann doch die Tasse an den Mund setzte, die Unterlippe ans Porzellan legte, nahm er unendlich langsam nur einen winzigen Schluck, als müsste er sparsam sein, nicht nur mit dem Tee, sondern mit kleinen Glücksmomenten. Auch das Epoxidharz verwendete er nur tropfenweise, denn nahm man zu viel, perlte es über das Holz und hinterließ unschöne Nasen. Er rührte den Tee nie um. Besser, man wühlte nichts auf.

»Warum hast du keine Fotos von deiner Frau hier stehen?«

Er zuckte die Schultern. »Ich glaube, Metha will das nicht.«

»Hast du mit ihr darüber geredet?«

Wieder zuckte er die Schultern, und Ellen wagte es nicht, weiter nachzuhaken.

Jakob stellte seinerseits nie Fragen, nur einmal wurde er persönlich.

Unter den vielen alten Dingen, die er in dem Haus aufbewahrte, war ein Kreuzstich mit einem Sinnspruch: »Ein vernünftig Weib erfreut des Mannes Herz.«

»So sind sie im Norden«, sagte Ellen lachend. »Da wollen sie vernünftige Frauen, keine schönen und leidenschaftlichen, keine zärtlichen und liebevollen.« Sie hielt kurz inne. »Ich war immer zu vernünftig.«

Jakob sah sie prüfend an. »Ist das so?«

Er rührte nicht in seinem, sondern in ihrem Bodensatz. Erinnerungen wirbelten durcheinander. Natürlich war sie vernünftig, sie hatte sich nie in Abenteuer ohne Sicherheitsnetz gestürzt.

Er sah ihr an, wie es in ihr arbeitete, sagte dann leise: »Wenn du mich fragst, wie ich dich beschreiben würde, dann wäre vernünftig nicht das Erste, was mir in den Sinn käme.«

»Was dann?«

Er überlegte lange. »Beharrlich.«

Seiner Stimme war nicht anzuhören, ob er das für erstrebenswert hielt oder nicht. Er bewertete auch ein altes Möbelstück nicht danach, ob es schön oder hässlich war.

»Willst du den Kreuzstich fürs Museum?«, fragte er dann.

»Das ist eine gute Idee. So vieles hier erzählt eine Geschichte.«

Seit Ellen beim Anblick der alten Seemannskiste damals die Geschichte von Ipsen erfunden hatte, hatte sie sich bei vielen Stücken ausgedacht, wem sie gehört haben könnten, was derjenige erlebt und erlitten hatte, ob es ein glücklicher oder unglücklicher Mensch gewesen war, ein liebender oder gefühlskalter. Jakob lauschte immer neugierig, manchmal schmunzelnd – nur seine eigene Geschichte erzählte er nicht.

»Aber auf Gretjen passt der Spruch nicht«, sagte er jetzt.

Ellen sah ihn verwundert an. Sie konnte sich nicht erinnern, ihm jemals den Inhalt der Chronik erzählt zu haben. Vielleicht hatte Metha das getan. Sie lächelte.

»Warum nicht?«

»Gretjen war alles, nur nicht vernünftig.«

»Aber beharrlich, sie konnte das Leben auf der Hallig nicht aufgeben.«

»So ist es wohl«, murmelte Jakob, und bald verabschiedete er sich von ihr, wie er sich immer verabschiedete, mit einem Nicken, einem Lächeln, warm wie der Tee, zugleich zu dunkel, als dass man auf den Grund der Tasse hätte sehen können. Sie hätte ihn gerne umarmt, doch sie traute sich nicht.

Liske schien in diesen Wochen auch nicht viel Zeit zu haben.

Ellen traf sie weiterhin oft in der Küche an, über Almuts Zettel gebeugt, die, aus der Ferne betrachtet, Stadtplänen glichen. Ihr Projekt sei eine spannende Reise, erklärte Almut Liske, sie beide so etwas wie Reiseleiter. »Wir müssen die Menschen mitnehmen, wir müssen die Richtung vorgeben.«

Die Zettel waren voller Sprechblasen, Skizzen, Moodboards, voller Quadrate, die labyrinthartig mit Pfeilen verbunden waren. Darin las Ellen Schlagworte wie ZWECK, MITTEL, MEDIEN. Das Medienquadrat sah aus wie eine Mauer, in jedem Ziegelstein war ein weiteres Wort eingefügt:

Konventionelle Methoden: Poster, Vorträge, Lehrpfade.

Audiovisuelle Methoden: Multimediaräume, Videoclips, elektronische Infoboards.

Liske konnte mit den Ziegelsteinen nicht viel anfangen.

»Auf Hiddensee«, hörte Ellen sie sagen, »haben sie eine Glasvitrine mit einem Landschaftsmodell. Und in einer anderen ist zu sehen, wie eine Uferschwalbe in ihrer Brutröhre gerade von einer Kreuzotter angegriffen wird.«

Almut fand Kreuzottern gruselig. »Aber es wäre toll, wenn die Decke verglast wäre, sodass man sehen kann, wie sich eine jagende Küstenseeschwalbe senkrecht in die Nordsee stürzt. Und in kleinen Glasflaschen könnte man Sanddorn abfüllen und verkaufen.«

»Was hat das mit der Küstenseeschwalbe zu tun?«

»Sanddorn ist sehr vitaminreich. Ida will doch, dass die Kinder gesund sind.«

Sie bemerkten Ellen, Almut raffte die Pläne an sich. Ellen tat, als hätte sie nichts gesehen. Deine Kreise und Quadrate und Pfeile kannst du gerne behalten, dachte sie missmutig.

Später machte sie selbst einen Plan voller Kreise, voller

Quadrate und Pfeile und ging damit zu Jo, der nun regelmäßig die Markierung der Laufrunde auffrischte. Ellen fragte, ob er auch beim Bühnenbild helfen könne. Weil sie die Bühne nicht lange für sich hätten, würde die Zeit fehlen, viele Requisiten aufzubauen, aber sie dachte an eine große bemalte Leinwand im Hintergrund.

Jo lachte gutmütig. »Ich hab's schon mitbekommen, du konkurrierst mit meiner Frau.« Es klang respektvoll.

»Und deswegen kannst du nicht helfen?«

Er lachte wieder, zupfte an seinem Sportdress, den er immer noch oder schon wieder trug – ein Leben im Trainingsmodus. »Ich hab mit den Jungs den Text gelernt«, sagte er verschwörerisch. »Wenn Almut sich an etwas festbeißt, lässt sie nicht locker«, fügte er warnend hinzu.

Ellen lächelte gelassen. »Ich wäre dir sehr dankbar, wenn du uns helfen würdest.«

»Wie soll das Bühnenbild ausschauen?«

»Ich habe an Fennen gedacht, die über und über mit Blumen übersät sind. Löwenzahn, Salznelken, Halligflieder, der kann schon lila sein wie im Hochsommer.«

»Ich kann die Farben und eine Leinwand beschaffen, aber beim Blumenmalen bin ich raus.«

»Das können die Kinder machen.«

Kinderbilder hatten die Macht, Idas Sanddornsaft in den Schatten zu stellen.

An dem Tag, nachdem Jo am Festland Farben und Leinwand besorgt hatte, kam Ellen etwas zu spät in die Schule. Mit der schweren Rolle hatte sie nicht radeln können, den Fußweg hatte sie unterschätzt. Die Klasse war fast leer. Nur Metha saß an ihrem Platz in der dritten und letzten Reihe, den Schulranzen auf dem Tisch.

»Wo sind denn alle?«, fragte Ellen verblüfft.

»Die Schule fällt heute aus«, murmelte Metha, ihr Gesicht so finster und abweisend wie schon lange nicht mehr.

»Sagt wer?«

Das Mädchen verdrehte die Augen. »Almut will, dass wir heute Plastikmüll einsammeln.«

Es dauerte lange, bis sie Metha davon überzeugt hatte, mit ihr zu kommen und die anderen zu suchen. Es dauerte noch länger – fast eine Stunde –, bis sie die Kinder gefunden hatten, auf einer Salzwiese in der Nähe des Vogelschutzgebiets.

»Warum müssen wir dorthin?«, hatte Metha immer wieder gefragt.

»Müllsammeln ist doch eine gute Sache«, hatte Ellen erklärt. Sie wollte dem Mädchen nicht zeigen, wie überrumpelt sie sich fühlte, wie verärgert sie insgeheim war.

Als sie die anderen erreichten, ließ Metha sich ins Gras fallen, als wäre jeder weitere Schritt eine Zumutung. Ellen blieb bei ihr stehen, um fürs Erste zu beobachten. Die Wut schwelte in ihr, aber die Szenerie war so friedlich.

Noch sammelte niemand Müll. Die Kinder umkreisten eine Horde Lämmer in einem Alter, da sie nur noch selten mähend hinter dem Alttier hinterhertrabten. Sie kletterten mit ihren Vorderhufen aufeinander, um sich gegenseitig an den Ohren zu knabbern, tollten in Gruppen herum, vollführten waghalsige Sprünge.

Ob er auf einem reiten könne, fragte Nils.

»Er wirft dich ab wie ein Bulle«, sagte Jan, »und sein Vater sticht dir die Augen aus.«

Josseline hatte Andelgras gepflückt, um die Lämmchen zu füttern, doch immer wenn eines ganz nahe kam, zuckte sie zurück.

Almut kniete sich neben sie, erklärte ihr, dass sie das Gras ruhig halten müsste. »Sie sind süß, nicht wahr? Das hier kannst du streicheln.«

Inmitten vom Toben und Streicheln stand Liske wie ein Klotz. Es war merkwürdig, sie stehen zu sehen. Liske stapfte oder arbeitete normalerweise, und wenn es nicht anders ging, wie beim Essen, saß sie still.

»Können wir jetzt weiter?«, fragte Liske ungeduldig.

Almut hatte keine Eile. »Andelgras und Rotschwingel sind bekannt für ihren Nährwert – deswegen kommt im Sommer so viel Gastvieh auf die Hallig.«

Jasper war auch da und riss Gras aus, er hatte keine Angst vor der rauen Zunge des Lämmchens. »Es gibt Lämmer, die vertragen das salzige Gras nicht und sterben.«

»Aber nein«, sagte Almut heiter und streichelte nicht über das Lämmchen, sondern über Josselines Kopf. »Die Schafe hier sind widerstandsfähig und genügsam, so schnell sterben die nicht. Darum haben sie auch so ein dickes Fell.«

»Bei einer Sommerflut können sie ersaufen, weil sich das Fell so schnell vollsaugt.«

Almut ignorierte ihn. »Nachdem sie geschoren sind, wird aus dem Vlies ganz feine Wolle gemacht, und daraus Handschuhe, die du im Winter trägst.«

Josseline sah nicht aus, als würden Handschuhe sie trösten. Liske sah nicht aus, als könnte sie noch länger stillstehen. »Diese Schafe werden größtenteils geschlachtet«, schaltete sie sich ein. »Gute Fleischschafe geben meist nur grobe Wolle.«

»Das Lämmchen stirbt?«, fragte Josseline.

Jasper holte tief Luft. »Einmal haben sich die Schafe nach der Schur ganz dicht aneinandergedrängt, weil ihnen so kalt war. Sechzig sind erstickt.«

Liske war von einem Bein aufs andere getreten. »Das stimmt doch gar nicht«, sagte sie, »es waren höchstens fünfzig.«

Almut zog ihre Hand von Josselines Kopf zurück und entschied sich für einen Themenwechsel. »Wisst ihr, dass die Salzwiesen eine enorm große Artenvielfalt aufweisen? Sie bieten über zweitausend Insektenarten Nahrung.«

Niemand wusste es, und niemand interessierte sich dafür. Josseline schnitt sich am harten Andelgras und weinte. Nils kam auf die Idee, es als Peitsche zu benutzen. Almut packte ihn von hinten und zog ihn mit sich.

»Schaut doch mal diese süßen Wollquasten an!«, rief sie vor Anstrengung ächzend. »Mutterschaf und Lamm werden mit der gleichen Farbe markiert.«

»Mhm«, bestätigte Jasper, »die werden durch die Ohren gestochen.«

Josseline vergaß die kleine Wunde auf ihrer Hand. »Spüren die Lämmer das?«

Liske riss endgültig der Geduldsfaden. »Los jetzt, ins Watt! Wir wollten doch Müll sammeln.«

Ellen verlor ebenfalls die Geduld. Sobald Almut ihren zweiten Sohn eingefangen hatte, stellte sie sich ihr in den Weg.

»Sie können nicht ohne mich entscheiden, dass die Schule ausfällt«, sagte Ellen grußlos. Den Halligtonfall – keine Zeit für Geplänkel – hatte sie mittlerweile drauf.

Almut schien kein schlechtes Gewissen zu haben. Sie wirkte grimmig, ungehalten. Doch dann entdeckte sie Metha an Ellens Seite, ein schwarzer Fleck in der grünweißen Landschaft, und brachte ein Lächeln zustande. »Ach, wie schön, dass du doch mitmachst.«

»Und Sie können die Kinder während der Unterrichtszeit nicht einfach aus der Schule holen«, fuhr Ellen ungerührt fort.

»Es ist ja nicht so, dass ich sie entführt hätte«, erwiderte Almut lämmchensüß und durch zusammengebissene Zähne. »Selbstverständlich hätte ich das mit Ihnen abgesprochen, aber Sie waren nicht da, obwohl die Schulstunde schon begonnen hatte. Und es ist nicht so, dass die Kinder heute nichts lernen, im Gegenteil. Oder sehen Sie das anders?«

Ellen sah jedenfalls nicht ein, dass sie auf Zeit für die Proben verzichten sollte. Aber ehe sie etwas einwenden konnte, wurde Almut von ihren Söhnen mitgerissen.

»Müll sammeln, Müll sammeln!«, riefen Jan und Nils begeistert.

Als Liske ihnen folgen wollte, baute sich Ellen vor ihr auf.

»So ein Projekt sollte in Zusammenarbeit mit mir im Unterricht vorbereitet werden.«

»Willst du leugnen, dass Plastikmüll eine Katastrophe ist?«

»Warum bist nicht wenigstens du auf die Idee gekommen, mir Bescheid zu sagen? Das ist doch das Mindeste!«

Kurz wirkte Liske schuldbewusst. Dann versteinerte ihre Miene. »Du hast mich auch nicht gefragt, bevor du zum Bürgermeister gerannt bist und danach zu Emmi«, sagte sie leise.

»Darum geht es hier also«, entfuhr es Ellen.

»Almut sagt, dass die Vögelchen sterben, wenn sie

Plastik fressen«, warf Josseline ein. »Wir müssen die Vögelchen doch retten.«

Lorelei trat ebenfalls auf sie zu. Ellen hatte sie bis jetzt nicht gesehen, sie hatte im hohen Gras gesessen. Mit ungewohntem Eifer erklärte sie: »David meint auch, dass der Plastikmüll ein riesiges Problem ist. Er kommt später vielleicht auch vorbei, um zu helfen.«

Ellen zögerte. Sie wollte nicht die Rolle der Spielverderberin einnehmen. Die Rolle der Lehrerin, die ihre Autorität einbüßte, allerdings auch nicht.

Sie klatschte in die Hände. »Alle mal herhören!«, rief sie laut. Sie wartete, bis auch die Zwillinge innehielten. »Ich bin einverstanden, dass wir heute einen Projekttag zum Thema Plastikmüll machen. Aber das Ganze ist kein Spaß. Alles, was ihr lernt, werde ich später abprüfen, und es fließt in die Note für Sachkunde ein.«

Die Kinder nickten leichtfertig, bevor sie Richtung Meer stürmten.

»Dass es ein Spaß ist, hat niemand behauptet«, sagte Almut spitz, ehe sie ihnen folgte.

Liske stapfte ihnen nachdenklich hinterher. Ellen konnte nicht entscheiden, ob ihr Blick dankbar oder trotzig wirkte. Sie konnte auch nicht sagen, ob das Nachgeben sie wirklich zur Klügeren gemacht hatte.

Als sie sich Metha zuwandte, starrte die auf ein Lamm, das um seine Mutter herumtollte und mit dem Schwanz wedelte, damit die Mutter es am Geruch erkannte. Wieder erschien sie wie ein schwarzer Fleck in der grün-weißen Landschaft, nicht nur wegen ihres Kleides.

»Na, komm.«

»Wir müssen doch noch proben … für unser Theaterstück.«

»Das können wir auch morgen machen. Wir dürfen die ganze Sache nicht so … verbissen angehen.« Die Worte hörten sich nicht nur in Ellens Ohren verlogen an. Methas Blick blieb finster, doch immerhin folgte sie den anderen.

Sie erreichten den Südzipfel der Insel, auf dessen sandigem Boden spärliches Seegras wuchs. Schillernde Schaumränder bildeten den Flutsaum, das Wasser schob Rolltang und Eiballen der Wellhornschnecke vor sich her, Heringe, kaum größer als eine Haarnadel, Treibholz und … Plastik. Jede Menge Plastikmüll. Mehr, als Ellen hier je gesehen hatte.

»Zieht die Schuhe aus!«, rief Almut. »Sonst könnt ihr nicht ins Watt.«

Jan und Nils versuchten, sich die Schuhe abzustreifen, ohne ihre Hände zu benutzen, Josseline setzte sich auf einen Stein, Metha blieb stehen.

»Was habe ich euch vorhin über das Plastik gesagt?«, fragte Almut. »Warum ist es so gefährlich für Seevögel?«

Ellen sah, wie Metha ihren Mund bewegte, sie ertrug es nicht, das Wissen für sich zu behalten. Aber es entfuhr ihr kein Geräusch, denn laut zu bekunden, dass sie aufgepasst hatte, ertrug sie auch nicht. Nils und Jan mühten sich an ihren Schuhen ab.

»Sie ersticken«, sagte Josseline schreckensstarr.

»Nein, sie ersticken nicht«, sagte Almut schnell. »Das Plastik verstopft die Verdauungsorgane der Nistvögel, sodass sie ständig satt sind. Sie verhungern, ohne es zu bemerken.«

Das beruhigte Josseline nicht gerade.

»Wisst ihr denn noch, warum das Plastik Vögel anlockt?«

Wieder bewegte Metha stumm die Lippen.

»Dimethylsulfid«, sagte Ellen laut, um zu beweisen, dass sie auch Ahnung von der Sache hatte.

»Das ist der Stoff, der schuld am Mundgeruch ist«, rief Nils.

Und der gleiche Stoff, der im Vaginalsekret von Goldhamsterweibchen vorkommt, um Männchen anzulocken, meldete sich Ellens Lexikonwissen zu Wort.

»Richtig«, bestätigte Almut. »Wenn Plastik lange im Wasser liegt, bilden sich auf der Oberfläche Algen.«

»Und die sondern besagtes Dimethylsulfid ab«, ergänzte Ellen.

»Der Stoff lockt Vögel an«, rief Almut nun. »Die fressen irrtümlicherweise nicht nur die Algen, sondern auch das Plastik.«

»Es kommt auch vor«, trumpfte Ellen auf, »dass sie die Plastikteile mit Sepiaschalen verwechseln, kleinen Tintenfischen, die sie für den Skelettbau oder die Schalenausbildung brauchen. Und dann ...«

»Ich denke, wir können loslegen!«, fiel Liske ihr ins Wort.

Jasper war längst ins Watt gesaust, sammelte aber keinen Plastikmüll ein, sondern leere Gehäuse von Strandkrabben, Meeresschnecken, Schlickkrebsen. Eben umrundete er eine Qualle, leblos wie ein Plastiksack voller verschimmeltem Obst.

Almut war kurz irritiert, fing sich jedoch rasch wieder und hielt zwei Müllsäcke aus Jute in die Höhe. Sie hatten die gleiche Farbe wie Almuts Hose.

»Muss ich mich wirklich bücken?«, fragte Lorelei und stützte die Hände in die Hüfte. David war nicht aufgetaucht, was ihren anfänglichen Eifer spürbar gebremst hatte.

»Du musst dich nicht bücken. Dafür haben wir ja das hier.« Almut zog den Joker aus dem Jutesack – einen Greifarm.

Noch halb in ihren Schuhen steckend, hopsten Nils und Jan auf das spannende Spielzeug zu und schleuderten unterwegs die Schuhe von sich, die irgendwo in Sand und Gras liegen blieben. Almut hielt den Greifarm so hoch, dass sie ihn nicht erwischen konnten.

»Immer wieder wird Müll angespült«, erklärte sie. »Fracht, die Schiffe im Sturm verloren oder einfach über Bord geworfen haben, Abfall, den die Touristen hinterlassen. Dinge wie das da.«

Mit dem Greifarm hob sie eine Snickersverpackung auf, wobei sie geschickt den Zwillingen auswich.

»Willst du auch mal?«, fragte sie Jasper.

Jasper hatte kein Interesse an dem Greifarm. Er erzählte Josseline lebhaft von einem verendeten Watvogel, der sich in einem Fischernetz verfangen hatte. Josseline verzog das Gesicht.

»Willst du auch mal?«, fragte Almut sie mit einem Lächeln und deutete auf den nächsten Fremdkörper, die Reste eines Luftballons, an dem noch eine Schleife hing. »Wahrscheinlich stammt der von einer Geburtstagsfeier oder einer Hochzeit. Die Leute haben ihn auf die Reise geschickt, aber nicht bedacht, dass kein Luftballon am Himmel bleibt, sondern irgendwann irgendwo landen muss.«

Josseline nahm den Greifarm und versuchte, den Luftballon aufzuheben. Die Greifzangen schlossen sich nicht richtig, also erprobte sie eine andere Technik, indem sie das Kunststoffband um die Stange wickelte. Bevor sie es geschafft hatte, hatte Jan ihr den Greifarm weggenommen und stürmte durchs Watt.

»Ich will auch!«, rief Nils. Er hetzte seinem Bruder nach, Almut hetzte ihren Söhnen nach, Lorelei bückte sich wie in Zeitlupe nach einer zerfledderten Badehaube.

»Wohin soll ich das tun?«, fragte sie Ellen.

Ellen zuckte die Schultern, mit einem Jutesack rannte Almut durchs Watt, den anderen hatte sich mittlerweile Nils aufgesetzt, um als Jutegespenst seinen Bruder zu ärgern.

Metha verweigerte sich der Müllsammelaktion weiterhin, aber als Jasper sie am Ärmel zupfte und ihr etwas am Boden zeigte, beugte sie sich interessiert darüber.

Liske war als Einzige steif stehen geblieben. Sie starrte auf eine Gruppe Strandläufer, die im Schlick stocherten. Brachvögel suchten mit gebogenen Schnäbeln nach tiefer liegender Beute, mehrere Säbelschnäbler setzten zum Landeanflug an, als ein unhörbares Kommando sie davon abhielt und weiter zur Salzwiese trieb. Scharen von Fluss-, Küsten- und Brandseeschwalben, die auf die See zujagten, hielten nach Fischen Ausschau und stürzten sich senkrecht hinab. Mühelos überwanden die Vögel die Grenze zwischen Wasser und Himmel.

Ellen wiederum überwand ihren Stolz und begann, Müll einzusammeln, um mit gutem Beispiel voranzugehen.

Schnaufend näherte sich Almut wieder dem Ufer und zückte die Kamera. »Ich drehe einen Film für YouTube von dieser Aktion, die Kinder beim Plastikmüllsammeln. Das wird Teil einer Videocollage für den Wettbewerb.«

Wollte Almut sie vorführen, indem sie sie dazu brachte, ihrem Projekt zuzuarbeiten? War sie einfach nur gedankenlos? Ellen schluckte ihren Stolz herunter und beschloss der Kinder wegen, gute Miene zum bösen Spiel zu machen.

»Kann mir jemand sagen, wie der Stoff im Plastik heißt, der Vögel anlockt?«, fragte sie ihre Schüler.

Jan antwortete nicht, weil er gerade den Greifarm erbeutet hatte. Josseline antwortete nicht, weil sie ihn unbedingt haben wollte. Nils erklärte ihr, sie sei zu doof, um damit umzugehen. Lorelei blickte sich suchend um. Metha entfernte sich immer weiter mit Jasper. Inzwischen ging sie voran, er dackelte hinterher, beide waren über den Schlick gebeugt und hoch konzentriert.

»Na, Dimethylsulfid«, sagte Almut siegesgewiss lächelnd und begann zu filmen.

Die Jutesäcke füllten sich nur langsam.

Ein Silbermöwenmännchen kreiste über ihnen. Es stieß ein lautes Gagagak aus und bremste den Sturzflug immer erst dann ab, wenn es erkannte, dass es den Kindern keine interessante Beute abluchsen konnte. Das Geschrei wurde gereizter, als zwei weitere Möwen hinzukamen und um etwas stritten, das es gar nicht gab.

Almuts Kamera hatte es ihnen besonders angetan. Sie hatte Mühe, gleichzeitig die Möwen abzuwehren, den Kindern Anweisungen zu geben und zu verhindern, dass der Greifarm auf dem Kopf eines der Zwillinge landete.

Nun war es Ellen, die lächelte, etwas schadenfroh.

»Na, endlich!« Almut klang ungeduldig, als Jo vorbeikam. Mit Joggingdress und Schweißperlen im Gesicht, machte er trippelnde Schritte vor und zurück, um die Bewegung nicht zu unterbrechen. »Du hast gesagt, dass du mitmachst.«

Jo warf einen Blick auf seine Uhr, vielleicht war es auch ein Pulsmesser. Was immer er ablas, stimmte ihn nicht zufrieden. »Ich muss noch ein paar Kilometer machen und danach stretchen.«

»Stretchen kannst du dich auch beim Müllsammeln«, sagte Almut.

Jo nuschelte etwas von Bandscheiben und Faszientraining und lief wieder davon.

»Heb das auf!«, sagte Almut zu Nils und klang nun mindestens so gereizt wie die Möwe über ihnen. »Nein, nicht das, das ist nur ein Stück Holz. Und mach nicht so ein Gesicht, man soll dir nicht ansehen, dass du dich ekelst, du musst begeistert sein …«

»Kannst du mal aus dem Bild gehen?«

Niemand hatte den fremden Mann kommen gesehen. Er betrat mit modischen Sportschuhen das Watt, wie der Rest seiner Kleidung in Nihilistenschwarz. Ein dünner Pferdeschwanz baumelte auf dem Rücken, vor der Brust baumelte ein Fotoapparat, deutlich größer als Almuts Kamera. Während die ihn verständnislos anstarrte, kam auch Lars Poppensen näher, gefolgt von seiner Tochter Anni. Der Bürgermeister wirkte sehr zufrieden. Anni umarmte Josseline.

»Geh doch bitte aus dem Bild«, sagte der Fremde wieder, an Almut gerichtet, blickte sich um und deutete auf Liske. »Du kannst mitmachen. Das ist doch eine Aktion von Kindern, gemeinsam mit Halligbewohnern, nicht mit Touristen, oder?«

»Ich bin keine …«, setzte Almut an.

Lars lachte und hob beschwichtigend die Hände. »Das ist Uwe vom Niebüller Tagblatt, der zeigt, was hier für den Klimaschutz getan wird.«

Almut schluckte nur mühsam ihre Irritation herunter. Uwe begann erst zu knipsen, als sie zur Seite gegangen war. Liske betrat zögerlich das Watt, sah aus, als wäre sie versehentlich hierhergeraten.

Ellen folgte ihr deutlich entschlossener. »Das sind meine Schüler«, erklärte sie energisch. »Sie sind hier, um etwas zu lernen, nicht, um fotografiert zu werden. Ohne Einverständniserklärung aller Eltern …«

»Wenn du die Lehrerin bist, kannst du die beiden da rufen?«, fiel ihr der Redakteur ungerührt ins Wort und deutete auf Jasper und Metha.

Als Ellen ihn verdattert anstarrte, rief er selbst nach ihnen. Jasper und Metha rührten sich nicht.

Dafür drängte sich Lorelei ins Bild und riss Nils den Greifarm aus der Hand. »Mich kannst du fotografieren – dann sieht David, was ich alles gemacht habe.«

Der Stöpsel einer Plastikflasche landete im Jutesack, auch eine leere Packung von Tiefkühlerdbeeren. Lorelei warf sich in Pose wie ein Topmodel.

Der Redakteur ließ die Kamera sinken. »Du bist leider schon zu groß.« Er deutete auf Josseline. »Aber dich da hätte ich gerne. Kannst du lächeln?«

Josseline konnte nicht lächeln, Lorelei wollte nicht mehr. Wütend etwas vor sich hin maulend, stapfte sie davon. Lars lachte übertrieben laut. Ehe Ellen wenigstens ihm begreiflich machen konnte, dass kein Kind ohne Einverständniserklärung der Eltern in der Zeitung abgebildet werden durfte, riss das Lachen ab.

Emmi tauchte im Watt auf, der Haarknoten zerrütteter als sonst, die Miene auch. Sie deutete auf Anni, die sich gebückt hatte und den Müll mit bloßen Händen einsammelte. Sie war so schmal, dass sie als Kind durchging, zumindest richtete Uwe die Kamera auf sie.

»Das glaub ich ja nicht!«, brauste Emmi auf. »Jetzt

plötzlich kannst du also doch vom Computer aufstehen und arbeiten. Aber wenn ich dir sage, deck die Tische ein oder hilf in der Küche, musst du mit KayKay chatten.«

Anni huschte geduckt an ihr vorbei.

Die Hände in die Hüften gestemmt, wandte sich Emmi an ihren Mann. »Und du unterstützt das auch noch, obwohl du weißt, dass wir viel zu wenig Personal haben …«

»Gehst du bitte auch aus dem Bild?«

Emmi starrte Uwe verdutzt an.

»Dich darf man natürlich auch nicht sehen«, sagte Uwe zu Lars.

Während Emmi ihren Mann schadenfroh angrinste und Möwen und Austernfischer keckernd an ihren Köpfen vorbeiflogen, kam Gesa hinzugestürmt.

»Ich hab gerade von dieser Müllsammelaktion gehört«, schimpfte sie und wandte sich an Ellen. »Hast du davon gewusst?«

»Sie haben mich vor vollendete Tatsachen gestellt. Grundsätzlich ist es ja keine schlechte Idee, dass …«

»Sie wollen doch nur den Souvenirladen torpedieren! Almut will in ihrem veganen Laden auch Souvenirs anbieten. Ich lasse mir doch von der nicht mein Projekt kaputt machen.«

Es geht nicht um einen Souvenirladen, sondern um ein historisches Museum, ging es Ellen durch den Kopf. So wie es um echtes Engagement für die Vogelwelt gehen sollte, nicht um lachende Kinder auf Fotos.

Josseline lachte nicht, sosehr Uwe sie auch dazu drängte.

»Jetzt lassen Sie doch meine Schülerin in Ruhe«, sagte Ellen verärgert.

»Und Sönke hat denen auch noch geholfen!«, zischte Gesa.

»Sönke?«, echote Ellen verständnislos.

»Überleg doch mal, woher der ganze Müll stammt. So viel auf einem Haufen, das ist nicht normal.«

Spitzfingrig hob sie ein Corpus Delicti auf: eine Plastikverpackung für Brokkoli, auf der noch das Preisschild klebte: 2,29 EUR.

Ellen starrte sie fassungslos an. »Das stammt aus eurem Laden?«

»Wer war wohl gestern im Laden und hat gefragt, ob er die Plastikabfälle der letzten Woche haben kann?«

Alle wandten sich nun Gesa zu. In Liskes Miene stritten Unbehagen und Zorn. Uwe ließ den Kampf um Josselines Lächeln ruhen, musterte erst Gesa, dann irritiert den Bürgermeister.

Lars Poppensen lachte dröhnend. »Ein bisschen nachhelfen ist erlaubt. Ist doch eine tolle Aktion, oder?«

Ellen riss Gesa die Brokkoliverpackung aus der Hand und trat damit zu Almut. »Ist das wahr? Sie haben den Müll hier verteilt?«

Kurz war Almuts Blick schuldbewusst, dann überwog der Trotz. »Der eigentliche Skandal ist doch, frisches Gemüse in Plastik einzuschweißen.«

»Ich will nicht, dass meine Schüler für so eine verlogene Sache eingespannt werden.«

»Was ist daran verlogen? Die Not der Seevögel ist echt.«

»Und deswegen verstreuen Sie Müll?«

»Wie sonst hätten wir so schöne Bilder zustande bringen sollen«?

Es gab keine schönen Bilder. Lars Poppensen lachte immer schriller und begann rasch, selbst Müll einzusammeln. Der Redakteur machte Fotos von einer wetternden

Möwe. Gesa wetterte allein vor sich hin, Emmi wetterte gegen Almut.

»Du kannst so viel tricksen, wie du willst, wenn du wirklich einen veganen Laden aufmachst, findest du ohnehin kein Personal, das dir deinen Strandwegerich zubereitet.«

Lorelei nutzte die Gelegenheit zur Flucht, Anni baute sich vor ihrer Mutter auf. »Bei der Stimmung, die du verbreitest, werden die Leute lieber bei Almut arbeiten als bei dir. Ich selbst werde lieber bei Almut arbeiten.«

Emmi verschlug es die Sprache.

»Eine tolle Aktion«, sagte Ellen zu Liske, die bis jetzt geschwiegen hatte. »Dafür lohnt es sich, einen Schultag zu opfern. Ganz, ganz großartig.«

Liske fuhr zu ihr herum. »Du musst das jetzt nicht schlechtreden.«

»Ich habe unterstützt, dass die Kinder was lernen, was Sinnvolles tun. Aber euch geht es nicht um die Kinder. Ihr benutzt sie nur.«

Die Luft um sie herum war aufgeladen. Selbst die Flut kam mit einem Zischen, als würde sie den nackten Boden verätzen wollen.

»Und was ist mit dir?«, hielt Liske ihr heftig entgegen. »Dir geht's doch auch nur ums Gewinnen! Du lässt die Kinder ein putziges Theaterstück aufführen. Das Leben auf der Hallig ist hart und rau, und du machst so eine Kitschgeschichte draus.«

»Ich halte mich an eine alte Chronik. Wenn, dann ist eine Küstenseeschwalbe namens Ida Kitsch.«

Rote Flecken übersäten Liskes Wangen. »Dass ich Almuts Hilfe annehme, wäre nicht notwendig gewesen, wenn du nicht erst … wenn du nicht erst …« Sie suchte nach Worten. »Alle haben an einem Strang gezogen. Sie haben sich hinter das Vogelschutzprojekt gestellt. Aber dann kamst du mit deinem Museum, und schau, was passiert ist!«

»Du hast mich selbst ermutigt, mich für meine Ziele starkzumachen«, erwiderte Ellen. »Aber das hast du nur so dahingesagt, stimmt's, genau wie damals, als du meintest, dass du wegwillst. Glaubst du dir überhaupt selbst? Wir hätten zusammen an dem Schutzprojekt arbeiten können, aber du bildest dir ja ein, ich wäre deine Feindin.«

»Und du bildest dir ein, du wärst meine Schwester – so wie sich deine Mutter eingebildet hat, eine Halligbäuerin zu sein.«

»Ich habe mir unsere Freundschaft damals nicht eingebildet. Und ich muss mich nicht dafür schämen, dass ich darum kämpfen wollte.«

Ellens Stimme bebte. Die Wut hatte sie angriffslustig gemacht. Aber diese Wut war schnell verraucht, und zurück blieben Müdigkeit und Überdruss. Der Vorrat an jener Energie, mit der sie um eine Heimat, um Akzeptanz gerungen hatte, schien aufgebraucht.

Liske schien es ähnlich zu ergehen, reglos stand sie da. Einmal mehr öffnete sie den Mund – doch ehe sie ein Wort hervorbringen konnte, entstand Tumult.

Keiner der Erwachsenen hatte auf die Kinder geachtet, nun fuhren alle gleichzeitig herum.

Während Jasper und Metha versonnen ins Watt starrten, beide wohltuend still, zogen die Zwillinge kreischend an den Enden des Greifarms. Ehe der Kampf entschieden war, mischte Josseline sich ein. Das blasse Mädchen bekam die Stange des Greifarms in der Mitte zu fassen. Sie zerrte ihn Nils aus der Hand, rangelte mit Jan und schlug zu. Es gab ein dumpfes Geräusch, Jan heulte auf. Der Greifarm hatte ihn an der Stirn getroffen. Selbst aus der Entfernung sah Ellen die Blutspur, die sich über sein Gesicht zog.

Almut schrie entsetzt auf und stürmte zu ihrem Sohn. Anni schrie auch auf, eher verblüfft als entsetzt. Sie starrte auf ihre kleine Tochter, die den Greifarm wie eine Siegestrophäe schwenkte. Sah zum ersten Mal, wie viel Kraft in ihr steckte, wenn sie etwas wollte. Fühlte vielleicht zum ersten Mal, was in ihr selbst stecken könnte, wenn sie etwas wirklich wollte.

Josseline lächelte breit.

Der Redakteur machte schnell ein Foto von ihr. »Perfekt, das ist perfekt!«

Aus Jans Wunde lief noch mehr Blut.

»Ein richtig schöner Zeitungsbericht wird das«, sagte Emmi zu ihrem Mann. Lars lachte nicht mehr.

Liske starrte erschrocken auf Jan, der nicht zu heulen aufhörte, Ellen ebenfalls. In der Unterrichtszeit lag es in ihrer Verantwortung, auf ihn aufzupassen. Doch sie hatte sich von ihrem Streit mit Liske ablenken lassen.

»Das ... das hätte nicht passieren dürfen«, entfuhr es Liske.

»Ich glaube, der Schreck ist größer als die Wunde.« Anni hatte ein sauberes Taschentuch hervorgeholt und auf die Wunde gepresst. »Ist nur ein kleiner Kratzer.«

»Von wegen Kratzer!« Almut drückte ihren Sohn an sich.

Ellen glaubte zu erkennen, dass die Wunde harmlos war, wollte sich die Gelegenheit zur Flucht aber nicht entgehen lassen.

»In der Schule ist ein Verbandskasten«, murmelte sie. »Ich gehe ihn sicherheitshalber holen.«

Mittlerweile hatte sich der Himmel verfärbt. Das bisher kräftige Gelb der Sonne war schmutzig geworden. Der Wind schien nicht recht zu wissen, wohin er wollte. Mal trieb er sie von hinten an, mal wehte er ihr ins Gesicht, launisch, unberechenbar. Vielleicht fand er es lustig, die Menschen nachzuäffen.

Auf halbem Weg zwischen Hauptwarft und Schulwarft stieß Ellen auf Jakob.

»Wo sind denn alle?«

Ihr ging auf, dass es erst das zweite Mal war, dass sie ihn außerhalb seines Hauses antraf. Seine Schritte fielen etwas sicherer aus als im Watt, waren dennoch zögerlich. Im Watt schien er dem Boden nicht zu trauen, hier schien er seinen Beinen nicht zu trauen.

»Wollten wir heute nicht am Bühnenbild arbeiten? In der Schule ist niemand.«

Richtig, Ellen hatte ihn gebeten, die Leinwand mit einem Holzrahmen zu verstärken. Ein Lachen stieg in ihr auf, weder tief noch echt, die Brust ein Hohlraum, seine Wände Verzagtheit wie Verbitterung.

»So ging's mir heute auch schon.«

Verwirrt sah er sie an.

»Keine Angst, Metha geht es gut, aber …«

Er musste nicht fragen, es platzte aus ihr heraus – was geschehen war, wer was gesagt hatte, wer wen mit vorwurfsvollen Blicken bedacht hatte. Die Reihenfolge war nicht wichtig. Womit sie auch begann, am Ende stand der Streit. Alle waren wütend, alle waren gekränkt, und Jan hatte sich wehgetan.

Ihre Stimme gewöhnte sich ans laute Sprechen.

»Ich wollte das nicht. Das alles ist doch nicht meine Schuld. Es ist auch nicht meine Schuld, dass Liske mir nicht vertraut und ...«

»Vertraust du dir denn?«

Verblüfft sah sie ihn an.

»Was meinst du?«

»Wenn du genau weißt, was du tust und warum du es tust, warum lässt du dich dann verunsichern? Seit Wochen setzt du dich für das Museum ein, hast dabei immer sehr entschlossen gewirkt. Wenn es das ist, was du für richtig hältst, dann zieh es durch. Und was die Müllsammelaktion betrifft – du hättest sie abbrechen können oder überzeugt mitmachen, auch das war allein deine Entscheidung. Mach doch, woran du glaubst.«

Sie erinnerte sich daran, wie er sie beharrlich genannt hatte, und genau so hatte sie sich gefühlt. Jetzt fragte sie sich, ob sie nicht einfach nur ihren Weg gegangen war, sondern sich in etwas verbissen hatte.

»Ohne Rücksicht auf Verluste?«

Als Historikerin war sie Expertin für die Sicht zurück. Aber sie wollte eben nicht nur Historikerin sein, sondern auch Halligfrau.

»Ich finde schon, dass du rücksichtsvoll bist.« Jakob schenkte ihr ein vages Lächeln, hinter dem sie Dankbarkeit witterte – dafür, dass sie ihn nie bedrängte, sondern geduldig darauf wartete, ob und was er ihr anvertraute.

»Vielleicht ist es einfach zu spät«, sagte sie. »Mit dem Museum wollte ich mir und aller Welt beweisen, dass das hier meine Heimat ist. Aber Liske hatte womöglich von Anfang an recht. Ich kann nicht einfach an damals anknüpfen.« Sie hielt inne, wiederholte gepresst: »Vielleicht ist es einfach zu spät.«

Nachdenklich sah Jakob sie an. »Das glaube ich nicht. Ich denke eher, es ist … zu früh.«

Ellen sah ihn überrascht an. Ehe sie seine Worte deuten konnte, fiel ihr ein, warum sie hier war. »Ich muss den Verbandskasten holen. Besser, ich beeile mich.«

Damit ließ sie Jakob stehen. In der Schule angekommen, riss sie hektisch mehrere Schränke auf, bis sie den Kasten in einem Fach unter dem Katheder entdeckte. Auch den Rückweg legte sie rennend zurück. Jakobs Worte verfolgten sie: Zu früh … zu früh … zu früh.

Nun, da sie immer wieder in ihr echoten, ergaben sie Sinn. Sie wollte durchaus das Richtige, sie hatte es nur viel zu schnell erreichen wollen.

DAMALS

Im Sommer 1824 half Halle das erste Mal bei der Heuernte. Ich fand, er sei zu jung, Gretjen fand, man könne nie früh genug damit anfangen, das Land zu lieben.

Führt harte Arbeit zu Liebe?, fragte ich.

Vielleicht nicht harte Arbeit, aber Beharrlichkeit, sagte sie.

Wer eine Heuernte auf der Hallig erlebt hat, weiß, dass man keinen Augenblick nachlässig sein darf. Das Heu ist zu kurz, um es zu bündeln, man muss es in ein großes Tuch einschlagen. Es braucht zwei Mann, um dieses Tuch an den Ecken zusammenzubinden. War man nicht schnell genug, riss der Wind das Gras mit sich, ließ es tanzen, verschwendete, was so rar und so kostbar war, dass manche es wieder und wieder kauten. Halle tanzte auch und warf die Gräser in die Luft. Er lachte, und Gretjen ließ ihn gewähren. Liebe brauchte nicht nur Beharrlichkeit, sondern auch Leichtigkeit, und die hatte Gretjen im Überfluss.

Es war ein heller Moment vor vielen dunklen.

Zur Heuernte hatten sich die Halliglüd Pferde vom Festland ausgeliehen. Danach schickte man sie zurück, weil ihr schwerer Tritt das Land aufwühlte. Mit ihnen ging ein warmer Sommer.

Der Herbst war grau und nass wie nie, man begann das Vieh früh mit dem Heu zu füttern. Halle warf es nicht mehr in die Luft, er fütterte die Tiere damit. Wenn die raue Zunge über seine Hand fuhr, lachte er wieder oder immer noch, und Gretjen ebenso.

Ich lachte nicht. Ich blickte zum Himmel, der mich verächtlich anspuckte. Dem Wind ging es nicht ums Tanzen.

Allerheiligen brachte Orkan und Flut. Als das Wasser abgelaufen war, sagten die Menschen leise, diesmal sei es schlimm gewesen. Zehn Tage darauf kam ein neues Landunter. Als sich das Wasser zurückzog, blieben Viehseuche und Mäuseplage. Man sagte flüsternd, diesmal sei es noch schlimmer gewesen.

Wir müssen die Halligkante schützen, erklärte ich, wir müssen einen Deich bauen, ich sage das seit drei Jahren!

Ich hatte es nicht nur gesagt, ich hatte geschrien, gebettelt, geflüstert, geflucht, getrotzt, gemahnt, gefleht.

Wir haben kein Geld für einen Deich, blieb die immer gleiche Antwort.

Nun sagte niemand mehr etwas, die Zeit zum Reden war vorbei. Alle Kräfte wurden verwendet, die Schäden der Flut zu beseitigen. Ein paar Menschen waren verletzt worden. Der alte Olav, auf den der Wind ein Stück des Zauns gedroschen hatte, trug auf Kopf und Rücken tiefe Wunden. Mareke legte ihm die gebogenen Zweige eines Holunderbaums um den Hals und Hühnermist auf die Blessuren.

Nimm Branntwein oder das Weiße eines Hühnereis, riet Gretjen ihr, doch Mareke hörte nicht auf sie. Ihre Hände zitterten, als sie Olav behandelte. Die Flut hatte ihr Angst gemacht. Die Flut oder neue Visionen, die sie heimsuchten.

Auch die Häuser hatten Wunden, in den Dächern klafften Löcher, auch in dem der Kirche. Hendrik erklärte sich bereit, es auszubessern. Ich trug meinen Schülern auf, ein Gebet zu sprechen, und stieg zu ihm aufs Dach hoch.

Die Dächer auf der Hallig wurden mit geflochtenem Schilf gedeckt, das in den Fethingen wuchs. Man musste das Schilf auflegen, festklopfen und mit einer dünnen Stange, die mit zwei Holzhaken ins Schilf gedrückt wurde, festsetzen.

Ich brauche deine Hilfe nicht, sagte Hendrik.

Doch, du brauchst sie. Man näht das Schilf fest, indem man Tauwerk um den Dachsparren schlingt, deswegen muss einer auf dem Dach sitzen und einer drunterstehen.

Er widersprach mir nicht, nahm stattdessen das Tauwerk aus Strandhafer entgegen, das ich ihm reichte.

Hinterher saßen wir auf dem Kirchendach. Der Himmel spuckte nicht, der Wind lachte trocken. Hendrik ließ die Beine baumeln. Seine Lippen, sonst ein schmaler, fester Strich, schienen einem stolzen Lächeln nah. Wir hatten viel geschafft.

Wir könnten noch mehr schaffen, sagte ich.

Fang nicht wieder mit dem Deich an, wenn doch der König ..., begann er.

Uns mag das Geld fehlen, um die Halligkante zu befestigen, fiel ich ihm ins Wort. Doch wir würden vor künftigen Fluten deutlich besser geschützt sein, wenn wir stabilere Häuser hätten.

Wir können es uns nicht leisten, neue Häuser zu bauen!

Aber wir können mit dem Geld, das wir noch haben, Holz für Pfähle kaufen, die wir neben den Häusern tief in den Boden graben, um damit Dachboden und Dach abzustützen. Dann würden bei der nächsten Flut zwar die

Mauern nachgeben, aber auf dem Dachboden wäre man sicher.

Hendriks Stirn krauste sich. Er versuchte wohl, sich ein Haus vorzustellen, das nur aus Ständern und Dachböden bestand.

Wir beide gleichen auch so einem Haus, dachte ich. Es fehlen ganze Wände – all die Jahre, die wir getrennt voneinander verlebt haben. Aber die Ständer hielten, und eben saßen wir auf dem Dach, wir stürzten nicht in die Tiefe wie einst unsere Mutter.

Sei heute Abend mein Gast, sagte er.

Zu den abendlichen Zusammenkünften versammelten sich weniger Halliglüd als früher. Ein paar Alte lebten mittlerweile im Armenhaus in Tondern, andere verdingten sich als Tagelöhner auf dem Festland.

Ich erklärte den verbliebenen Männern, was ich Hendrik erklärt hatte: Dass es nicht nottat, ganze Häuser neu zu bauen, sondern dass man sie nur ausreichend abstützen musste.

Wir haben kein Geld, um Holz zu kaufen.

Dann müssen wir eben neue Wege gehen, um Geld zu verdienen, rief ich.

Neu war fremd, und fremd war gefährlich.

Was meinst du?, kam die Antwort.

Ihr könnt mehr auf den Fischfang setzen, schlug ich vor.

Das ist keine Männerarbeit.

Ihr könnt mehr Schafwolle spinnen und verkaufen.

Auch das ist Frauenarbeit.

Und wenn wir Austern züchten?

Das ist eine Arbeit, die auf der Hallig weder ein Mann

noch eine Frau je verrichtet hat. Sie glotzten mich vorwurfsvoll an.

Es sind schon so viele Halligen für immer untergegangen. Wenn wir nichts tun, drohen auch wir eines Tages alle abzusaufen.

Die Halligen gehen unter, wenn Gott es so will.

Warum sollte er uns retten, wenn wir es an Fleiß fehlen lassen?

Ganz sicher wird er uns nicht retten, wenn wir Frömmigkeit vermissen lassen. Die Flut ist seine Form, uns zu züchtigen, für Gier und Eitelkeit, für Völlerei und Trunkenheit, für Ehebruch und Hurerei, aber vor allem für Hochmut. Hochmut ist es zu glauben, wir könnten uns vor seiner Gewalt schützen.

Die Stimmen gingen durcheinander, dann im Lärm unter, das Ziel war es nicht, im Recht, sondern der Lauteste zu sein. Die Grabesruhe, die folgte, glich der der erschöpften Flut. In kleinen Bächlein zog sie sich zurück, hinterließ Spuren im Schlamm. Mit Schlamm ließ sich nichts bauen.

Halle stapfte gerne durch den Schlamm, er mochte das schmatzende Geräusch, das seine Füße machten. Er sagte, der Dreck, der zwischen seinen Zehen hervorquoll, sehe aus wie Schnecken.

Später saß ich mit Hendrik am Tisch, sein Kopf hing tief über dem Humpen Bier, den Mareke gebracht hatte. Die beiden wohnten nun ganz alleine in Rikkarts und Catherines Haus, da Catherine nach Rikkarts Tod auf die Warft ihrer Schwester gezogen war.

Du hast sie gehört, sie wollen deinen Ratschlag nicht, sagte er.

Und du?, fragte ich.

Das Bier schäumte nicht. Mit Hendriks jahrelanger Wut auf mich verhielt es sich nun ähnlich. Da waren nur winzige durchsichtige Bläschen, die alsbald zerplatzten. Er hob den Kopf nicht, starrte weiterhin auf das Gesöff. Wen sah er in dem gelblichen Spiegelbild? Das Kind oder den Mann?

Mareke, die sich zu uns hockte, hielt die Augen geschlossen. Doch hinter ihren Lidern war nicht nur Schwärze. Sie begann, vom Sturmgott zu sprechen. Er sei wütend, weil die Menschen ihm keine Opfergaben mehr darbringen würden, um ihn gnädig zu stimmen – wie früher, als man Gaben in das Biikefeuer, mit dem man die Walfänger verabschiedete, geworfen hatte.

Hendrik blickte hoch. Hör auf mit diesem dummen Geschwätz!

Die Ahnen, die durch die Rottgänse mit uns sprechen, haben mich vor Unheil gewarnt.

Hör endlich auf!

Ich habe mich gesehen, wie ich am Strand stand, in schwarzer Kleidung, das ist ein übles Zeichen.

Hendrik drosch auf den Tisch, das gelbe Bier schwappte über.

Ich weiß, du glaubst mir nicht, sagte Mareke. Die Menschen haben auch Sibylle nicht geglaubt, die vor vielen Hundert Jahren eine Mandränke prophezeit hat. Sie hat Katzen totgeschlagen und ins Meer geworfen. Da, friss etwas, auf dass du satt bist, sagte sie. Doch das Meer blieb hungrig.

Hendrik schlug ihr ins Gesicht. Auf ihrer Wange bildete sich ein großer roter Fleck.

Sie riss die Augen auf, schluchzte. Ich habe Angst, heulte

sie, ich habe solche Angst. Um uns und vor allem um Gretjens und Arjens kleinen Sohn.

Dann rannte sie davon.

Sie ist nicht ganz richtig im Kopf, sagte Hendrik, ihr fehlt ein Kind.

Manchmal ist es nicht feige, Angst zu haben, sondern klug, sagte ich.

Mareke war bei uns, als ich heimkehrte. Ich brachte es nicht über mich, sie fortzuschicken, und Hendrik kam nicht, um sie heimzuholen. Am nächsten Morgen machte Gretjen ihr Tee und gab die Reste von Kümmel und Zucker, die wir noch hatten, hinein. Mareke rührte im Tee, starrte darauf. Vielleicht hoffte oder fürchtete sie, auch darin die Zukunft zu sehen.

Gretjen saß am Boden vor dem Backofen, ihre Füße ruhten im Grasterloch. Eben noch hatte sie in einem Holztrog den Brotteig so lange geknetet, bis er ein Geräusch von sich gab, das sie »Schnacken« nannte und das ein Zeichen war, dass der Teig bereit zum Backen war. Der Teig war lange Zeit der Einzige, der sprach.

Die Steine im Ofen müssen weiß werden. Erst wenn sie weiß sind, sind sie heiß genug, sagte Gretjen schließlich.

Halle spielte mit der Spindel, er drehte sie so geschickt, bis sie auf dem Boden kreiste.

Gretjen schob das Brot in den Ofen, dazu eine Schüssel Käse, der hart geworden war wie eine verhornte Fußsohle, der aber, wenn er erst geschmolzen war, wieder genießbar sein würde. Sie winkte Halle zu sich. Sein Gesichtchen, so weiß wie ihres, rötete sich in der Hitze. Jetzt kannst du zusehen, wie die Brote backen.

Hinter ihnen begann Mareke zu weinen. Ich habe solche Angst, kam es wieder. Ich habe Angst um uns, um den Kleinen.

Später zog Gretjen das Brot auf der Backschaufel aus dem Herd, tupfte die Laibe mit Wasser ab, weil sie mit Asche bedeckt waren, legte sie auf das Grasterbrett, um sie mit Milch zu bestreichen.

Ein köstlicher Duft zog durch die Stube. Halle machte ein Geräusch, das wie das Schnacken des Teiges klang.

Was sollen wir essen, wenn kein Mehl mehr da ist?, fragte ich. Die Vorräte sind knapp geworden.

Die Hallig versorgt uns. Wir backen Wellhornschnecken oder Sand-Klaffmuscheln, wir kochen Meerstrand-Wegerich und Suden. Wir haben Kartoffeln und Kohl.

Sie war immer noch der Meinung, dass die Hallig uns nährte, statt uns langsam zu töten.

Ich winkte sie hinaus, um mit ihr zu sprechen, ohne dass Halle und Mareke uns hörten.

Sie kann nicht einfach bei uns bleiben, sagte ich leise.

Aber doch wenigstens für ein paar Tage.

So sind die Halligmänner, murrte ich und vergaß, dass ich über meinen Bruder sprach, grob und ungeduldig.

Diesmal nickte Gretjen.

Und dumm sind sie auch, wollen einfach nicht auf mich hören.

Sie nickte nicht mehr. Mag sein, sagte sie, aber Dummheit ist nichts, was man brechen kann, man muss sie beharrlich bearbeiten wie das Meer den Stein. Mit Ungeduld kommst du nicht weiter, und Werkzeuge gehen nur daran zu Bruch. Keine Waffe hilft dir, nur Vertrauen. Das gleiche Vertrauen, das ein Gärtner aufbringen muss. Was er gesetzt hat, wächst auch, wenn er nicht danebensteht und zuschaut. Du musst ihnen Zeit geben.

Ich packte sie verzweifelt an den Schultern. Aber wir müssen sofort etwas tun, nicht erst morgen.

Gretjen wehrte sich nicht gegen meinen Griff.

Vielleicht, brach es aus mir heraus, vielleicht ist es schon längst zu spät.

Was sagst du da?, fragte sie ratlos.

Manchmal … manchmal …

Ich kaute auf meiner Zunge, sie formte gegen meinen Willen die Worte, die schon lange in mir gärten.

Manchmal wünsche ich mir, dass alle ersaufen. Damit sie sehen, dass ich im Recht war.

Wenn sie ersaufen, sehen sie gar nichts mehr. Und vorerst ersäuft niemand. Hör doch, der Sturm hat nachgelassen.

Es stimmte. Der Wind klang sanft, kein Grollen war mehr zu hören.

Der Wind lullt uns ein wie ein Schlaflied, aber der Bruder des Schlafes ist der Tod, sagte ich. Bitte lass uns fortgehen. Jetzt, solange es noch möglich ist.

Gretjens Gesicht verschloss sich. Ich wusste, dass ich sie nicht umstimmen konnte.

Dann gehe ich allein nach Husum, sagte ich.

Du verlässt die Hallig, verlässt mich, deinen Sohn? Furcht tönte aus ihrer Stimme, die der Anblick des wilden Meers nicht in ihr entfachen konnte.

Schnell zog ich sie an mich, ich küsste sie erst auf die Stirn, dann auf den Mund.

Natürlich nicht. Ich gehe, um noch einmal mit dem Amtmann zu sprechen, ihn noch einmal zu bitten, uns die Steuer zu erlassen. Ich … ich kann nicht nichts tun.

Sie nickte verständig, gewahrte nicht, dass ich ihr bloß die halbe Wahrheit gesagt hatte. Ich wollte in Husum nicht nur mit dem Amtmann, sondern auch mit ihrem Vater sprechen. Einst hatte mir Pastor Danjel befohlen, auf der Hallig zu leben. Jetzt setzte ich darauf, dass er Gretjen befehlen würde, von dort zurückzukehren.

13

Als Ellen den Südzipfel der Hallig erreichte, war niemand zu sehen. Da waren auch keine Spuren im Watt, das nun knöchelhoch mit Wasser bedeckt war. Erst nachdem sie sich eine Weile suchend umgeblickt hatte, entdeckte sie Liske, die auf der Halligkante saß. Ihre Jacke war vom gleichen Grau, fast verschmolz sie mit dem Hintergrund. Ihr rechter Fuß stand auf einem der beiden Jutesäcke, der halb voll war. Der Wind hatte aufgefrischt, er schnitt förmlich in die Haut. Ellens Gesicht brannte. Auch für Liske musste es ungemütlich sein, hier zu sitzen, aber sie schien keinen Grund zu finden, um aufzustehen.

»Wo sind denn alle?«, fragte Ellen.

Liske hob den Kopf nicht hoch genug, um ihr ins Gesicht zu sehen, sie starrte auf den Verbandskasten.

»Die Wunde war wohl doch nicht so schlimm. Almut will ihm irgendwas Homöopathisches geben, Arnica oder Calendula Globuli. Die anderen Kinder hat sie mitgenommen, sie kriegen heiße Schokolade mit Hafermilch.« Liske machte eine kurze Pause. »Strohhalme kriegen sie auch, wiederverwertbare, aus Bambus.«

Kein Spott drang aus ihrer Stimme, kein Hohn, kein Vorwurf. Der Wind schien ihr die Worte aus dem Mund zu reißen, sie waren nicht für ein Gegenüber bestimmt.

»Und die Erwachsenen?«, fragte Ellen. »Kriegen die auch Hafermilch?«

Liske starrte auf den Jutesack, als sie antwortete: »Gesa und Almut haben sich in die Wolle gekriegt. Gesa meint, wenn es Almut aufregt, dass Sönke in Plastik verschweißte Produkte verkauft, soll sie ihm das selbst sagen, aber Sönke sei nun mal nicht hier, er müsse arbeiten, anders als Almuts Mann könne er es sich nicht leisten, sinnlos durch die Gegend zu rennen. Lars und Emmi haben sich auch gestritten, wegen des Wettbewerbs.«

»Das hätte doch nicht sein müssen«, sagte Ellen traurig. »Auch ... das zwischen uns vorhin hätte nicht sein müssen. Es tut mir leid.«

Nun blickte Liske auf und sah Ellen ins Gesicht. »Und mir tut's leid, dass ich dir die ganze Schuld daran gegeben hab. Die Halligen sind keine heile Welt, sind es nie gewesen, hier wird ständig gekabbelt.«

Ellen erinnerte sich an das, was Bauer Thijman damals auf der Bank gesagt hatte: dass man sich auch wieder versöhnte, hart im Nehmen war.

Ellen stellte den Verbandskasten, den niemand brauchte, auf die Halligkante. Der Wind fuhr knisternd in den Jutesack, blähte ihn auf und riss ihn unter Liskes Fuß weg. Die sprang auf, erwischte den Sack aber nicht.

Mittlerweile war der Wind so laut, dass Ellen rufen musste, um ihn zu übertönen. »Damals in der Küche, da hast zu mir gesagt, wir könnten aus unseren Projekten kein gemeinsames machen, wir seien zu unterschiedlich. Ich hätte nur die Vergangenheit im Blick, du die Zukunft. Ich frage mich, ob das überhaupt stimmt.«

Liske unterbrach die Jagd nach dem Jutesack. »Natürlich stimmt es. Du willst ein historisches Museum, das die

Vergangenheit ehrt, ich ein Vogelhaus, um die Zukunft der Vögel zu sichern.«

»Trotzdem.« Einmal mehr zerrte der Wind an Ellens Haaren, sie hielt sie fest. Aber sie ließ zu, dass sich ein Knoten, der tief in ihrem Inneren immer größer geworden war, löste. »Bei allem, was ich tat, hatte ich immer meine eigene Zukunft im Blick. Es hat alles so gut angefangen. Ich komme mit den Kindern klar. Meistens zumindest. Ich mag sie, sie mögen mich, ich glaube, ich bin eine gute Lehrerin. Es ist mir gelungen, einen Zugang zu Metha zu finden, auch zu Jakob ...«

Sie zögerte kurz, keuchte, das laute Rufen war ungewohnt. Sie war nicht mal sicher, ob sie sich Liske anvertraute, die ihr schweigend zugehört hatte, oder dem Wind und dem Meer. Die Worte kamen wie von selbst, zu viele, um sie noch herunterzuschlucken, um nicht schonungslos zu bekennen, wo sie stand und wo sie hinwollte.

»Es war mir nicht genug. Ich habe immer so ... langsam gelebt, meine Sehnsüchte vor mir hergeschoben, nie etwas daraus gemacht. Nur jetzt ... jetzt konnte es mir nicht schnell genug gehen, jetzt wollte ich unbedingt ein Zeichen setzen, dass ich nicht einfach nur hier bin, sondern bleiben werde, dass die Halligen von nun an meine Heimat sind. Ich konnte es nicht einfach geschehen lassen, ich musste selbst etwas tun. Es hätte genügt, die Sache mit dem Museum anzustoßen, Gesa den Rest zu überlassen, aber nein, ich wollte unbedingt dieses Theaterstück auf die Beine stellen, damit wir eine Chance haben. Und dabei ging es mir nicht um die Vergangenheit. Meine Zukunft sollte so schnell wie möglich auf einem festen Fundament stehen. Ich konnte es kaum erwarten, dass ich endlich eine ganz neue Ellen werde, eine, die nicht zaudert und abwägt und sich hierhin und dahin spülen lässt, sondern eine, die anpackt und hilft und kämpft.«

Liske trat zu ihr: »Weißt du, dass ich heute zum ersten Mal gehört habe, wie du laut wirst?«

Die Strähnen peitschten in Ellens Gesicht, ein vertrauter Schmerz. Der Hals schmerzte auf eine Weise, wie sie es nicht kannte. Ich auch, dachte Ellen, ich habe mich auch nie schreien gehört, mit wem hätte ich schreien sollen, ich habe die Menschen immer mit meinem Verstummen bestraft. Und mich schwergetan einzufordern, was ich mir wünsche.

Der Wind wehte den Jutesack vor Liskes Füße. Kaum bückte sie sich, riss er ihn wieder zurück, trieb ihn über den steinigen, sandigen Boden, schien ihn aufs offene Meer treiben zu wollen wie einen Luftballon, um ihn dann doch wieder fallen zu lassen. Auch alle Wolken hatte der Wind vertrieben. Doch so klar und frisch die Luft kurz gewesen war, der Himmel war plötzlich von einem merkwürdigen Gelb und das Meer von einem seltsamen Grün. Ellen sprintete hinter Liske her, die erst dem Jutesack nachrannte und dann dem umherfliegenden Müll. Es sah aus wie ein kurioser Tanz. Am Ende hatte sie den meisten Müll aufgesammelt und faltete den Sack zusammen.

»Und ich habe dich noch nie so rennen sehen«, sagte Ellen trocken.

In Liskes Gesicht flammten rote Flecken auf, sie keuchte. »Manchmal werde ich auch laut.« Jetzt blieb sie ruhig, keuchte weiter, stützte die Hände auf die Knie, ihre Stimme klang gepresst. »Manchmal werde ich auch laut. Aber es nützt ja nichts. Wen soll ich denn anschreien? Die Hiesigen haben es nicht verdient. Die, die immer wieder gehen, würde es nicht interessieren. Alles manage ich hier allein –

die Rinder, den Vogelschutz, Jasper, Vater, den Wettbewerb. Manchmal ist es einfach zu viel.« Sie hielt mit beiden Händen den Jutesack. »Es stimmt, ich will so gerne fort, nur einmal weit weg. Ich wollte immer schon fort, das weißt du, aber es hat sich nie ergeben. Es hat sich nie richtig angefühlt, als würde ich die Hallig verraten, als würde ich es mir zu leicht machen.«

Nichts an Liske war leicht. Aber es war leicht, auf sie zuzugehen und die Faust zu öffnen, ihr den Jutesack abzunehmen, mit der anderen Hand ihre zu ergreifen. »Es ist ungerecht, dass andere Menschen in deinem Leben Ferien machen und du nie welche hast.«

»Es ist nicht nur das«, brach es aus Liske heraus, noch gepresster, heiserer, es war auch eine Art zu schreien, der Wind schrie so. »Ich rede mir den Mund fusselig, dass man was tun muss, um die Halligen zu retten, dass sie bald untergehen, wenn es so weitergeht mit dem Anstieg des Meeresspiegels, dass die Vögel bedroht sind, weil das Klima verrücktspielt. Aber eigentlich ... eigentlich bin ich wie deine Mutter. Ich sage was und meine es nicht so. Ich verspreche was und halte es nicht. Ich tu so, als könnten sie sich auf mich verlassen, die Vögel, die Halligen, aber eigentlich denke ich nur an mich.«

»Das glaube ich nicht.«

Liske sah sie mit flackerndem Blick an. »Weißt du, wie oft ich mir wünsche, dass die Halligen einfach untergehen? Wenn die Leute so dumm sind, sich nicht um ihre Zukunft scheren, sollen sie eben alle absaufen. Wenn die Halligen weg wären, könnte ich endlich gehen.«

»Du denkst viel an die Zukunft – wie man die Halligen schützen kann und die Vögel – aber ich glaube, wenn es um dein Leben geht, bist du es, die in der Vergangenheit feststeckt. Du traust dich nicht, eine neue Liske werden, denkst, du könntest nicht zurücknehmen, was du damals mit sechzehn gesagt hast. Du wolltest deinem Vater, meiner Mutter, mir beweisen, dass du eine bist, die bleibt. Beweist es seitdem vor allem dir selbst, indem du dir nicht helfen lässt. Aber bleiben und gehen ist nicht immer ein Widerspruch. Und sich helfen zu lassen kein Eingeständnis von Schwäche. Ich fange nicht wieder davon an, dass wir Schwestern sein könnten ... Aber ich würde dir gern helfen.«

Liske strich sich erschöpft durchs windzerzauste Haar.

»Da hinten ist noch mehr Müll«, sagte sie nach einer langen Pause. »Almut ist echt bescheuert, den hier zu verteilen.«

Gemeinsam sammelten sie alles ein. Als sie schließlich aufsahen, hatte der Himmel eine andere Farbe angenommen. Er schien ins Meer zu tropfen, machte aus ihm ein graugelbgrünes Einerlei.

Liske hielt inne. Sie runzelte die Stirn, das Meer war noch glatt, nur hier und dort stolperte der Wind über die Wellen, riss eine auf, weiße Gischt ragte empor wie eine Warnung. »Das gefällt mir nicht.«

»Lass uns nach Hause gehen«, sagte Ellen.

Kurz vor der Warft blieb Liske kurz stehen, hielt die Hand prüfend in den Sturm.

»Was ist?«

»Nichts.«

Der Sturm schien beleidigt, er war kein Nichts, er bewies es ihnen. Als sie die Warft erreichten, klapperte die Tür der Müllhütte. Liske schob den Riegel vor, es klapperte immer noch.

»Ich werde die Hühner einsperren«, erklärte sie.

Im Hühnerwagen fanden dreißig Legehennen Platz, er konnte verschoben werden, aber nur zu zweit.

»Soll ich dir helfen?«

»Schau lieber, dass Jasper ins Haus geht. Er ist mit zu Almut gegangen, aber ich kann mir nicht vorstellen, dass er lange dortgeblieben ist, irgendwo hier muss er sich herumtreiben.«

Als sie das Haus erreichte, war nichts von Jasper zu sehen. Bauer Joeke saß neben Thijman auf der Bank.

»Schau, dass du heimkommst, bevor es dich umweht«, sagte Thijman zu ihm.

»Quark nich, dat gaht«, grummelte Joeke vor sich hin.

Als er aufstand, wackelte er. Ellen hob unwillkürlich die Hand, um ihn zu stützen, Joeke schlug ihre Hand zurück.

»Das mag der nicht«, sagte Thijman.

Ellen blickte dem Alten zweifelnd nach, wie er voranwackelte, sein Körper zur Seite geneigt wie ein Grashalm. Das Gras auf der Hallig war hart und hatte scharfe Ränder.

Auch Thijman schaute ihm nach, blickte dann Richtung Liske, die sich am Unterstand der Galloways zu schaffen machte, gerade ein Gitter auf die Plane am Dach wuchtete.

»Das gibt was«, sagte er.

»Du denkst, es wird schlimm?«, fragte Ellen.

Er hielt die Hand hoch, die Finger gekrümmt. Obwohl er vor der Hauswand saß, die den herannahenden Sturm abschwächte, schien er das Gleiche zu spüren wie vorhin Liske.

»Nordwestwind.«

Ellen wusste, dass Ostwind meistens schönes Wetter brachte, das Wasser Richtung Meer drückte, manchmal so stark, dass der Fährverkehr eingestellt wurde, weil sich zu wenig Wasser in der Fahrrinne befand.

Bei Nordwestwind war das anders.

»Es gibt Landunter? Jetzt im Juni?«

Thijman stieß einen Laut aus, heiser, spöttisch wie der Wind. Der Wind kannte keine Monate. Seine Feiertage bestimmte er selbst.

»Hast du Jasper reingehen sehen?«, fragte Ellen.

Thijman erhob sich, es fiel ihm schwer, er konnte seine Beine nicht ganz durchstrecken. Ellen trat unwillkürlich vor, um ihn zu stützen.

»Ich mag das so wenig wie Joeke.«

Thijman wollte ihre Hand wegwischen, führte die Geste aber nur halbherzig aus. Ellen streckte den Arm aus, und nach drei wackelnden Schritten umklammerte er ihr Handgelenk. Sein Wackeln ging ihr durch und durch, als sie ihn ins Haus führte. »Ich habe Jasper nicht gesehen, aber das heißt nichts. Ich sehe nicht mehr alles.«

Ellen brachte ihn zum Küchentisch, statt ihren Unterarm umklammerte Thijman jetzt die Tischplatte.

Sie suchte Jasper in allen Räumen, fand ihn nirgendwo.

Als sie wieder die Küche betrat, lief das Radio. Das Rauschen war lauter als der Sprecher, Thijman schien trotzdem etwas zu verstehen. »Orkan, Stärke zwölf«, nuschelte er.

»Das ist für den Sommer ganz schön viel.«

»Es gab immer schon Sturmfluten im Sommer, nicht oft, aber einmal war die ganze Heuernte hinüber.« Er beugte den Kopf tiefer übers Radio.

Als Ellen wieder nach draußen trat, war Liske dabei, einen Schubkarren umzudrehen. Es gelang ihr nicht auf Anhieb, der Wind stemmte sich dagegen, Liske nahm ein Bein zu Hilfe. Bis Ellen sie erreichte, um ihr zu helfen, hatte sie es allein geschafft. »Hast du Jasper gefunden?«

Ellen schüttelte den Kopf. »Vielleicht ist er doch noch bei Almut.«

Bevor sie entscheiden konnten, wer zu Almut aufbrach, sahen sie Jo vorbeilaufen. Er blieb trippelnd stehen, als Ellen ihn rief. Er war nicht auf Joggingrunde, der Warftsobmann hatte ihn gebeten durchzusagen, dass die Schiffsverbindungen eingestellt worden waren.

»Ist Jasper noch bei euch?«

»Jasper kam gar nicht mit, Metha auch nicht, sie ist mit Jakob heimgegangen. Und Lorelei und Josseline sind längst weg. Soll ich euch suchen helfen?«

»Mach erst mal deine Runde.«

»Die meisten Schafe und Rinder sind noch draußen, ich kann mir nicht vorstellen, dass es wirklich so schlimm wird.«

Ellen blickte Richtung Meer, das Meer schäumte wie Seifenlauge, der Himmel, den es spiegelte, wurde von Stunde zu Stunde schmutziger.

Nachdem sie sich von Jo verabschiedet hatte, rannte Ellen zur Schule – kein Jasper. Sie lief zur Hauptwarft, traf David vor dem Naturschutzhaus, seine Rastazöpfe tanzten im Wind. Auch er hatte Jasper nicht gesehen.

In Hinrichs Buernhus schwiegen sich Anni und Emmi finster an, in der Gaststube war kein Jasper, nur ein paar Gäste und der Redakteur tranken Kaffee. »Der kommt jetzt nicht weg«, sagte Emmi, »er muss über Nacht bleiben. Das Zimmer berechne ich ihm.« Ihre Stimme klang schadenfroh, in ihrer Miene stand Mitleid. »Jasper wird sicher bald auftauchen.«

Als sie zurückkehrte, war Liske nicht am Arbeiten, sie stand vor der Warft wie gelähmt.

»Ich ... ich finde ihn einfach nicht«, sagte Ellen.

»Manchmal versteckt er sich, wenn er in die Hose gemacht hat.«

Es klang wie eine Frage, nicht wie eine Feststellung, die Hoffnung war kurz größer als die Sorge. Ellen nickte. So wird es sein, wollte sie sagen, aber sie schwieg, sie wollte nicht heucheln.

Der Wind hatte kein Problem damit zu heucheln. Als sie Liske erreichte, schien er den Atem anzuhalten. Ich bin nicht so schlimm, ich will ja nur spielen. Dann atmete er aus und warf ihnen Sand und Erde ins Gesicht.

DAMALS

Anfang Januar 1825 brach ich nach Husum auf. Ich hatte nicht das Gefühl zu reisen, ich löste mich langsam in Nebel auf. Manchmal hing der graue Dunst ganz dicht über der Meeresoberfläche, als wäre er ein atmendes Wesen. Dann und wann löste er sich in silbrige Fäden auf, wie Engelshaar, aus Luft und Wasser gesponnen.

Ich war fast allein an Bord, da waren außer mir nur ein junger Mann aus Föhr und der Kapitän, der ein großes Nebelhorn aus Kuhhorn um den Hals trug.

Er blies oft hinein, auch wenn es nicht notwendig war. Der Ton klang klagend. So hätte es geklungen, wenn meine Trauer einen Weg aus mir heraus gefunden hätte. Mit jeder weiteren Welle, die zwischen Gretjen, Halle und mir wogte, zwischen Hendrik und mir, wuchs diese Trauer. Ich wollte sie nicht zeigen, gab mich trotzig.

Pastor Danjel blickte mir verwundert entgegen.

Er war alt geworden, seit ich ihn das letzte Mal gesehen hatte. Zu Halles erstem Geburtstag hatte er die mühselige Fahrt zur Hallig auf sich genommen, um seinen Enkel zu besuchen. Er hatte seine Hand gehoben, als wollte er dem Kind übers weißblonde Haar streichen. Stattdessen hatte er ihm brüsk auf die Stirn geklopft, als gelte es zu prüfen, ob sich dahinter ein Hohlraum befand oder nicht.

Die Köpfe der Kleinen sind noch ganz leer, hatte er mir später gesagt, es ist so wichtig, ihnen das Richtige einzupflanzen.

Etwas an diesem Satz war mir falsch erschienen, zumindest wenn ich an Halle dachte. Die Gaben des Geistes sollten dem Menschen nicht mühsam eingetrichtert, vielmehr behutsam zum Leben erweckt werden.

Er wird ein kluges Kind, hatte ich Pastor Danjel erklärt, obwohl Halle damals noch nicht einmal richtig sprechen konnte.

Nun konnte Pastor Danjel nicht mehr richtig sprechen. Auf dem Weg vom Hirn zum Mund zerfielen die Worte zu Silben, die er entweder knurrend oder lallend hervorbrachte.

Ob er auch das Hören verlernt hatte? Ich sank auf die Knie. Plötzlich war es so leicht zu bekennen, was ich auch mir selbst bis jetzt verschwiegen hatte.

Ich … ich bin ein schlechter Lehrer.

Er sah mich an. Sein Blick war wach, und plötzlich wurden seine Worte doch ganz, vielleicht schon in seinem Mund, vielleicht erst in meinen Ohren. Weißt du, sagte er, man kann nicht aus jedem Holzstück eine Flöte schnitzen, aber für einen Humpen reicht es allemal. Du darfst von deinen Schülern nicht zu viel erwarten.

Ich spreche nicht von den Kindern – wobei ich fürchte, ihnen mehr Angst eingeflößt zu haben als Vernunft. Ich spreche von den Männern, die ich nicht überzeugen konnte, die Halligkante und die Häuser besser zu befestigen. Ich spreche von Gretjen, die ich nicht überzeugen konnte, die Hallig zu verlassen. Oh bitte, du musst ihr befehlen, in dein Haus zurückzukehren!

Er hielt den Kopf schräg. Es dauerte, bis meine Worte ihn erreichten. Dennoch fiel seine Antwort entschieden aus: Das kann ich nicht.

Du hast ihr doch auch befohlen, mich zu heiraten!, begehrte ich auf. So wie du mir befohlen hast, Halliglehrer zu werden.

Er nickte nachdenklich. Dich konnte ich zwingen, sie niemals. Sie hat dich zu ihrem Mann genommen, weil sie es wollte, nicht weil ich es ihr sagte. Und sie hätte dich auch genommen, wärst du kein Lehrer gewesen. Sie ist ... frei. Die Freiheit darf weder ich ihr nehmen noch du. Die Freiheit ist eine Schwester der Vernunft.

Ich starrte ihn an. Mein Leben – es war auf einer Lüge gebaut, so sumpfig wie das Marschland: Der Pastor hatte nicht die Macht gehabt, mich auf die Hallig zu schicken.

Ich sah mich durch seine Augen. Sah einen trotzigen Mann, überdrüssig, ohnmächtig, zornig, kämpferisch, traurig. Was ich nicht sah, war ein Gelehrter. Ein Mann, von der Gewissheit getragen, dass er alles, was er noch nicht weiß, erforschen und verstehen kann.

Wenn Gretjen frei ist, zu tun und zu lassen, was sie will, was kann ich tun, dass die Vernunft in ihr siegt?, fragte ich.

Pastor Danjel schloss die Augen und sann lange nach. Die Vernunft gleicht dem Meer, sprach er dann mit erstaunlicher Klarheit. Alles, was man lernt, ist wie ein Tropfen, den man aus diesem grenzenlosen Meer schöpft. Ich dachte früher, es gäbe nichts Größeres, schließlich ist nur der Himmel seine Grenze, folglich das Nichts. Doch wo es keine Grenze gibt, gibt es keinen Anfang und kein Ende, kein Woher und kein Wohin. Die Liebe muss viel kleiner sein, damit unsere winzigen Herzen sie fassen können, sie ist nur ein Schifflein, das auf dem Meer treibt, Spielball von Wellen und Wind. Doch so bedroht sie auch sein mag, sie weiß, woher sie kommt: aus dem eigenen Herzen. Und sie weiß, wohin sie geht: in das Herz des anderen. Sie hat einen Ursprung und ein Ziel. Die Vernunft mag grenzenlos sein. Doch unendlich ist nur die Liebe.

Wird das Schiff eines Tages im Meer untergehen?

Er öffnete die Augen und sah mich an. Vielleicht war es ein Fehler, dich mit Gewalt in dieses Leben zu drängen, aus dem du nun fliehst. Doch manchmal führt der richtige Weg nicht aus Vernunft nach vorn. Manchmal führt er aus Liebe zurück.

Ich betrat die Bibliothek, in der ich einst so viele Stunden zugebracht hatte. Etliche der Bücher standen nicht in ihren Regalen, sondern lagen aufgeschlagen auf dem Tisch. Ich wusste nicht, wonach Pastor Danjel darin gesucht hatte. Ich war nicht sicher, wonach ich suchte. Am Ende las ich nicht, ich betrachtete eine Karte der Nordsee, viel älter als jene, die die königlichen Landvermesser im Jahre 1807 angefertigt hatten.

Auf diesem Plan waren Halligen eingezeichnet, die untergegangen, von den Menschen aufgegeben oder eingedeicht worden waren. Nubel, Dagebüll, Galmsbüll, Ockholm, Lundingland, Südhörn, Südhörnke, Hingesteness.

Ich fuhr mit dem Finger über das Papier, das etwas festhielt, was nur mehr ein leerer Name war. Ich konnte ihn laut aussprechen, doch nicht mit Leben füllen. Die Stimmen derer, die dort gewohnt hatten, waren nicht nur längst verstummt – es fehlten auch die Mauern, von denen ihr Echo widerhallte.

Damit, dass er eines Tages nicht mehr sein wird, findet der Mensch sich ab. Was ihm zusetzt, ist, dass nichts von ihm bleibt. Vielleicht ist diese Empörung der Grund, warum der Mensch, obgleich auf der Karte nicht einmal ein Punkt, in größte Ödnis und unwirtlichste Gegend zieht und dort gräbt und baut, einzäunt und beackert, pflanzt und füttert und nach jedem Scheitern von Neuem beginnt.

Ich starrte auf die Karte, betrachtete die Halligen, die es nicht mehr gab. Aufgegeben, untergegangen erschien mir jäh auch meine Wut. Mein Wunsch, die Halligen mögen verschwinden und mit ihnen die törichten Menschen, war nur mehr eine Ansammlung von Strichen auf einem alten Plan.

Hell und klar sah ich Gretjen vor mir, in einem mondweißen Kleid. Ob sie nun frei oder dreist war, stolz oder anmaßend, ob mutig oder tollkühn – es bestand keinerlei Zweifel an meiner Liebe zu ihr. Gretjen war mein Woher und mein Wohin. Gretjen war mein Hafen.

Am folgenden Tag traf ich den Amtmann nicht an. Ich ahnte, dass es ohnehin keinen Sinn haben würde, erneut um Steuererleichterungen zu bitten. Doch ich begegnete dem Deichinspektor, der jeden Tag den Barometerstand kontrollierte und in einem Buch festhielt. Er erklärte mir, er habe selten solche Unterschiede gesehen wie in den vergangenen Tagen. Das Wasser sei in nie erreichte Höhen gestiegen, danach in nie gekannte Tiefen gefallen. Gut möglich, dass eine Sturmflut bevorstünde.

Ich muss sofort zurück auf die Hallig, brach es aus mir hervor.

Der Deichinspektor sah mich erschrocken an. Das ist unter Bedingungen wie diesen viel zu gefährlich!

Ich muss.

Das ist Wahnsinn.

Nein, sagte ich. Das ist Liebe.

Ich bestieg das letzte Schiff, das in jenem Januar 1825 Richtung Halligen aufbrach. Der Nebel, der mich auf der Hinfahrt begleitet hatte, war verschwunden. Aus der Ferne glichen die Halligen einem Faden, zu dünn, um Himmel und Meer zusammenzunähen. Und doch waren sie kein Trugbild. Sie gehörten hierher, noch. Je näher ich dem Ziel kam, desto dunkler ballten sich Wolken. Waren sie vom Himmel gefallen, schwerer als Luft, oder dem Meer entstiegen, leichter als Wasser?

Das Meer spielte mit der Schaluppe wie die Katze mit der Maus. Die Katze war satt, mir war übel. Das Meer stand so hoch, dass wir an der Halligkante anlegen konnten. Die Priele waren keine dünnen Rinnsale mehr, sie glichen nun rauschenden Flüssen.

Gerade als ich meinen Fuß auf festen Boden setzen wollte, platzten die Wolken auf, Regen ergoss sich über mir. Kein Mensch war zunächst im Freien, doch als ich das Pfarrhaus beinahe erreicht hatte, trat mir jemand entgegen: Catherine. Rikkarts Witwe, Hendriks Ziehmutter, Marekes Schwiegermutter. Wer sie für mich war, konnte ich nicht benennen, ich hatte kaum Worte mit ihr gewechselt. Nun sprach sie meinen Namen aus.

Ich blieb stehen. Ihre Wangen waren nass, was nicht allein die Schuld des Regens war. Regen hatte nicht die Macht, die Augen zu röten, dies konnten nur Tränen.

Du kommst zu spät, rief sie anklagend. Du hast sie verpasst.

So zäh, wie die Nässe durch meine Kleidung an meine

Haut drang, so langsam erreichten ihre Worte meinen Verstand. Meine Seele hatte die Wahrheit indes schon in Catherines roten Augen gelesen.

Ist Gretjen mir nach Husum gefolgt?

Nein, Gretjen ist nach Wyk aufgebrochen.

Was sucht sie in Wyk?

Sie begleitet Mareke dorthin. Mareke will, dass euer Sohn überlebt.

Das Prasseln des Regens spülte die folgenden Worte fort. Der Wind stahl die weiteren. Schließlich erfasste ich doch, was seit meiner Abreise geschehen war.

Mein Weggang hatte nichts verändert. Die Ankunft der Flut umso mehr. Sie hatte einen toten Wal angespült, an dessen grauem Gerippe kaum noch gelbliches Fleisch hing. Es stank grässlich, die Möwen umkreisten ihn, die Kinder ebenso. Es war ein Spiel, einen Fetzen Fleisch zu erhaschen, sich stärker und listiger als die Möwen zu erweisen.

Für Mareke war der Wal kein Spiel, sondern ein Fluch.

Der Wal sei ein Bote des Unglücks, die letzte aller Warnungen. Sie fühle die Gefahr seit geraumer Zeit, sie sehe die Toten wandern. Die Toten von gestern, die düstere Prophezeiungen flüsterten. Die Toten von morgen, die noch in warmer Dönse hockten und sich blind stellten.

Sie hat vor Angst den Verstand verloren, fuhr Catherine fort, sie flehte Hendrik an, sich in Sicherheit zu bringen.

Doch er blieb, folgerte ich.

Sie flehte auch Gretjen an zu gehen.

Und Gretjen brach mit ihr auf, schloss ich.

Der Regen schmeckte plötzlich bitter. Wie hatte Gretjen dem Geflenne einer Idiotin mehr Gewicht geben können als meinen Ermahnungen, den dunklen Ahnungen mehr als meinen Prognosen? Wie hatte sie sich von der Angst der anderen rühren lassen können, während nüchterne Berechnung keinen Wert für sie zu haben schien? Wieso war sie nicht gegangen, als ich sie gebeten hatte, nun jedoch ins Ungewisse aufgebrochen?

Ich stellte keine dieser Fragen. Catherine beantwortete sie trotzdem. Mareke habe Gretjen leidgetan.

Da erst verstand ich es. Es war eine andere Art von Liebe. Doch auch diese hatte ein großes Segel.

Ich muss ihr nach Wyk folgen, sagte ich.

Der Regen hatte nachgelassen. Catherines Wangen waren immer noch nass, doch die Tropfen rannen nicht mehr darüber. Die Windböen kamen nun von unten und stülpten die Welt um.

Gretjen kann nicht zurück, selbst wenn sie es wollte, sagte Catherine, so wie du nicht mehr von der Hallig fortkommst.

Catherine kehrte zurück ins warme Haus ihrer Schwester, ich lief zur Halligkante.

Das Meer verbündete sich mit den Elementen: Es blähte sich auf, als holte es Luft, es züngelte wie Feuer, das weiße Funken sprühte, und wenn sie zuschlugen, hatten die Wellen die Wucht von Erdrutschen. Ich wusste, ich konnte nicht ewig hier stehen bleiben. Diese Welt war nicht für die Ewigkeit gemacht, unsere Zeit ist nur ein einzelner Tropfen, der sich nicht auffangen lässt, sondern im Vergangenen versickert, während wir hilflos zusehen müssen.

Das Tageslicht schwand, die roten Glutaugen des Abends schlossen sich schnell. Bald wurde der Himmel zum Spiegel des blauschwarzen Meeres.

Plötzlich fühlte ich eine Hand auf meiner Schulter. Neben mir stand Hendrik. Ob wir Brüder waren, wusste ich nicht. Ganz sicher waren wir Alleingelassene.

Ich hätte sie aufhalten können, sagte Hendrik.

Aber er hatte sich anders entschieden. Mir hatte er seine Nägel damals in die Haut getrieben, Mareke hatte dagegen die Insel ohne brennende Male verlassen dürfen.

Wir starrten zum Himmel, der nur eine Nuance heller war als das Meer. Noch waren die Vögel zu sehen, schwarze Punkte, die wie irr hin und her stoben, als wäre das Himmelszelt ein Labyrinth, gegen dessen Mauern sie ständig stießen. Es gab keinen Ausweg, sie hingen dort oben fest.

Wir saßen hier unten fest.

Du warst im Recht, sagte Hendrik, all die Jahre. Du wolltest die Hallig schützen, und nun ist es zu spät. Warum bist du zum zweiten Mal zurückgekehrt?

Weil Gretjen meine Frau ist und Halle mein Sohn, dachte ich. Weil die Angst, meine Familie zu verlieren, stets größer war als die Angst vor meiner Heimat.

Doch es war nicht nur Gretjens und Halles wegen.

Was auch kommen mag, wir stehen es gemeinsam durch, sagte ich, zögerte, schob schließlich doch ein Wort nach: Bruder.

Meine Stimme war leise, die Vögel kreischten, der Wind röhrte, das Meer brauste. Doch daran, dass Hendrik mich verstanden hatte, gab es für mich keinen Zweifel.

Willst du bei mir wohnen?, fragte er mich. Damit ich nicht so allein bin ... damit du nicht so allein bist?

Ich nickte.

Und wenn das Wetter es möglich macht ... dann reist du Frau und Kind nach.

Ich nickte wieder, obwohl ich nicht recht daran glaubte. Nie war mir das stürmische graue Meer als schwerer zu überwindende Grenze erschienen, nie der kalte Nordwestwind als gefährlicherer Feind.

14

Die Sandwattenreste lagen wie ein Walfischrücken über dem Meer. Die Wellen, die darauf klatschten, wurden vom Wind an ihren Kämmen hochgezerrt.

Ellen war zu Almuts Warft aufgebrochen, gemeinsam mit Jo, nachdem der seine Runde beendet hatte. Almut legte gerade Taue um Sanddorn und Buchsbäume, damit sie nicht vom Sturm ausgerissen würden. »Ich hab schon gehört, dass Jasper verschwunden ist. Ist er immer noch nicht aufgetaucht?«

Ellen schüttelte den Kopf, berichtete, dass sie überall gesucht habe, auch auf der Kirchwarft.

»Muss er ertrinken? Müssen wir alle ertrinken?«, fragte Nils. Er stand mit einem Springseil im Garten, versuchte hektisch, es um einen Busch zu wickeln.

»Du kannst doch schwimmen«, sagte Jo, der am Platz trippelte, »wer schwimmen kann, ertrinkt nicht.«

Nils gab sich damit zufrieden, Ellen war sich dessen nicht so sicher. Sie trat zu dem Jungen, ging vor ihm in die Hocke, sah ihm ins Gesicht. »Hast du irgendeine Idee, wo Jasper stecken könnte?«

Er druckste herum. »Ich nicht, aber vielleicht ... Metha.«

»Warum Metha?«

»Vorhin habe ich sie zusammen gesehen.«

Richtig, Metha und Jasper hatten im Watt ständig die Köpfe zusammengesteckt. »Hast du sie nur bei der Müllsammelaktion oder auch noch später zusammen gesehen?«, fragte sie.

»Vielleicht.«

»Und wo?«

»Weiß ich nicht mehr.«

Als Ellen sich zum Gehen wandte, trat Almut zu ihr. »Ich komme mit, vielleicht kann ich irgendwie helfen.«

Nils wollte protestieren, aber Jo schlug einen Wettlauf zum Haus vor. »Und dann machen wir einen Hindernislauf, und dein Springseil wickeln wir ums Stockbett wie eine Liane von Tarzan.«

Auf dem Rückweg blickte Ellen immer wieder Richtung Meer. Die Brandung peitschte gegen die Steinkante, mehrere Halligbewohner prüften, ob die Boote ausreichend vertäut waren. Boote wie Menschen wankten, Spielfiguren, vom Wind beliebig zu verschieben. Nicht viel besser erging es denen, die das Vieh zur Warft trieben. Sie sah die Menschen schreien, aber hörte sie nicht, zu laut pfiff es in den Ohren. Nur eine Kuh brüllte durchdringender als der Sturm.

Als Ellen die Warft verlassen hatte, hatte Liske gearbeitet, nun stand sie da, das kurze Haar zerzaust.

»Und wenn er bei einem Sod gespielt hat? Wenn er hineingefallen ist?«

Ellen wusste, dass früher oft Kinder ertrunken waren, wenn sie neugierig den Holzdeckel der Süßwasserzisterne abgenommen und sich zu weit vorgebeugt hatten. »So dumm ist er nicht«, sagte sie schnell. »Er weiß genau, wo Gefahren drohen.«

»Wenn er irgendwo herumgeklettert ist und sich verletzt hat? Jetzt kann kein Rettungshubschrauber aus Sankt Peter Ording kommen.«

Im Normalfall war der Hubschrauber in zehn bis fünfzehn Minuten da. An diesem Tag war nichts normal.

»Er klettert nicht irgendwo herum, er sucht Tiere.«

Liske blickte sie zweifelnd an. Dann gab sie sich einen Ruck. »Schafe ... auf die Warft holen ... Tür vom Stall noch offen ... festbinden ... Wasser geben ... Futter der Galloways ... darf nicht fortgeweht werden ...«

Der Wind zerpflückte ihre Worte.

Almut hatte ein wenig Abstand gehalten, trat entschlossen näher. »Das kann ich doch alles machen, sucht ihr weiter nach Jasper.«

Liske maß sie verächtlich. »Du hast doch keine Ahnung von Tieren.«

»Aber wir können ihr helfen«, ertönte eine Stimme. Emmi und Lars stiegen den Weg zur Warft hoch.

»Was macht ihr denn alle hier?« Unsicher trat Liske von einem Bein aufs andere.

»Wir kümmern uns um das, was ansteht. Sucht ihr nach Jasper.«

Erst jetzt sah Ellen, dass Almut, Emmi und Lars nicht die Einzigen waren, die ihre Hilfe anboten. Weiter hinten brachten Gesa und Sönke gerade mobile Zaunelemente auf die Warft. Sönke arbeitete mit der gleichen Hektik wie im Laden, doch während Gesa ihn dort oft bremste, war jetzt sie es, die ihm die Stücke reichte, den Rhythmus vorgab – ein Uhrwerk, bei dem alle Rädchen ineinandergriffen.

»Wir befüllen die Wassertanks«, rief Lars. »Falls die Wasserleitung bricht, müssen die Galloways nicht verdursten.«

Liske wirkte immer noch unsicher, Almut ging entschlossen in Richtung der Galloways.

»Wenn sie in Panik geraten, entwickeln sie unbeschreibliche Kräfte«, sagte Liske, selbst kraftlos, »sie reißen sich los, durchbrechen Zäune, auch die aus Hartholz.«

»Ein bisschen kenne ich mich schon mit Tieren aus«, gab Almut zurück, »schließlich haben wir einen Hund.« Sie hielt sich das wehende Haar fest. »Wenn man panisch ist, spüren das die Tiere, aber ich bin ganz ruhig.«

Sie atmete tief ein, tief aus, Lars und Emmi folgten ihr, Gesa und Sönke waren mit dem Zaun fertig. Sie riefen ihnen etwas zu, nur ein Wort kam bei Ellen und Liske an: »Schafe.«

Ellen zupfte Liske am Ärmel. »Lass sie machen.«

Liske verlor den festen Stand, lag plötzlich in ihren Armen. Das Geständnis, ich habe solche Angst um ihn, klang dumpf, weil sie ihr Gesicht gegen Ellens Schulter drückte.

Als sie die Küche betraten, saß Thijman wieder am Küchentisch, neben sich das Telefon und zwei Taschenlampen, außerdem diverse Papiere.

Er rufe regelmäßig beim Pegel an, erklärte er, und notiere die Messdaten neben der jeweiligen Uhrzeit.

Er war dick angezogen, trug Öljacke und -hose. Die Jacke war falsch geknöpft. »Hättest mir doch Bescheid gesagt, dass du dich umziehst«, sagte Liske, »ich hätte dir geholfen.«

Er blickte an sich herab. »Ich habe die Hosenbeine nicht über die Arme gezogen, das ist schon was.« Das Lächeln schwand. »Der Junge?«

Liske kniff die Lippen zusammen, schüttelte den Kopf.

Ellen hatte ihr vorhin erzählt, dass er zuletzt gemeinsam mit Metha gesehen worden war. Liske griff nach dem Telefon, wählte Jakobs Nummer, legte auf, ohne ein Wort zu sagen, entweder war die Verbindung gestört, oder niemand ging ran.

»Ich gehe zur Peterswarft«, sagte sie.

»Nein«, sagte Ellen, »ich mache das – du wirst gebraucht. Und falls Jasper doch irgendwo hier steckt, ist es besser, du bist zu Hause.«.«

Liske schien etwas einwenden zu wollen. »Jasper …«, stieß sie aus.

»Ich weiß.«

»Dass du …«, setzte sie an.

»Ich weiß.«

Am Ende brachte sie nur einen ganzen Satz hervor: »Nimm eine Taschenlampe mit – und zieh meine Gummistiefel an.«

Ellen versprach, ein Lichtsignal zu senden, falls sie Jasper auf der Peterswarft finden sollte und die Wasserfluten ihnen den Heimweg abschneiden würden.

Das Meer schlug nicht länger zu, es begann, das Land zu unterwandern, es zu verschlucken, es zwang alles, sich seiner Form anzupassen. Der Mensch, ein stummeliger, senkrechter Strich, schien hier nicht vorgesehen.

Ellen wollte das Meer nicht herausfordern, wollte sich am liebsten ganz klein machen. Aber es war dumm zu glauben, man könnte sich verstecken. Das Wasser scherte sich auch nicht darum, ob sie schlich oder rannte. Wenn sie nicht rechtzeitig die Nordspitze erreichte, würde die Senke vor der Peterswarft vollgelaufen sein, und es wäre kein Durchkommen mehr.

Anfangs hatte sie nach Jasper gerufen, aber das kostete zu viel Kraft. Sie zog den Kopf ein, starrte auf die Straße, sah, dass mit jedem Schritt der Asphalt nasser wurde, spürte, dass mit jedem Schritt der Himmel dunkler wurde. Sie versuchte, sich in der Mitte der Straße halten, etwas höher gebaut, damit das Wasser notfalls ablaufen konnte. Jedes Mal, wenn sie die Neigung fühlte, wusste sie, dass sie dem Grünstreifen und dem Graben gleich dahinter bedrohlich nahe kam, und tastete sich wieder zurück zur Mitte. Es war kein Rennen, eher ein Balancieren – herausfordernd in einer Welt, die aus dem Gleichgewicht geraten war.

Als kaum mehr etwas zu sehen war, machte sie die Taschenlampe an, mehr Lichtpunkt als Lichtschein. Tröstlicher war der Blick auf den Amrumer Leuchtturm, sein Rhythmus noch der eines gemächlichen Herzschlags, der sich nicht dem irren Puls des Meeres anpassen wollte.

Sie kam nur langsam voran. Mal rempelte sie der Wind von hinten an, mal lief sie gegen eine unsichtbare Wand und musste sich dagegenstemmen, um den nächsten Schritt zu schaffen, mal kamen die Böen von oben, wollten sie in die Knie zwingen. Einst hatte sie sich gefragt, welche Farbe der Wind hatte, nun wusste sie, er hatte gar keine Farbe, er stahl sie sich nur, vom Himmel, vom Meer, jetzt von der Nacht. Das Schwarz war so mächtig. Die Taschenlampe glich mittlerweile einem verblichenen Blatt, das auf tiefem Wasser trieb, der Amrumer Leuchtturm war nicht länger zu sehen, sechs Schritte in völliger Dunkelheit, dann nahm sie helle Kreise wahr, die Fenster der Peterswarft. Der Lichtschein reichte weit genug, um zu sehen, wie wütende Wogen, auf denen Gischtkämme ritten, gegen das Land schwappten. Noch war es nicht bis zur

Warftkrone hochgestiegen, der Orkan trieb nur Spritzwasser darüber. Erbost, weil ihm alles, was er erfasste, durch die Hände rann, zerrte er umso heftiger an Ellen. Die Windstöße fühlten sich wie Hiebe mit dem Knüppel an. Sie hielt die Luft an, weil das Atmen wehtat, als sie die Luft entweichen ließ, drückte der Wind sie auf die Knie. Sie fühlte nicht Asphalt, sondern Steinboden. Gleich in der Nähe musste der Zaun sein, sie kroch auf allen vieren darauf zu, bekam tatsächlich eine Holzplanke zu packen, hangelte sich entlang. Nie hatte sie so deutlich gespürt, dass die Welt eine Kugel war, die sich drehte.

Sie kämpfte mit dem Wind um jeden Zentimeter, der Wind verlor die Lust daran, ließ lieber eine Lampe vor dem Haus zerplatzen. Es klang wie ein Schuss, Scherben rieselten auf den Boden. Sie erhob sich, drei Schritte noch, dann war sie beim Licht. Als sie eines der Fenster erreichte, starrte ihr eine weiße Gestalt entgegen. Es war ihr eigenes Spiegelbild, das Gesicht von einer Salzkruste überzogen. Sie klopfte an die Scheibe, spürte kein Glas, nur Blätter, Strohteile, die der Wind dorthin geweht hatte.

»Ellen, mein Gott.«

Die Tür fiel mehrmals krachend ins Schloss, während Jakob zu ihr stürzte, sie packte, sie ins Haus zog. Der Wind jagte ihnen bis in den Flur nach, irgendetwas wackelte, kippte, fiel klirrend um, zerbrach aber nicht. Auch sie war noch oder wieder ganz, sie hielt sich an ihm fest, vielleicht ließ auch er sie einfach nicht los.

»Jasper, ist Jasper vielleicht hier? Er ist verschwunden, wir können ihn nirgendwo finden.«

Die Tür fiel ein letztes Mal ins Schloss, der Wind blieb draußen. Er war zu hochmütig, um zu klopfen, tanzte stattdessen auf dem Dach. In Ellen breitete sich eine klamme

Kälte aus, die sie den ganzen Weg nicht gespürt hatte, als Jakob den Kopf schüttelte. Kurz packte er sie fester, ließ sie umso abrupter los. Er musste gespürt haben, dass Metha hinter ihnen im Flur erschienen war, ihre Schritte waren lautlos gewesen.

Metha hielt den Kopf gesenkt, die Schultern hochgezogen, etwas verriet Ellen, dass nicht nur der Sturm sie einschüchterte.

»Weißt du vielleicht, wo Jasper ist?«, fragte Jakob sie.

»Natürlich nicht.« Metha hob den Kopf, sah an ihm vorbei. Jakob sah auch an ihr vorbei.

Ellen kniete sich vor Metha, fast alles in ihrem Gesicht glich dünnen Strichen, die Augen, die Brauen, die Lippen, nur die Brillengläser waren rund. Kurz war da der Drang, an ihren Schultern zu rütteln, sie zu bedrängen, nun sag schon, mach schon, du musst.

Stattdessen fragte sie nur: »Kann es sein, dass ihr wieder ein Tier entdeckt habt wie damals das Vögelchen? Dass ihr euch darum kümmern wolltet?«

Sie fühlte Regen und Meerwasser über ihr Gesicht perlen. Die Züge von Metha lösten sich.

»Es lebt noch«, flüsterte sie kaum hörbar, »Liske hat gesagt, frisch geschlüpften Tieren darf man nicht zu nahe kommen, damit man die Eltern nicht vertreibt. Die einzige Ausnahme sind Brandgänse und Eiderenten. Wenn man die allein findet, ist das ein Zeichen, dass die Eltern tot sind. Man muss das Junge zum Watt tragen, meist gibt es dort Altvögel, die das Küken adoptieren ... aber ... aber ...« Ihre Stimme schwoll an. »Aber es war keine Zeit mehr, es zum Wasser zu bringen, der Sturm hatte doch begonnen, Jasper hatte Angst, dass seine Mutter ihm das Junge wegnimmt. Deswegen hat er es hierhergebracht und ...«

Ellen hatte schweigend gelauscht, Jakob stürzte auf Metha zu, packte ihre Schultern.

»Warum hast du mir das nicht gesagt?«

Als sie sich versteifte, ließ er sie rasch wieder los. Er sah sie hilflos an, Metha starrte an ihm vorbei.

Als Ellen jedoch fragte, wo Jasper war, bedeutete sie ihr mit einem Nicken, ihr zu folgen.

Er war in dem niedrigen Raum hinter der Werkstatt. Unter der Tür musste man sich bücken. Früher hatte er als Geräteschuppen gedient, heute standen Umzugskartons hier, übereinandergestapelt, ein paar gleich vor der Tür. Ellen ahnte, was sich darin befand. Sachen aus der Wohnung in Münster, die Jakob aber nie ausgepackt hatte. Ins neue Leben hatten es nur Dinge geschafft, die ein Jahrhundert älter waren als die Trauer.

Jasper saß ganz hinten zwischen zwei Umzugskartons, beugte sich über etwas.

»Es darf sich nicht zu sehr an mich gewöhnen, sonst hält es mich für seinen Vater, und dann werde ich es nie wieder los«, sagte er.

Ellen wusste, dass Graugänse das, was sie nach dem Schlüpfen als Erstes sahen, als Mutter oder Vater anerkannten, egal, ob es eine Gans, ein Mensch oder ein Fußball war. Sie war nicht sicher, ob bei Eiderenten das Gleiche galt. Vage konnte sie sich erinnern, dass sie so etwas wie Kindergärten bildeten. Zwei, drei Weibchen, auch junge, die noch nicht geschlechtsreif waren, schwammen mit über zwanzig Küken herum und suchten nach Nahrung, damit die Mutter mal freihatte.

Sie kniete sich neben Jasper, glaubte, ein Wispern wahrzunehmen, Wiwiwiwi, sah im fahlen Licht nicht viel, einen braun gebänderten Körper, einen keilförmigen Schnabel, dunkle Beine, schwarze Augen. Es war kaum mehr als eine Handvoll Leben, aber dass es leben konnte und wollte, stand fest.

Sie sah auch nicht viel von Jaspers Gesicht, spürte sein schlechtes Gewissen.

»Es war ganz allein.«

Seine Zähne klapperten, er war durchgefroren. »Warum bist du denn den weiten Weg zur Peterswarft gelaufen?«

»Es hat ja noch gelebt.«

Mit dem Kinn deutete er auf Metha – Metha, die die kleine Küstenseeschwalbe mit Wattwürmern hatte füttern wollen, die für noch lebende Tiere zuständig war. »Wir wissen nicht, was kleine Eiderenten fressen«, gab sie kleinlaut zu.

Ellen durchforstete ihr Gedächtnis voller Halligwissen, das ganze Bücherregale umfasste. Die Information, was Eiderenten fraßen, war nicht dabei. »Das finden wir schon heraus.«

Metha trat zu Jasper. »Nimm es! Wir bringen es in die Dönse.«

Jasper nahm es auf beide Handflächen, seine Finger blieben steif, denn er wagte nicht, sie um das Tierchen zu legen. Seine Beine waren vom langen Hocken auch steif, er wankte, als er aufstand. Jakob hob Jasper auf seine Arme, legte seine Finger ganz fest um ihn und trug ihn hinaus.

Erst in der Dönse ließ Jakob den Jungen wieder herunter. Er sah nach draußen, eine Eternitplatte war aus der Wand herausgefetzt worden. Nun nahm sich der Sturm das Holz vor, rüttelte an den Ständern, am Dach, es rumorte. Den Ständern konnte er nichts anhaben, sie waren zu tief in der Erde verankert, aber ein paar Bündel Reet segelten vom Dach.

Später gesellte sich zum Rumoren ein Rauschen. Jakob verschloss das Schott – die Sicherheitstür, die zusätzlich vor der Haustür angebracht war –, um nicht nur vor Wasser zu schützen, sondern auch vor Gegenständen, die der Sturm gegen das Haus donnerte.

Als er zurückkam, schmierte Ellen ein paar Brote. Sie war noch nicht fertig, als es schlagartig stockdunkel wurde. Metha entfuhr ein ängstlicher Schrei.

»Ein Stromausfall ist auf der Hallig nicht so schlimm«, sagte Jasper. »Hier gibt es weder Fahrstühle noch Ampeln.«

Metha verstummte.

»Ich habe auch Angst«, sagte Ellen, »stellt euch vor, wie ich aussehe, wenn ich die Butter auf mein Gesicht schmiere, nicht aufs Brot.«

Ein vorsichtiges Lachen ertönte.

»Oder wenn ich sie gar in eure Gesichter schmiere.«

Das Lachen wurde lauter.

»Noch lustiger wäre es, wenn es Nutella wäre.«

Ellen legte das Messer ab, tastete nach dem Küchenschrank, fand darin eine Tube. Sie war nicht sicher, ob sich Senf oder Mayonnaise darin befand. Gut möglich, dass es Acrylfarbe war.

»Ich fürchte, wir haben kein Nutella«, sagte Jakob.

Er machte die Taschenlampe an. Bald kam weicheres Licht hinzu, von mehreren Kerzen, die er entzündete und auf die vielen alten Möbel stellte.

In der Tube war Multivit-Lachscreme.

»Wie kann man denn so etwas essen?«

»Was fressen denn Entenjunge?«, fragte Metha.

Jakob brachte einen leeren Umzugskarton. Auf dem Boden lagen ein paar Sägespäne, sie legten ein Handtuch dazu. Metha hatte von Jasper das Entenjunge übernommen und setzte es hinein.

Jakob schlug in einem Lexikon nach. »Sie essen Muscheln, Schnecken, Larven, Krebstiere, kleine Fische. Ich glaube, wir haben noch ein Glas Krabben.«

Sie fütterten die Ente mit Krabben, die Kinder mit Butterbroten. Jakob stieg hoch zum Schutzraum, um Liske ein Lichtzeichen zu geben. Später berichtete er, dass das gleiche Signal auch von dort gekommen sei. Liske habe ihn gesehen, sei beruhigt. Ellen biss in ein Butterbrot.

Die leichte Senke auf dem Weg zur Peterswarft war längst mit Wasser gefüllt, der Sturm zeigte immer noch, was er konnte. Er warf die gischthelle Brandung hoch, ließ sie aufs Dach prasseln. Doch irgendwann wurde aus den dicken Tropfen ein Sprühregen.

»Das ist gar nichts«, sagte Jasper mit Blick aus dem Fenster. »Einmal war die Flut so hoch, dass die Männer mit der Feuerwehrpumpe das Wasser wegpumpen mussten. Alle paar Minuten war die Pumpe verstopft und musste geleert werden.«

Jakob war trotzdem beunruhigt. Noch stand nur der Warftsockel unter Wasser. Aber bei alten Häusern wie diesem lag die Warftfläche deutlich tiefer als die Warftkrone, das Wasser konnte schneller hineinlaufen. Auch nachdem der Sturm nachgelassen hätte, würde es eine Weile weiter ansteigen.

Jakob machte das Radio an, um den Pegelstand zu erfahren, hörte nur Rauschen. Ellen dachte an die Menschen von früher, die sich nur auf ihre eigenen Sinne hatten verlassen können, um einzuschätzen, wie gefährlich die Lage war. Ellens Sinne waren hellwach, sie konnte den Sturm nicht nur hören, auch spüren. Es war ein starkes Gefühl. In einem Augenblick wie diesem konnte man die Hallig nur lieben oder hassen.

Um ein Uhr nachts legten sie sich mit den Kindern ins Doppelbett im Schlafzimmer. Der Regen hatte nachgelassen, der Sturm preschte nicht mehr ums Haus, er tobte in weiter Höhe seinen Furor aus. Am dunklen Nachthimmel zeichneten sich Sterne ab.

»Bei der Halligflut im Februar 1825 wurden die Menschen im Bett überrascht«, murmelte Metha.

»Ihr werdet nicht überrascht«, sagte Ellen schnell, »ihr beide schlaft jetzt, und wir bleiben wach.«

Metha hatte sich mitsamt ihrer Kleidung in die Mitte des Bettes gelegt, Jasper blieb neben ihr aufrecht sitzen. »Ich hab noch nie ohne Claas geschlafen.«

»Claas kommt eine Nacht allein zurecht. Du hast dein Entlein.« Der Umzugskarton stand neben dem Nachtkästchen. Dann und wann war ein Rascheln zu vernehmen, das irgendwann verstummte. Die Kinder tuschelten, bis ihr regelmäßiger Atem verriet, dass auch sie eingeschlafen waren.

Jakob schmiegte sich beschützend an seine schlafende Tochter.

»Die Menschen sind wirklich in ihren Betten ertrunken?«, fragte er.

»Keine Sorge, wir sind hier sicher. Wenn du willst, kannst du ruhig schlafen, dann bleibe ich allein wach.«

»Ich … ich kann doch jetzt nicht schlafen!«

Ellen war erstaunt über diese Heftigkeit, sie sah ihn fragend an.

Kurz zögerte er, dann begann er in die Dunkelheit hinein zu erzählen, seine Worte wie winzige Späne, die er ganz vorsichtig von seiner Trauer hobelte.

Seine Frau.

Ihr Name war Ruth.

»Sie hat am Anfang nur Kopfschmerzen gehabt, hat eine Schmerztablette genommen. Später kam Schwindel hinzu. Sie dachte immer noch, es sei harmlos, nahm dann ein Kreislaufmittel. Als sie aufgestanden ist, ist sie plötzlich umgekippt.« Er hielt inne, rang nach Worten, um seine Gefühle zu benennen, fand kein einziges. »Im Krankenhaus wurde ein Aneurysma diagnostiziert«, fuhr er fort. »Ihre letzten Worte waren so banal. In der Eile hat sie das Ladegerät für ihre elektrische Zahnbürste vergessen. Warum hat sie überhaupt ihre Zahnbürste eingepackt? Wir sind nicht davon ausgegangen, dass sie im Krankenhaus bleiben muss.«

Wieder machte er eine Pause, ehe er über Ruths letzte drei Wochen sprach. Nach der Operation, die zu spät erfolgte oder missglückt war, hing sie an Schläuchen. »Metha nannte sie Strohhalme. Vielleicht habe ich selbst sie so genannt, damit sie keine Angst hatte. Ich habe ihr so viele dumme Geschichten erzählt, von Astronauten und Aliens und Abenteuern im Spaceshuttle, auf die sich Mama gerade vorbereitete. Ich glaube, Metha konnte ich damit trösten, aber ich ... ich selbst hatte das Gefühl, das riesige schwarze Weltall starrte mich an, wenn ich neben ihr saß und das Piepsen der Maschinen hörte. Ich ... ich war so winzig, so unbedeutend.«

»Du warst bei ihr.«

»Nicht, als sie gestorben ist«, sagte er gepresst, »und das werde ich mir nie verzeihen.«

»Du musstest dich um Metha kümmern.«

»Die war bei ihren Großeltern. Ich habe es ... verschlafen.«

Kein Sturm hatte ihn geweckt, keine Flut, der Tod war ein leiser Feind, ein gefährlicher.

Jakob zog Metha noch enger an sich, nichts schien mehr zwischen ihre Körper zu passen. Seine Worte und Ellens Schweigen fügten sich auch ineinander, klemmten nicht wie eine verzogene Schublade, Ellen musste nichts mit Fragen zurechtbiegen und zurechtfeilen.

Er erzählte ihr, wie er ins Krankenhaus gefahren war. Wie keine Schläuche mehr aus Ruth geragt hätten, das Piepsen des Beatmungsgeräts verstummt gewesen sei. »Solange sie noch daran angeschlossen war, hat sie wie eine Puppe ausgesehen, nicht wie ein Mensch. Dann war sie nicht einmal mehr eine Puppe.«

Er holte tief Atem. Als er ihn entweichen ließ, klang es wie ein Schluchzen.

»Vielleicht hätte ich es ihr nicht erzählen sollen, aber ich war so verzweifelt. Ich habe ihr anvertraut, wie schäbig ich mich fühlte, weil ich nicht bei Ruth war. Ich glaube, Metha wirft mir vor, dass ich geschlafen habe. Das ist der Grund, warum sie oft so kalt ist ... so böse ... warum sie sich nicht von mir trösten lassen will.«

Ellen drehte sich etwas zur Seite, blickte ihn an. »Dass du geschlafen hast, wirfst du dir selbst vor. Metha ist wütend, weil ihre Mutter gestorben ist.«

»Ich komme einfach nicht an sie heran. Egal was ich mache, alles ist falsch.«

»Sie spürt, dass du dich schuldig fühlst, dass du dir

nicht verzeihen kannst. Aber trösten kann sie nur ein starker Vater, der nicht ständig mit sich hadert.«

Ellens Hand war eingeschlafen. Von Jasper waren nur die stacheligen roten Haare zu sehen. An Metha war nichts stachelig, zum ersten Mal sah Ellen sie ohne Brille. Ihr Kopf lag an Jakobs Brust, entspannt, beschützt, sicher.

»Vielleicht hast du Ruths Tod nicht verschlafen ... vielleicht hast du geträumt von ihr, hast im Traum Abschied genommen.«

»Ich kann mich nicht daran erinnern.«

»Manche Träume vergisst man.«

Methas Augenlider begannen zu zucken, sie träumte zweifellos. Jakob legte auch den anderen Arm um sie.

»Bei deinen alten Möbeln weißt du immer genau, welches Werkzeug du verwenden musst und wo sich die Schadstelle befindet«, sagte sie.

»Bei Metha nicht.«

»Bei ihr brauchst du kein Werkzeug. Ob beim Arbeiten oder Leben – manchmal genügen die Hände, die nackten, leeren Hände.«

Der Sturm draußen gab ihr recht. Er hatte weder Hammer noch Säge, noch nicht einmal Fäuste, und trotzdem verursachte er Geräusche wie aus einer Werkstatt, ein Klappern und Klopfen, ein Knirschen und Dröhnen.

Als der Morgen nahte, legte sich der Lärm. Ellen fielen die Augen zu, wegdämmernd hörte sie noch, wie Jakob etwas fragte. »Und die Flut hat damals wirklich alle Menschen im Schlaf überrascht?«

»Nicht alle, Arjen blieb wach.« Sie war zu müde, um zu erzählen, wie die Chronik endete. Im Halbschlaf fühlte sie, wie Jakob seine Hand auf ihre legte, sie umschloss. Vielleicht war es nur ein Traum, aber ein schöner.

Am späten Nachmittag hatte sich das Wasser so weit zurückgezogen, dass sie und Jasper heimkehren konnten. Der Schulunterricht würde fürs Erste ausfallen, weil viele Wege noch unpassierbar waren, aber für diesen Anlass hatten alle Kinder eine »Landunter-Mappe« mit Aufgaben zu Hause.

Überall stießen sie auf Spuren der Zerstörung. Der Sturm hatte eimergroße Brocken aus der Uferkante herausgedrückt, die verstreut herumlagen, wie abgebissen und wieder ausgespuckt. »Könnte schlimmer sein«, sagte der Bürgermeister, als sie ihm begegneten. Lars lachte, nicht wegen der Halligkante, sondern über ein paar bayerische Touristen, die gerade in Hinrichs Buernhus nächtigten. »Flachländer nennen sie uns, und das Land ist tatsächlich flach. Aber das Meer nicht. Da können sie noch so hohe Berge haben, unsere Wellen können mehr.« Das Lachen ging in ein gutturales Glucksen über. »Das Halligfest wird natürlich wie geplant stattfinden.«

Als sie Liskes Warft erreichten, stapfte diese gerade mit hüfthohen Fischerstiefeln umher, sammelte Dreck und Müll ein. Der ganze Boden war mit Schiet bedeckt – aufgelöstem Kuh- und Schafdung, Muschelschalen, Algen, Reethalmen, Holzstücken, zerfaserten Tauen. Sie trug dicke Handschuhe, arbeitete schnell und blickte kaum hoch, erstarrte plötzlich. Was vor ihr lag, wollte sie trotz der Handschuhe nicht anfassen.

Ellen achtete darauf, nicht auf dem glitschigen Boden auszurutschen, Jasper hatte weniger Angst, lief im Schlingerschritt auf seine Mutter und auf das Ding vor ihr zu. Es war kein Ding, es war ein Lebewesen ... nein, ein Wesen ohne Leben.

»Soll ich sie wegwerfen?«, fragte er.

Erst jetzt bemerkte Liske ihn. Sie fuhr herum, zog ihn an sich, eine steife Bewegung, trotzdem eine innige. »Jasper!«

Er ließ die Umarmung zu, auch dass sie über sein Haar fuhr, löste sich dann aber entschieden.

»Soll ich sie wegwerfen?«, fragte er wieder.

Es war eine tote Silbermöwe. Das weiße Gefieder war schmutzig, die silbergrauen Flügel wirkten fast schwarz, der klobige Schnabel war verbogen, eines der gelben Augen aufgerissen und starr.

Liske ging in die Hocke, hob die Möwe behutsam hoch. »Wir werfen sie nicht weg, wir begraben sie.«

Es war doch noch ein Lebewesen, der Tod war nicht das Gegenteil vom Leben, nur sein Ende.

Als Liske später mit einer Schaufel zwischen zwei zerstörten Beeten ein Loch grub, erzählte Jasper ihr von dem Entenjungen, das er gefunden hatte. Noch war es bei Metha und Jakob, die es weiterhin fütterten und später Adoptiveltern suchen würden.

»Bei Enten sorgt oft eine fremde Mama für ein Kind.«

Fremd und Mama war für ihn kein Widerspruch.

Ellen trat vor. »Lass mich graben, wahrscheinlich schuftest du schon den ganzen Tag.«

Während sie grub, sinnierte Jasper, was mit den Eltern seines Entchens passiert war. Eigentlich hatten Eiderenten hier kaum natürliche Feinde, gefährlich wurden ihnen nur Mähdrescher.

»Sie müssen ja nicht tot sein«, sagte Liske. Das »tot« sprach sie kaum aus, die Lippen formten nur ein O. »Vielleicht machen sie eine weite Reise und kommen irgendwann zu ihrem Kind zurück.«

Jasper verlor die Geduld, wollte nicht warten, bis das

Loch tief genug war, er schaute lieber nach den Galloways. Ellen stach beherzt zu, aber schaffte es kaum, die feuchte, schwere Erde hochzuwuchten.

»Das genügt«, erklärte Liske nach einer Weile, legte die Möwe in das Loch, strich ihr ein letztes Mal über das Gefieder.

»Die hier ist tot«, sagte Ellen mit fester Stimme, »aber all die anderen Möwen ... die anderen Vögel ...« Sie atmete tief durch. »Alle Halliglüd sollten dein Projekt unterstützen.«

Liske hatte ihr die Schaufel abgenommen und begonnen, das Loch zuzuschaufeln. Obwohl sie kräftig war, ging sie sehr langsam vor.

»Ich mag den Namen Ida überhaupt nicht.«

»Wie soll sie sonst heißen?«

»Küstenseeschwalben brauchen keine Namen.«

Sie brachte die Schaufel weg. Ellen setzte sich auf jene Bank, auf der sonst Thijman und Joeke gerne hockten. Das Holz war feucht, sie fühlte Nässe durch ihre Hose dringen. Aber es war eine Wohltat zu sitzen. Die Müdigkeit breitete sich wie ein dünnes Geflecht vom Rücken her im ganzen Körper aus. Ihre schweren Glieder schmerzten.

»Aber Menschen haben Namen«, sagte Liske. »Almut meint, wenn man jemanden überzeugen will, darf man ihn nicht belehren, sondern muss ihm eine Geschichte erzählen.« Sie ließ sich auch auf die Bank fallen, erschöpft von einer durchwachten Nacht, von den Sorgen um Jasper. »Welche Geschichte wird in dieser Chronik da erzählt, die ihr nachspielt? Es geht doch um einen Lehrer, oder?«

»Nicht nur um ihn, auch um seinen Bruder. Vielleicht vor allem um diesen. Arjen hat Hendrik im Stich gelassen, als dieser ein Kind war, aber später ist er zu ihm zurückgekehrt, und die große Halligflut haben sie gemeinsam erlebt.«

»Kommt in der Geschichte eine Ida vor?«

»Nur eine Gretjen, eine Mareke, eine Catherine ...«

»Erzähl sie mir.«

Ellen erzählte, lehnte sich zurück, die Feuchtigkeit durchdrang nun auch die Jacke. Der Himmel war von einem wässrigen Blau. Zögerlich eroberten ihn die Vögel zurück, durchpflügten ihn, genossen die Freiheit. Dort oben bei ihnen war nichts aufzuräumen, nichts wegzuwerfen, nichts zu reparieren. Dort oben war alles wie immer.

DAMALS

Der Sturm hob nicht sogleich zu brüllen an, die ersten Laute waren ein Fauchen. Zornig klang er von Anfang an. Der Raum zwischen Himmel und Meer schien ihm zu eng zu werden. Er sah nicht ein, diesen Platz mit überflüssigem Land zu teilen, brauste darüber hinweg, als wollte er es zur Seite schieben. Anfangs kam der Sturm von Südwesten, später von Nordwesten. Aus dem Süden brachte er Regen mit, aus dem Norden Schneegestöber. In der Leere über dem grenzenlosen Meer hatte er Kraft gesammelt.

Die Halliglüd kämpften sich durch Schneegestöber und Sturmböen, brachten Geräte in Sicherheit und zurrten die Stalltüren fest. Die Rinder brüllten, die Hühner gackerten, die Menschen verkrochen sich ins Warme. Sie legten sich in die Alkoven, statt auf die Dachböden zu fliehen. Sie blieben nicht einmal wach, um zu beten, denn sie brauchten den Schlaf. Der Sturm sang ihnen kein Schlaflied, aber die Halliglüd waren den Lärm gewöhnt, den entfesselte Naturgewalten machten.

Ich schlief an jenem 3. Februar 1825 nicht.

Hendrik und ich hatten uns im Alkoven gebettet wie damals als Kinder, nur dass wir uns nicht mehr aneinanderschmiegten. Ich lauschte Hendriks regelmäßigen Atemzügen, bis der Sturm so stark wütete, dass er sie übertönte.

Ich rüttelte ihn wach. Der Sturm wird immer heftiger!

Mag sein, sagte er, aber das Meer ist still.

Er schlief wieder ein, ich fand keine Ruhe. Ich weiß nicht, was mich kurz vor Mitternacht ans Fenster trieb. Als ich hinausspähte, war zwar das Wasser gestiegen, doch noch ragte das Land heraus, weit mehr als nur die Warften.

Ich stand und starrte hinaus. Eiseskälte rann mir den Rücken hinunter. Ob es Vernunft oder Instinkt war – in jenem Moment wusste ich, was uns drohte.

Ich musste zur Kirchwarft laufen, um die Glocke zu läuten und die Menschen zu warnen. Ich musste zur Kirchwarft, um meine Bücher zu retten.

Doch als ich die Tür aufriss und der Wind mir das Salzwasser ins Gesicht peitschte, begriff ich, dass es zu spät war. Ich würde es nicht zur Kirchwarft schaffen, und die Glocke würde in dem Brausen ohnehin niemand mehr hören. Ich machte kehrt, lief zum Alkoven und rüttelte Hendrik wach.

Das wird die schlimmste Sturmflut, die die Halligen je gesehen haben!

Ich weiß nicht, ob er mir glaubte, weil ich ein Gelehrter, ein Halligmann oder sein Bruder war. Er nickte, noch ehe er selbst einen Blick aus dem Fenster warf.

Später wurde dem nassen Nichts ein Name gegeben. Februarflut, Halligflut. Später wurde die Flut mit Zahlen beschrieben. Man schrieb den Anstieg der Tide in ein Register und stellte fest, dass man derartige Zahlen noch nie zuvor aufgezeichnet hatte. Später wurden Entsetzen und Trauer in Sätze gegossen, in denen oft ein »Hätte« und ein »Könnte« vorkamen, doch beide sind nur erbärmliche

Kerkermeister des »Es ist geschehen«. Wenn die Menschen die Gefahr gespürt hätten, wenn sie ihren Besitz auf die Dachböden getragen hätten, wenn sie sich dort in Sicherheit gebracht hätten – viele hätten überleben können. Doch die Menschen hatten geschlafen.

Hendrik und ich versuchten noch, die anderen zu warnen. Der Weg zu den anderen Warften war vom Wasser versperrt, wir schrien uns die Seele aus dem Leib. Wir waren lauter als das Meer, doch leiser als der Sturm. Hie und da ging in der Ferne ein Licht an, verriet, dass sich jemand auf den Dachboden rettete. Auf den meisten Warften blieb es gleichwohl finster, und als die Nacht den Mond verschluckte, waren nicht einmal mehr ihre Umrisse zu erkennen.

Auch Hendrik und ich flohen auf den Dachboden. Jetzt schmiegten wir uns aneinander wie damals, jetzt starrten wir einander an, lasen in der Miene des anderen die Angst. Lasen auch etwas anderes. Die Liebe.

Wenn die Deiche brechen, die gegen die Liebe gebaut wurden, reißt kein kaltes, nasses Nichts den Menschen mit. Das Du ist kein Strudel, sondern eine Stütze, wie ein Stück Marschland im Meer, das aus dem schwarzen Wasser ragt.

Du sollst leben.

Für dich würde ich mein Leben geben.

Das Dach wurde nicht von Mauern, sondern von Ständern getragen. Sie waren zu dünn, um die ganze Nacht zu halten, doch sie hielten lange genug, dass ich ein letztes Gespräch mit Hendrik führen konnte.

Erinnerst du dich an damals?, fragte ich.

Ich konnte dir lange nicht verzeihen.

Dass ich weggegangen bin?

Nein, nicht, dass du weggegangen bist. Dass du mich nicht mitgenommen hast.

Mein Geist war so begierig, ich wollte lernen.

Warum kam weder du noch der Pastor je auf die Idee, dass auch ich lesen und schreiben lernen wollte? Warum habt ihr mich für ein dummes Kind gehalten, das die Mühsal nicht lohnt?

Wir blickten uns an. Er hatte kluge Augen, ich erstmals keine blinden.

Ich kann noch immer nicht lesen und schreiben.

Aus seinen Worten klang nicht die Trauer eines Mannes, sondern die eines Kindes.

Ich war zweimal einem Irrtum aufgesessen. Hatte zweimal geglaubt, für das, was mir überaus kostbar erschien, ein großes Opfer bringen zu müssen. Für meine Bildung hatte ich meinen Bruder geopfert, für meine Liebe zu Gretjen das Dasein als Gelehrter. Dabei hätte ich alles haben können.

Wenn wir dies hier überstehen, bringe ich es dir bei, versprach ich.

Dann sagten wir nichts mehr. Wir lauschten hilflos, das Wasser stieg und stieg, die Menschen begannen zu schreien.

Als sie aus dem Schlaf hochschreckten, war es für die meisten zu spät. Zu spät, den Hausrat nach oben zu schaffen, zu spät, das Vieh zu retten. Zu spät, um das Leben zu kämpfen, doch die meisten taten es trotzdem.

Die Flut überwand die höchsten Wälle, drang in die Häuser ein, durchbrach die Mauern. Die Wände, Schränke,

Tische und Stühle erschlugen die Menschen, Leichname trieben umher, im Mondlicht weiß wie Eisschollen.

Eine Frau wurde mitsamt ihrem Bett aus dem Haus gespült. Ein Mann rettete sich in den Backtrog, und die Wellen spülten den Trog ins offene Meer. Ein Ehepaar schaffte es doch noch auf den Dachboden, wurde dort hin- und hergeschüttelt wie auf einem sturmgepeitschten Schiff. Höher ging es nicht, der Himmel hieß nur die Toten willkommen. Zurück ging es nicht, das Meer hatte die Stiege fortgerissen.

Hendrik hockte an der Luke des Dachbodens, sah hinaus, berichtete mir mit wachsendem Entsetzen von jedem Haus, das einstürzte. Der Morgen dämmerte, die Schaumkronen waren weiß wie Raubtierzähne. Sie verschlangen die Hühner, die Gänse, die Schafe, die Kühe. Wenige Tiere konnten sich auf Schutthaufen retten. Eine Kuh, so hieß es später, sei auf den Herd gestiegen, obgleich eine Kuh viel zu groß für einen Herd ist.

Du hattest recht, sagte Hendrik. Wir hätten für Holz sparen sollen, die Ständer tiefer in den Boden graben müssen, dann würde der Dachboden halten. Aber so werden die Ständer nachgeben.

Ich dachte daran, wie einst unsere Mutter hier gestanden hatte. Sie hatte sich in die Tiefe gestürzt, uns würde das Wasser in die Tiefe ziehen. Wir würden sterben, und nichts würde von uns bleiben. Der Mensch und seine Geschichte sind nicht einmal Kratzer in der Ewigkeit. Auf dem Meer hinterlässt man keinen Fußabdruck.

Wir werden sterben. Diesmal sagte ich es laut.

Nein, sagte Hendrik, wir klammern uns an ein Brett, lassen uns treiben, mit etwas Glück schaffen wir es bis zum Heudiemen. Sein Holzgestell ragt aus dem Wasser, da können wir draufklettern.

Ich glaubte nicht, dass das glücken könnte, aber versuchen mussten wir es trotzdem. Wir durften nicht kampflos aufgeben, nicht stumm untergehen. Selbst eine Muschel gibt ein Knacken von sich, wenn sie zum Sandkorn zerrieben wird.

Hendrik wollte schon aus der Luke klettern, doch ich hielt ihn zurück. Ich bin der Ältere, ich gehe voran.

Als ich mich ins Wasser gleiten ließ, drangen tausend spitze Nadeln in mich ein. Unter mir war es schwarz, über mir war es schwarz. Ich strampelte gegen das Nichts an, drehte mich nach Hendrik um, beschied ihn mit einem Nicken, mir zu folgen. Sein Gesicht wurde vom silbrigen Mondlicht beschienen, als er sich wie ich ans Holzbrett klammerte.

Als wir endlich auf den Heudiemen zutrieben, wollte er mir hochhelfen, wieder hielt ich ihn zurück. Du bist der Jüngere, du bringst dich zuerst in Sicherheit.

Das Wasser war so kalt, die Worte erfroren in unseren Kehlen.

Na los, sagte ich, ich helfe dir.

Seine Zähne klapperten. Du bist mehr wert als ich, du kannst lesen.

Du bist genauso viel wert. Du willst es lernen.

15

Es war Anfang September, der erste Schultag nach den Ferien. Als Ellen das Klassenzimmer betrat, klammerte sich Jasper an ihre Hand.

»Du musst keine Angst haben«, sagte sie leise zu ihm, ehe sie sich an die anderen Kinder wandte: »Begrüßen wir jetzt unseren neuen Schüler.«

Die Kinder starrten sie an, kein Lächeln, kein Hallo.

»Könnt ihr euch an das Begrüßungslied erinnern, das ich euch vor den Ferien beigebracht hab?«

Ellen begann beherzt zu singen: »Ich gehe gern zur Schule, denn dort lerne ich immer was.« Jan sang die falsche Melodie, Nils sang den falschen Text, Metha stützte ihr Kinn auf die Hände, Singen war unter ihrer Würde.

Es gab keine weiteren Stimmen, um den Chor tragfähig zu machen. Lorelei lebte nun unter der Woche in einer Schülerwohngemeinschaft in Bredstedt und besuchte dort die Realschule. Sie kam jedes Wochenende zurück, um David zu sehen, der bis mindestens Januar auf der Hallig bleiben würde. Josseline war mit Anni zu KayKay nach Düsseldorf gezogen. Wochenlang hatte Emmi über Personalmangel geklagt. »Die jungen Leute kommen erst zurück, wenn man sie vorher gehen lässt«, hatte Lars ihr erklärt. »Außerdem kriegen wir bald drei neue Praktikanten für den Küstenschutz.«

»Das Lied üben wir später noch einmal«, sagte Ellen. »Nächsten Monat werden zwei neue Schüler zu uns stoßen, weil eine Familie aus Berlin hierherzieht.«

Nicht nur der Klassenraum würde sich füllen – die Tochter war sieben, der Junge neun –, Emmi würde auch einen neuen Koch für Hinrichs Buernhus bekommen. Sie konnte ihre Freude nicht offen zeigen. »Dieses ständige Kommen und Gehen, hier geht's zu wie im Taubenschlag.«

Ellen war gerade bei ihr gewesen, um ihr mitzuteilen, dass sie Liskes Ferienwohnung langfristig mieten würde und keinen Bedarf für das Zimmer in Hinrichs Buernhus hatte, das Emmi ihr bei jeder Gelegenheit antrug. »Gibt es überhaupt Tauben auf der Hallig?«

Emmi hatte die Schultern gezuckt. Ob Tauben oder nicht, die meisten Vögel auf der Hallig kamen und gingen.

Bevor der Gesang in Gejohle ausartete, klatschte Ellen in die Hände.

»Lasst uns jetzt einander erzählen, was wir in den Ferien gemacht haben.«

Nils meldete sich zuerst. »Wussten Sie schon, dass ich nach dem Halligfest kotzen musste?«

Ellen wusste nur, dass man Nils kaum vom Kluntjesstand hatte wegbewegen können, zwischendurch hatte er mindestens drei Lammbratwürste gegessen, die Jo ihm gekauft hatte. Almut hatte versucht, mit Bio-Holunderschorle dagegenzuhalten – vergebens. »So viel Zucker, so viel Fleisch!«

»Er hat es sich verdient«, hatte Jo gesagt.

In der Tat hatten die Kinder ihr Bestes gegeben: Das Theaterstück – nicht als Teil des Wettbewerbs, sondern als Auftakt des Halligfestes – hatte großen Anklang gefunden. Sogar Almut hatte das zugeben müssen, obwohl sie darauf bestanden hatte, dass auch der Malwettbewerb gut angekommen war. Alle teilnehmenden Kinder hatten ein Ausmalbild von Ida bekommen, die – wenn sie schon nicht Teil eines Vogelhauslogos wurde – hier ihre Zweitverwertung fand. Nils hatte das Krönchen mit Grün und Gelb ausgemalt.

»Genau die Farbe hatte auch meine Kotze. Am nächsten Tag hat mir Mama einen Käsepappeltee gekocht, aber Papa meint, nur Cola räumt den Magen auf.«

Ellen zog es vor, das Thema nicht zu vertiefen. »Ich wollte eigentlich wissen, wie eure Reise war.«

Nun meldete sich Jan. Ellen vermutete, dass er vom zweiwöchigen Aufenthalt in einem Baumhaus in der Nähe von Görlitz erzählen würde, das Almut einen Baumpalast genannt hatte.

Jan hatte nicht vor, vom Baumhaus zu erzählen. Etwas anderes interessierte ihn brennend. »Kriegt Jasper jetzt lauter Einsen?«, fragte er.

»Wie kommst du denn darauf?«

»Sie sind doch jetzt seine Mutter.«

»Stiefmutter«, sekundierte Jan.

»Das stimmt so nicht. Jasper hat ja eine Mutter ...«

»Aber die ist abgehauen.«

»Sie ist nicht abgehauen«, sagte Ellen nachdrücklich.

Sie erklärte, dass Liske nur für ein paar Wochen verreist war. Zunächst, um gemeinsam mit Mitarbeitern des Nationalparkamtes ein Fortbildungsseminar in Flensburg zu besuchen, danach, um die Vancouver Islands in Kanada zu besuchen. Dort fand jährlich das Brant Wildlife Festival statt, bei dem die Kanadier den Zwischenstopp der Ringelgänse in ihrer Region mit einem großen Volksfest feierten und bei dieser Gelegenheit einer breiten Öffentlichkeit diverse Vogelschutzprojekte vorstellten. In Zusammenarbeit mit der Mid-Island Wildlife Watch Society sollte sie sich Anregungen für den Klima- und Vogelschutz auf den Halligen holen.

»Ich passe auf Jasper nur so lange auf, bis …«

»Iiiih, was ist das?«, fragte Nils, als Jasper etwas aus dem Schulranzen zog und vor sich auf den Tisch stellte.

Ellen hatte ihm erlaubt, Claas mitzunehmen.

»Ein Solei«, sagte sie trocken.

»Aber es sieht mich an!«

»Ist das Schafauge alt?«, mischte sich Metha ein. »Also so hundert Jahre alt?«

»Nicht alt genug für unsere Sammlung«, erklärte Ellen schnell. »Und jetzt nehmt die Hefte heraus …«

Die Jungs hörten nicht zu. Sie pirschten sich ans Einmachglas heran und wollten von Jasper wissen, ob er dem Schaf das Auge eigenhändig ausgestochen hatte. Sie klangen sehr respektvoll.

Metha verdrehte die Augen, gehorchte aber sofort, als Ellen sie mit sich in den Computerraum winkte. Heute fand ihre erste Englischstunde statt, schon im Sommer hatten sie hier viel Zeit verbracht.

Nachdem Liske sie auf diese Idee gebracht hatte, hatten sie mit finanzieller Unterstützung der Stiftung Nordfriesische Halligen ein digitales Halligmuseum eingerichtet. Zu diesem Zweck hatten sie diverse Exponate fotografiert und katalogisiert, um sie auf einer eigenen Homepage zu präsentieren. Verlinkt wurde diese mit der Webseite des neuen Halligauses, das im nächsten Frühjahr eröffnet werden würde – bestehend aus der bisherigen Schutzstation Wattenmeer und einem Anbau, der gerade errichtet wurde.

Auch dort würden Exponate aus der Geschichte der Halligen gezeigt – in jenem Bereich, in dem Arjen, Gretjen und Halle Martenson vorgestellt wurden. Der kleine Halle führte die Besucher später als animierte Figur auf Infobildschirmen durch die insgesamt vier Ausstellungsräume des Museums. In Gesas Souvenirshop würde es auch Ansichtskarten mit dieser Figur geben.

Ellen gab das Passwort ein – es war immer noch das gleiche. Sie wartete, bis auf dem Bildschirm die Lehrerin aus Flensburg auftauchte, die die Kinder mit einem »Hello, boys and girls!« begrüßte, und ging zurück in den Klassenraum.

Die Jungs diskutierten, ob sie das Einmachglas öffnen sollten. Nils erzählte vom Bio-Kompostbeschleuniger aus Zucker und Hefe, den seine Mutter gemacht habe, und fragte sich, welche Auswirkungen der auf das Schafauge haben würde. Jan wollte die Flüssigkeit auch ersetzen, allerdings mit Cola. Cola löse eine Centmünze innerhalb einer Nacht auf, ob das auch mit einem Schafauge klappe.

Jasper drückte das Glas an sich.

»Pack es wieder in die Schultasche«, ordnete Ellen an, »und dort lasst ihr vorerst auch eure Hefte. Besser, wir fangen mit Sport an.«

Als sie später mit Jasper und Metha nach Hause ging, waren sie lange unterwegs. Jasper wollte im Bett eines Priels ein Würmerwettrennen veranstalten. Die Würmer begriffen nicht, wo das Ziel war, ließen sich weder mit Blättern locken noch mit Holzstäben antreiben.

»Das dauert ja ewig«, beschwerte sich Metha.

»Wenn wir zu Hause sind, kochen wir wieder zusammen«, versprach Ellen.

Im Sommer hatten sie begonnen, alte Halligrezepte auszuprobieren. Zunächst war viel Überzeugungsarbeit notwendig gewesen, um Methas anfängliche Skepsis zu überwinden. Nicht nur, dass das Mädchen zunächst gezögert hatte, so was Profanes wie einen Kartoffelschäler in die Hand zu nehmen. Sie war auch alles andere als begeistert, als Ellen auch Jakob aufgefordert hatte mitzumachen. Der wiederum war zwar Experte im Teekochen, doch alle warmen Mahlzeiten stammten aus Tüten oder Dosen.

»Auf Dauer ist das nicht gesund«, hatte Ellen erklärt und so getan, als sei das der Grund, warum sie die beiden hinter dem Herd zusammenspannte.

In Wahrheit hatte sie etwas anderes im Sinn gehabt – und ihr Plan war aufgegangen.

Jakob bekam gerade noch Suden mit Spiegeleiern und Pellkartoffeln hin, aber bei den Waffelröllchen scheiterte er entweder an der Waffel oder am Röllchen. Sowohl die Gerstengrütze als auch der Weißkohlpudding brannten regelmäßig an, und an die Sandklaffmuschelfrikadellen traute er sich gar nicht erst heran.

»Meine Güte, Papa!«, hatte Metha anfangs regelmäßig genervt gerufen. »So geht das!«

Dann machte sie es ihm vor, erwies sich als viel geschickter, auch planmäßiger, behutsamer, hatte bald das richtige Gespür für die Zutaten und ihre Zubereitung. Anfangs schien es ihr nur darum zu gehen, den Vater zu übertrumpfen, später wurde aus der Gönnerhaftigkeit Hilfsbereitschaft. Sie zeigte ihm geduldig, wie man eine köstliche Zitronensuppe hinbekam, Miesmuscheln in Gelee, sogar einen Eiergrog, den natürlich nur er abschmeckte. Wäre es nach ihr gegangen, hätten sie auch Zungenwurst und

Schweinebauch im Weckglas ausprobiert, aber Ellen fand, dass ein Schafauge im Glas reichte. Irgendwann erwies sich Jakob als passabler Küchengehilfe, und wenn Ellen die beiden einträchtig am Herd stehen sah, zog sie sich immer öfter mit einem zufriedenen Schmunzeln zurück.

Als sie die Warft erreichten, war Jakob gerade dabei, ein paar verwitterte Holzbretter im Unterstand der Galloways auszutauschen. Gestern hatte er sich den Zaun aus Stangenholz vorgenommen, vorgestern das Drahtgeflecht, in dem die Latten befestigt waren. Er tat weit mehr als verabredet, schien die Arbeit ebenso zu genießen wie Ellen seine Anwesenheit.

Liske hatte sich erst überreden lassen, die Hallig zu verlassen, als genau festgestanden hatte, wer sich in ihrer Abwesenheit um was kümmerte. Jasper wusste sie bei Ellen in guten Händen. Ihr Vater konnte sich zwar selbst versorgen, aber er war zu alt, um den Rest zu erledigen. Schließlich hatte Jakob vorgeschlagen auszuhelfen, wenn Reparaturen anstanden. Und Almut war bereit, sich um die Galloways zu kümmern, vorausgesetzt, sie wurden nicht geschlachtet. Sie konnte gut mit Tieren. Zumindest behauptete sie, dass sich der Bulle von niemandem so gerne mit Disteln füttern ließ wie von ihr.

Mit Jakob konnte sie nicht so gut. Vor zwei Tagen hatten sie diskutiert, ob sie die Tränktröge mit einer Vorrichtung ausstatten sollten, mit deren Hilfe sie regelmäßig befüllt wurden. Jakob hielt es mit der Devise, nicht zu viel Technik, Almut hielt es mit: nicht zu viel Arbeit. Ansonsten gab es keine Probleme, weil ihre Wirkungsbereiche klar abgesteckt waren und Almut am Mittag, wenn er kam, die Warft meist schon verlassen hatte.

Metha lief auf Jakob zu, er legte das Werkzeug ab und streckte unbeholfen die Arme aus. Statt sich hineinzuwerfen, blieb sie einen Meter entfernt stehen. Aber ihre Miene war heiter, und Ellen hörte, wie sie ihm eifrig erzählte, was es heute zu essen geben würde und dass sie schon mal alles vorbereiten würden, damit sie, sobald er mit seiner Arbeit fertig war, sofort loslegen könnten.

»Der macht das nicht schlecht mit dem Holz und so«, vernahm Ellen Thijmans Stimme. Er saß auf der Bank und beobachtete die beiden. »Man könnte meinen, er wäre von hier.«

Joeke neben ihm nickte vor sich hin. »As de Möwen schrien grell in Sturmgebrus, daar is mien Heimaad, daar bin ik to Hus.«

»Aber warum er das Laub nicht ordentlich recht …«

»Unter dem Laub können Schmetterlingspuppen überwintern, manchmal sogar Schmetterlinge selbst.«

»Das ist doch Blödsinn. Schmetterlinge gab's früher auch, und die Gärten sahen trotzdem ordentlich aus.«

»Maak wat du willt, de Lüüd schnackt do.«

»Das mit den Schmetterlingen war Almuts Idee, nicht Jakobs.«

»Na, Liske wird sich freuen, wenn sie das sieht.«

»Liske wird sich freuen, dass es den Galloways gut geht. Und noch mehr wird sie sich freuen, dass Jakob sich um die Warftverstärkung kümmert. Der Ringdeich, den es jetzt gibt, ist nicht nachhaltig genug, deswegen muss man ihn anpassen, seine Bestickhöhe …«

»Ist ja schon gut.« Thijman hob seine Hände, sie zitterten leicht. »Ich wollte nichts auf deinen Mann kommen lassen.«

»Er ist nicht mein Mann«, sagte Ellen schnell.

»Aber du hättest ihn gerne.«

»Rum mutt, Zucker kan, Water brukt nich«, warf Joeke ein.

Ein Zufallstreffer, aber Joeke hatte recht. Die Freundschaft mit Jakob musste sein, und mehr könnte gern daraus werden. Was es nicht brauchte, war Geschwätz.

»Hört auf zu unken, ihr zwei.«

Sie drehte sich zu den Kindern um, Metha und Jasper waren neben dem Erdhaufen bei der Müllhütte stehen geblieben.

»Habt ihr noch einen Wurm gefunden?«

»Ich erkläre ihm gerade, wie man Wurm schreibt«, sagte Metha. »Jasper soll so schnell wie möglich lesen lernen.«

Ellen witterte bei Jasper keinen sehr großen Enthusiasmus. »Heute war doch gerade mal sein erster Schultag, das hat noch etwas Zeit«, sagte sie behutsam.

»So spät wie bei Hendrik darf's aber nicht sein.«

»Wer ist Hendrik?«, fragte Jasper.

»Der Bruder von Arjen Martenson.«

»Und wer hat dem das Lesen beigebracht?«

»Das können wir nach dem Essen klären«, sagte Ellen. »Lasst uns jetzt alles fürs Kochen vorbereiten.«

Metha und Jasper folgten ihr erst, nachdem Metha für ihn noch weitere Wörter in die Erde geritzt hatte:

Meer, Wind, Land.

DAMALS

In der großen Halligflut in der Nacht vom dritten auf den vierten Februar 1825 ging so manche Hallig für immer unter. Mehr als fünf Dutzend Menschen kamen ums Leben, noch viel mehr verloren ihr Hab und Gut, unzählige Schafe und Rinder wurden zum Raub der Wellen. Wo früher Häuser standen, klaffte nun ein Nichts. Auch vor den Kirchen hatte die Flut keinen Halt gemacht, Friedhöfe waren überschwemmt worden, noch Wochen später fand man in Bäumen und Schloten nicht nur Leichen, auch Särge, die aus den Gräbern gerissen und ans Festland gespült worden waren.

Viele der Überlebenden waren fast nackt. Sie hatten ihre Kleidung abgelegt, ehe sie sich zum Schlaf betteten. Bibbernd und hungernd kamen sie um den 12. Februar in Wyk und Husum an, von wo Schiffe zu den Halligen geschickt worden waren, um die Überlebenden zu retten.

Ja, es gab noch Orte, wo wir ankommen konnten. Ein Heimkommen war es nicht, das würde es niemals sein. Doch hier warteten die Wärme eines Torffeuers, frische Kleidung, Brot und Grütze, Kartoffeln und Fleisch, heißer Tee mit Branntwein. Hier wartete Mitleid.

In Husum wurde ein privater Hilfsverein gegründet, der zu Spenden aufrief, und diese Spenden kamen aus ganz

Dänemark und auch anderen Ländern, als sehr großzügig erwies sich Altona. Die Menschen dort schienen zu denken: Wenn das Meer sich nicht um die Grenze schert zwischen Wasser und Land, warum sollen wir uns dann scheren um die Grenze, die man zwischen dem »Wir« und dem »Die da« errichtet hat.

Der dänische König Friedrich VI. hatte die Halliglüd nicht erhört, als sie ihn anflehten, ihnen die Steuer zu erlassen, doch nach der Sturmflut besuchte er eine der Halligen. Es hieß, dass Flaggen und Wimpel gehisst worden wären, die noch heilen Häuser geschmückt, die Straßen mit Blumen bestreut, dass eine gleißende Sonne am blauen Himmel strahlte. Ich glaube, das ist alles eine Lüge, ersonnen von Menschen, die weder eine heile Hallig kennen noch eine zerstörte.

Ich nehme an, die mürrischen Worte aus den Mündern der geschundenen Halliglüd hatten nichts gemein mit dem stolzen Knattern der Fahnen, sie waren nicht wie das Tafelsilber poliert worden, bis es glänzte, und mit keiner freundlichen Silbe gezuckert worden, um die Bitterkeit zu übertünchen.

Du hast uns einmal im Stich gelassen, tu es kein zweites Mal. Es war mehr ein Befehl als eine Bitte.

Die Wimpel lagen wenig später im Dreck, die Flaggen wurden eingerollt, nur das Haus, wo der König übernachtete, hieß weiterhin Königspesel. Langlebig wie dieser Name war das Versprechen des Königs. Ich will euch helfen.

Er verzichtete nicht bloß auf Steuern, er gab Geld. Für das Geld wurden Grütze und Erbsen gekauft, auf dass die Menschen nicht hungern mussten, Trinkwasser, bis neuer

Regen die Fethinge füllte, und Holz, zurechtgeschnitten von Zimmerleuten aus Husum, die kamen, um zu helfen.

Nicht jede Warft wurde wieder aufgebaut, nicht jede Hallig wieder besiedelt. Manche blieben Blumenkissen inmitten des Meers. Dort, wo früher Schafe und Kühe gegrast hatten, wuchsen nun Grasnelken und Wiederstoß, und es tönten keine menschlichen Stimmen durch die Lüfte, nur die Schreie der Vögel. Aber auf etliche kehrten die Bewohner zurück. Die Menschen auf dem Festland wollten nicht auf das Bollwerk verzichten, das den Wellen die Kraft nahm. Und die Halliglüd wollten lieber weiter gegen den Blanken Hans kämpfen, als irgendwo als bettelarme Fremde zu leben. Ein armes Leben ist mehr wert als ein reiches, wenn das arme das eigene ist und das reiche nur das geliehene.

Seit dem Jahr 1825 übernahm der Staat die Aufsicht über das gesamte Deichwesen an der Westküste, und auf den Halligen wurden andere Häuser gebaut, stabilere, langlebigere.

Aber das ist nichts mehr, worüber diese Chronik berichten soll, diese Chronik ist beendet, fast.

Einzig gilt es noch zu berichten, was aus mir wurde. Wie so viele andere kam ich nach der Flut bibbernd und frierend in Wyk an, wo ich meine Frau in die Arme schloss und ihr vergab, dass sie die Hallig verlassen hatte. Wir brachen nach Husum auf und lebten dort im Hause Pastor Danjels, der drei Jahre darauf starb. Die Hallig habe ich nie wieder betreten.

Bevor der Pastor starb, brachte er mir das Lesen und Schreiben bei und lehrte mich noch vieles mehr, Historie, Naturwissenschaft, Philosophie, Theologie.

Von Gretjen, meiner Schwägerin, lernte ich ebenso viel, vor allem, nicht die Hand gegen meine Frau Mareke zu erheben, sondern sie zu ehren. Von meinem weißblonden Neffen Halle lernte ich, wie man lacht, nicht obgleich, sondern weil der Wind uns so oft aus den Händen reißt, was wir so inständig festzuhalten suchen.

Wie man eine Chronik schreibt, lernte ich von niemandem, doch ich tat es trotzdem. Ich musste es tun, um die Erinnerung an meinen Bruder Arjen am Leben zu erhalten. Er ertrank in der Halligflut, als er mit seiner letzten Kraft sicherstellte, dass ich mich auf den Heudiemen retten konnte.

Ich wollte ihn diese Geschichte selbst erzählen lassen, wollte ihm die Stimme geben, die ihm genommen wurde, wollte nicht nur aufschreiben, was er sagte und tat, sondern auch, was er dachte und fühlte. Ich wollte ihm nahe sein.

Von meinem Bruder Arjen Martenson habe ich das Wichtigste gelernt: Das Meer ist mächtiger als der Mensch – und gleichgültig. Ihm ist es gleich, ob es Leben schenkt oder nimmt, ob es zusammenführt oder entzweit, ob es Liebe oder Hass gebiert.

Doch solange all dies uns Menschen nicht gleich ist, solange wir so entschieden um das Überleben des Nächsten kämpfen wie um unser eigenes, werden wir Mittel und Wege finden, das Meer zu bändigen.

Lust auf mehr von Klara Jahn?
Dann lesen Sie weiter in *Das Lied des Waldes*:

LESEPROBE

Hardcover mit Schutzumschlag

ISBN 978-3-453-27368-9
Auch als E-Book: ISBN 978-3-641-28439-8

HEYNE

VERONIKA

»Verdammt!«, entfuhr es Veronika. Sie hatte eine randvolle Kiste mit Einkäufen aus dem Kofferraum geladen, dabei war eine Packung Hafermilch heruntergefallen und auf dem Waldboden zerplatzt. Einige Tropfen landeten auf ihrer Jeans.

Ihre Freundin Luna würde sie jetzt rügen. Sie hatte die Stille des Waldes erst kürzlich als heilig bezeichnet. Und als heilsam. »Wusstest du, dass Menschen, die in der Nähe von Wäldern leben, mehr Killerzellen produzieren, die Krankheitserreger bekämpfen?«

Veronika hatte es nicht gewusst.

Sie wusste nur, dass sie immer noch von Luna enttäuscht war. Diese hatte versprochen, sie in den Wald zu begleiten, und dann kurzfristig abgesagt. So erdend ein Trip in das Forsthaus, wo Veronika ihre Kindheit und Jugend verbracht hatte, auch sein mochte – mit dem auf den letzten Drücker frei gewordenen Platz in einem Klangschalenseminar hatte er nicht mithalten können.

Veronika bückte sich. Beim Aufheben riss die Packung noch weiter auf, die Hafermilch ergoss sich über den Ärmel ihrer Jacke. Diesmal verkniff sie sich einen Fluch, stampfte wütend auf. Prompt drang Matsch in die Ritzen ihrer Schuhe.

Stadtschuhe, hätte ihre Mutter dazu gesagt, obwohl die Absätze nur drei Zentimeter hoch waren.

Auf Walderde geht man am besten mit nackten Füßen, behauptete Luna. Sie hatte für die paar Tage im Wald viele Pläne gemacht. Shinrin Yoku, das Waldbaden, reize sie schon seit Langem, die Japaner meinten damit nicht bloß einen Waldspaziergang, sondern eine Aromatherapie, eine Stressmanagement-Methode, eine Achtsamkeitsübung.

Veronika hatte keinen Sinn für ein Bad im Wald. Die Hafermilch war im Boden versickert, sie warf die leere Packung in den Kofferraum. Er schloss sich auf Knopfdruck, ganz leise. Ihre Schritte waren auch kaum zu hören, als sie vom Waldrand zum Forsthaus ging, auf einem schmalen Weg, beschattet von alten Birken und Kiefern. Lauter klang der Ruf eines einsamen Waldkauzes, und er war ähnlich melancholisch wie die Erinnerungen, die in ihr hochstiegen, als sie ihr Elternhaus erreichte.

Nur zwei der weißen Sprossenfenster waren zu sehen, die anderen verbargen sich hinter Fensterläden, von denen grüne Farbe blätterte. Das Holz darunter war verwittert. Das Haus schien sie aus müden Augen anzustarren. Risse zogen sich durch die Fassade, Putz bröckelte ab, die Dachbalken waren größtenteils von grauem Moos überwuchert. Durch die löchrige Dachrinne tropfte es. Gut möglich, dass es auch durchs Dach ins Haus tropfte, aber darum musste Veronika sich nicht mehr kümmern, das wäre das Problem der künftigen Besitzer. Lange blieb sie ohnehin nicht, für die paar Tage hatte sie eigentlich zu viel eingekauft.

Sie stellte die Kiste ab, um das Gartentor zu öffnen. Der Zaun aus dünnen Fichtenstämmen war morsch, das Holz des Tors rumpelte über den unebenen Boden. Sie musste mit ganzer Kraft dagegendrücken, um sich mitsamt der Kiste in den Garten zwängen zu können.

Ihre Erinnerungen hatten nun nichts mehr mit dem Schrei des Waldkäuzchens gemein, gedämpft vom Wald und so weit entfernt, dass man ihn geflissentlich überhören könnte. Hartnäckig klopften sie an wie ein Specht, der mit dem Schnabel Baumrinde bearbeitet. Sie drangen durch die Schichten der Zeit, die zwischen Veronika und der Vergangenheit stand, ganze siebenundzwanzig Jahre, in denen sie nur sporadisch hier gewesen war. Seit dem Tod ihrer Mutter Ilse im letzten Herbst hatte sie das Forsthaus überhaupt nicht mehr betreten. Doch jetzt stand sie in Ilses Garten – und in ihrem eigenen früheren Leben.

Ilse Pichlers Garten war immer schon der Schauplatz eines langen, zermürbenden Stellungskriegs gewesen. Die Front verlief rund um die Beete, wo Kohl, Rote Rüben und Rettich angebaut wurden, rund um die Salbei-, Thymian- und Ziermohnstauden, um die Narzissen, Tulpen und Rosen. Auf diesem Schlachtfeld galt keine Genfer Konvention, sammelte kein Rotes Kreuz die Verletzten ein. Ilse Pichler hatte mit Schaufel und Spaten, Sichel und Rasenkantenstecher, Unkrautjäter und Blumenkralle, mit Dicamba, Glyphosat und Rasenherbiziden gekämpft. Der Wald mit Pollen, Samen, Insekten und Wühlmäusen.

Sie hatte die giftigeren Waffen, er das beweglichere Heer, manchmal auch die bessere Taktik. Die blauen Vergissmeinnichtpolster, die sich einmal übers ganze Gemüsebeet ausbreiteten, konnten auf Allianzen setzen. Ameisen mochten die nährreichen Samenkappen und verteilten freudig die Samen.

Als Veronika etwa zwölf Jahre alt war, erklärte sie das

einmal der Mutter. Gerade hatte diese verlangt, sie solle ihr beim Ausreißen der Vergissmeinnicht helfen. »Wusstest du«, sagte Veronika und ließ sich, anstatt zu pflücken, zu rupfen, zu jäten und zu tilgen, auf der Gartenbank nieder, »dass das Gesamtgewicht aller Ameisen dem Gewicht sämtlicher Menschen auf der Erde entspricht?«

»Hmpf«, machte die Mutter und wiederholte ihre Bitte nicht. Sie kämpfte gegen den Wald, nicht gegen den Widerstand der Tochter. Während die auf der Gartenbank ihre Hausaufgaben machte, arbeitete sich die Mutter durch die Beete, bis nicht nur die Vergissmeinnicht verschwunden waren, sondern auch sämtliches Unkraut und etliche ihrer Blumen. Die schwarze Erde, die zwischen armseligen Farbtupfern zurückblieb, war zwar nicht unbedingt Zeichen für einen Sieg, aber auch nicht für eine Kapitulation.

Ilse Pichler konnte nicht lange stolz darauf sein. Kurze Zeit später schickte der Wald ein Reh als Verstärkung, das Salat, Erdbeeren und Johannisbeeren liebte. Es schaffte es, den Gartenzaun zu überwinden, der bislang alle Artgenossen abgehalten hatte, und innerhalb einer Nacht das Ergebnis von mehreren Monaten Arbeit wegzufressen.

Die Mutter streute ein Gemisch aus Wasser und Blutmehl auf ihre Pflanzen, aber das Reh scheute den Geruch von Tierblut nicht. Sie platzierte ungewaschene, naturbelassene Schafwolle strategisch günstig rund um die Gartenbeete, aber anders als erhofft ließ sich das Reh auch davon nicht stören. Sie drohte, Goldregen, Rhododendron und Kirschlorbeer anzubauen – Gift für das Reh –, aber bis das alles angewachsen war, hätte sie den Garten in einen Bunker verwandeln müssen. Beim Gift blieb sie, sie vermischte Rattengift mit Wildfutter und verteilte es auf dem Rasen. Das Reh verschmähte es und hinterließ Rehlosung als Gruß.

Das Waffenarsenal der Mutter war aufgebraucht.

»Erschieß es«, befahl sie dem Vater, doch der schob die leidige Pflicht wieder und wieder auf. Er schoss lieber Hirsche.

Veronika betrachtete den Garten. Am Ende hatte doch der Wald gewonnen. Die Beete waren von überbordenden Sträuchern, Wildkräutern, Gräsern, Farnen, Moosen und Flechten bedeckt. Auf dem Rasen, einst eine glatte grüne Fläche, wucherten Huflattich, Klee und Wegerich. Und auf dem Weg zum Haus riss sie sich die Hose an einer dornigen Ranke auf. Als sie die Einkäufe abstellte, wanderte ihr Blick hoch zum Türstock aus Sandstein – neben dem Gewölbekeller der älteste Teil des Hauses. Die darauf eingeritzte Jahreszahl war einmal deutlich zu lesen gewesen, jetzt waren da nur verwischte graue Spuren. Veronika wusste auch so, dass der erste Bewohner das Forsthaus Anfang des 16. Jahrhunderts bezogen hatte.

An den Sandstein schlossen sich die Reste einer pechschwarzen Holzvertäfelung an, übersät von Vogelkot. Darüber befand sich der Balkon mit der hohen gedrechselten Balustrade. Die Mutter hatte damals auch hier Blumen angepflanzt, Geranien, so prächtig, dass man den Balkon nicht betreten konnte, ohne von ihnen gekitzelt zu werden. Der Feind der Geranien war nicht der Wald gewesen, sondern der Sturm. Wenn der anrückte, blieb nur die Flucht, alle Blumentöpfe mussten so schnell wie möglich in Sicherheit gebracht werden.

»Hilf mir doch!«, sagte Ilse dann zu Veronika, aber die war wieder mal in ein Buch vertieft und stellte sich wie so oft taub, wenn die Mutter um Hilfe bat.

Veronika sperrte das widerspenstige alte Türschloss auf

und zog den wurmstichigen Holzriegel zurück. Der Dielenboden war zerkratzt und uneben. Sie hatten den Flur nie mit Schuhen betreten, doch jetzt tat sie es, obwohl an ihren Sohlen noch Waldboden klebte. Vorsichtig setzte sie einen Fuß vor den anderen, als wäre die Fläche vermint.

Der modrige Geruch, der sie empfing, erinnerte sie an jene Gläser mit Himbeermarmelade, die die Mutter eingerext hatte, nicht immer sorgfältig genug, sodass sich oft eine graue Schimmelschicht bildete. Ilse pflegte den Schimmel mit einem Messer abzukratzen. »Das darunter kann man noch essen«, meinte sie, auch wenn sich zum süßen Aroma eine muffige Note gesellt hatte. »Wenn der Pilz bereits sichtbar ist, ist das ein Zeichen, dass das ganze Lebensmittel mit Pilzgeflecht durchzogen ist«, erläuterte Veronika altklug. Aber gegen Unsichtbares kämpfte die Mutter nicht.

Mit jedem Schritt, der Veronika tiefer in den länglichen Flur führte, verstärkte sich der unangenehme Geruch. Sonst empfing sie nichts, und diese Leere konnte man nicht abkratzen. Sämtliches Mobiliar, das einst im Flur gestanden hatte – der Schuhkasten, der Schirmständer, der Telefontisch –, war verschwunden, der Staub konnte sich nirgendwo verstecken, blieb nirgendwo haften. Im Luftzug, der von draußen kam, tanzte er haltlos hin und her. Über der Tür zur Stube hatte früher ein prächtiges Hirschgeweih gehangen. Jetzt war da nur mehr ein schwarzer Nagel, der wie eine zerquetschte Fliege auf einem ovalen Stück Tapete saß.

Es war Josef Pichlers schönstes Geweih gewesen, eines der ersten Dinge, das die Mutter entfernt hatte, nachdem er gestorben war und sie beschlossen hatte, nicht allein im Forsthaus wohnen zu bleiben. Und das Letzte, bei dem

Veronika ihr geholfen hatte. Sie hatte keine Zeit gehabt, beim Entrümpeln zu helfen, berufstätig und mit Familie. Ihr Frankfurter Leben war mindestens so vollgestopft wie dieses Haus.

»Willst du sie nicht haben?«, hatte die Mutter gefragt und damit nicht nur das Hirschgeweih gemeint, sondern auch den Kopf eines Keilers, der weiter hinten hing, und die Geweihe von unzähligen Böcken. »Ich kann sie nicht mitnehmen, aber es wäre doch schade um die Trophäen deines Vaters.«

»Wo denkst du hin, so etwas passt doch nicht in unsere Wohnung.«

Ilse hatte sie vorwurfsvoll angeschaut. »Magst dich ja gar nicht an uns erinnern.«

»Hast du dich nicht selber geärgert, dass Vater es nie erwarten konnte, Hirsche zu schießen, es aber endlos lange aufgeschoben hat, deinen Garten von diesem Reh zu befreien? Weil das zu schießen ja keine echte Herausforderung sei?«

Die Mutter zuckte die Schultern, nun war sie es, die sich nicht erinnern wollte. Der Triumph über das Reh hatte damals nicht lange gewährt, eine Schneckenplage war gefolgt. An deren Ende stand wieder einer ihrer Pyrrhussiege: Der Schädling war beseitigt, aber der Garten entweder vergiftet oder kahl.

Anders als der Flur war die Wohnküche, die sie stets Stube genannt hatten, nicht komplett leer. Ilse Pichler hatte bei ihrem Auszug ein paar Möbelstücke zurückgelassen. Das sei kein rechtes Leben mehr hier, so ganz allein, hatte sie gesagt. Aber bei ihrer Schwester auf dem Hof, wo sie die Kindheit verbracht hatte, passte es ihr dann auch nicht. So viel Land, so wenig Wald, ein gepflegter Garten. Ohne Kampf wurde sie müde, zerbrechlich.

Das graue Sofa stand noch da, das Bild darüber – zwei Birken an einem Bächlein – war verschwunden, hatte aber Spuren hinterlassen: Wo es gehangen hatte, war die Tapete nicht nachgedunkelt, die Vergangenheit hatte dort keine Schatten geworfen.

Eine Matratze lag auch noch da, uralt, mit zerkrümelten Schaumstoffecken, von Mäusekötel übersät. Wahrscheinlich hatte die Mutter hier geschlafen, als das Schlafzimmer schon leer geräumt war. Die hölzerne Bank gegenüber vom Gasherd hatte sie ebenfalls zurückgelassen, nur die Sitzpolster fehlten. Die Mäuse mussten auch hier hochgeklettert sein, denn die Häkelborte am vergilbten Vorhang, der vor dem Fenster hing, sah angefressen aus.

Veronika stellte die Kiste mit den Einkäufen auf ein schiefes Regal neben dem Gasherd. Sie hatte nicht vor, den Herd zu benutzen, sondern hatte einen Wasserkocher mitgebracht, um sich notdürftig versorgen zu können. Sie entnahm dem Karton zwei weitere Packungen Hafermilch, ein paar Quinoa-Cups und Reisnudeln. Eine Packung Nüsse – Haselnüsse, Mandeln, Cashewkerne – hatte sie ebenfalls dabei, außerdem Kiwis, Äpfel und Bananen.

Danach sah sie sich weiter um: Dort hinten hatte der Fauteuil gestanden, auf dem ihr Vater stets ferngesehen hatte. Josef Pichler hatte zeit seines Lebens auf den schlechten Fernsehanschluss geschimpft. Man musste die Antenne des Uraltmodells immer eine Weile hin und her schieben, bis ein scharfes Bild zu sehen war und der Ton nicht mehr rauschte. Am besten bekam man es hin, wenn man die Antenne um ein paar Grad knickte, aber der Vater bevorzugte es, dass sie gerade stand. Er mochte auch gerade gewachsene Bäume am liebsten, »Steckeleswald« aus hochstämmigen Föhren machte keine Arbeit. Auf die Ranken und Sträucher, die sich am Boden duckten, trat er achtlos. Während die Mutter ihren Kampf gegen den Wald bis zum Schluss ausfocht, war er für den Vater nie ein Gegner auf Augenhöhe gewesen.

Wenn der Vater fernsah, stand die Mutter ein kleines Stück daneben und bügelte. Wie der Fauteuil hatte das Bügelbrett Abdrücke im Boden hinterlassen. Wenn Ilse bügelte, lächelte sie meist zufrieden, weiße Hemden ließen sich leichter glätten als schwarze Erde. Nur an einem Tag, der Veronika nun deutlich vor Augen stand, war das Lächeln nicht zufrieden, sondern verbissen gewesen.

»Wann kriegen wir endlich einen neuen Zaun?«, fragte sie ungehalten. »Der jetzige ist zu niedrig.«

Das Reh war damals schon Geschichte, aber sie hatte Angst vor neuen Angriffen aus dem Wald.

Erstaunlich, dass ihre Mundwinkel trotz der mürrischen Stimme nach oben gebogen blieben, als wären die Lippen aus Maschendraht, dem selbst ein Sturm nichts anhaben konnte. Sie waren nicht unter sich: Sophie war da, die Neue in Veronikas Schulklasse, deren Familie erst vor Kurzem aus Hamburg nach Nürnberg gezogen war. Die beiden Mädchen mussten gemeinsam ein Referat für den Sachkundeunterricht der vierten Klasse vorbereiten. Übergeordnetes Thema war die Geschichte Nürnbergs im Mittelalter. Sophie und Veronika sollten das Handelshaus der Familie Stromer vorstellen.

Der Vater achtete nicht auf die Mutter, er stand auf, um die Antenne gerade zu richten. Es lief »Unser Land«, die Stimme von Carolin Reiber verlor sich im weißen Rauschen.

Die Mutter seufzte genervt, das Maschendrahtlächeln hielt.

»Diese verfluchten Schädlinge ...«, setzte sie an.

Der Vater saß noch nicht wieder auf dem Fauteuil, als er sich an die beiden Mädchen wandte. »Soll ich euch später meine Insektensammlung zeigen?«

Die Insektensammlung bestand aus Hunderten von Käfern, Spinnen, Wespen und anderen Kerbtieren, auf Nadeln gespießt und in Schächtelchen auf Schaumstoffkissen gebettet, von denen die größeren Tiere sogar Glasaugen hatten.

»Die interessiert doch niemanden«, sagte Veronika schnell.

»Nürnberg im Mittelalter – *das* interessiert niemanden«, erwiderte Sophie genervt und verdrehte die Augen. Sie zog etwas aus ihrem Rucksack und hielt es Ilse vors Gesicht. »Das soll ich Ihnen von meiner Mutter geben.«

Es waren Sanddornpralinen, verpackt in knisterndes Stanniolpapier, auf dem die Hamburger Landungsbrücken zu sehen waren. Sogar eine dunkelrosa Schleife war darumgebunden.

Die Mutter starrte darauf. »Das wäre doch nicht nötig gewesen, so etwas Feines.«

»Das ist ein Dankeschön, weil ich mit Veronika lernen darf.« Sophie war die Einzige, die sie so nannte, alle anderen sagten Vroni zu ihr.

»So etwas Feines«, murmelte die Mutter erneut und nahm die Pralinen immer noch nicht. Erst als Sophie sie auf die Ablagefläche für das Bügeleisen legte, griff die Mutter vorsichtig danach und verstaute das Geschenk im obersten Fach des Küchenschranks. Sie würde nie an der Schleife ziehen, nie das knisternde Stanniolpapier entfernen. So etwas Feines verschwendete man nicht leichtfertig, das war für einen besonderen Anlass bestimmt. Nur kam der nie.

Sie kehrte zurück zum Bügeltisch. »Das wäre doch nicht nötig gewesen.«

Nach Ilses Ansicht wäre es auch nicht nötig gewesen, dass Sophies Mutter Nora das Mädchen mit dem Auto zum Forsthaus brachte, es hätte doch laufen können.

»Das sind zwanzig Minuten durch den Wald!«, hatte Nora entsetzt ausgerufen.

Ilse hatte nicht verstanden, wo das Problem lag. Vor dem Wald schützte man seine Blumen- und Gemüsebeete, Kindern tat er ja nichts.

Um achtzehn Uhr würde Nora Sophie wieder abholen.

»Wir müssen uns beeilen, wenn wir noch etwas schaffen wollen«, drängte Veronika.

Sophie schaute fasziniert auf den flimmernden Bildschirm. Ähnlich fasziniert hatte sie vorhin den ausgestopften Keiler und das Hirschgeweih angestarrt. »Ich würde die toten Insekten gerne sehen.«

»Vielleicht später, jetzt komm mit.«

Sophie verdrehte wieder die Augen, aber sie folgte Veronika nach oben.

Den gleichen Weg nahm Veronika auch jetzt. Ihr Zimmer war das letzte am Ende des Korridors im ersten Stock, wo sich auch das Schlafzimmer der Eltern, das Badezimmer und ein kleines Büro befanden. Anders als der Flur im Erdgeschoss war dieser Gang nicht gänzlich leer. Neben der Tür zu Veronikas Zimmer stand noch ein alter fränkischer Bauernschrank aus massivem Holz, mit originalen Beschlägen aus dem Jahr 1887 und floralen Motiven.

Wenigstens den könnte sie doch nehmen, hatte Ilse bei ihrem Auszug gesagt, auch Städter stellten sich so was in ihre Wohnung. Man müsse ihn nur richtig gegen den Holzwurm behandeln. Dazu hatte sie viele Vorschläge parat, ihr Giftrepertoire war umfangreich. Der Schrank stammte aus dem Bauernhof von Ilses Eltern, sie hatte ihn mitgenommen, als sie Josef Pichler geheiratet und mit ihm das Forsthaus bezogen hatte. Warum sie ihn beim Umzug zurück ins Elternhaus nicht selbst mitnehme, hatte Veronika wissen wollen.

Aber auf dem Hof hatte man nicht mal Ilse haben wollen, geschweige denn einen alten Schrank. Zwei Jahre später war sie ins Altersheim gezogen; sie und die Schwester, das sei einfach nicht gegangen.

»Hier hast du es doch schön«, hatte Veronika bei ihrem ersten Besuch im Heim gesagt, als sie sich in dem hellen, geräumigen Zimmer umsah. Sie hatte die Mutter von nun an drei-, viermal im Jahr besucht und immer feine Pralinen mitgebracht.

Die alten Dielen knarrten bei jedem Schritt. Was die Mutter wohl mit Veronikas Möbeln gemacht hatte?

Sie erreichte die Tür und drückte mit dem Knie gegen das Holz. Die Tür öffnete sich nur zu einem Drittel, dann stieß sie auf Widerstand – ihr alter Flickenteppich war verrutscht. Sie drückte nicht weiter gegen die Tür, sondern zwängte sich durch den Spalt. Das Bett sah aus wie frisch gemacht, die Kissen- und Deckenbezüge waren die geblümten von einst. Ihr Schreibtisch stand wie damals vor dem Fenster, der Drehstuhl davor war leicht zur Seite gedreht, als hätte sie eben noch dort gesessen. Im Wandregal standen ihre alten Bücher, von einer dicken Staubschicht bedeckt. Gleich daneben hing der vertraute Kupferstich, der Nürnberg im Mittelalter zeigte, rechts vom Fenster das Hinterglasbild mit der Wildschweinjagd. Darauf waren die Nester in den Bäumen riesig, die Vogeljungen darin fast so groß wie der Frischling. Die einst weißen Häkelborten der Vorhänge waren vergilbt, aber nicht angefressen wie die in der Stube. Nichts hatte an diesem Raum genagt, er war erhalten geblieben wie in einem Einmachglas, die Zeit hatte sich als zahnlos erwiesen. Als hätte er auf Veronika gewartet. Als hätte die Mutter auf sie gewartet.

»Schade, dass Sie nicht rechtzeitig kommen konnten«, hatte die Altenpflegerin nach dem Tod der Mutter vorwurfsvoll erklärt. Dabei hatte Veronika sich doch sofort ins Auto gesetzt. Sie hatte später noch Stunden neben dem Bett gesessen, in dem die tote Mutter lag, hatte gewartet, bis die Kerze heruntergebrannt war. Ilses Lächeln war so sanft gewesen, in diesem gelblich-wächsernen Gesicht war nichts mehr aus Maschendraht, kündete nichts mehr von einem Kampf.

Vergissmeinnicht.

Sie hatte die Mutter nicht vergessen, der Anblick des konservierten Kinderzimmers trieb ihr Tränen in die Augen.

Sie hatte auch Sophie nicht vergessen, die ständig gemault hatte, wie langweilig Sachkunde sei. »Warum spielen wir nicht?« In Veronikas Zimmer gab es kein Spielzeug.

»Die Familie Stromer, Besitzerin eines großen Handelshauses, hat im Mittelalter von Nürnberg aus die ganze Welt erobert«, belehrte Veronika sie.

Sie selbst hatte zwar vom Forsthaus aus nicht die ganze Welt erobert, aber sich in Frankfurt eine eigene geschaffen. Hatte Karriere gemacht, geheiratet, eine Tochter großgezogen.

Sie sank auf das Bett. Die Bettwäsche war glatt wie frisch gebügelt, nirgendwo eine Falte, nur eine Stopfnaht. Unwillkürlich japste sie nach Luft, aber in einem Einmachglas gab es keinen Sauerstoff. Sie stürzte zum Fenster, riss es auf.

Wieder sog sie tief den Atem ein. Der Druck auf der Brust verging, die würzige Waldluft füllte die Lungen, und als sie sich hinausbeugte, tropfte es ihr von der löchrigen Regenrinne auf den Hinterkopf. Sie fühlte sich erfrischt, aber dennoch beklommen und ... schrecklich einsam. In der Ferne rief immer noch der Waldkauz.

Delia Owens

»Ich kann kaum ausdrücken, wie sehr ich dieses Buch liebe. Ich wünschte, die Geschichte würde nie enden.« ***Reese Witherspoon***

»Zauberhaft schön.« ***SPIEGEL***

978-3-453-42401-2

HEYNE

Leseprobe unter **www.heyne.de**